U0023644

思想觀念的帶動者

文化現象的觀察者

本土經驗的整理者

生命故事的關懷者

{ PsychoAlchemy }

啟程，踏上屬於自己的英雄之旅
外在風景的迷離，內在視野的印記
回眸之間，哲學與心理學迎面碰撞
一次自我與心靈的深層交鋒

Shadow and Evil in Fairy Tales, Revised Edition

童話中的陰影與邪惡
從榮格觀點探索童話世界
【馮・法蘭茲談童話系列】

瑪麗-路薏絲・馮・法蘭茲（Marie-Louise von Franz）——著

徐碧貞（Pi-Chen Hsu）——譯

那賦予陰影的，也賦予了深度

蔡怡佳（輔仁大學宗教學系副教授）

　　惡的經驗也許是人性經驗中最複雜、最難界定，也最深刻的一種。法國哲學家呂格爾（Paul Ricoeur）在 1960 年出版了《限度與罪咎》（*Finitude et culpabilité*），在第一冊《限度與罪咎：會墮落的人》（*L'homme faillible*）中，提出惡做為人性之根本經驗：惡既是對有限性的原初體驗，也指向對超越惡的希望。在第二冊的《限度與罪咎：惡的象徵》（*la symbolique du Mal*）中，呂格爾進一步以詮釋學的方法，用象徵與神話為材料，分析惡的象徵如何從外部的汙染意涵演變為內在罪咎的主體經驗。對呂格爾來說，惡是人遭逢限度與破壞的存在經驗，也是反省與自我革新的契機。做為一種存在之痛苦的原初經驗，惡是以象徵與神話的方式表述，因此難以用理性的思辨形式全然把握。馮‧法蘭茲在 1974 年所出版的《童話中的陰影與邪惡：以榮格觀點探索童話世界》，以童話做為理解惡之原初經驗的進路，呼應了呂格爾的觀點，指出惡之經驗的原初性，以及用充滿象徵意涵之童話進行理解時所可能開展的豐富性。

　　馮‧法蘭茲在書中以童話的素材討論陰影與邪惡的呈現。陰影是意識過度單一化發展所投射出的黑暗。但意識與陰影這兩個對立的概念並不能直接套用在童話的角色分析上。童話中的角色雖然表

面上有善良與為惡的區分，但馮・法蘭茲並不用對號入座的方式進行解讀，而是將故事整體視為一個自性化開展的過程，討論其曲折而豐富的意涵。自性化的過程常以心靈自我更新的方式體現，有個人的層次，也有集體的層次。兩種層次都會經歷執於單面的危險，但馮・法蘭茲在本書更強調集體的面向，尤其是基督宗教文明在發展過程中過分靈性化、將倫理衝突尖銳化的趨勢，以及對「異教」之陰性原型，例如大地之母的女性角色之壓抑。從這個角度來看，童話發揮了對文明提出分析，促動文化自我更新的功能。

在討論陰影的部份，馮・法蘭茲已經開始觸及惡的主題，她從童話中吊掛罪犯的主題談到面對邪惡時的「非人類」的感受，一種戰慄、令人無法招架的恐怖感。這種恐怖感與「神聖」感很接近，都是遭逢超越人類力量時的震懾。除此之外，惡也可能是被壓抑的原型，例如童話中巫婆或是女巫的角色，可能象徵的是被忽視的母性女神。這種罪犯與神聖，或是女巫與女神的疊影，指出了惡的雙面性。

日本榮格分析學家河合隼雄在《孩子與惡》（子どもと惡）中也談到惡兼具破壞與創造的兩面性。惡的曖昧性使得它無法原則性地被界定，也沒有辨認的普遍基準，若以為可以完全驅除惡而成就善，善反倒成了惡。不過，若以為惡可以透過對決而消融，也是一種危險的天真。童話所教導我們的沒有通則，每一則童話的教導都可以在另一則童話中找到與之互相矛盾的教導。馮・法蘭茲認為，道德敏感度的提昇就是在這種互相矛盾，沒有通則的情況中才得以可能。道德不是通則的判斷與遵循，反而是個別性的自由與承擔。

馮・法蘭茲討論惡在童話中的展現時，先回到惡之經驗的原始

層次，也就是在道德化之前的自然狀態，例如生存之破壞，或是界線的踰越。接著，邪惡之人格化的種種樣態則包括被某些超自然原型意象所同化的去人性歷程，或是被單一偏頗思維所掃蕩的狀態。離開社群的孤絕、不尊重禁忌、打破環境平衡，或是沒有活出生命該有的創造力，都是招致惡之侵擾的條件。從這些討論來看，惡的經驗指出了社群、對神聖他者的尊敬，平衡，以及充分發揮創意在人類經驗中的重要性。

當我們把對於惡的思考從單薄的道德化思維中打開時，會發現對惡的思考就是對於存在根本處境的思考。惡的經驗有很多不同的層次，是面對非人之巨大力量的震懾，是被壓抑與排拒之原型被意識投射的樣貌，是落入偏頗思維的執狂，也是對「什麼是人性」的不斷質問。村上春樹在與河合隼雄的對談中曾經提到：「那賦予陰影的，也賦予了深度」。陰影與惡為存在刻出深度，但這個深度有時像無底深淵般令人驚懼，讓人想要用一套救贖方案將之掩蓋與解決。馮・法蘭茲在書中則透過童話的分析以及積極想像的方式指出有別於速成之救贖方案，由自性所提出的引導與智慧。居於人類心靈的神聖核心是超越善惡二分的自性，閱讀童話讓我們在陰影與惡所打開的深淵之中，把深淵化為河流，讓我們潛入其中，游向神聖的核心。

序言

　　本書包含蘇黎世榮格學院辦理的兩場系列講座內容。第一部分為 1957 年冬季課程「童話中的陰影面問題」，第二部分則為 1964 年冬季課程「處理童話中的邪惡」。

　　謹向薇薇安・麥克洛醫師（Dr. Vivienne Mackrell）於文本修訂期間所提供的協助致上最高的謝意。

第一部

陰 影 面

陰影面的概念

在進入本書正文前，請務必牢記心理學對於陰影面（shadow）的定義各異，也並非我們一般想像的那麼簡單。在榮格心理學中，我們通常將陰影面定義為無意識人格中特定內涵物的擬人化，它可被納入自我情結（ego complex）中，卻因著許多原因而沒有被納入。因此我們可以說，陰影面是自我情結中黑暗的、被抹除及被壓抑的面向，但是這樣的定義只能說是部分正確的。榮格相當不喜歡他的學生極度欠缺想像力、緊抓他的概念不放並從中創造一套思想體系，同時在尚未全盤了解他所說的內容之下就引述他的話語。曾經在一次研討會中，他一股腦拋出：「這全是廢話連篇！陰影面單單就是無意識全體。」他指出，對於這些內涵物是如何被發現的，以及它們又是如何被個體所經驗的，我們都忘得一乾二淨了；此外，他也要我們時時關注被分析者當下所處的情境。

假設對心理學一無所知的人進入了分析時段，而你試圖對他們解釋在心智背後有個人們未覺察的特定歷程，對他們來說，這就是陰影面。因此在朝向無意識工作的第一階段，陰影面就僅僅只是我內在那無法直接認知的整體內涵中一個「虛構的」名稱。只有當我們開始挖掘人格的陰影域並研究其不同面向時，才會在一段時間後，在夢境中出現無意識的擬人化意象；通常出現的會是與做夢者同性別的意象。接著，此人會發現在這個未知的區塊中還有另一團的反應被稱為阿尼瑪（anima，或是阿尼姆斯 animus），它代表著感受、心緒及意念等等，而我們也會談論到自性（Self）的概念。基於實務上的考量，榮格認為我們並不需要超出這三個步驟。

陰影面的個人與集體面向

當我們談及陰影面時，心中要牢記其個別情境，包括我們所談論的個體當時所處的個別意識及內在覺知的階段。因此在初始階段，我們可以說陰影面就是你內在的一切未知。一般而言，當我們進一步研究會發現它包括部分的個人及部分的集體元素。實務上，當我們第一次與之相遇，陰影面就只是那些我們分不清何為個人、何為集體的混雜面向。

舉個實務的例子，假設某人的父母身上帶有截然不同的特質，也因此從父母雙方都遺傳了特定的特質，可說是化學分子結合不佳。舉例言之，我曾經有個分析個案，她遺傳了父親的暴躁、蠻不講理的脾氣，以及她母親過於敏感的防衛反應，她如何能同時成為兩者？如果有人惹惱了她，心中就被這兩個對立的反應所占滿。孩童的內在可以同時有著雙邊無法協調一致的對立存在，但在發展的過程中，通常會在對立雙邊中做出選擇，因此其中的一邊得到較優勢或劣勢的發展，接著再加入的是教育的歷程以及後來的習慣養成，因而總是會對二擇一的特質給予優先對待，成為了「習性」，而另一個特質雖然仍存在卻被置之不理。這些被壓抑的特質，不受承認也不被接納，因為它們與那些被選上的特質是不相容的，陰影面也就在這過程中逐步建立了。透過某些程度的自覺以及透過夢境的幫助，人們對這些元素的辨識是相對較容易的，這也就是我們所謂的「讓陰影面意識化」，通常達成意識化後分析也就隨之結束了。但這並沒有帶來實際的成果，因為在那之後所要面對的是更困難的問題，大部分人都對此感到困擾：他們知道自己的陰影面，但

卻無法表達，也無法將之整合到他們的生命中。想當然的，生活周邊的人們會不喜歡看見個體的改變，因為改變意謂著周邊的人們也需要隨之重新適應。當一直以來都溫馴如綿羊般的家人突然變得好鬥且拒絕別人的要求時，其他家人簡直就憤怒難耐，引發許多批判聲浪，而當這個受關注的個體本身也不滿意改變的情況時，陰影面的整合就可能會出差錯，導致整個問題陷入僵局。

要能接受個人內在壓抑多年且不喜歡的特質，是需要極大勇氣的。但是如果個人不接受某特質，它就會在背後作祟。能看見且承認陰影面的存在，是問題的一部分，說出「有些事情正發生在我身上」或「某事某物露餡了」，只是其中的一回事；但是，當個體決定有意識地表述他的陰影面時，才開啟了關鍵的倫理議題。如果不想要造成紛擾，就需要有相當程度的關照與反思，接下來我將以一個案例來說明。

情感型的人評論朋友時，傾向於帶點殘酷且小心眼。一方面他們對他人的感覺相當敏銳；但在人後，他們對他人則有著最負面的想法及評斷。某天我和一個情感型的人同在一家旅舍，我本身是個思考型的人，當我們初次相會時，我正為某事而心急，匆匆地向她打個照面就走過，而她當時就因此深信我討厭她，認為我對她生氣不滿，所以才壓根兒不想花時間在她身上，還覺得我是冷淡、欠缺關懷之心的人。情感型的人突然就轉入負面的思維中，並萌生了好些負面的想法以解釋我為什麼匆匆走過。

在最初的階段，陰影面是無意識的全部，是傾巢而出的情緒、評斷等。你可能會說我的朋友正忙著應付負面的阿尼姆斯思維，但事實上這同時是負面想法的爆衝（此處所指的是劣勢功能）、野蠻

的情緒（即陰影面），也是特定的破壞性評判態度（在這個例子中是阿尼姆斯）。如果你研究這類負面爆衝，就能夠區辨以下兩者的分別：我們所謂的陰影面，以及在女人身上我們稱作阿尼姆斯的評判機制。在一段時間之後，人們得以發現自我內在的這些負向特質，同時也能在看見之餘加以表述，這裡意指著要放棄某些特定的理想及標準，同時在未對周遭造成毀壞的情況下，承擔許多的思量及想法。因為我們也能在夢境中發現一些非關個人的事物，因此我們可以說陰影面同時包含著部分的個人元素，以及部分非個人的集體元素。

所有的文明，特別是基督教文明，也都有其自身的陰影面。這是個老掉牙的論述，但是如果你研究其他的文明，你將會看見其中較我們所處的文明更優秀之處。舉例而言，印度在一般靈性及哲學的態度上就比我們先進得多，但是從我們的角度來看，他們的社會行為則是讓人瞠目結舌的。如果你曾在孟加拉地區街道上行走，你會發現許多人顯然就快餓死了，這些人處在生命極度危險的狀態，但是卻沒有人把這放在心上，因為這是他們自身的「業」，而人們也只需觀照自己及自我的救贖，去照顧別人不過就代表著對世間因緣的干涉。對我們這些歐洲人而言，這樣的社會態度毀壞了整個國家，看見人們受飢餓卻置之不顧是令人深惡痛絕的。我們會說這樣的狀況是印度文明的陰影面，他們的外傾面向是不及格的，而他們的內傾面向則高於水準。有可能是光明的那一面向對於黑暗的面向毫無察覺，但若從其他文明的角度來看則是再明顯不過的。

如果某人獨自生活，從務實面來說，他不可能看見自己的陰影面，因為沒有人從外面的角度來回饋他的行為表現。我們需要有

個旁觀者。如果我們能考量旁觀者的反應，我們就能談論不同文明的陰影面。舉例來說，多數東方人認為我們西方人集體意識的態度對於某些形而上學事實是完全沒有覺察的，他們覺得我們就是單純地陷在假象中。在他們看來，我們就是這樣的景況，但是我們自己卻看不見。我們必然帶著尚未實踐的陰影面，並且仍然對之毫無意識，因為人們的相互盲從，也讓集體陰影面更顯糟糕；唯有在戰爭中，或是在針對其他國家的仇恨中，集體陰影面才得以展現。

因此，你可以說歐洲人有著某些不好或是矛盾的特質，這些特質被個體所壓抑，而個體也帶著所屬群體中不好或劣勢的特質，並且通常對這些特質沒有覺察。集體陰影面還會以另一種形式出現：我們內在的某些特質在小團體中或是當我們獨處時會消失，但一旦置身在較大的團體中就會遽增。這樣的補償現象，特別能在孤僻的內傾型人士身上看見，他們強烈渴望在人群中成為才氣洋溢的大咖；外傾型的人則正好相反。獨處時，內傾型的人會說他一點也不具企圖心而且也不在乎，他不會作出任何野心作為，他會真正地做自己，同時也安於他的內傾性。但是一旦把他放在一群野心勃勃的外傾型人群中，他馬上就被感染了。這就好比女人衝入店裡搶便宜，還有另一群女人也跟在後面湧進去，但她們回到家之後卻會問：「我究竟是為了什麼買這個東西？」

如果某人只有在群體中才會陷於野心，你可以說這是集體陰影面。有時候你安處於內在自我，但可能會在進入團體之後，惡魔如同脫韁一般，攪亂一池春水，正如同有些德國人出席納粹聚會時所發生的狀況一樣。在他們參加聚會當時，某些事情被轉動了，而他們變得如同人們所說的：「彷彿被惡魔附身。」他們暫時陷入集體

陰影面而非個人的陰影面。

集體陰影面仍然透過對惡魔及邪魔的信念而在宗教系統中得到體現。中世紀時代的人們如果從這樣的聚會中返回，就會說他們當時被惡魔纏上，而現在又重獲自由了。另一方面，我們也可以說，一旦我們被這樣的集體惡魔纏上，就表示我們身上原本就帶有些許惡魔的成分，不然他們是沒有辦法纏上我們的，因為我們的心靈不會對感染敞開大門。當某些個人的陰影面沒能得到充分的整合，集體陰影面就能從門縫溜入。因此，我們必須對這兩個面向的存在都有所覺察，因為這是攸關倫理的實務問題，否則我們就會在人們身上施加過多的罪惡。

假設有個被分析者在團體中表現得蠻橫無理，如果我們試圖讓他看見這一切都是他的錯，他會被擊倒；但客觀上來說，這並不正確，因為有一部分是屬於集體陰影面。如果只怪罪於個人，罪惡感會過於強烈；一個人到底能忍受多少的陰影面，似乎有個隱微的內在常模在其中。無視於陰影面是不健康的，但是承擔過多的陰影面也是同樣不健康的。個體如果承擔過多的陰影面，心理將無法有效運作。只要個體是居心不良的，就應該承擔多些陰影面；但最糟糕的一點則是，個體通常看不見自己的良心所在，當你太靠近去看陰影面時，視線就模糊不清了。

前面提到的內容是為了清楚說明，當我們談到陰影面時，其中有個體自我的面向，同時也有集體的面向，亦即群體陰影面。就某種程度來說，後者自然是陰影面的總和，同時這些事物在群體中並不對內造成影響，但從群體外的角度而言則是明顯可見的。從實務上來看，如果你將三、四個擁有共同學術興趣的典型理智型的人聚

在一起，他們會說這是個充滿智性討論的美好夜晚，不會認為這樣的互動有什麼不好。但是如果你在團體中加入一個鄉下小子，他會告訴你這是一個可怕的夜晚。如果大家都有相同的問題，就會自我感覺良好！大概所有的歐洲人身上都有著我們自身沒發現的許多特質，因此對我們來說這些都很正常。

在此我要提出更正，在前面的論述中提到，只有當一個群體起而對抗另一個群體時，才會覺察到自己的陰影面，但是這並不全然正確，因為在許多文明中，宗教儀式讓群體更容易覺察自身的陰影面。在我們的基督教文明中，這就相當於黑彌撒（Black Mass），儀式中會咒詛基督其名，並以惡魔之名親吻動物的肛門部位等，儀式的重點在於施行一切與神聖全然相反的行為。這些反宗教的慶典活動已然消失、被遺忘，但是這些儀式所企圖達成的是對群體展現其陰影面。在許多原始文明中，會有一群丑角，他們的工作就是做出一切與團體規範相反的行徑。在需要嚴肅的場合中他們會大笑，當其他人開心大笑時他們會放聲大哭。舉例而言，在某些北美的原住民部落，會選出某些人以儀式性的方式表現出違反團體準則且令人震驚的事物。此舉可能是為了模糊地表達一個訊息：事物的另一面也應該得到公開揭露。這是個陰影面的宣洩會。如果你想在瑞士看到這類事物的零星面貌，你可以去一趟巴賽爾狂歡節（Basel Fasnacht，不過如今因為過多的外國人到訪，破壞了整個氛圍），在那兒你得以看見一群人以真誠精彩的形式對團體展現陰影面。瑞士的陸軍裡也有部隊小牛的說法，在部隊非意識運作的情況下，此人被選出扮演代罪羔羊的角色；被選上的人通常有著虛弱無力的自我情結，他被強迫表現出集體的陰影面。家庭裡的異類也有相同的

模式，他被迫背負著其他家人的陰影面。

　　說明了我們所理解的個體陰影面及集體陰影面的內涵之後，接下來的問題就是：所謂的陰影面是否呈現，以及如何呈現在神話學中。童話表現了什麼？未表現什麼？我們可以在多大程度上將童話視為心理素材？

童話的起源，以及童話中的原型

　　在過去，一直到大約十七世紀為止，童話並不是兒童的專屬，而是民間底層成人與成人之間相互傳講的；木匠、鄉下人及紡紗的女人會在工作之餘以童話自娛，當時（事實上這現象在現代瑞士的少數村莊仍然存在著）也會有專業的說書人不斷地被要求講述好些故事。這些人有時候是帶點魯鈍的，有些失常、帶點神經質，但是也有另一些是相當健康且正常的人，總之形形色色都有。如果你問他們為什麼要做這件事，有些人會回答說他們天生就會說書，有些人則說他們是跟廚子學來的，或者說是師徒代代相傳而來的。如今我們知道有些童話是以叢集的方式代代相傳，就像是舊有的傳統一樣，一代傳一代，成為某種眾所皆知的常識。有關童話起源的理論各異，有些人說童話是宗教神話及教條衰退後的零星殘餘物；有的說童話曾經是文學的一部分，經歷衰退而成為童話；也有些理論提出童話原是夢境，後來以故事的方式傳講。我個人認為，童話的源起可以從以下特定的例子中找到。

　　那是拿破崙時期的瑞士人家，家族史中記載著有個磨坊主人出門獵狐狸，而狐狸卻開口說人話，要磨坊主人別射殺牠，因為牠曾

經幫過他的磨坊。磨坊主人回到家後，發現磨坊自動運轉，不久之後磨坊主人就死了。近期，有個民俗學的學生前往這個村莊詢問當地的老人家是否知悉有關磨坊的事情，因此找到了這個老故事的各式版本。其中一個版本說了相同的故事，但是在狐狸被射殺之前，狐狸在磨坊主人的雙腳劃了十字後竄逃，因而造成了磨坊主人致命的感染及皮膚發炎。如今，在瑞士的那一區，據信狐狸會導致這樣的疾病。有些新的內容被加入了原初版本的故事中。另一個不同的版本則指稱磨坊主人後來去參加一個晚宴，在會場中打破了酒杯，而他也恍然大悟狐狸是他過世姨媽的巫婆魂魄（據說巫婆的魂魄會附身在狐狸身上）。因此故事就透過其他適配的原型素材而擴大，這跟謠言如出一轍。

因此我們得以看見故事是如何開始的：故事中總會有個心靈學（parapsychology）的經驗或夢境的核心架構，如果故事包含生活周邊的母題，就會傾向於透過這些母題將核心元素擴大。如今我們手邊就有個迫害型的故事，說那個巫婆親戚差一點就被磨坊主人給射殺了，後來磨坊主人反被巫婆殺害。至此尚未形成童話，但卻是童話的開端，這些版本中磨坊主人的名字始終不變。但假設有個廚房女僕到另一個村莊說起這個故事，那麼磨坊主人可能就會有個不同的名字，或者就僅僅被稱做「磨坊主人」；那些對這個村莊而言不太有吸引力的故事元素會被捨去，而故事中的原型素材則會在記憶中留下。

只要這個階層的人們沒有收音機或報紙，故事就成為人們最大的興趣所在，我們也得以看見民間傳說的起源。我相信這就是童話形成的方式。然而，我並不反對那些把童話視為衰退文學的零

星殘存的理論。舉例來說，你可以在現代希臘看見戰神海克力斯（Hercules）被稀釋淡化後的故事。故事內容被簡化成基本的架構而保留原型元素，而重新出現於童話素材中的正是這些過去宗教母題的素材。不同的素材匯聚一體，因為故事本身的趣味盎然而被到處傳講，即便故事的內容可能是難以理解的。如今我們將童話歸為孩童專屬，這樣的事實顯示了一個典型的態度，我甚至可以將之稱作我們所處文明的其中一項定義——說得更明白一些，就是原型的素材被視為嬰兒般幼稚。如果這個童話起源的理論是正確的，那麼相較於神話及文學作品，童話得以更大程度地鏡映出最基本的心理架構。正如榮格所言，當你研究童話，就是研究人類的解剖學。神話通常更嵌入於文明中，跳脫了巴比倫－蘇美（Babylonian-Sumerian）文明，你就無從想像《基爾嘉美緒史詩》（*the Gilgamesh Epic*）；跳脫了希臘人的場景，你就無法想像《奧德賽》（*the Odyssey*）。然而童話卻更易於遷徙他地，因為它是如此根本，而且簡化至最基本的架構元素，因此得以吸引每個人的目光。曾經有個宣教士被派往玻里尼西亞群島傳教，而他之所以能和當地人建立首次接觸，依靠的就是童話，這是人與人的共通連結。這一點雖是正確的，但仍需持保留態度。

　　研究童話一段時間之後，我開始相信有典型的歐洲、非洲、亞洲及其他各類型的童話，雖然我可能會因為故事中名字的改變而上當，但是這些故事彼此之間的密切關係仍然相當明顯。童話受到它首次出現的文明所在地影響，但是因為童話的架構較基本，所以跟神話相比受到較小的影響。

　　針對動物行為的研究得以發現，動物生活中的某些儀式化行

為包含了基本的架構元素。所有品種的公鴨在交配前都會展現某種舞蹈，其中包含特定的頭部及翅膀律動，以及其他許多小動作，這些都是向母鴨示愛的儀式行為。動物行為學家思索這是否與基因相關，而他們也成功地讓不同品種的鴨子配種，製造出新品種的鴨子並觀察牠們的行為表現。他們發現有時候舊有的原始鴨子舞儀式被接納，但它已不屬於原先交配的品種，或是發現配對一方的鴨子舞以簡化的方式被複製，抑或是發現結合前述兩種可能性的狀況。公鴨交配舞的某些架構元素總是會出現，但是其他元素則會出現變異。

如果我們將這套觀察所得用在人類身上，我們可以說心理行為中有屬於人類共通的特定基本架構，而其他的行為則在某個族群或種族中得到較佳的發展，但在另一個族群中則較不顯著。童話的架構則大部分是人類共通的，在每一種類型的故事中，你都可以研究人類行為的基本架構。但對我而言，還有另一個更務實的原因：藉由研究童話及遠古神話，不僅僅得以知悉特定的情結架構，也更加易於辨識出哪些屬於個體、哪些不屬於個體，同時也得以看見可能的解決方法。舉例來說，如果你研究母親情結的神話，亦即男孩與母親之間的情感及本能行為，以及鏡映在神話中母子關係的所有心理結果，你將可以區辨出典型的特色。男孩傾向於發展出英雄的特質；而不是希臘羅馬神話的阿提斯（Attis）、阿多尼斯（Adonis）或是北歐神話的巴德爾（Baldur）等人物的特質——這些帶有陰性特色的年輕男子都英年早逝，同時也傾向於拒絕生命，特別是拒絕生命的黑暗面。根據這些神話傳說，深愛母親的年輕英雄被黑暗、殘暴及陰間地府的男性人物所殺，這意謂著那個年輕人處在一個關

鍵的時刻，要不是在心理層面被內在的野豬殺害，就是因為拒絕接受自己的陰影面，於是從現代的觀點來說，成為一位意外失事的飛行員，或是走進山中墜崖身亡。

如果你手邊有個個案，他的夢境內容主要是個人的，同時並未出現神話元素，但你仍可能會發現神話的特徵在其中；在這樣的情況下，這個年輕人可能會夢到如同希臘戰神瑪爾斯（Mars）一般的朋友或是夢到一隻野豬。這類角色會有專屬個人的名字，但是你仍可看見基本的模式及可能的解決方法或發展。如果你心中對神話有底，千萬不能落入對這個年輕人說教，因為這會變成強行加諸神話的意念在其上，不過對神話的理解仍會讓你對狀況有更佳的了解。自然而然地，在你處理被分析者的黑暗男性陰影人物時，你仍然會受神話思維的影響。你也許可以分享這個神話故事，並提到這讓你想起阿提斯—阿多尼斯（Attis-Adonis）的神話，並進而帶出全盤的解決。如此一來，這個被分析者就能感受到他的問題不是他所特有的，也不是不能解決的，與之相同的問題已經以特定的方式得到無數次的解決。這也減低了自負感，因為被分析者會覺得自己處在一般的情況，不是特定的神經質反應。神話也因此帶來了智性討論所無法達到的神奇影響層次；神話給了我們似曾相識的感覺，但也總是帶些新意及醒悟在其中。

因此，當我們考慮童話中的陰影面時，不應該聚焦在個人的陰影面，而應該是聚焦在集體及群體的陰影面。我們只能夠建構關於陰影面表現的通論觀點；然而，對我而言這一點已經極具價值。人們很容易想到「**我的**自我」，而沒能發現自我同時也是我們的思維方式的一般架構及原型。它之所以是個原型，在於自我的發展所依

據的是普世且先天的機制，同時也帶出特定形式的反應及表徵。我們可以這麼說，在世界各地多數的文明中，或多或少都有這種發展自我情結的傾向：我們所知道的「我」是普世且先天的人類架構。兒童早期的發展有許多能量流向自我情結的建立，如果周圍環境出現擾亂，這個過程就會被打亂，其中的驅力就會流向極度的自我中心。這個天生的傾向就會是情結的層面，非屬個人面向的；但是人類還有另一種天生傾向，強度雖然不及之前所提的，但這傾向會將人格的一部分從自我分離出來，這些被分離的部分就衍生了陰影面的原型面向。只有這些普遍的架構會鏡映在童話中，同時會受到童話發源地的文明所影響。

接下來要談論的第一個童話是由格林兄弟（Grimm brothers）所講述的德國童話。格林兄弟在德國首發先例蒐集童話故事，也喚起了其他國家的人們對蒐集童話的興致並起而效尤。故事是這麼說的：

兩個旅行者（The Two Travelers）[1]

山谷不相逢，但人和人則時不時狹路相逢，這可以是好事一件也可能是壞事一樁。一個小裁縫和一個鞋匠在旅途中的交遇就這麼發生了。小裁縫是個個頭不高，但長得俊俏、風趣且性格開朗的傢伙，他看見鞋匠從對面走來，因此開玩笑地跟鞋匠打招呼。但是鞋匠對他的玩笑並不領情，拉長臉、擺了個臉色給小裁縫看，一臉就像是要對小裁縫拳腳相向。但是這個小

個子反倒是哈哈大笑，還遞上一瓶水，對鞋匠說：「我無意傷害你，喝口水，消消氣。」鞋匠猛灌了一大口，然後建議兩人同行。「好啊！」小裁縫說道：「要不咱倆一起前往充滿活兒的大城鎮去。」

　　小裁縫總是滿臉喜氣、活潑熱情，兩個臉蛋紅通通的，因此得到的活兒也多，還不時會得到雇主女兒躲在門後偷偷的一吻；每當他見到鞋匠時，口袋裡總會比鞋匠多些錢。雖然壞脾氣的鞋匠運氣很背，小裁縫還是開心地和同伴分享他所擁有的。兩人在路上行走好一陣子後，來到了一座森林，林子內有通往王城的道路。但是林子裡有兩條路，其中一條需要七天的路程，另一條則只需要兩天的腳程，但誰也不知道哪一條是近路，兩人商量著應該帶上路的乾糧。鞋匠打算帶足七天的份量，但是小裁縫準備好要冒險，並且信任上帝的安排。兩人步上漫漫長路。才過第三天，小裁縫已經吃完所帶的乾糧，但是鞋匠一點也不同情他。直到第五天，小裁縫餓得發慌、臉色慘白，受不了飢餓而向鞋匠要些乾糧分著吃，鞋匠同意給些麵包，但要求挖出小裁縫的一顆眼珠子來做交換。小裁縫對此相當不悅，但是他不想就這麼死了，也只能答應要求，而沒心肝的鞋匠還真的挖出了小裁縫的右眼。隔天，小裁縫又餓肚子了，直到第七天他已經餓到連站都站不穩。鞋匠看在小裁縫可憐的份上，就再給了些麵包，但是他也要求小裁縫的另一隻眼睛作為報酬。

　　小裁縫為他過去無憂無慮的生活請求上帝的原諒，同時對鞋匠說，他不應該被如此對待，因為他總是和鞋匠分享他所擁

有的每件事物；而且，一旦失去雙眼，他就不可能再做裁縫，只能去要飯了。他也要求鞋匠在他瞎了眼之後，千萬不能把他丟在那兒孤零零地等死。但是狠心腸的鞋匠心中早沒有上帝，他拿起刀挖出了左眼，然後給了小裁縫一塊麵包，為他削了一根木棍好讓他在後方跟著走出樹林。太陽下山時，兩人出了樹林，林邊立著絞刑架。鞋匠把小裁縫引到絞刑架旁後就拋下他離開。小裁縫因為疼痛及飢餓而耗盡力氣，倒頭就睡了一整晚。清晨醒來時，他完全不知道自己身在何處。絞刑架上吊掛著兩具可憐的罪犯，兩個頭顱上各站著一隻烏鴉，兩隻烏鴉相互交談，其中一隻告訴另一隻說：晚上在絞刑架上滴落的露水能夠讓人重見光明，只要拿這露水來清洗雙眼就可以了。小裁縫聽到了這段對話，掏出手帕放在草地上，直到手帕被露水浸濕後，再拿來清洗他的眼窩，因而得回一對健康的眼睛。

不一會兒就看見升起的太陽以及眼前的平原，這兒正是王城所在，眼前豎立著莊嚴雄偉的城門及數以百計的高塔。小裁縫細數樹上的每一片葉子，看見飛過的鳥兒及空中飛舞的小黑蚊。他掏出了一根針，當他看見自己能如同往昔一樣操針使線，他的心因為欣喜而砰砰跳，立刻跪下感謝上帝。接著他拾起包袱，哼哼唱唱地上路了。過沒多久，小裁縫遇見了一匹棕色小馬在原野上奔馳，他一把抓住鬃毛意圖跳上馬背，騎著牠進城；但是小馬乞求小裁縫放過牠，說自己還太小，即便像小裁縫這般輕盈的人都會把牠的背脊壓斷，還央求小裁縫放了牠，直到牠夠強壯為止，也許某一天牠會有機會回報小裁縫。小裁縫於是放了牠。

但是小裁縫從前一天起就沒吃過丁點食物，他看見一隻白鶴，一把抓住白鶴的一隻腳，正打算宰了填飽肚子之際，白鶴說自己是隻神鳥，不但從沒傷過人，還能給人們帶來許多好處，因此祈求能保住一命。牠也對小裁縫說將來必定會報答他，因此小裁縫就放走了白鶴。後來，小裁縫在水池中看見兩隻小鴨子，他一把抓住其中一隻，正想要掐斷脖子、大快朵頤之際，一隻老母鴨從草叢中游出來，哀求他放了牠可憐的孩子們，牠說：「試想，如果有人想要宰了你，你的母親會怎麼說？」好心腸的小裁縫說老母鴨應該帶走牠的孩子，因此又把小鴨子放回水池。小裁縫轉過身子，看見一棵空心的老樹，樹上蜜蜂飛進飛出，他說：「正是好心有好報！」但是女王蜂飛出來對他說道：「你要是膽敢動我的子民或毀壞我的蜂巢，我們會用成千上萬發燙的蜂針刺你。你過你的，不要來打擾我們的生活，有一天我們會回報你的恩德，為你效力。」小裁縫因此離開，拖著飢餓的身子進城。到達城裡時，正巧是中午時分，小裁縫走進客棧吃了些東西，後來也開始找活兒做，幸運地找到了個好工作。由於小裁縫的好手藝，要不了多久就聞名街頭巷尾，城裡的每個人都想要一件小裁縫做的外套，後來他還被指定為國王的御用裁縫。

但是，世上就有這麼巧合的事，就在同一天，他的老夥伴鞋匠也成了御用鞋匠。當鞋匠看見小裁縫健康明亮的雙眼時，他的良心開始不安，盤算著在小裁縫抖出一切之前毀了小裁縫。因此，鞋匠在當晚完成工作之後，前去向國王報告，說小裁縫是個自以為是的傢伙，也說小裁縫吹牛自己能夠找到古時

候丟失的金王冠。第二天，國王傳喚小裁縫到殿前，下令小裁縫如果找不到王冠，就永遠不許回到王城。悶悶不樂的小裁縫打包好準備離開王城，即便他心中百般不捨這裡的一且順利及美好。當他走到先前遇見小鴨子的水池時，看見老母鴨正在岸邊梳理羽毛，小裁縫將發生的事一五一十地告訴老母鴨，老母鴨說：「就這麼點事嗎？王冠掉落水中，就好端端地躺在水池底下，你只需把手帕鋪在岸邊就行了。」之後，牠帶著十二隻小鴨子潛入池裡，五分鐘後又再度回到水面，翅膀上就頂著王冠，十二隻小鴨子則圍繞在四周，還用牠們的嘴銜著王冠。小裁縫用手帕將王冠包好後帶回給國王，國王賞給小裁縫一條金項鍊作為回報。

鞋匠發現計謀失算，又再一次跑到國王跟前報告，說小裁縫誇下海口說自己能夠用蠟做出幾可亂真的王宮，而且王宮內的物件一樣都不少。國王下旨要小裁縫做出來，同時警告如果少了一根釘子，小裁縫就等著在地牢裡度過餘生。小裁縫覺得事情越來越糟、忍無可忍，因此他又捲起包袱逃跑了。但是當他走到那棵空心樹下，一臉垂頭喪氣，女王蜂飛出來問他是否扭了脖子或落了枕，小裁縫說出事情的經過，接著所有的蜜蜂開始嗡嗡作響，女王蜂要他先回家，並在隔天同一時間帶著一條大方巾回來。第二天當他抵達時，蜜蜂們已經完成了一個完美的王宮模型。國王龍心大悅，賞給小裁縫一間精緻的石屋。

但是，鞋匠第三次跑到國王跟前，對國王說小裁縫誇口自己可以在王宮中鑿出噴泉，而且噴出的泉水如人一般高，泉水清澈通透如水晶一般。小裁縫接到指令要做出噴泉，做不到的

下場就是掉了腦袋。小裁縫又再一次只能淚流滿面準備逃跑，但是小馬跑向他的跟前，說牠清楚這是怎麼一回事。牠要小裁縫只管坐上馬背，接著小棕馬飛馳奔向王宮，如閃電般迴旋三圈後猛地栽倒在地，就在那一瞬間，發出一陣巨響，一大塊土石彈向空中越過王宮後落下，旋即有一股泉水噴出，如同人馬一般高，也如同水晶般清澈晶瑩。當國王看到這一切，他在眾人面前一把抱起小裁縫。

　　但是小裁縫的好運依然沒能持續太久。國王有許多女兒，一個比一個漂亮，但是卻沒有半個兒子，壞心眼的鞋匠又再一次來到國王跟前，說小裁縫吹牛自己能夠為國王憑空帶來一個兒子。國王傳喚小裁縫並下旨，如果他在九天內給國王帶來一個兒子，小裁縫就能與長公主結婚，因此小裁縫只能回家思索該怎麼辦。他再次覺得自己什麼也做不了，只能捲起鋪蓋離開，他說：「我必須離開這個地方，因為在這裡將永不得安寧。」但是當他走到草地時，他的老友白鶴上前歡迎他。他將一切告訴白鶴，白鶴告訴他不值得為這件事白了頭，因為牠為城裡的人們送子已經很長一段時間了，而這一次牠可以為小裁縫從井裡叼出一個小王子。牠要小裁縫回家，保持沉默，九天之後再進宮，而到時候白鶴也會前去宮中。小裁縫回家去，並在約定的時間前往王宮，不久之後，白鶴就飛入王宮輕敲窗子，小裁縫打開窗子，長腿兄弟小心翼翼地走過大理石地板，嘴裡叼著一個宛若天使般的娃兒。娃兒對王后伸出小手，白鶴將娃兒放在王后的腿上，王后興奮不已，小裁縫也抱得長公主歸。

　　而鞋匠反倒必須為小裁縫製作婚禮上跳舞的舞鞋。婚禮之

後，他也被永遠趕出王城。鞋匠沿著通往森林的路來到了絞刑架旁，在滿腔怒火及當空烈焰交互襲擊下，因為疲憊不堪而倒下。當他闔上雙眼正打算睡一會兒時，兩隻烏鴉尖聲飛下，啄出了他的雙眼。他發了瘋似地在樹林裡四處狂奔，想必是在林子裡死了，因為再也沒有人看見過他，也沒聽說過他的消息。

裁縫和鞋匠在童話中的意涵

乍看之下，你可能會說〈兩個旅行者〉故事中樂觀善良的小裁縫代表意識面，而鞋匠則代表陰影補償面，事實上以榮格派的方式來解讀童話的人，也是這麼詮釋的。他們把這個故事視為代表自我及陰影面的典型故事。我認為這在某方面來說是正確的，但是在我的經驗中，如果你從這樣的假設開始，結果就會落入死胡同。我會警告你要避免將榮格的概念套入神話角色中，並據以指稱這個是自我、那個是陰影面，以及那個是阿尼瑪，因為你會發現這麼做只有在某些時候適用，之後就會出現矛盾點；而最後的結果，就是人們為了將角色強行套入特定的形式而曲解故事。較佳的方式是，與其妄下斷語，倒不如先看看這兩個角色以及他們在故事中所帶有的功能面向，同時也看看他們與其他角色交互連結的形式，並不忘依循以下的規則——在檢視故事脈絡前避免解讀任何原型角色。如此一來，我們所得出的結論，將會跟那些武斷判定這兩個人物是自我及陰影面的理論有些許不同。

裁縫在童話故事中是為人熟知的角色。在著名的格林童話〈勇

敢的小裁縫〉（The Valiant Little Tailor）[2] 中可以看見某些相似性，故事中的裁縫也是個成天笑嘻嘻且無憂無慮的小個子，雖然並非勇猛強壯，卻打敗了巨人，後來還使伎倆讓憤怒的獨角獸上當受騙。故事裡的獨角獸被激怒而攻擊小裁縫，小裁縫跳到樹上後，獨角獸一頭撞上樹木，卡在樹中而不得脫身。從這個擴大法詮釋中，我們可以下結論說裁縫和搗蛋鬼（the trickster）的原型有關，總是憑藉他的聰明機智打敗敵人。

依據中世紀的觀點，多數技藝都與特定的星球密切相關，而每個星球都為特定的技藝提供庇佑，像是水星護佑廚子及裁縫等等。因此，裁縫屬於赫密斯（Hermes），也就是搗蛋鬼之神墨丘利（Mercurius），擁有鬼才、機智及化身能力等特質。在古代，裁縫這門生意是小個子的聰明選擇，這些嬌柔的男人以他們的機智及手藝補償自身的缺點。此外，裁縫為人們製作衣服；一般而言，我們將衣服解讀為與人格面具（the persona）相關。這樣的說法某種程度而言是正確的，因為我們掩飾了人格中赤裸裸的真實面，對周圍的世界展現一個較為端莊而且比真實自我來得更好的外表。將衣服視為人格面具，這個想法在漢斯·安徒生（Hans Anderson）的童話〈國王的新衣〉（The Emperor's New Clothes）中表現得淋漓盡致。只要有人能夠為國王做出最好的衣服，國王就會給他大筆獎賞；一個有著小聰明的裁縫來到國王跟前，說自己能做出極為特別、精緻且美麗的衣裳，而且只有誠實、正派的人才能看見這件帶有魔力的衣服。國王於是下令訂製新衣。他看不見那件新衣，但是並沒有洩漏這一點，而王國裡也開始流傳國王會穿上他的魔法新衣現身。全體民眾都對國王表達羨慕之情，直到有個孩子大聲說：「可是他什

麼都沒穿啊！」在那之後，大家都笑了出來。我們再次看見裁縫是個搗蛋鬼，他把國王人格面具中的愚蠢都表現了出來。

另一方面，假若我們研究晚古時期的遺物或是許多文明的過渡儀式及禮儀，我們可以看到人們也會穿上特定的衣著，此舉並非為了展現人格面具，而是為了表現他們的真實態度。舉例來說，早期基督教會的受洗禮中，人們會將全身浸濕並授予白色的衣服以顯示他們新獲得的無罪態度，或可說是他們的潔白態度。同時，在光與真理之神密特拉的啟蒙儀式（Mithraic Initiation）及埃及女神艾西斯（Isis）神祕儀式中，被啟蒙的男性穿著特定的服飾以代表太陽神，同時也將他們的內在原型轉化顯像在其他人面前。在某個煉金術的寓言中，水銀之王（Mercurius）被描述為人類的裁縫師，因為他握有剪刀，能將人們裁剪為該有的形狀樣貌。他以人們本該具備的形狀造型，這不僅僅是針對他們身上的衣服，同時也是一種人類的轉化者，可說是改變人們成為真實且真切樣貌的心理治療師。

因此，我們可以說裁縫匠與原型的力量有關，能夠為人們帶來轉化，同時給予人們新的態度。這股力量展現智慧，並且擁有以智取勝的能力。小裁縫的對手是巨人，而巨人是以其身材及極度愚蠢而聞名；一般而言，巨人代表的是強烈的情緒。一旦你被情感抓住，你就變得愚蠢。從神話學的角度，巨人與地震相關。而獨角獸，帶著它那好鬥的獨角，代表的是侵略性的態度，小裁縫則深諳該如何與之爭鬥。小裁縫也代表著典型人類心理特質中的機智及聰明才智，他幫助個體對抗原初的情緒，並得到較高層的意識。

〈兩個旅行者〉中的小裁縫也是個相當虔誠的人，每當遭遇困難都會對上帝禱告；他對上帝有著極高的信任及信心，因為他積極

樂觀地相信神會助他脫困。因此，我們可以下結論說，人類憑藉著機智及才智對抗情感，在此處是與基督宗教的態度相結合，也就是與基督教的**世界觀**相結合。

　　鞋匠也與服飾有關，但是只涉及雙腳，因此一般的衣著與鞋子之間的差異必須加以區分。如果衣服代表態度，那麼對於衣著的解讀就必須要與它們所遮蓋的身體部位相符合。你或許可以說褲子與性的態度有關，而胸罩與母性的態度有關——女人夢見胸罩，代表著對於母性態度的批判。有句德國諺語是這麼說的：男人的襯衫比外套來得更顯親近；襯衫更近於肌膚，因此代表親密的態度。也有人主張腳是陽具的象徵，更有些說法支持鞋子代表女性器官環覆著雙腳。

　　性的層面被隱微地包括在鞋子的象徵意涵中，但這並不是個顯著的面向：我們可以假設故事中所描繪的社會階層說話應該會更直接，如果他們所指的是性，就應該會直接了當地說出來，因此這裡有著些微不同的意義。如果我們假設鞋子不過就是遮掩雙腳的衣著，有了鞋子才能夠站在地面，這麼一來鞋子代表的就是思維的**立場**（standpoint），或是**對現實的態度**（attitude toward reality）。關於這個說法我們有許多支持的證據。德語有這樣的說詞：當一個人成年後，他就「脫掉了童鞋」，而我們也說他「穿上了父親的鞋子」或「依循著父親的腳步」，即兒子承接了相同的態度。另外，鞋子也與權力情結相連結，因為當一個人想要伸張權力時，他會「把雙腳放下」，就如同完勝的士兵，展現出他現在所擁有的權力，將他的腳踩在被他所征服的敵人頸項間。在德國有這麼一種說法：拖鞋英雄；意旨妻管嚴的男人，在家裡只要她把腳放下，男

人就順服在她之下。因此，你可以說我們對於具體現實的立場或觀點總是與伸張權力有關，因為某種程度上來說，如果我們不伸張自我，就無法持有對現實的觀點。對於現實，你需要做選擇，必須選邊站。因此，鞋匠所代表的是一個近似於裁縫的原型角色，但是這個角色特別關注在對現實的觀點。

鞋匠被視為最低微的專業之一，甚至比裁縫還要來得低微，不過根據童話的社會階層來說，這兩者都不是高層級的專業。有許多傳說及故事都與鞋匠的低微階層有關。有個關於羅馬帝國時期隱士聖安東尼（Saint Anthony）的傳說，據說他看見上帝的天使，因此認為自己已經達到某種境界，同時自認為是個偉大的聖徒。但是，有一天，天使告訴他在亞歷山卓城（Alexandria）內還有一個比他更加聖潔的人。聖安東尼為此感到忌妒，想要見見這個人，天使就將他引往亞歷山卓城極度窮困的區域。他抵達一個簡陋的小屋，屋裡有個老鞋匠及他那可憐的妻子正坐在那兒製鞋。聖安東尼對此感到相當吃驚，但是也主動對這個鞋匠說話，他想釐清鞋匠到底是哪一點比他更聖潔。他問了鞋匠的宗教觀及他對宗教的態度，但是鞋匠只是抬頭看看他，說自己不過就是製鞋養活妻兒。聖安東尼因此開悟。聖安東尼致力於提升自己的聖潔，但這個故事展現了鞋匠跟聖安東尼對現實持有如此不同的觀點。對於現實，鞋匠保有的是完全的人性及謙遜，這是大部分聖徒所欠缺的，也是上帝的天使要告訴聖安東尼的。有句諺語是這麼說的：「鞋匠，守住你手中的工具。」因為一旦他沒了工具，事情就會變糟；這就是人與現實的關係，我們必須全然地帶著現實主義的觀點，同時帶著個人的侷限。這個鞋匠照此而做，以這句諺語來說，他是對的。

國王與神祕生命力量

　　兩人遊走一陣子之後，來到關鍵性的時刻，鞋匠及小裁縫同時成為國王的僕人。鞋匠開始他的陰謀，而小裁縫最後與公主結婚，但是他並沒有成為國王，這一點是不尋常的。在其他的童話故事中，當小人物與公主結婚，都暗示著透過婚配讓小人物變成新的國王。可是在這個故事中，白鶴為國王帶來一個兒子，他很可能成為國王的繼承人（而不是小裁縫）；除非這個孩子夭折，不過在童話的氛圍裡這是不太可能的。也許我們需要問一問，通常像是鄉下人或魯鈍的小人物，或是裁縫及鞋匠一類的人，抑或寡婦的獨生子等，當他們與公主結婚之後就成為未來的國王，這一點到底代表什麼？因此我們必須探究國王的象徵意涵。

　　關於國王的象徵意涵，我建議你閱讀榮格的《神祕合體》（*Mysterium Coniunctionis*）[3] 一書，其中有一篇完整的章節談論這個主題。國王在原初層級中代表著國家及部族的擬人化，或是神祕生命力量的載體；這說明在許多原始文明中，國王的身體健康及靈性力量得以保證部族的力量，而當國王失能或生病時就必須要被除去，正如同我們在英國人類學家弗雷澤（J. G. Frazer）《垂死之神》（*The Dying God*）[4] 一書中所看到的。若干年之後國王會被罷黜，因為這個力量的載體必須永遠都是年輕的。國王是轉世的神，是部落的生存力量。這一點很明顯地表現在上白尼羅河區（Upper White Nile）的希魯克（Shilluks）部落：當老國王必須被除掉時，國王會和一個完封處女一起被鎖在草屋裡，相伴餓死，那個所謂的王座（一個天然原初的小椅子）會被放在草屋前，老國王的繼位者

端正坐在椅子上。在死亡的那個片刻，老國王的生命魂魄進入新國王的身體，從那一刻開始他就是新國王，也是這個原則的承接者。

再度做下結論，你可能會說國王擁有自性象徵的所有面向，但事實上這過於概括，也不正確。雖然國王是生命的法則及上帝的意象，也是身體及精神組織的中心，也因此他帶著自性的投射，也就是整體調節控制中心的投射。但這個說法在自性原型的範疇內是不正確的，依據我們的經驗也並不全然如此。此外，故事中我們得到的是一個垂死國王的意象，或是必須要被廢掉的病國王或老國王意象，這一點與自性作為心靈調節中心的想法不符，心靈調節中心是不需要被廢掉的。因此，從哪方面來說國王是自性，或國王不是自性？答案就在我先前提到的希魯克人的儀式中。國王不是自性，而是該原型經過特定構想而衍生的象徵。在我們的文明裡，基督是王，他是自性的象徵，是經過特定構想的自性面向，主宰著我們所屬的文明；基督是王者之王，是主導的內涵。我會說佛陀是佛教文明中所架構出來的自性象徵，因此國王不是自性的原型而是自性的象徵，這個象徵已成為某個文明的中心主宰表徵。

我們似乎可以看見有個原型的通論效度法則存在，在集體人類意識底下所形成的每一個象徵，在經過一段時間之後，會因為特定的意識慣性而耗損並抗拒更新。大部分的內在經驗，在經過十或二十年之後會失去部分的強度，尤其是在集體層次，大部分的宗教象徵傾向於隨著時間耗損減弱。試想所有的孩童都與基督的象徵相連結且都成為基督徒，但是當他們六歲時就已對此感到厭倦且關上了內在耳朵，因為對他們來說，這已經變得有些像口號，不再具有意義，也已經失去它神聖的特質及價值。也有些父母及牧師告訴

我，從務實角度來說，不可能總是寫出自己能夠身體力行的佈道詞，因為無可避免地總會有那麼些時日會感到心生疲憊或是會與妻子有些口角，而這時候，「耗竭」的效果就會特別明顯。如果基督對他而言是全然神聖的，這樣的狀況就不會發生。這似乎是個悲劇性的事實，人類的意識傾向於單向且單軌，並非總能隨內在歷程而調適，因此才會建構出某些真理，同時持守得過久。

相同的情況也適用在個體的內在演進中，某人有個內在的經歷已存在一段時間，但是後來生活出現了改變，而態度也應隨之改變，但是此人卻不察，直到夢境顯示他必須重新調適。在中年時期，意識傾向於堅持特定的態度而沒有即刻發現如今生命的內在導向已經改變了，意識也應該隨之改變朝向死亡。宗教的內涵也是如此，一旦這些宗教內容變得意識化且得到傳講，就失去了這些內涵原先具有的當下新鮮感以及它們所帶有的神聖性。因此，偉大的宗教系統會經歷更新運動或出現全面轉變、更新或再詮釋，如此一來系統就得以重拾當下的新鮮感及原初的意涵。年邁的國王必須被新國王取代，就代表著這個普遍的心理法則。但凡事物成為公認的，某種程度來說就是被定讞了，只有智慧才能看清這一點，也才能準備好面對態度的改變。但是，就如同個體通常會堅持他舊有的態度，集體也是如此，而且更甚於此。那麼我們所須面對的就是這個對內涵帶有潛在危險性的慣性。國王更新之謎，指的就是這一點。

國王還有另一個意涵向度：他不僅僅是文明的深厚希望所在，同時也是宗教的表徵。為了要避開國王三不五時必須要被處死這個無可避免的悲劇，人們試圖給他加倍的力量來因應，也就是讓他同時擁有巫醫及國王的雙重角色。巫醫並不涉入過多與組織及俗世相

關的活動，因為他的任務在於直接因應宗教經驗。因此，在許多原始部落中會出現國王及巫醫彼此不協調的狀況，巫醫是國王身後的「幕後操手」，或者應該說他是受首領絕對法則所操控的。這種爭鬥在我們的歷史中也得到延續——當天主教會試圖凌駕國王的權力，或是當國王試圖取代教宗的權力或試圖支配教宗並規範天主教會的宗教生活。權力分立背後的理念是讓兩者分開，如此一來，宗教面向得以有更新的可能性，而組織則應該謹守其責任。透過這樣的安排，就有可能在兩極間維持平衡，一方面保有意識一致的心理傾向，同時也維持內在不斷更新的必要性。但缺點則是雙邊權利的爭執及分裂，不過事實上雙邊的權力都同屬於心靈。

童話故事中總會看見小人物經歷許多歷程及轉折後，成為下一任國王。我們需要進一步研究這一點所代表的意義。如果由王子成為國王，從繼承角度來說他是對的人，因此我們會說這是在同一個主宰力量內的更新，由天主教會所衍生的亞西西的方濟會會規（Order of Saint Francis of Assis）就是個例子。當時天主教會曾面臨一段危險的時刻，因為方濟會會規可能帶來一波獨立的教會運動，但是因為這個運動仍然維持在天主教會內部，因而成為靈性生活的復甦運動，這可以類比成王子成為國王。另一方面，如果童話故事中由一個默默無名且出乎意料的人成為國王，那麼集體意識的主宰更新，不論從社會或是原型的角度來說，都是從一個最不被預期的角度出現。將聖母升天（the Assumption of the Virgin Mary）[5] 視為教會的教條就提供了例證。在某些神學圈，這個新教條是相當被看不起的，但是教宗強調這符合一般大眾期待實現的希望。教宗與龐大的反對力量對談，他同時也提到葡萄牙法蒂瑪（Fatima）的聖母

顯靈一例。[6] 因此，聖母升天的教條較大的程度是奠基在一般人的感覺運動而非奠基在神學的思維中。據說教宗自身就曾有顯靈的經驗（雖然這並沒有被正式提及）。從一個超乎期待的角落，像是在教宗的無意識中，這樣的新象徵就被顯現出來，更新出自於超乎預期的所在。

小人物與當代問題的解答

一般而言，我們可能會作出以下結論，認為如果童話裡的一個小人物成為國王，就說明集體意識的更新歷程來自於超乎預期之所在，來自心靈中被官方輕視的部分，或來自於小人物；因為對群體而言，小人物以一種混雜的方式，遠遠較有學問的人承受著更多來自於原型發展的暗流。舉例而言，在學院或學術圈中，人們認為現代人的生活中充斥過多的技術，與自然的關係疏離。處在主導階層的人們對這現象是有所覺察的，但是離開村落到工廠工作的鄉下小男孩卻無所覺察；不過，他因此所受的苦卻是即刻直接的，很可能會因此心生絕望，也或許會痛恨他的同輩，但卻不清楚他實際上承受的是這個時代病厄之苦。在他的心靈中，對於態度改變的渴望可能會匯聚形成，並且會以象徵的形式展現。他可能會試圖參加更新生命的聚會活動以克服他的困難，因為他是從一個相當原始的層級來看待一切，而他也可能試著透過這樣的方式來療癒他的疾病。如此模糊的受苦經驗可能透過象徵性的方式得到解決，他也可能覺得人生毫無意義而飲酒度日。因此，我們可以說，人群中小人物的心情、內隱的渴望以及需求，清楚顯示我們這個時代所需。當我分

析那個階層的人們，總是為他們夢境中的原型素材感到驚豔不已；相較於那些受過教育的人，小人物所關懷的似乎才是我們這個時代的問題。一個可憐的女孩受盡害怕及焦慮之苦，她的世界被烏雲籠罩，沒能看見自己可能是時代的受害者，但她反而可能以更加清晰且令人驚奇的方式，夢見我們當下的問題。你可以說這類帶有警世觀點的夢境正與做夢者的靈魂共謀其事，透過分析未受教育者或小人物，我們有太多可學習的！

我想要以一位學校老師的靈顯經驗舉例說明。她前往鄰近的城鎮參加一個在世界知名的教堂裡所舉辦的人類智慧學（Anthroposiphic）[7] 會議。她走出會議廳，看見烏雲滿布，同時發生地震，彷彿世界末日一般。在教堂上方的塔樓最高點，她看見死神騎在馬背上的銅像，聽到一個聲音說：「死神降臨並策馬入世。」塔樓開始扭動，宛如生產的婦人般，而死神的雕像也不停晃動。女人衝回會議室裡說：「快來看，死神已被釋放了。」這暗示著許多因為疾病或戰爭而帶來的死亡。但是當她再度回頭望，塔樓在死神跳下後已然回復原貌，如今站在最高點的是個美麗的女性石雕，這讓她浮現更大的信心。

你可以從個人的角度來理解這個靈顯經驗：她秉持極度基督教的態度，相信禁慾主義，從不允許自己有任何的慾望，但不為人知的是她有著想死的念頭。因為覺得個人無關緊要，她下定決心要幫助他人並完全放棄自己的人生；同樣都是建立在死亡的原則下，帶出的結果卻是她因著基督教的禁慾主義而在心理及生理上毀了自己。這就是這個靈顯經驗的個人面向解讀，秉持基督態度的最高原則，為死亡而不是為生命服侍。她過的是「效法基督」（*imitatio*

童話中的陰影與邪惡：從榮格觀點探索童話世界

Christi）式的生活，意謂著必須要在年屆三十或三十二的時候死亡，並且自己承擔苦果。此外，她也受阿尼姆斯附身，全面排除生命的陰性面，其中的缺失也符合基督教原則。

在她的靈顯經驗中，死亡原則被女神所取代，因此這個靈顯有個人的含意在其中。此外，當時她認為自己有初期的癌症症狀；另一方面，在個人意涵中也顯示當代的問題，即使我們已經有了聖母升天的教條。這個女性帶著集體的命運，同時集體無意識也在她的無意識界中毫無遮掩地全面顯現。她也曾經夢見當自己坐在戶外時聽到嗡嗡作響的噪音，並看見一個巨大的圓形碟狀物飛過空中，那是一個載滿人類的金屬製蜘蛛。蜘蛛內部有陣讚美詩歌或禱告重複提到：「保我們在俗世，引我們至天堂。」這個物體持續在國會大廈上空盤旋，像是幽浮之類的東西，處在室內的人們都極度害怕，因此人們飛快地簽署和平協議，接著這個作夢者發現自己沒穿衣服。這顯示她有著類分裂型的氣質，但是在那以外的則是時空情境的描寫。以上就是樸質夢境或靈顯的例子。

我也分析過有相當程度自殺意念的女傭，她深信自己所經歷的靈顯經驗是必須在當代傳講的宗教啟示。她打定主意要寫下劇本並寄給華特‧迪士尼，而從她所寫的草稿來看，內容一點也不愚蠢。她所擁有的，同時也是她想要加以運用的靈顯經驗，清楚地顯示可被用來治癒我們當今所面臨的問題。但問題出在這女人的教育程度無法讓她適當地帶出這些想法，因此只能卡在動彈不得的狀況。這類人必須得到具體的幫助，但最大的問題在於其中是否有足夠的生命力。如果這個女僕本身是個相當有活力的人，我會要她去參加瑞士姆格羅斯集團（Migros）的課程，讓她去學習進而去服務並且忠

於她的靈顯經驗，這將可以讓她有所專注，同時也為目標而活；但實際上她並不是個有活力的人。很不幸的，類分裂型的人們通常沒有足夠的生命力，因此你只能借助你自己或是找尋別人的生命力來幫助她；而且，通常這類人處在生理受苦的狀態中，因此不能將內在的內涵物帶出成形。歷史上出現過這類人們成功的案例，像是德國的神祕主義者雅各布‧波墨（Jakob Boehme）；他是個鞋匠，但也將他的靈顯經驗寫成宗教啟示。雖然你可看出他並沒有足夠的學識將經驗以較適宜的方式表現出來，但是他在所處的時代中仍帶來顯著的影響，而他個人的內在經驗也為他人帶來頗多的意義。這類潛在的「雅各布‧波墨」其實比我們以為的更多。

因此，當社會上這樣的匯集夠強大的話，凡事就有可能發生。例如，基督宗教就曾經如此，一夜之間，一個全新的宗教態度在底層的群眾之中升起。起初基督教並沒有上達羅馬社會的上層階級，而是從奴隸間開始的，當時的人們經歷基督顯靈經驗，而相當個人化的啟示如火一般蔓延在小人物群眾中，同時也傳達了他們想從奴役層級中得到解放並獲得新的目標：亦即從底層得到更新。國王被工人或奴隸所取代，他們變成了主導的象徵物。甚至在字面上就是這樣描寫，稱基督為王者之王，同時也是人類的僕人。

當光線落在物體上才會投射出陰影

故事中的國王尚未被罷黜，小裁縫並沒有成為王子但卻與王室聯姻，而小裁縫與鞋匠都曾經在王宮中服侍。因此，假若檢視整個架構，我們有個國王，不好也不壞，但卻在衰敗中——從國王需

要協助以得到兒子，以及從被丟失的王冠，我們得知了這一點。他正步向衰敗的狀態，但是仍然有足夠的力量得以保全自己的地位及王宮。在集體意識及其主導的象徵物兩者間，有兩股對立的因子興起，透過國王這個角色而相互爭鬥。首先是鞋匠，接著是小裁縫先後得到國王的信任，前者扮演惡魔或是被逐出天堂的路西法（Lucifer）之類的角色，就好比是《約伯記》（*Book of Job*）中的撒旦，它對約伯感到不滿，聲稱約伯是因為富有才敬神，但是一旦將他的財富拿走就得見其真面目。鞋匠本身的功能，縮小來看和這個故事是完全一模一樣的：他贏得國王的信任，而小裁縫則承受上方極大的壓力。

說小裁縫代表意識面而鞋匠是陰影面，這樣的結論下得有些過早了。你也可以說兩者都是國王的陰影面。童話故事中每個角色都是其他角色的陰影面，故事中所有的角色都是彼此相互對應的，而所有的角色也都有補償性的功能在其中。因此，我們必須使用**陰影面待考證**（shadow cum grano salis）一詞。

我們可以假定國王代表的是當代的主導集體象徵物，也就是代表基督教信仰，但是我無法確定它所代表的時代是十六、十七世紀或是十八世紀。在童話故事中，即便能得到外在的指標也很難斷定其年代。如果在故事中提到手槍，這一點提供了參考指標，但也並沒有確切的實證。若童話故事跟〈邱比德與賽姬〉（Amor and Psyche）很相似，可能顯示了故事的基本架構是兩千年前或更早之前的，因此，故事的時間點或許可以轉而從內而非從外在的指標來得到驗證，亦即透過原型情境而得到驗證。我們可以說，或許國王代表的是主導的基督態度，並未達到要被完全廢除或被更新的

狀態，但是已經不再強而有力。從兩個遊走人物的形象中，興起了兩個原型因子，兩位神，分別是墨丘利與薩登（Saturn），兩者在王宮中匯聚一堂，而問題則在於到底誰會勝出。童話故事中如果沒有陰影面這樣的事物，就會有原型人物的替身，他的一半是另一半的陰影面。所有情結和普遍架構，抑或者說我們稱之為原型的集體情結，都有光明及黑暗的一面，同時有兩極對立的系統。原型的模式可說是由兩部分所組成，其一是光明，另一則是黑暗。伴隨著大母神（Great Mother）原型的是巫婆、邪惡的母親、美麗聰明的老女人以及代表豐饒的女神。在靈魂的原型內，則有智慧老人，以及許多神話中帶有破壞性、如同魔鬼般的魔法師。國王的原型可能指向部落或國家的豐饒及力量，也可能指向一位因為無法發展新生命而必須要被罷黜的老人。英雄可以是生命的更新，或是強大的破壞者，抑或兩者皆是。每個原型人物都有它的陰影面，我們並不清楚原型在無意識中到底是什麼樣子，但是當它進入意識邊緣，比如在夢境中那種半意識的現象，它就會顯示出雙面特性。只有當光線落在物體上才會投射出陰影。

　　也許無意識中的情結是中立的事物，它是一種**對立情境**（*complexio oppositorum*）；是因為意識之光落在物體上，它才傾向於發展為成雙成對的是與否、正與負。神話學中的雙子母題總會有雙面性存在，一個內傾另一個則外傾，一個是男性另一個則是女性，或一個較靈性而另一個則較具動物性；從道德的角度來說，並沒有哪個比哪個好，不過在神話中你會看見其中一個是善良的，另一個則是邪惡的。當意識中出現了倫理的態度，雙邊的態度就得到倫理的區辨，但是假若沒有倫理意識涉入則不會如此。在我們的故

事中，有善良與邪惡的差異。猶太教及基督教的態度讓倫理衝突尖銳化，因此，我們的文明傾向於以道德方式做出是非黑白的評判，不讓事物模糊不清。如果原型人物出現替身，它同時也在道德上得到雙面性，我們就會看見不僅是善良與邪惡的分野，也同時是光明與晦暗的區別；這就是我們的宗教系統對倫理反應的強化。

外傾性與內傾性的對比也透過小裁縫及鞋匠顯現出來。鞋匠因為考量到他們可能會餓肚子而帶上七天的乾糧，而小裁縫所擁有的則是外傾且較光明的態度，這讓他在未經深思熟慮的狀態下，從一個情境轉入另一個情境；從這一點來看兩人正好是相反的。如果我們回顧國王作為基督教主導的象徵意涵，從這一點來看，這兩個人物就成了一對，其中之一傾向於難相處的內傾型，另一個則是輕鬆的外傾型。這到底是我們的幻想，或者基督信仰已然呈現這樣的問題？我認為的確是有這樣的問題存在。基督象徵，特別是當你檢視基督教信仰在美國的支派（這些支派都帶有特定程度的外傾驅力特色），對生命抱有樂觀積極的觀點，對上帝深度相信，並且懷有基本的基督教樂觀主義。這是一種基督教的態度，因為基督信仰論斷上帝是善的，而只有當善不存在時惡才會存在，這樣的態度創造了對個人內在與對上帝的信心，同時也傾向於忽視或不過分強調個人及他人的邪惡面這個現實。我們也有另一個對發展持反對立場的喀爾文主義（Calvinism）以及其他悲觀的基督社群，他們是全然地非基督徒，在倫理態度上嚴重欠缺慈悲心，一種帶著慢性憂鬱的黑暗氣質，這在特定的基督教思維中也能看見。這就呼應了鞋匠的類型，他的一隻眼睛看著現實的苦難。如果在基督宗教信仰內研究這些苦行的運動，你會發現生命沒有喜樂可言：人們必須憂傷，必須

要懺悔自身的罪過，也不能享受美食，因為那將讓耶穌基督不悅。這些人很富有，他們「很踏實」，抱持著懷疑的、現實的、不相信的態度，同時跟其他人比起來他們扎根於世界的黑暗面，這些都出於他們對生命中的邪惡及黑暗面的警惕。樂觀的人通常因為看不到難處而在背後中槍，他們要不是被其他人所射殺，就是被從自身內在所跳出的破壞性陰影面所傷。

因此，我們可以說小裁縫也代表著基督世界內的單純態度，對上帝保有希望及信任；而鞋匠則是與之相反的，是前述態度的陰影面。兩者都是某個時期的基督文明特性。

自性的每個強力象徵物都連結了對立面，當它失去了力量就無法發揮其功能，而對立面也開始崩裂。如果國王是全然有力的，他將會讓鞋匠與小裁縫和解，同時會下令讓他們互相合作而無暇爭吵，但事實上國王並非如此有力；兩人成為對立面，這一點表明了國王的虛弱。故事中的國王信任鞋匠並聽信他的邪惡暗示，讓小裁縫陷入困厄。國王不僅失去他該有的掌控力，還聽信讒言。故事最後是個大圓滿的結局，但也不全然如我們所預期的。我們可以說，此時仍有集體意識的強大主導力，但是因為對立的力量分裂且交互抗爭，這一點顯示它已失去了適切聯合對立面的力量。這樣的削弱狀況指出我們所處文明的景況——對立兩極相互抗爭。你可以透過下面的圖例來描述之：

圖 1

　　當國王開始失去力量，對立軸將會提高，凝聚張力，而國王也在兩者間擺盪，一開始相信其中一方，後來又轉移到另一方，顯示聯合的象徵開始虛弱。我們雖不該以個體的心理學來看待，但是這其中確實蘊含著個體發展的類比：也就是說，只要自我的態度強力投入於生活中，同時也與本能相呼應，就能夠將對立兩極守在一起。生活中總會面臨有些階段，個體因為被生活所填滿而對立面的問題顯得不這麼迫切，個體知道自己有陰影面，也知道事情總有正面及負面，但是對立面似乎並沒有給個體帶來太多困擾。然後，也許因為某個原因，自我被卡住了，失去了它的可能性及創意能力，此時對立面分裂，各式衝突升起。在這之後，自我像國王那樣擺盪在兩極中，努力想要認同其中一邊或是另一邊。它不再能夠保有中庸，而是聽信讒言選邊站。

　　這是分析情境的典型狀況，但這也是生命的正常歷程，當自我無法與較深層的本能人格聯合一致，將被拉扯在對立兩極間。如果自我能夠直接連結自性，自性本是聯合的象徵物，衝突就會退下而

自我也能夠在整體中運作。這是對立功能的正常形式，而主要的驅力也再一次成為生命流，自我為源自於整體的生命流而工作，或隨著生命流而運行。衝突從來都不會真正得到解決，但是投注於其上的情緒則會削減，個體受苦難而成長，衝突也被吸納入生命的新樣貌，而個體最終能夠平心靜氣地以不同的視角回頭看這一切。

註釋

1　原書註：*The Complete Grimms Fairy Tales* (New York: Pantheon Books, 1972), pp. 486ff.

2　原書註：*The Complete Grimms Fairy Tales* (New York: Pantheon Books, 1972), pp. 112ff.

3　原書註：*The Collected Works of C. G. Jung*, trans. R. F. C. Hull (Princeton, N.J.: Princeton University Press, 1957–1979) 14, chap. 4.

4　原書註：James G. Frazer, *The Golden Bough*, Part 3: The Dying God (London: Macmillan and Co., 1919), chap. 1.

5　譯註：聖母死後靈魂及肉身同時升天是許多天主教教會的信仰，聖教會於 1950 年 11 月 1 日欽定「聖母的聖身榮召升天」為該教會的教條，由教宗庇護十二世宣佈：By the authority of our Lord Jesus Christ, of the Blessed Apostles Peter and Paul, and by our own authority, we pronounce, declare, and define it to be a divinely revealed dogma: that the Immaculate Mother of God, the ever Virgin Mary, having completed the course of her earthly life, was assumed body and soul into heavenly glory.

6　編註：指 1917 年 5 月至 10 月間，三位牧童聲稱在葡萄牙法蒂瑪附近的空地上看到聖母瑪利亞，她向他們透露了三個祕密，並規勸牧童們通過懺悔和犧牲來拯救罪人的歷史事件。

7　編註：又稱「人智學」，由奧地利哲學、科學、教育學家魯道夫‧斯坦納（Rudolf Steiner）所創立，以扭轉人們過度朝唯物主義發展的傾向為目標。

處決

小裁縫和鞋匠同行，小裁縫滿心喜悅而鞋匠孤單又滿心忌妒，當他們走過樹林時，悲劇就開始了，結果就是鞋匠對小裁縫進行報復。鞋匠帶著陰沉且內傾的特質，就像是普羅米修斯（Prometheus）[1]；他考慮要比小裁縫帶更多的乾糧，而小裁縫身為艾匹美修士（Epimethean）外傾型的人，只能透過經驗來學習。這是內傾型與外傾型之間的差異：內傾型的人擔憂一輩子，總是思量未來，但是他的風險在於成為一個悲觀的人；而外傾型的人則先一股腦躍入每個情境，之後才會觀看思量，當他發現自己跳進洞裡，就從那兒奮力逃出，口中說著我根本沒看見這個洞。當這兩個態度都過於單向發展時，自然會是具有毀滅性的。在這個故事裡，兩個人在樹林裡走失，飽受飢餓之苦，而鞋匠帶有乾糧，他將乾糧賣給小裁縫，代價是小裁縫的雙眼；也就是說，他試圖破壞小裁縫的健康以及他與生命的連結，這些是他所忌妒的。

你可能會說無意識的反向傾向，即那個憂沉的、帶有懷疑及內傾的態度，蒙蔽了另一面，也奪走了小裁縫看清事物的能力。舉個例子：有個成功的生意人，有著強烈的外傾驅力，他漸漸因為忽視他的內傾面而開始對事物心生懷疑。如果他不轉向自己的陰影面並努力檢視其心情來由，就會因此而被蒙蔽，犯下接連不斷的錯誤；因為陰影面會強迫他改變態度，若不是自願改變，就會被逼得不得不改變。也許他的生意會失敗，或者因為生了場病而被迫發展另一面。我記得有個非常外傾型的律師，他因著外傾的態度而獲得相當成功的人生，但是不愉快及負面的心情開始出現。在一次與他的談話中，我提到也許獨自放個假，去看看自己的另一面，這或許會是個好主意。但是他婉拒了這個建議，他說如果獨自一人，他就會陷

入抑鬱，被憂鬱情緒所淹沒。後來他出了一場嚴重的意外，摔斷了髖關節而住院八個月；因此，他無從逃脫，被迫獨自度過了他的假期，對立的另一面也強加在他身上。這就是對立雙邊運作的機制，正如同鞋匠與小裁縫，結局是鞋匠讓小裁縫失去雙眼，被遺棄在絞刑架下。

罪犯是神的黑暗面工具

絞刑架與被綁在上頭的兩個可憐惡魔，是我們需要進一步討論的有趣母題。將壞人綁在樹上以除掉罪犯，是個相當古老的習俗。最早是作為獻祭：例如在古時候的德國，將罪犯施以絞刑作為對沃登神（Wotan）[2] 的獻祭。當時的人們不僅對罪犯施以絞刑，還包括戰場上俘虜的敵人。勝利的一方會對他所俘虜的戰犯說：「現在我要將你獻給沃登神。」沃登神本身就是在樹上被施以絞刑的神，他被綁在宇宙樹（Yggdrasil）上九天九夜，後來因為發現了盧恩符文（runes）[3] 而得到神祕智慧。德國古老的信念相信被懸掛在樹上是對這位神的獻祭。而在基督教信仰中，你可以看見這個原型的意念以基督被釘死在十字架上的形式表現出來；這同時也表現在小亞細亞區域，豐饒之神阿提斯（Attis）就是被吊掛在杉樹上。他被殺了之後，他的圖像被掛在杉樹上，這也帶來春季慶典上吊掛阿提斯圖像的傳統。

將敵人殺了，但目的不在社會復仇或審判，而是以較古老的方式獻給神——我們必須要進一步追問這樣的作為背後的意念。我認為這裡存在著比單純的審判更深層且更具意義的意念。對抗人類內

在的邪惡力量時，最讓人震驚的是，假若有人是極為破壞性的——不單單只是懶散或不誠實這類存在於每個人身上的小過錯，而是具有真正的破壞性——人們就會立即認為這是非人類的。特別是在精神病或是精神錯亂的狀態下，有時候我們會遇見如此冷酷、無人性且如同惡魔般的破壞力，其中伴隨一種如此「神聖」的感受，讓人感到無法招架。這股破壞力讓人感受到一種涼到背脊的顫慄感，它實在太殘忍、太冷酷了；它太令人驚恐、太過震撼，當這樣震撼及恐怖的事物出現在人類身上，足以讓人做出冷血謀殺。

我沒有處遇過真的做出謀殺的人，但是我遇過曾經差點走到這一步的人。這樣的經歷讓人為之顫抖，同時會想說：「不關我的事！」在此同時，個體也會感覺到這是如同神一般的事，不再是跟人類相關的。我們使用「非人類」這個詞，但我們也同樣可以說這是如「惡魔般的」或是「神聖的」。原始的意念會認為，當某人做出謀害或犯下極為惡劣的罪過時，他就已經不是他自己了，因為他正在做著只有神才能做的事；這個意念非常適切地說明了前面所提到的情況。當某人殺害他人的當下，他和神是一樣的，也不再是人。人類成為神的黑暗面工具，在那個時候，他們被附身了。某個人想像自己可以殺了自己的同類，也就是殺了跟自己有著相同本質的人，這並不是常態，它超越了人類本質，就這一點來說，他的所作所為就有著惡魔或神聖的特質。這就是為什麼在原始部落中的儀式性處決，透過殺死罪犯，你得見其中並沒有道德的裁判元素，犯罪者就只是承擔他的行為後果。原始人認為如果人類表現出彷若神的行止，那麼他就承受神的命運，就被待以神的形式而被施以絞刑、被處決或是被分屍等等。個體不能同時身處在人類社會，但又

表現出如同神明般的行止而隨意殺戮。

　　我曾讀過一篇文章談到北美印第安部落處決一名族人，族中有個巫醫犯了錯誤，他對族人收取高額費用，而他的迫害習性所造成的傷害讓他被視為毫無人性可言。他搜刮了寡婦的一切，還讓她自生自滅，他的所作所為遠遠超出了人類的限度。這些行為激起了部落的懷疑，但是在很長的一段時間當中時機都尚未成熟，因而這些懷疑就被埋在檯面下。這個巫醫仍然我行我素，但也因為感受到四周的批判聲浪，反而變本加厲，這或許是為了彌補內心的不確定感。他仍聲稱自己是最好的巫醫，直到部落間的耳語流傳越來越強烈，說他必定是被惡靈附身了。

　　有一天，部落的長老告知巫醫，整個部落都認為他被惡魔附身了。巫醫沒有否認，於是族人把他帶到沙漠中，以酷刑試煉來驗證這是否為真。他們做了沙畫，其他巫醫們也呼召神靈，指出這位巫醫被惡魔附身，並詢問是否應解救他。這個被指控的巫醫與其他人一起禱告，但是因為沒能得到答案，最後巫醫就被處決了──他被四馬分屍。巫醫自己也同意接受行刑，對他而言，這並不是被道德譴責的問題，而不過就是躲不開地墮入惡神之手，失去了人性。他對所受的處決感到心安。這是面對人類身上邪惡力量的自然行為表現，這個表現看似讓人印象深刻，也接近於這些事物的心理真實。這樣的接近感或許也揭露了為何古代的罪犯總是會被施以與神明相同的處決方式；個體認知到他們落入暗黑神祇之手，也因此必須要承受他們的悲苦命運。

神明吊在樹上——生命的懸掛狀態

　　將神吊掛在樹上、絞刑台或是十字架上，其象徵意涵是相當深奧的。這樣的命運通常會壓倒人類身上最讓人感興趣的神性部分，神明的慈愛部分落入被懸掛的悲劇，而這與文明的產生有關，在沃登神話中可見一般——被懸掛在樹上的沃登神後來發現了盧恩符文，暗示著人類意識的進步。我們首先必須進入樹的象徵意涵。在《煉金術研究》（*Alchemical Studies*）[4] 的〈哲學譜系樹〉（The Philosophical Tree）章節中，榮格指出樹象徵著人類生活、發展及意識形成的內在歷程。我們可以說樹在心靈中象徵著我們內在有某種事物正在不受擾亂地生長及發展，自我的作為都與它無關；這是一股開展且持續的驅力，朝向個體化歷程，且獨立於意識之外。在歐洲部分國家，孩子出生的同時會植下一棵樹，這棵樹在人死後也會跟著死亡。這個作為所表現的是樹木與人類生命的類比——樹承載著生命，就如同聖誕樹上的光，而太陽從樹頂升起也暗示著朝向更高意識的成長。有許多神話故事將樹與人類相比擬，或者讓樹以樹人的方式呈現。自性是樹，是遠較人類自我來得更偉大的。

　　我們的生命歷程中，有一部分就如同文學傳記作家所寫出的劇作，但是在其背後有個神祕的成長歷程，它自有定律，而且就發生在幼年到老年生命轉折的傳記式情節背後。從神話學的脈絡來看，人類整體可比喻為樹。以人為形象的神明被吊掛在樹上，這個母題鏡映了人類存有的悲劇：意識將人不斷地拉開，試圖解放自己，以自由意識行事，但是後來他又痛苦地被拉回到內在歷程。如果以這樣的痛苦形式呈現，這個掙扎就顯示出一個悲劇的意象體現，這說

明了整個基督宗教的哲思中對於生命所帶有的悲劇性觀點：我們必須接受禁慾且壓抑某些朝向成長的驅力，以追隨基督。其中根本的想法是，人類生命乃奠基在衝突之上，必須不斷鬥爭以朝向靈性；靈性並不會自動來到你面前，而是透過受苦而帶出。相同的想法也表現在更古老的形式，顯現在沃登神話中，亦即沃登被吊掛在樹上的意象。沃登神是不朽的流浪者，祂漫遊在世界各地，是衝動之神、是憤怒之神、是詩意的靈感，是人類內在那持續不安的元素，如果這樣的神明被懸掛在樹上九天九夜，所有的一切從情感中爆發出來，他最後發現了盧恩符文，我們也得以依此建立起憑藉文字書寫而形成的文明。

當意識及動物人格處在與內在成長歷程對立的狀態，就是受苦於十字架上，也正是處在這個將神明吊掛在樹上的情境，這是非自願地被釘在無意識的發展，他試圖要脫離但卻無能。我們被釘在比我們更大的事物上，這些事物遠勝過我們且讓我們動彈不得。

比基督教釘刑神話來得更加古老的阿提斯神話也以特定的形式來表徵這一點。阿提斯是大母神的愛子，本身是神聖少年，既不老也不凋零；他代表著永恆少年（*puer aeternus*）的模式，是永恆少年之神，永恆美貌。這個角色不受悲傷、人類限制、疾病、醜惡及死亡之苦。大部分有著堅定的母親情結的年輕人，就如同這個神明一樣，都會在生命的某個時刻，經歷到生命歷程不允許這樣的永恆心境，此時就必須要死去。在完整的生命歷程中，生命的前方滿是意義及光彩，但我們知道這不會持久存在，它總是會被生命的黑暗面所破壞。因此這個年輕的神明總會早夭、會被釘在樹上，樹在此時又成了母親；那個給了他生命的母性原則，將他以負面的方式吞

回，而醜惡及死亡就降臨在他身上。

　　有時候你可以在年輕男子的身上看見這一點——年輕男子到了該結婚，或該選擇一份專業的時候，或是他發現年少的豐盛已經離他而去，而他此時必須接受一般人的命運。許多人在那個時刻寧願因為意外或戰爭而死去，也不願意變老。在三十歲到四十歲的關鍵時刻，樹木的生長與他們作對，他們的內在發展不再與意識態度協調，正好是對立發展，而在那個時刻他們必須要承受一種死亡，可能是態度的改變但也可能是實際上身體的死去，可說是一種偽裝的自殺，因為自我在那一刻無法放棄它所秉持的態度；這是個關鍵的時刻，內在發展的歷程與自我相對，他們必須因此而犧牲。當內在的成長成為意識的敵人，這意謂著此人內在有些事物想要長出但他卻無法跟從，因此必須一死，因為意識人格的自我意志必須要死去，並且臣服於內在成長的歷程。

　　以吊掛的方式來殺人也呈現另一個面向：在大多數神話系統中，天空是鬼魂及神靈漫遊的處所，就好比是沃登神與麾下的死者亡魂軍團在空中飛過，特別是在風雨交加的夜晚。當你把某人吊掛行刑，你就把他變成鬼魂，如今他就必須要與其他亡者共乘，跟隨沃登神遊於天際。在酒神戴奧尼索斯（Dionysus）崇拜裡，祭品被放在樹上的鞦韆上，人們認為戴奧尼索斯是神靈，得以看見這些祭品，而祭品也得以被提升到空中並給予那些在空中的神靈。我們使用「懸掛」一詞，這樣的描述其實就是以某種角度說明了這個狀況。當內在的心理衝突變糟，生命就成為懸而未決；雙邊的力量是等同的，是與否的力道都相同，而生命就無法繼續向前。你希望能夠移動右腳，但左腳抗拒，反之亦然，而當你的生活處在這樣的

「懸掛」狀態時，就意指生命流的完全中斷及難耐的苦難。當陷入衝突中，什麼都沒能作為時，那是最令人痛苦的苦難。

當鞋匠在兩個罪犯被施以絞刑的地點被挖了眼睛，象徵著衝突被懸掛起來，而生命的歷程中止。對立面碰撞在一起時，生命也卡住不動。那兩個在絞刑架上的死人，映照出鞋匠與小裁縫如今處在無結果的半空中。當我們將這整個故事指向集體基督時代的情況，自然而然地，我們必須要問這兩個人代表什麼。如果故事裡只有一個被吊掛的人，垂手可得的想法就是：這代表著基督象徵的隱藏樣式，這是基督教的基本象徵，神被吊掛在十字架上。但是故事裡有兩個罪人，因此我們必須要問那第二個人可能是誰？

有許多的童話，特別是德國的童話，都有惡靈被釘在樹上或牆上。或許這兩個人同時暗示基督被釘在十字架上以及沃登神被吊掛在樹上；好的神被掛在十字架上，而另一個神被掛在樹上。這並不過於牽強附會，因為兩個神聖的存有被釘在樹上或十字架上，這樣的母題出現在許多基督教傳說以及亞瑟王（Arthurian）騎士圈的傳奇中；此外，這也出現在聖杯傳說中，珀西瓦爵士（Perceval）不僅僅要找到裝有基督之血的聖杯，還要找到鹿王，或者取下被釘在橡樹上的鹿王頭。在主要的傳奇故事中，他並沒有忘記此事，而他在找到鹿王頭前就找到了聖杯，並把它帶給女神。也許鹿王代表為惡的人，牠是樹林的破壞者，也是基督的陰影面。鹿王帶著美麗的一對鹿角，這是個多餘的裝飾品，反而拖累了牠的行動力。牠的目標是要吸引母鹿，這一點指出了高傲生物的想法，因此也代表基督原則的陰影面；我們所積累的無可救藥的傲慢及自大，似乎就是隨著基督教誨而來的其中一個最糟的陰影面態度。

分析過程中通常會出現某些情況，具體突顯了這個傲慢的陰影面：在基督徒身分的掩蓋下以及對夥伴的仁慈底下，我們對自身的抗拒避而不談，卻反而以甜美的基督態度製造了許多負面的聲明及論斷，一直到出現夢境顯示我們內在到底發生了什麼。被分析者沒提過心中的抗拒，因為這可能會引出難題，而且無論如何分析師都是「已經得到寬恕了」。那是一種傲慢的態度。要是說出：「這都是你的錯，你有何話可說？」這反而簡單多了；這才是比較符合人性、謙虛，也比較貼切的。但是，在「寬恕」的外衣底下、在品德及超然的態度底下，以及在「分析師也是人，也會有負面的那一面」這樣的認知底下，隱藏的是負面的反應，這些都是錯誤的基督態度之毒。我常常遇見這樣的狀況，同時也對這些寬恕及人們的甜美感到怨恨；我寧願他們能夠更自然地與人連結，更直接地說出心中所想，如此一來才能得到人性的了解。這個基督態度的陰影面，就是中世紀傳奇中樹上掛著的鹿頭所象徵的。如果某人就只是寬恕另一個人，那麼什麼都不會發生，那個負面的假設在接下來的十年都會持續下去。這樣的人在經歷三到四年的分析期間始終保守著他們對分析師的負面評論，既沒有勇氣也沒有正直感來討論這件事，因為他們確信對方無法接受，而且提出這件事也是不符合基督徒的表現。結果負面的假設就卡住了，而正面的「禮貌及寬恕」態度則被維持下來。當分析卡住時，你就可以確定發生了這樣的情況。你沒法總是捉住它，但它就在那兒，不管是善或是惡的那一面都無法得到進展。透過開放的對話，關係可以再建立，而整體也可以再次流動。這是個體勢必要介入的位置，或許可以建議被分析者前去找其他同僚，通常在那之後會有一個巨大的爆發，也會帶出可以接續

前進的素材。通常在意識人格內會有個錯誤的態度存在，以及像是「這是我自己就能夠處理的事物」的想法，因此，此人的內在發展就被狹隘及偏見所阻礙了。

讓眼睛張開的療癒露水

當小裁縫坐在絞刑架底下，烏鴉飛落在他上頭的兩具人頭上，兩隻烏鴉也開始彼此對話。第一隻烏鴉說只要汲取夜間從絞刑架上滴落在罪犯身上的露水並用之盥洗，就能回復任何人的視力。假若眼盲者知悉這一點，原先被認為不可能被回復的視力都得以再度回復。此處我們看見的是許多文明及宗教教條中都能見到的一般原型表徵：被處決的罪犯遺體是帶有療效的藥方。它證實了處決的行徑是奉若神明的想法；也就是說，罪犯傲慢假定自己是神明，也因此被獻給神明。原先在人類中是負面的事物，一旦被置身在不可知的領域界就變成正面的，而原本在人類境界中帶有破壞性的，當被放回適當的地方時就成為有建設性的。人類與神靈之間適得其所的平衡性得到重建，而也藉此產生有效的藥方，因此用來懸掛人類的繩索就被用作療癒的目的。「取一段吊掛人們的繩索，或是鐵鏽等，你就能得到一個有力的藥方。」聖人的遺骸所具有的療癒力量也帶有相同的道理。被處決的罪犯被視為聖人，顯示了這基本的思維。

烏鴉在德國的神話中隸屬於沃登神，而在地中海區域則屬於阿波羅神（Apollo），代表著占卜的能力。阿波羅是德爾斐（Delphic）神諭的擁有者，同時也是真理的啟示者，沃登神也是。黑色的鳥及各類大小型烏鴉都被認為能夠知悉未來，並告知隱

藏的真理。這些想法的形成，部分原因在於烏鴉科的鳥類通常會集合出現在征戰發生的地點，或有人過世的屋子。當許多烏鴉聚集出現在某個地方，人們會說即將有人死去，而且烏鴉知道這一點；人們由此推測烏鴉知道真理及未來。沃登神有兩隻烏鴉，分別是福金（Hugin）及霧尼（Munin），牠們是沃登神取得祕密消息的來源。鳥類一般而言代表直覺預感：他們是飛翔在空中的生物，處在靈性世界的中間帶，因此與各種最終顯示為真實的無意識思維有關。這兩隻鳥是真實性的靈魂。故事結局時，鞋匠來到絞刑架下，而兩隻烏鴉啄出他的雙眼。這兩隻鳥代表無意識中隱形且能自主實現的真實性；鞋匠並不是因為人類的力量，而是因為無意識的真實性而步上窮途末路。

如果我們觀察無意識的歷程，我們得見錯誤的行為不需要經由其他人類來報復，因為他們是從內而得到報復。殺人者最終殺了他自己，這是一個可怕的真理，也一而再得到驗證。當惡人成功而好人卻沒能如此，人們通常會因為人類生命中的不公正而感到震攝，但從心理層面來說並不真是如此；當你我覺悟這些惡人所承擔的危險時，有時反倒讓人感到顫慄不已。他們也許在外在世界看來是成功的，但是他們招來可怕的心理懲罰。

榮格曾經提到有個女人殺了人，她在另一個女人的湯中下毒，因為這女人愛上了她的愛人，但是她並沒有因此被抓。她像是全然被毀了一般前來告解，她覺得被切斷了，因為人們開始莫名地躲開她。她失去了所有的女僕侍從，也沒人想要住在她附近，她活得很孤單。她每天都會騎馬，但從那個時候開始，馬匹總會脫韁不讓她騎。後來，有天早上她呼喚她的狗，可是狗卻夾著尾巴溜開了。她

從內緩慢且極盡殘酷地被毀滅。祕密的真理、內在的真理法則，在這個故事中透過烏鴉表現出來，牠們是真理的靈魂，同時也與療癒力量有關。在阿波羅與克蘿妮絲（Coronis）的故事中，兩人的結合誕生了醫神阿斯克勒庇俄斯（Asklepios）。故事中的烏鴉也給了有價值的訊息，正是烏鴉喚起小裁縫注意到治癒眼睛的方法。

露水一般來說投射出神聖恩典行動的意義。在聖經中的一個故事裡，露水落在基甸（Gideon）的羊毛上，這是上帝顯現恩典的作為，也被解釋作聖靈將降臨在聖母瑪利亞之上的預示。在北美的文明中，露水及雨水是大地豐饒所仰賴的最高祝福，或許必須要生活在這樣的國度中，對於將露水及雨水視為神的恩典，才能有所體會，因為所有的事物因它而得到生命。如今這些罪人償還了他們身上的罪過，上帝的恩典也再度降臨在他們身上：在未知的國度中有著對立的和解，也因此露水有著療癒的力量。從以上觀點看來，露水代表著在這樣被懸著的狀態中，首先開始經驗的客觀心理領悟。

讓我們回到衝突的高點，當時是被懸著的狀態，一切都停擺、卡住了；自我處在既是且非的狀態中，生命因受困及貧瘠而被折磨。在這樣的時刻，自我投降且承認這是一個無解的困境，是一個它所無法解決的狀態，因此臣服於某些客觀的事物，臣服於一種逐漸顯著的上帝跡象。我們會說，我們臣服於夢境所要告訴我們的內涵。無論是分析師或是被分析者，都無法再多說什麼。但是客觀的心靈是否真的能產生素材或徵候，以帶我們更進一步？我們有的只是夢境及幻想，這是露水所代表的，這是來自心靈深處客觀且生動的彰顯，它能夠被進一步研究，而且也是它讓視力恢復。如果你能夠了解夢境中的神祕暗示，你的眼睛就開了，同時你得以再次發現

生命，並且將之帶到一個新的層次。只有無意識的導引能夠在這個時刻提供幫忙，供給我們滴落在身上的療癒露水。這就是為什麼小裁縫使用露水之後，得以帶著他被療癒的雙眼，再次上路，感恩上帝並向王城前進。在煉金術中，「聖」水也被稱作盲者的療癒藥方。

四個試驗的象徵意涵

後來出現的是四個試驗，其中小裁縫放了馬而不騎，不吃白鶴及鴨子，給牠們留了一條生路，也不摘蜂窩而保全了蜂群。後來他變成御用裁縫，因為受到鞋匠的中傷而被迫去找黃金冠，最後由鴨子們從湖底帶上來；他被強迫造井，最後是由馬從地面上踩出的；又被逼迫複製王宮，最後是由蜜蜂以蜂蠟造出；接著還有白鶴，為只有女兒的國王帶來一個男孩。這裡有四項任務，是典型象徵整體的數字。如果你對童話多所知悉，你會知道這不是常態的安排，因為童話通常只會出現三個任務，接著總會有第四件事物發生，而這會是個事件而不是一個任務。但是在這個故事中有四項任務，而且沒有更進一步的事件出現；進一步的事件可能是小裁縫變成國王。

馬為了造井而踩出水柱。馬象徵著被馴服的生命能量，得以帶出無意識之井。只有當我們對本能的無意識表現完全地虔敬，它才得以生成生命之水。有些人承接了某個主題的寫作任務，卻說這個很無趣，完全吸引不了他們。但是，當他們投注了一些心理能量在其中之後，發現內在的創意流源源不斷。許多懶散的人們等待靈感出現，但一直等到八十歲卻什麼也沒出現；然而有些情況是我們無

法等待的，我們必須要踏出第一步，在任務顯現意義之前就先投注我們的生命力量。

第二個任務是要從水中帶出國王的王冠，兩隻鴨子完成了這個任務。在遠古的希臘，鴨子屬於愛神，而在極地圈的薩滿教，鴨子引領巫師來回進入冥界。鴨子可以在陸上、在水中、在空中行動，這就是為什麼鴨子能引領我們進入無意識。國王的王冠象徵著他的功能，即代表終極整合，能夠將對立兩極守在一起。兩隻鴨子就象徵著對立雙方的合作。善與惡在鞋匠與小裁縫兩人身上是相對的，但是小裁縫得以勝出，因為他對朝向對立整合的力量表現尊重。

城堡模型這個母題是個奇怪的任務。城堡本身是母性的陰性象徵，它包圍且保護王室。城堡通常會帶有曼陀羅的形狀，因此它關乎的是將整體意念帶入俗世現實，而這是陰性原則的一項任務。在我們的故事中，模型由蜜蜂群完成。蜜蜂總是吸引著人類，因為牠們擁有組織性的行為，其他的昆蟲也有這樣的特質。雖然我們認為蜜蜂完全不具意識，牠們只有交感神經系統，但卻展現出讓人難以置信的全體無意識合作行為。已過世的奧地利動物行為學家卡爾・馮・弗里希（Karl von Frisch）曾經描述讓人最感驚訝的蜜蜂實驗。蜜蜂能夠區辨色彩，也可以相互告知花蜜所在地。蜜蜂會以大圓圈狀飛行並發現花蜜所在，但是牠們不需要循原路飛回；牠們可以直行，而且藉由尾端及翅膀的特殊動作表現通知其他蜜蜂，讓蜂群可以直線飛行找到花蜜。目前已發現牠們的定位系統與光線的極性有關。蜜蜂的無意識本能讓人感到不可思議，因此常被用來象徵在理性組織之外的和諧功能。

我們的公共生活遠較蜜蜂來得複雜許多，但是我們也同樣帶有

本能的基礎。我們的本能基礎是那些可以追溯到最古老時代的本能儀式表現，現在仍然發揮作用。然而，隨著意識的發展，這些古老的儀式已得到增進，甚至有時候被理性組織所取代。讓個人的任務及環境處於本能的合一，這是個理想化的狀態；在這個狀態下，宗教原型將人們單純地連結在一起，而且人們也在天性的基礎上相互合作。這是人們失而復得的功能，你能在所有的年輕社群中找到。在禪宗佛教中，有一些團體被相同的鮮活象徵所吸引，這是個堅強的社交群體，他們在沒有太多外在規約下得以表現正常運作的功能。近古時代的神祕崇拜團體則是我們所屬文明的例子。我們知悉阿普留斯（Apuleius）[5] 受啟引進入艾西斯神祕學的一些事蹟，他本該受啟引進入更高階層，但是受限於沒有錢，後來埃及冥王歐西里斯（Osiris）在夢中要他前去找尋祭司並要求接受啟引點化，而祭司也同樣做了個夢，在夢中被要求降低費用。因此，冥王組織了一群人，而祭司及組織都臣服於這個原型的鼓動。只要群體以那樣的方式運作，人類就得以有真正的自由及群體的文化生活。因此我們可以說，蜜蜂所建造的城堡就等同於在心中再造鼓舞的模式。

接著是白鶴，如同古老猶太傳統所說的，牠是最虔誠的鳥類，牠帶來新生命。在《煉金術研究》[6] 一書中，榮格引述了許多白鶴的內容。他討論生命樹的象徵圖像，高聳站立在樹枝上的就是白鶴。猶太教傳統中有關白鶴的神祕神話意涵可以追溯至《舊約聖經・耶利米書》（Jeremiah）第 8 章第 7 節：「空中的鸛鳥知道來去的定期；斑鳩、燕子與白鶴也守候當來的時令；我的百姓卻不知道耶和華的法則。」白鶴代表著來自天上那無法從神聖定向中逃離的事物，就如同野雁在東方神祕學中所投射出的相同意涵。此鳥的

　　　　童話中的陰影與邪惡：從榮格觀點探索童話世界

行為模式，讓人覺得它們有著神聖的智慧以遵循祕密秩序。白鶴在冬日棲居在北非，其中有兩類，一類飛過西班牙，另一類則飛越南斯拉夫，他們盡最大的努力飛過遙遠的陸地。有人做過實驗，他們從飛過西班牙的鳥群中拿走鳥蛋並將之孵化，這隻被孵化出來的鳥在適當的時間點會被**單獨**放走，而牠會依照本能飛往西班牙的路線；而從飛越南斯拉夫的白鶴所孵化出的鳥，則會選擇南斯拉夫那條路線。牠們會依照自身的模式飛向牠們所屬的正確路線，即使在沒有同伴的狀況下也是如此，因為牠們依循的是內在驅力的指引。於是人們有了這樣的想法：牠們是最虔誠的鳥類，不做自我評斷地遵循自身法則，因此牠們代表著與內在真實及內在存有協調一致的運作。此外，人們還認為白鶴厭惡蛇，會把蛇殺死，因此被視為基督的象徵——牠被視為超越功能，代表著無意識的顯現，而這個無意識傾向於帶出合解象徵，亦即神聖孩童。在我們的故事中，白鶴帶出更新的主導意識形式，即帶出新主，由此表現其功能。

　　與平常的慣性相反的是，小裁縫留在宮中卻沒有變成國王，而鞋匠也受到殘酷的懲罰，被驅逐進入樹林之後被烏鴉啄出雙眼，後來也消失不見了。在大多數童話中，幹壞事的人會被殘酷地毀滅，這一點近來引發許多討論，因為人們認為讓孩童聽到這樣的內容是不好的。從榮格派的觀點來看，我們必須指明被懲罰的惡人並不是真的人，孩童們本能地知道這一點。他們是原型人物，以純粹破壞性的方式摧毀我們的人性；要對抗這股力量，斷然的殘酷與嚴厲是必須的。我們無法與我們的酒癮、藥癮或其他威脅生命的傾向妥協，我們必須要**斷然地**擋下它們。這就是對神話中惡人施予殘酷懲罰所要傳達的意義，這也說明了為什麼我們會對於所聽到的結局感

到滿意。關於人類犯罪的治療，則是另一個故事，此處我不多加討論。

註釋

1　編註：自天界偷取火種給人類使用的天神。

2　編註：北歐、日耳曼神話中的主神，也譯作「奧丁」，據傳外貌是一位五十歲左右，獨眼、戴寬邊帽，身材高大的長者。

3　編註：又稱如尼字母或北歐字母，最早約出現於公元二世紀左右，被用來書寫某些北歐日耳曼語族的語言，之後逐漸被拉丁字母取代而棄用，現在偶爾會出現在裝飾圖案中。

4　原書註：*The Collected Works of C. G. Jung*, trans. R. F. C. Hull (Princeton, N.J.: Princeton University Press, 1957–1979) 13, chap. 5.

5　編註：為古羅馬作家、柏拉圖派哲學家，因喜愛埃及艾西斯的神祕崇拜儀式，而撰寫小說《金驢記》（*The Golden Ass*，或譯《變形記》），諷刺羅馬帝國的社會生活。

6　原書註：*The Collected Works of C. G. Jung*, trans. R. F. C. Hull (Princeton, N.J.: Princeton University Press, 1957–1979) 13, para. 417.

童話人物中的阿尼瑪

一個故事，接續了與〈兩個旅行者〉相同的主題，兩個主角更清楚地表現出道德的對立。故事的大意是這樣的：

忠實的費迪南和不忠實的費迪南
（Ferdinand the Faithful and Ferdinand the Unfaithful）[1]

一對非常貧窮的夫妻有很長一段時間都沒有孩子，最後終於得到一個小男孩，但是卻無法幫男孩找到教父。男人說他會去別處看看是否能找到有意願的人。路上，他遇見一個貧窮的老男人，這老人問他要去哪兒，男人回說要去幫自己的孩子找教父，但是因為他們太窮了所以無法找到有意願的人。老人說道：「哦！你窮，我也窮，我可以當你孩子的教父，但是因為我太窮了，所以不能給什麼像樣的禮物。」當這對夫妻帶孩子到教堂受洗時，老人早已在那兒了，他為孩子取名為忠實的費迪南。

當他們離開教堂時，老乞丐說自己沒有什麼禮物給孩子，因此這對夫妻也不需要給他任何東西；但是他給了男孩一把鑰匙，說必須等男孩十四歲時才能給男孩，到時候男孩會在草原上看見一座城堡，鑰匙可以打開城堡大門，而城堡裡的所有東西都是這男孩的。男孩七歲時，他跟其他孩子們一起玩耍，這些孩子們都從教父那兒拿到禮物，男孩回到家之後問他的父親自己是否有任何東西是教父給的。父親說：「有的！你收到一把鑰匙，當草原上出現一座城堡時，那把鑰匙能夠打開城堡大

門。」男孩走到屋外去看，並沒有什麼城堡出現。七年之後他又再去了一趟，而這次草原上的確有座城堡，城堡裡面有匹馬。男孩好開心自己得到一匹馬，他騎上馬回家找他的父親，說自己現在要啟程出發去旅行。

途中，男孩看見一支羽毛筆落在路上，但是他並沒有撿起來，因為他認為如果自己需要一支筆，隨時都可得到。但是，正當他打算騎馬離開時，有個聲音要他撿起筆，他因此撿起那支筆。他又騎得更遠些，抵達一個水池，在岸邊躺著一條奄奄一息的魚，他把魚投入水中。魚從水中探出頭說，牠會給男孩一把笛子作為解救牠的謝禮，還說將來如果有物件掉入水中而遭遇了困難，男孩只要吹一吹笛子，這條魚就會前來搭救。男孩繼續上路。後來，有個男子走近，問男孩何名何姓、要前去何方；聽完回答之後，男子說他們兩人有著幾乎一模一樣的名字，因為這男子的名字是不忠實的費迪南。兩人同行，來到下一個村子裡的一家客棧。

但是從那時候開始，事情就變糟了，因為不忠實的費迪南知道其他人心中的想法，也知道他們在盤算什麼，而且他懂得各式各樣的邪術。客棧裡有個非常美麗的女孩愛上了忠實的費迪南，女孩問忠實的費迪南要去哪兒，他告訴女孩自己打算騎馬四處旅行。女孩說忠實的費迪南應該要留下來，因為這裡的國王會因為得到像他這樣的一個侍從或護衛而開心。女孩主動前去國王那兒，將費迪南引薦給國王，並說忠實的費迪南會是個很好的侍衛。因此忠實的費迪南和他的馬就成為了國王的侍衛，他還被任命為前導騎士。但是，後來女孩也需要給不忠

實的費迪南幫忙引薦，而不忠實的費迪南也同樣得到國王的聘任。

不忠實的費迪南得知國王因為心上人不在身邊而不悅，於是提議國王派忠實的費迪南去找尋國王的心上人，如果他拒絕就要讓忠實的費迪南人頭落地。

因此，忠實的費迪南前去馬廄對著他的馬哭訴自己的不幸，說自己將離開馬兒而死去。但是，有個聲音出現，問他為什麼哭泣，費迪南對他的馬說：「你會說話嗎？國王要我去找他的新娘，我該怎麼做才好？」馬要費迪南去告訴國王，只要國王提供他所需的物品，也就是一艘裝滿肉的船以及一艘裝滿麵包的船，他就能夠帶回國王的新娘。馬告訴費迪南說，水上住著可怕的巨人，如果不把肉給他們，就會被撕成碎塊。那裡還有大鳥，如果不給大鳥麵包，牠們就會把費迪南的眼珠啄掉。

國王給了費迪南所需要的東西。馬說他們該上船了，同時也提醒說，當巨人出現時，費迪南要對巨人們說：「靜下來，靜下來，我親愛的巨人們，我記得你們，還給你們帶來了好東西。」而大鳥前來時，他要說：「靜下來，靜下來，我親愛的鳥兒，我記得你們，還給你們帶來些好東西。」如此一來，牠們就不會傷害他，而且當他抵達城堡時，巨人們會幫得上忙，因此他應該帶些巨人一起前往城堡。他會在城堡裡發現一位沉睡的公主，他不能把公主吵醒，要讓巨人連床帶人帶回船上。後來，每件事都跟馬事先所說的狀況如出一轍，巨人們將床上的公主帶回國王跟前，可是公主說她不能留下來，因為她需要

拿到被遺留在城堡裡的文件。

不忠實的費迪南再一次慫恿國王派忠實的費迪南前去取回文件，不然就死路一條。因此費迪南前去馬廄哭訴自己必須再次上路。跟先前的情況相同，當他們抵達城堡時，費迪南進入城堡，並在公主臥室的櫃子裡找到文件。當他們再度回到水上，費迪南的羽毛筆掉入水中，但這一次馬沒法幫上忙。費迪南開始吹起笛子，魚兒游了過來，口裡就銜著那支筆交回給費迪南。因此，他們將文件帶回到城堡，國王及公主婚禮即將在那裡舉行。

可是公主並不愛國王，因為國王缺了鼻子，公主反倒是喜歡上了費迪南。有一次，當所有人都在王宮時，公主對著大家說她會施法術，她說自己能夠把人頭砍下後再接回去。因為沒有人願意做第一個嘗試的人，不忠實的費迪南慫恿忠實的費迪南打頭陣，公主把他的頭砍下後又再度接上，接上後只留下一條紅線的痕跡。國王問公主這是哪裡學來的，公主說：「哦！我懂得施法術，您要不要也試試？」國王說：「當然好啊！」因此公主砍了國王的頭，但是這一次卻沒有再把頭接回去。

接著，馬要費迪南騎上馬背並繞著草地奔馳三圈。當費迪南照著做完後，這匹馬就頂著後腿站立，並且變成了一位王子。

失去鼻子的國王

這是一個相對不完整故事，而且故事裡也有些讓人不太滿意的母題。舉例來說，羽毛筆必然是從另一個故事嫁接過來的，也因此與接下來的故事內容有關連。那是一個非常古老的歐洲故事，你可以找到許多不同的版本，故事可以追朔至十二世紀的中古猶太拉比約哈南（Rabbi Johannan）的傳說，傳說中的英雄約哈南必須要為所羅門王找尋新娘。[2] 故事中帶有毀壞性的不忠實角色不是男人，而是由拉比的妻子所表現。他的妻子一心只愛錢，最後被殺了，故事裡的國王最終也不是被斷頭。但是，這個古代手抄本有相同的基本內涵，故事裡同樣出現一個忠心人物，需要為國王完成特定任務，而且還是被不老實的傢伙所陷害的。這必然是源自更久遠之前的傳說；雖然我們的故事以德文呈現，但相同的故事也可以在義大利、西班牙、俄羅斯及北歐國家中看見。

此處我們主要關注的是陰影面的問題，故事中同樣有兩個人一起四處遊歷，其中一個在王宮中詆毀另一個。也許你會認為這不是個太好的故事，而且也覺得沒什麼新意，因此納悶為什麼會挑選這個故事，但事實上這個故事所帶出的特色遠遠超過第一個故事。

在上一章，我畫了一個圖例，我們也可以套用在這裡：

童話中的陰影與邪惡：從榮格觀點探索童話世界 ┤

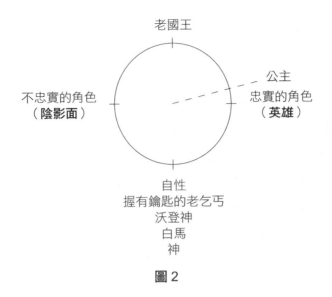

圖2

　　榮格曾經指出，更新只會出現在第四個元素，通常就是自性。在另一個故事中，國王是不完整的，因為他沒生出兒子，但他依然維持國王的身分，而且在故事的結尾也沒有被替換掉。這個故事則顯示更經典且常見的形式，故事中的國王被除掉了，而且這個國王也是不完整的，他缺了鼻子，因此對公主不具吸引力。

　　鼻子是嗅覺的器官，與直覺的功能大有關係。我們可以說股票經紀人能「嗅出」股票市場的動態，或是說他用鼻子聞出未來的可能性。你也可以「嗅到」事有蹊蹺，或是可能會說有些事情「氣味不對勁」。有許多和嗅覺有關的口語表達，通常都是與直覺感知相關的，僅憑感覺是無法得到的。因此，我們可以說國王已經失去了本能直覺，他不再能以本能嗅出正確的行為，亦即他不能與他自己的無意識同步。

正如你所知道的，許多動物的大腦內有一大區塊的腦葉，主要功能是嗅覺，我們勢必會因此認為牠們有極佳的嗅覺，而人類在這一方面則有較多的障礙。顯然，為了提升大腦的其中一項能力，就必須犧牲掉其他的某些能力；有個理論指出，人類的智力是在犧牲嗅覺的情況下而提升的。人類不再像遠古時代那樣依靠視覺及嗅覺，因此這些能力有可能會被犧牲以建立大腦的其他功能，而且我們可以說，在某個層次上失去的能力，可能就在更高的層次上得到回復；它可能成為一個心理的功能，以直覺或心理層面的感知取代原本物理層面的感知。因此，如果國王缺了鼻子，他就失去了區辨事實的自然本能，這也符合故事情節：他落入不忠實的費迪南的壞心算計，而且沒有「聞到事有蹊蹺」。此外，他失去了心愛的公主，而且顯然無法靠自己找到公主。想當然的，新娘不會願意嫁給一個沒勇氣前來找尋她的男人。

打開兩邊通道的鑰匙

帶出解決方案的自性象徵，是透過老乞丐而非國王得到人格化。這個身分不明的老人，在受洗禮之後也消失無蹤；他帶來了會說話的白馬，這匹馬也是個被施了魔法且未得救贖的王子。在其他的故事版本中，老乞丐實際上就是那匹馬。優漢那斯·波爾特（Johannes Bolte）及蓋亞·波利福卡（Georg Polivka）在他們的著作《格林兄弟兒童及家庭故事論集》（*Anmerkungen zu den Kinder-und Hausmärchen der Brüder Grimm*）[3] 五卷叢書中，提供了各國格林童話的彼此相互連結，以及最早文稿的出現時間點等。在所收集到

的平行版本中，其中一個故事告訴我們老乞丐就是那匹馬，而另一個版本則說老乞丐就是上帝。

　　童話故事經常會提到上帝在人間遊走，有些故事甚至是這樣開始的：「在很久很久以前，當上帝仍然在人間遊走時……」這些認為上帝是個實體、會四處遊走而且可以在我們的周圍以常人的樣貌相遇的想法，跟我們對上帝的認識正好相反；但是在民間故事中，你常會看見上帝以無名未知的形式遊走，比如林間的老人。對於這位無名天一父（God-Father）以及故事中的白馬，有許多有趣的擴大法詮釋。古早的德國沃登神就是個遊走於人間及王宮的神明，祂的帽沿被拉下以遮住他的盲眼，身上穿著灰色或藍灰色的外套，祂會跟人們討頓飯吃，並留宿一夜，還會講述不可思議的故事，之後就突然消失不見，人們只有在事後回想才會知道祂是何方神聖。在另一個故事裡，沃登神前往一個打鐵舖子，好為他的馬裝上馬蹄鐵。突然間，打鐵匠看見這匹白馬高高躍上圍牆就消失不見了。有時候，祂騎在一匹有八隻腳，名叫斯萊布尼爾（Sleipnir）的白馬上，牠是上帝的動物形式表現。我們可以因此得知這一定與古代的異教沃登神意象相關連，祂在我們手邊的故事中再度出現，被視為基督教中上帝角色的補償。

　　這裡還有另一個連結：故事中的貧窮老人給了孩子一把能開啟城堡之門的鑰匙。在另一個版本中，主角的名字不叫忠實的費迪南，而是叫作彼得，他掌管天堂之門的鑰匙。聖徒彼得對凡人來說總是帶著吸引力，因為他比基督更理解且更貼近我們。有許多故事提到聖徒彼得與基督一起遊走四方，故事裡他總是成為那個做了許多蠢事的傻瓜呆，而且也總被上帝指正他的罪行。他容易動怒，而

且也常常被耍。有個故事提到基督與彼得身無分文卻四處遊走，而且他們還吃霸王餐。基督施了些計策，讓彼得睡在床的外側，因此當客棧老闆發現他們沒付錢而對他們丟垃圾時，垃圾就會被丟到彼得身上。類似故事的許多變異版本，都顯示彼得扮演陰影面角色：與基督相較，彼得顯得更人性且愚鈍。當一個已經變得過分靈性化的宗教，失去了與神性的接觸，最後的結果就是以凡人的幻想再次帶出這個主題，以補償所欠缺的神性接觸。聖徒彼得是個天真的傢伙，他是道道地地的人，是上帝角色的複製品，但是他身上所帶有的本質特性是我們不敢歸於上帝身上的。聖經中，聖徒彼得在關鍵時刻背叛上帝，但是後來藉由他對主人的無知忠誠而得到補償。接著，他易怒的那一面導致他削掉了大祭司的僕人馬勒古（Malchus）的耳朵，後來是由基督療癒的。因此，他代表較原始的道成肉身的神聖特質，這是基督這個角色所欠缺的。然而，基督比較喜歡他，給了彼得鑰匙，及打開天堂之門的權力。

在民俗歷史中，聖徒彼得繼承了許多古羅馬雙面神傑納斯（Janus）的特質，英文的一月（January）就是源自於其名。祂也是門神，手中握有終點及起點，同時也帶有前後雙面頭顱。一月這個月份專屬於祂，因為這是介於一年的終點與另一年的起點之間。在前基督時期的羅馬，傑納斯是首位創世神，這個神代表著起始與終點既相對但又全然相合，同時祂手中握有鑰匙。聖徒彼得傳承了這個古老原型人物的某些特質，因為聖徒彼得可以看見雙邊，同時也握有鑰匙。

如果國王是主導集體意識的表徵，他勢必就代表著主導的宗教態度及其象徵性，因此那個四處遊走又創建了新主的老人，就會是

較遠古的上帝形象，他所擁有的特質已經丟失了主導性。這個較古老的上帝意象有下述特質：他是易怒的，正如同舊約聖經中的耶和華在轉入新約聖經前那樣；他同時也是衝動的；他能夠在人間四處遊走而與人們接觸等等。與基督宗教的神聖人物相比，他顯得更為接近人類的不完整性，且更接近人類的情感面。

正是這樣一個不完整且更古老的上帝人物，才能在這個童話中擁有神祕的力量保護主角，慢慢地將他建立成為新主。

不忠實的費迪南，也就是圖例中左側的那個人物，是個專門造謠生事的傢伙，他得到他那一面的退行傾向，圖謀除掉新興的意識主導象徵，但是他並未得逞。這不是兩個費迪南之間的爭鬥，然而卻是個決定性的爭鬥。根據較原初的想法，接著將會出現一場鬥爭，我們會看見誰最終得到勝利：那就會是陰影問題的解決。但是這故事並不是如此，衝突透過另一個因子而得到解決。同時，解決方案也不是由老乞丐及白馬決定的，因為即便是白馬也在最終需要得到救贖。創造新主的是第五個元素，也就是拒絕與老國王結婚而選擇了費迪南的公主。她扭轉了整個情勢，她是故事的中心。

阿尼瑪宣告真理的神祕文件

所有其他的母題都相對容易解讀。第一個出現的問題是，費迪南必須等到十四歲，也就是青春期。在那個時代，男孩在那個年齡就基本上被視為長大了。十六世紀時，許多男孩十二歲就成為荷蘭軍隊裡的軍官。真理所屬的時刻早已確定，你必需等待直到時機成熟或一切完整，必需等待直到內在及外在發生改變的那一刻。

城堡是非個人的陰性象徵，有時候是阿尼瑪的象徵。城堡是由人所建造的，因此它是母性意象的特定面向——也就是阿尼瑪或是其他母性神祇的意象，此意象在前朝文明已發揮作為，而此時必須為它找尋新的內涵。城堡有時候是建立幻想的系統，就好比孩童蓋城堡的遊戲一般。人們有時候在積極想像（active imagination）中為自己建立一座城堡或一棟屋子，並且住在裡面很長的一段時間。他們建造了特殊態度的結構，以讓他們安身於其中，而城堡為他們提供了防衛。當外在的情況越是不如意，孩童就越會住在這樣的城堡中；在層層的圍牆後方，孩童可以安身其中。此處有新的意象在城堡內成熟，亦即上帝的新意象，英雄是帶出新太陽的人。在廣為人知的中世紀德國詩歌〈救世主〉（Heliand）中，基督騎著白馬現身。他帶來了新的光明，而白馬是朝向新意識的本能生命力。在我們的故事中，這匹馬能說話，最後再揭露白馬其實是另一個王子。

公主遺失了文件、費迪南丟失羽毛筆，我們只能把這兩點視為故事中本該如此的情節。阿尼瑪人物與丟失的文件相連結，而英雄需要能書寫的東西，因此這與詩意表現的能力有關。因為這個故事帶有沃登神的背景，我們必須牢記沃登神是詩及詩意寫作的神，有可能是阿尼瑪失去了創意本質，因此必須透過宗教態度的更新而重新拾回。

丟失的文件想必是指涉某個神祕的傳統，因為阿尼瑪將文件放在遠方的國度中，亦即無意識，而文件必須要被帶回到意識領域。在基督世代的歷史中，偶有新的宗教書寫突然出現，試圖重新詮釋基督宗教。我們可以假設文件所指的是阿爾比派（Albigenses）及卡特里派（Cathars）[4]的著述或聖杯傳說，這些書寫試圖以詩意的

表現方式來復甦基督真理；文件所指的也可能是靈知派（Gnostic）的面向，因為這樣的神祕傳統不能被公開正式傳授，只能被壓抑在基督教會的僵化之下。因此我們下結論說，文件可能與這類事物相關，並且被收藏在阿尼瑪的國度中；阿尼瑪要人們去尋找文件，並且堅持如果沒有文件她就不能有作為。同時，這個公主也必然是個魔法師，因為她知道如何把頭砍下然後再接上，因此文件可能也是她的魔法祕方。文件代表著非正式且不被承認的知識，而魔法盡是從古至今流傳下來的傳統及作為。有人曾經給榮格看一本瑞士鄉下人用來驅邪的魔法咒語書，那本書的內容完全就是對維納斯女神的拉丁祝禱文；那是中世紀時期的手抄本，到了當代仍被用作相同的目的。我們也在故事裡看見德國異教的過往傳統，因此也許會假定文件與既有的神祕傳統有關；我們常會把這些傳統跟阿尼瑪聯想在一起，因為身為意識的補償角色，阿尼瑪通常會抓取被遺忘、被忽略以及不被喜歡的事物，而這些事物是必須被保有、被察看的。

因為主角有一支羽毛筆，彷彿有一天他應該寫下關於無意識的新詮釋。我們針對童話所做的詮釋，事實上是重新解讀宗教及民俗傳統，如此一來，他們才得以再次連上意識態度。童話是有意義的，而透過聆聽童話，你可以再次與那些存活的傳統搭上線，這就是為什麼我要討論童話。將阿尼瑪的祕密文件再次帶出，一直都是我們的問題。男人夢到他們的阿尼瑪是個有學識的女人，有許多藏書，而這個主題可以在積極想像中得到發展，在其中以一種相當高傲的方式給出某種原始的宗教教義：「世人們，用心傾聽，我要告訴你一個新的真理。」結果就是男人痛恨讓阿尼瑪執筆書寫，特別是因為她那糟糕的品味。要傾聽阿尼瑪，真的是個需要勇氣的

作為。如果阿尼姆斯或是偉大的巫醫出現，他也會以這樣的方式說話。這些對偉大真理的傲慢宣告，對腦袋清醒的人們來說是極為厭惡的；沒有品味的人們會落入其中，但是這只是讓情況更糟糕，而大部分人都會覺得厭惡。事實上兩者都不該做：你必須帶著勇氣並維持客觀，讓阿尼瑪以她自有的方式來宣告真理，並且發現她所聚焦的目的。問題在於這個古老的形式，以及對真理的宣告，跟我們現代的書寫意念並不相容；即使如此，某些現代詩人也採用這樣的方式，而尼采有時候也讓查拉圖斯特拉（Zarathustra）如此說話。我想像阿尼瑪有這樣的文件被鎖在她的城堡裡。

彈性態度化解陰影面衝突

我們需要探究的是另一個奇怪的問題：為什麼與陰影面相關的困難情境並沒有帶出爭鬥，而且解決方案反而是被另一個因子所帶出。這一點為個體的個人陰影問題，提供了實務線索。就我目前所見，當意識人格與陰影面相對立的同時，假若我們可以不帶瞞騙地認真看待陰影面，就會導向衝突全然止息的結局。假若自我走上單邊的道德決定及單邊的倫理態度，並且與陰影面正面衝突，就會變成無解。這是我們所處文明的其中一個問題。

在大多數的原始文明中，人們從未陷入嚴重的陰影面衝突，因為他們可以不經思考地從一個態度轉為另一個態度，右手可以不清楚左手在做什麼。你可以在傳教士的報告中看到這些情況。傳教士為部落做事，部落也變得十分依附他們，但是後來出現傳染病，傳教士就蒙受譴責而被殺害：亦即一個反向作用升起。他們事後會

後悔，但是他們並不是真的對這件事感到難過或憂傷，日子還是照過。這是個極端的例子，說明某件總會發生在我們身上的事。陰影面的衝突並沒有變得過於激烈，因為我們的生活仰賴的是一個會轉換的態度。我們努力當個好人，但是也做出各種我們沒有察覺的壞事，即便察覺了，我們也會以藉口或困境來唐塞，或歸咎於他人，抑或忘得一乾二淨——這是陰影面問題通常的處理方式。我並不是要批評這樣的方式，因為這是我們得以生存的唯一方式。你我有陰影面，那是個強而有力的本能力量，而你我需要忽視某些事情好讓我們能夠過日子。你同時會得到某些程度的認可及批評，只要不過於離譜，就可以達到一個介於中間的解決方案。如果人們在道德上過於敏感或小心謹慎，事情就會變得比較困難；但是只要他們完全不懂心理學，這也算不上是個問題。

然而，基督教人士不再能夠允許這樣的靈活方式，無解的問題就應運而生。始終會有是與否的兩難，左手玩弄各式各樣的把戲，然後人生就卡住了，個體無法再繼續生存下去，因為個體想要在其中一面追求完美。如果你有意識地秉持基督教的理想生活，這等於你必須以殉道者的姿態死去，或被殺害，如早期教會所言。我們必須為那些在中國被囚禁的人挺身而出，並且因此招致殺生之禍，或者做出其他類似的事情。大部分人會說那是愚蠢的行徑，還會說那人有救世主情結；為了擺脫這個情結，他們會說只要邪惡的問題不是過於逼近，他們就會把問題留給別人。一個懷抱理想主義的年輕人決定前往美國測試原子彈的島嶼，意圖防止這項試驗。大部分人會說他是個傻子，過於理想化，但事實上他是在試圖實踐「效法基督」的理念，因此你看見了衝突：你要嘛堅持道德責任而最終死路

一條，要嘛後退一步而成為玩弄於兩端的人。這是基督宗教給我們鋪設的衝突：我們到底要做到什麼地步？如果我們過分堅持於陰影面的問題，我們要不是卡住了，就是成為殉道者；或者說我們應該要耍些小手段，活出陰影面，不要逼得太緊，才能維持健康的心理防衛。

年輕人為了抗議原子彈而寧願一死的故事，就是個典型的例子：某個人在狂熱及道德信念的引領下進入死胡同，還要為個人的信念而殉身，死於世界之惡。我們每日的分析時段都會帶出這樣的衝突：人們試圖謹守分寸而被切斷了根源，然後他們不知道該如何繼續下去。男人可能會受誘惑而在婚外與女人發生關係，同時會安慰自己說這是全天下的男人都會做的事，因此不需要小題大作；他就是以這樣的藉口，背地裡做了這件事，卻又感到抱歉。但是，當他那滿是妒意的妻子大吵大鬧時，他又再度退縮了。其他的人受到相同的誘惑時，會試圖自我控制，告訴自己不能動這個念頭，因而壓抑下來，同時與陰影面傾向相對抗。如果那只是個小小的誘惑力，他們可以成功壓抑下來；如果是巨大的誘惑力，他們就會感到憂鬱且身心疲憊，也不知道該如何繼續走下去。他們的夢境會呈現狂怒不已的陰影面，因為陰影面被擋住了。這可能會導致他失去極大的生命力，整個生命因此被卡住。男人開始顯現神經官能症狀，因為人格的另一半不接受這樣的決定，還持續為此感到憤怒。他會懷疑，並且想像自己生病了，變得鬱鬱寡歡，終日壞心情，在工作上也失去了樂趣，這在道德感太高的人身上是相當常見的。或者，這個丈夫可能對妻子感到憤怒，這是陰影面敗陣之後而生的報復。在這樣的情況下，無論這男人做什麼都是錯誤的。對陰影面豎白旗

是讓人作噁的，但是拒絕它又顯得卑微；假如他投降了他是低劣小人，但是如果他不投降他又被懸掛在那裡。這就是我所謂的典型陰影面衝突，沒有任何可供權衡的優缺點作為解決方案。如果個體無法權衡變通或耍些小手段，人類本質的陰影面衝突是無解的，因為它造成了一個無論個體怎麼做都不對的情境。在這樣的時刻，軟弱的人會尋求支柱，要不是從別人那裡尋求建議，就是否認衝突並且當作沒這回事。很不幸的，這往往不會有什麼好結果，接著就是老樣子的退行行為，右手不知道左手在做些什麼。

來自阿尼瑪的創意解決方案

在這個童話故事裡，個體會一直承受這樣的衝突，直到找到創意解決方案為止。創意解決方案會是出乎意料之外的，它會以另一個層級來決定衝突。這個故事出現的畫面是，阿尼瑪人物突然扭轉了整個情勢，並且讓其他人成為國王；這是一個從無意識而來的決定，既不是這個也不是那個。她就是這樣扭轉了情境，缺鼻子的國王，也就是那個沒人關心的第三者，必須要出局；情況因此改變了，每件事看起來也都變得不一樣了。那就是陰影面問題的創意解決模式，這也是實務上我們試圖要做到的：承受衝突直到一件出乎意外的事發生，讓整件事情進入另一個層次。接著，你可能會說衝突並沒有解決，只是改變了。從另一個方面來說衝突永遠無法被解決。個體必須被釘上十字架，讓自我不再擺動於是與否之間。這也許會持續數週或是數個月。這股對立面的張力是不容自我決定的，因為針對陰影面衝突的創意解決方案，意謂著要放棄自我以及自我

所秉持的準則與衝突；它意指全然臣服於個體心靈中未知的力量。正如同基督在十字架上所說的：「我的神！我的神！為什麼離棄我？」

這一點在童話的第三方得到表現，也就是阿尼瑪人物改變了整件事。如果忠實的費迪南跟阿尼瑪有進一步的情節，說他愛她，同時問她要如何處置老國王，那就不會有任何的解決；但是故事告訴我們他並沒有任何意圖想變成國王。他留在自己的位置看見對立雙方，也因為他完全沒這個想法，公主才能說：「我不喜歡這個老國王，就讓他斷頭吧。」

如果阿尼瑪想要了結男人，她就砍斷他的腦袋，這不是指具體形式的斷頭，而是指心理形式的砍斷，因此他就離了身；這意謂著被阿尼瑪附身（anima possession）──這會是極大的危險，通常在某人無法承受對立面的衝撞時就會發生。相信阿尼瑪或其他無意識人物會帶出解決方案，是榮格心理學派學生所面對的嚴重危險之一。我們從榮格的著作、心理學講座或是我們自身的經驗中得知此事，而接續而來的就是極度可怕的危險──當這樣的衝突出現時，我們以智性的方式期待解決方案出現，並說：「我知道阿尼瑪會把我帶往解決方案。」但我們卻忽略了，首先必須要完全經歷自我衝突的過程。

故事並沒有告訴我們不忠實的費迪南最後的下場，他就只是淡出故事。相反的，我們被告知白馬得到轉化，而白馬也是當年給了費迪南鑰匙的老乞丐。此處隱微未說明的是，這兩個意象正代表著古早的德國沃登神，彷彿是這個與神相關的人物吸納了邪惡的費迪南。實際上，這代表著由基督教教義所創造的好壞尖銳衝突，被

異教主義的再現所取代，象徵著退行到野蠻未開化的狀態，而這就是我們近日所經歷到的退行。在我們的版本，以及其他的一些版本裡，白馬轉化成為一個無名的王子，這代表之後的可能進展——可能發展出一個新的態度來超越基督教衝突。但是，這個王子人物的不確定性也顯示這個發展只是個虛弱的期待，仍然未進入我們的文化意識面。

註釋

1　原書註：*The Complete Grimms Fairy Tales* (New York: Pantheon Books, 1972), pp. 566ff.

2　原書註：J. Bolte and B. Polivka, *Anmerkungen zu den Kinder- und Hausmärchen der Brüder Grimm* (Leipzig: Diederichs Verlag, 1913–1932), vol. 3, p. 32.

3　原書註：Ibid.

4　編註：卡特里派是一中世紀基督教派別，其 12 世紀傳入法國南部阿爾比城（Albi），故又稱阿爾比派。

調停者：忠實的約翰

下一個童話看似以新的面貌來呈現這類人物。

忠實的約翰（Faithful John）[1]

　　很久很久以前，有個生了重病的老國王，他相信自己所剩的時日不多，於是召見了忠實的約翰，這是他最心愛的僕人，因為為人忠實而得其名。當他來到國王的面前，國王說自己已經步向人生終點，但是唯一放不下心的就是他的兒子；王子年紀還小，因此總是聽不進別人給的建議。國王要忠實的約翰承諾如同父親一般教導年幼的王子所有他應該懂得的事物，如此一來，國王才能放心瞑目。

　　忠實的約翰承諾不會離棄男孩，即便冒著失去生命的風險，也會忠實地服侍男孩。於是，國王說他可以安心離世了，但是他再提出要求：在他死後，忠實的約翰要帶領王子巡視整個城堡，將城堡裡所有的房間及內部的瑰寶都看過一遍，唯獨長廊盡頭的那一間房間不能進入，因為房間內藏有金屋公主的畫像。如果王子看見那幅畫像，他會立刻愛上公主而為之瘋狂，並且會陷入極大的危險之中。忠實的約翰對國王發誓會依他所期待而完成任務，國王安然躺下就過世了。

　　國王安葬後，忠實的約翰向少主報告他對臨終的老國王所許下的承諾，並且表示自己會信守承諾，將會如同對待老國王般忠實對待少主，即使犧牲生命也在所不惜。喪期結束後，忠實的約翰對少主說：「是時候讓你看看你所繼承的財產了，我

要帶你巡視你父親的城堡。」他帶著年輕國王從上到下、裡裡外外都看了一遍，讓少主巡視所有財富及豪華的房間，但是他沒打開那間藏有危險畫像的房間。畫像的擺放位置就在房間入口處第一個映入眼簾的位置，畫像是如此美麗、讓人喜愛，也讓人以為那就是個活生生的人；這世上再也找不到任何比畫中女子更可愛、更美麗的人了。

少主發現忠實的約翰總是跳過這間房間，於是問了緣由。忠實的約翰回說，房內藏著會讓少主心生恐懼的東西。但是少主回說，他已經檢視過整座城堡，也想知道那間房間裡到底有什麼，還試圖強行打開房門。忠實的約翰拉住少主，說自己曾經承諾過老國王，不會讓少主看見房間內的東西，因為那會為兩人帶來極大的災禍。但是少主堅持認為看一眼不會對他造成任何傷害，如果不能親眼看一看，他將會日夜不得安寧；他堅持要約翰打開房門，否則拒絕離開。

忠實的約翰帶著沉重且不祥的預感拿出鑰匙。打開門時，他先一步走入房間，希望能擋住畫像，但是少主踮著腳尖從他的背後望過去。當他看見畫中的女子戴著黃金及寶石的閃閃光芒，他立刻倒地昏厥。忠實的約翰抱起國王回到床上，心中憂慮著已經降臨的不幸，不知道接下來會發生什麼事。他給國王喝了一些葡萄酒，他醒來後說的第一句話，就是詢問那個美麗的畫中女子；忠實的約翰告訴他，那是金屋公主。接著，國王說自己是如此深愛那女孩，即便樹上的每片葉子都變成了他的舌頭，也無法述說他心中的愛意，他就算犧牲生命也要擁有那女孩，要求忠實的約翰務必要幫助他。

這個忠實的僕人沉思了很久，最後想到了一個方法可以達成國王的要求。他向國王說，公主周圍滿是黃金製成的東西，如桌子、椅子、飯碗、酒杯、水盆及所有的日常用品；既然國王的城堡裡藏有五噸金子，金匠就該拿這些黃金製成各式器皿、用具、禽鳥及珍奇異獸，因為這將博得公主歡心。然後，他們應該把這些物件帶上船，前去碰碰運氣。國王下令金匠們日夜趕工備好這些美麗的物件。當所有東西都裝上船後，國王與忠實的約翰打扮成商人的模樣，避免被他人認出。兩人越過大海，經歷一段長遠的航程後抵達公主的居所。

兩人抵達後，忠實的約翰讓國王待在船上等候，說他也許可以把公主帶回來，而國王這時候必須確認船上的一切都備妥，將所有的黃金物品都擺放出來，同時確保船艙整潔。接著，他拿了一些黃金物件放入工作袍，朝著王宮前行。王宮裡有個美麗的女孩，手中提著兩只水桶在打水，她問忠實的約翰是何方人物。他回答說自己是個商人，也讓女孩看了工作袍中的東西。女孩放下了水桶細看這些美麗的物件，還說務必要讓喜歡黃金製品的公主看看這些東西，公主一定會全部買下。女孩把他帶去公主那兒，公主看了之後甚是高興，說要全部買下。但是，忠實的約翰回說，自己其實只是富商的僕人，他手上的東西跟富商船上的物件相比，根本就算不上什麼；他說，富商船上有最精緻且最美麗的黃金製品。公主要他把所有的東西都帶過來給她過目，但是忠實的約翰說這會花上他好幾天的時間，而且會堆滿王宮內好些房間，如此一來，公主城堡內就沒有空間放其他的東西了。這番話喚起了公主的好奇心及欲

望，因此公主表示要親自前去船上瞧瞧。

　　忠實的約翰高興地陪同公主前往船上，國王看見公主遠比畫像來得更漂亮時，他的心快要跳出來。公主上船後，國王帶公主走下船艙，而忠實的約翰則留在甲板上，並且啟航離岸；他下令張滿所有船帆，讓船如同鳥兒般飛航。國王花了好長的時間展示他收藏的瑰寶，公主因為滿心歡喜而沒有發現船隻已經啟航。公主看完所有物品後，向商人表達謝意並打算返回城堡，那時她才發現他們早已遠離陸地，她驚聲尖叫說自己被拐騙了，如今已落入商人之手。此時，國王牽起公主的手，解釋說自己其實不是商人，和公主一樣是出生於王室的國王；他帶公主走，是因為他如此深愛著公主。他告訴公主自己是如何在第一次看到公主的畫像後昏厥倒地。公主終於被安撫了，還同意與國王結婚。

　　忠實的約翰坐在甲板上時，他看見三隻渡鴉。他停下手邊演奏的音樂，細聽牠們的對話。其中一隻說國王要把金屋公主帶回家，但是第二隻說這並不表示他已經贏得公主，第三隻說既然公主和國王兩人已經在船上，國王就贏得了公主。第一隻渡鴉說這沒有太大的用處，因為他們上岸後會有一匹紅色的馬向國王跑來，當國王試圖要騎上馬背時，馬匹會帶著國王奔向空中，而國王也永遠無法再看見公主了。第二隻渡鴉問，難道不能做些什麼來拯救國王？其中一隻渡鴉說，如果此時有其他人跳上那匹馬，抽出皮套內的手槍並朝馬開槍射殺，就能拯救國王。但是有誰會知道呢？而且知道這事的人，會從腳趾到膝蓋都被化成石頭。

第二隻渡鴉接著說，即便那匹馬被射殺了，國王仍然無法贏得他的新娘，因為當他們抵達城堡後，婚禮禮服會被放在水盆裡，禮服乍看之下彷彿是用黃金白銀所編織而成，但事實上那是硫磺及瀝青；國王穿上禮服時，會連人帶骨受到燒灼。同樣的，第三隻渡鴉問，難道不能做些什麼來化解嗎？第二隻渡鴉回說，如果此時有人戴上手套，抓起禮服投入烈焰中，國王就能得到拯救，但那又有什麼用呢？因為凡是知悉這一點而告訴國王的人，會從膝蓋到心臟部位都化成石頭。然後，第三隻渡鴉說牠還知道得更多：即便婚禮禮服被燒了，國王還是不能贏得他的新娘，因為在婚禮後的舞會，公主會突然臉色發白倒地不起，假如沒有人將她抱起來，從她右胸吸出三滴血，公主就會死去。但是假若有任何人知道這一點，他就會從頭到腳都被化成石頭。

　　接著這三隻渡鴉就飛走了。從那時候開始，忠實的約翰陷入悲傷、沉默，因為如果他不把聽到的話告訴國王，國王就不會幸福，但是如果他告訴了國王這一切，忠實的約翰就會賠上性命。最終，他決定要拯救他的主子，即便他會因此而死去。

　　當他們上岸時，一匹俊美的紅棕馬如同渡鴉所說的向前跑來，國王說這匹馬可以帶他回城堡，於是作勢要跳上馬，但是忠實的約翰搶先一步射殺了那匹馬。其他的僕人說，殺了那匹俊馬是大不敬的行徑，但是國王挺身為忠實的約翰說話。當他們抵達時，城堡內有個裝著禮服的盆子，那看起來是一件金銀線編織而成的禮服。國王走上前想穿上禮服，但是忠實的約翰將國王推開，他帶著手套抓起禮服一把丟進火焰中燒光。同樣

的，其他的僕人抱怨他的行徑，但國王也再一次護著忠實的約翰。

　　來到舞會的那一刻，忠實的約翰時時刻刻看著公主，突然間公主臉色發白倒地。忠實的約翰跑向公主，把公主抱入房內放下，並在她身旁跪下，從她的右胸吸出三滴血再吐出來。公主立刻甦醒，但是國王看著這一切，心中納悶忠實的約翰為什麼要如此做，還憤怒地將忠實的約翰關入牢房裡。第二天早上，忠實的約翰被帶往絞刑台處刑，但是在行刑前他要求對國王說話，國王准許他的要求。忠實的約翰說自己受了不公不義的刑罰，他說自己自始至終對國王都是忠心耿耿的，也把他從渡鴉那兒所聽到的，關於國王如何才能得到拯救的內容全盤說出。國王大聲對著他最忠實的約翰呼喊，請求原諒，並且下令將忠實的約翰釋放；但是在說完最後一個字後，忠實的約翰就倒地變成了一塊石頭。

　　國王和王后很不開心。國王覺得自己以邪惡之心回報忠誠之心，於是把石像抬到寢宮裡，就立在他的床邊。每每看見石像，國王就會哭著訴說，希望能夠讓忠實的約翰復活。時間流逝，王后生了一對雙胞胎，兩個小王子逐日長大，也是國王及王后兩人心中的喜悅。有一回，王后去了教堂，兩個孩子在國王跟前玩耍，國王再次看著石像，希望能夠讓忠實的約翰復活。接著，石像開始說話；他說，只要國王願意犧牲他最寶貴的事物，忠實的約翰就能夠復活。國王說自己願意放棄世上所有的一切，石像回說，如果國王願意親手砍下兩個孩子的腦袋，並且將鮮血抹在石像上，他就能夠復活。國王想到要親手

殺了兩個寶貝孩子，感到驚恐不已，但是當他想到忠實的約翰對他的一片忠心耿耿，甚至還為了救國王而犧牲性命，便毅然拔劍砍下兩個孩子的腦袋。當他將孩子的鮮血塗抹在石像上，忠實的約翰立刻復活，站在國王面前；他說，國王的一片心意不應該被辜負。他拿起兩個孩子的頭接在他們的脖子上，再拿取他們的鮮血抹在傷口上，兩個孩子就立刻毫髮無傷地復活了，孩子們繼續玩耍，就像什麼事都沒發生過似的，國王歡喜不已。當國王看見王后回來了，便把忠實的約翰及兩個孩子都藏進一個大櫃子裡，還詢問王后在教堂裡的祈禱。王后回說，她在祈禱時一心想著忠實的約翰以及他為了國王及王后而招致的不幸。國王回答說：「我親愛的妻子，我們可以讓約翰復活，但是我們必須犧牲兩個小兒子作為代價。」王后臉色發白，驚恐不已，但是她說兩人確實虧欠忠實的約翰一片忠心耿耿。國王知道妻子所想的跟自己心中所想一樣，高興不已；他打開大櫃子，把兩個孩子及忠實的約翰都帶出來，還說他們應該為了忠實的約翰得到解救及再度擁有兩個孩子而感謝讚美上帝。國王將事情的經過告訴王后，他們從此過著幸福快樂的生活。

被禁閉的陰性意象

第一個故事中的小裁縫及鞋匠，是善良與邪惡的原型對照表現。在那個故事裡，白鶴帶來了新國王，是和解的象徵。在〈忠實

的費迪南及不忠實的費迪南〉故事中，老乞丐影響了其中一個人物（忠實的費迪南），讓他成為國王，而另一個角色（不忠實的費迪南）則從故事中被切除。在〈忠實的約翰〉這個故事中，情況則有些向前進展：既然老國王不需要被罷黜（因為他已經死了），這個故事就代表著發展的歷程；在這個階段，事物得到進一步發展，而國王也是自然死亡。少主或王子就在那兒，而忠實的約翰就等同於白鶴的角色；約翰是少主的推手，而鞋匠這個角色只以非常怪異的方式存在，也就是透過國王在約翰身上所投射的內涵而呈現——當時國王誤以為約翰是個壞蛋。故事中出現的毒素，一方面可被視為國王的投射，但也同時是新娘的毒血、紅馬及婚禮禮服。有毒的素材，在其他故事中以鞋匠的形象人格化，這一次則是新娘內在的元素，新娘必須得到淨化直到她成為阿尼瑪角色。她身上的毒是所有誤解的來源，它對於國王誤解忠實的僕人負有責任。

約翰這個名字本身就很有啟發性，因為這個名字起源於猶太拉比約哈南的傳說，他幫了所羅門王。如果這個名字確實來自這個傳說，就顯示了新主的推手約翰帶有牧師／巫醫的人格特質，邪惡的力量則存在於阿尼瑪之中。

金屋公主明顯是被邪惡魔法附身，這魔法摧毀了任何想靠近她的人，唯有當邪惡魔法被驅除之後，國王才能與她結婚且不蒙受傷害。這是個原型的主題——美麗的女孩被施了魔法，或是她身上的毒會把任何接近她的人都毒死，除非那人知道如何為她驅毒——這些想法在東方的傳說中似乎是常見的元素。在北歐國家，新娘身上的毒通常源自於她與住在樹林中的異教魔鬼之間的祕密愛戀關係，透過這樣的愛戀關係，她變成男人的毀滅者；在國王切斷這連結、

殺了魔鬼或除掉阿尼瑪背後的邪精之前，國王都無法贏得她。

　　如果我們試著以心理學的角度來解讀這個母題，我們可能會說阿尼瑪有個功能，我們會將之定義為一種與較深層的無意識連結的功能。她代表了與集體無意識的橋接；也就是說，如果男人試圖將這些從背後抓住他的情緒及幻想帶出意識，如果他能對之有所反思，那麼他就能夠穿透進入無意識的深層。個體必須要問問自己：「為什麼我對這個或那個感到如此煩心？」如果男人自問，他就能發現處在他的阿尼瑪背後的事物，同時也會發現她是魔鬼的新娘。從心理學的角度，你可以說她受到無意識衝動的毒害，那些無意識的衝動想要被帶出意識界但卻不得其果，取而代之的就是抓住男人的情緒面並且影響其心情。因此，他必須越過情緒的橋樑，去發現魔鬼力量的真面目。它往往就是那些落入無意識的宗教思維及帶有神性的人物，必須被帶入意識中。我們可以說，那是仍然處在無意識的宗教性連結，因為未被整合的部分會落入阿尼瑪的疆域，因此驅除阿尼瑪通常也意指對宗教議題的再次討論。阿尼瑪，身為一個典型的女人，她會抓取即將要發生的事情以及新時代所需要的事物；相較於男人的意識，她更不僵化也更不帶偏見，她抓取了**新思潮**（Zeitgeist）的可能性並且對這些內涵顯得躁動，急欲將這些實情帶入意識。

　　我認識一個科學家，在我看來，他有相當僵化的科學**世界觀**，更落入了機械性的**時代思潮**之中。他極力忽視現代物理學的發現，一心謹慎且機械化地抱持著舊思維繼續向前。在我和他的對談中，我告訴他心理學的發現，並且傳遞現代物理學的發現，這些新發現改變了我們對於物質的意象，但是他聽完後總是變得情緒化。有一

次他甚至說，如果我對他說的那些事被證明是真的，他會舉槍自盡。這在我看來是相當愚昧的，因此我回說，為什麼不願意客觀地檢視這些事物是否為真？為什麼要有如此情緒化的反應？那是錯誤的，是陰性本質的反應；女人通常都是那樣評斷事物的。世界不會因為思維的轉變就被改變了。但是那個男人說他應該謹守多年來他給年輕學子的教導，而且教導這些思維想法是他的責任；如果他發現自己所教的是錯誤的，那他就沒有顏面繼續活下去，因此他必須舉槍自盡。

這說明了男人典型的理法態度，除非他們對於靈性態度的開放性已經有足夠的發展；這也解釋了為什麼男人總是比較保守，不像女人那樣輕易地改變思維。女人說：「為什麼不？」問題不過就在於你如何看待事實，於是想法就改變了。但是如果你對女人說：「先不談科學，讓我們來討論愛的問題。對於一夫多妻你有什麼看法？」那麼就會是一場大地震。男人會說：「是啊，為什麼不嘗試呢？」女人對於社會生活型態的改變會變得情緒化，因為那是她整個世界的支點，而這個領域的改變可能會讓她想要舉槍自盡。男人與女人都應該知道這一點，否則就不可能相互了解。女人可以以思維自娛，因為對她們而言，思維不是攸關生死的問題，這說明了為什麼女人對於男人的思維有正面的影響力。

女人可以藉由她的靈活性來啟發男人的精神世界；透過她的靈活性，她能夠抓取新的內容並且呈現在男人的面前。她啟發了男人，但是必須由男人來付諸執行，這正好與生物學上的關係相反；在生物性的關係中，男人在女人身上受精，由女人產子。因此，在外在的現實中，女人往往是男人的啟發；在人類的內在，阿尼瑪

也有相同的作為——她播下了思維的種子，這都是新的內涵，通常在男人真正開始面對之前，這些思維的種子早已醞釀了一段日子。但是阿尼瑪之所以讓人心煩、讓人討厭，在於她總是以未經修飾且未經整理的方式帶出這些思維種子以及巧思預感，而且她表現影響力的方式也是有些奇怪的。她以糟糕的方式呈現新的真理，這可以從神智或是流行的宗教雜誌中得到驗證。如果你閱讀這類文獻，你會看見新的思維是如何透過未經整理的阿尼瑪形式表達出來，這立刻就帶來了毒害：它混和了情緒及未經整理的思維，而最糟的是，你既無法接受它也不能反駁它。一方面是胡謅亂語的毒害，但是其中又包含具有啟發性的真理核心。你在邊緣性思覺失調症患者的寫作中也會發現類似的素材，他們寫下具有啟發性的內容，但是如果你進一步檢視，你會發現他們的註腳是錯誤的，內容的呈現方式既糟糕又凌亂無章法，所提供的證據全是謊言。你所看見的，就是帶著滿滿毒素的阿尼瑪典型釋出形式，但是裡面藏著一些東西，甚至是具有啟發性的。一個熱愛真理且負責的男人當然會痛恨這樣的東西，但是他必須對此有些作為，否則他會斷了自己的發展。

這是批判性思維所面臨的問題，關乎的是阿尼瑪的驅除，或進入無意識的感情關係中。新思維的啟發藏於另一面的原料形式中，那是黃金和糞土混雜的原始素材，人們必須過濾篩選才能提取其價值。阿尼瑪的毒在於她總是讓男人誤以為自己是新真理，或對立面的偉大詔告者。她通常是歇斯底里型的騙子，而且會誇大或帶些扭曲。要關注男人被阿尼瑪影響的最簡單方式，就是從他說謊的地方開始，那是阿尼瑪能揪住他的地方，因為阿尼瑪盡是謊言及小把戲：那是阿尼瑪的毒，也是故事中的公主需要驅除的，唯有如此才

能讓公主繼續生活下去。

　　末日將近的國王，在故事中有巧妙的描述：集體意識的主導原則，也就是國王，處在衰退中，即將死亡，而女性的原則並未得到表現，因為故事中除了那一幅被禁閉收藏的金屋公主畫像之外，沒有王后也沒有其他的女性角色。因此，故事從一開始就描寫了阿尼瑪被全然壓抑的狀態，與陰性原則的關係也是被切斷及隔離的。此外，活著的女人居於大海的另一方，也就是說，遠離意識之外。

　　我們可以清楚看見這個童話是相對較晚期的版本，同時也必然代表西方基督文明相對較晚期的狀態，因為我們可以相當精確地說，這個時期的女性原則是被排除在外的。天主教中的母親原型透過聖母瑪利亞得到表現，但是在基督新教中，即便是這一點表徵也是被切斷的，女性原則完全沒有得到表現。

　　一個被禁止進入的密室裡，藏著正面且明亮的人物，這是童話中常會出現的主題。它象徵著一個被壓抑的情結，也就是說，是意識不願意與之接觸的鮮活心理因子。另外，金屋公主似乎是個崇高的人物，因為她來自於屋頂，而非來自於地窖，這個意象過於靈性且高高在上。這一點與基督教文明的狀況相合，在基督教文明中被壓抑且不得表現的，是大地之母的女性人物，這在所有的異教信仰中都可發現。因為在基督教文明中，母親意象是由聖母瑪利亞所承接，她表徵著所有美麗且純淨的事物，而不是像巫婆一般具有毀滅性及動物性。我們可以說基督教全然刪除了女性原則的低下表徵，亦即刪除了其中的陰影面，只接受聖母瑪利亞象徵中上層且光明的面向。如今有越來越強的趨勢要找回她的黑暗面。教宗稱她為**宇宙的主宰**（*domina rerum*），因此她已開始拿回她的陰影面，但這自

然是個危險的揭示。此處，你可以看見我們所處文明的經典景況：主宰的原則已經失去它的力量，即便是陰性的**意象**也被遮斷，其中的黑暗現實也被隔離了。

無意識內的陌生高層智慧

與國王同在的是忠實的約翰，這是個奇怪的人物，藏身在整個故事之後，而我們首先必須了解他的所作所為及他所受的苦難。他打開了那間禁室，你可能會說這是不明智的，因為他在國王死後就違反了他的旨意，但約翰是在被迫的情況下行動。他握有鑰匙，也是個關鍵的人物，他是超越功能的表徵。他的行為象徵著無意識的古怪招數；無意識總是採取迂迴的方式，因此你永遠不知道自己身在何方。這個心理型態完美地表現在《古蘭經》第十八章中，榮格在《煉金術研究》[2] 一書中加以解讀。希德爾（Khidr）是真主阿拉（Allah）王座的第一個天使，是個尚未道成肉身的救世主人物，在某種程度上與靈知派的道（Logos）的意念相對等。他引導且幫助人們，在中東地區仍然是個鮮活的角色，一般人仍然信奉他，人們突然轉現的好運或厄運都是與他相關的。他出現在現代穆斯林的夢境中；此外，人們說假若有陌生人前來你家，你必須要待之以禮，因為他可能就是希德爾。他是拜訪世間人們的神明，透過這樣的方式，他補償了真主阿拉的超然疏離。

希德爾遇見了摩西，摩西要求希德爾收留他並帶他四處遊走。希德爾不願意接受，因為他認為摩西無法達到他的標準，而且這會帶來問題；但是摩西承諾會接受希德爾所做的每件事。在一個村落

裡，希德爾在每一艘漁船上鑽了洞，讓船都沉沒了，摩西因此提出勸誡。希德爾說他老早就說過摩西無法承受這一切，而摩西再次承諾自己不再提隻字片語。接著，他們遇見一個俊美的年輕人，希德爾殺了這年輕人，摩西再一次提出抱怨，也因此被譴責了。後來，希德爾讓整個城鎮的牆垣倒塌，整個城鎮陷於毫無遮蔽的狀況，摩西再一次無法止住他的舌根。之後，希德爾說兩人必須分道揚鑣，但是在這之前他對摩西解釋他的所作所為。他讓船隻沉沒，因為他知道有一群強盜意圖攻擊搶奪；現在雖然船隻漏水，但仍然可被修復。那個年輕人正要去殺人，而希德爾讓他不至於因為這個罪行而失去靈魂。他讓城鎮的牆垣倒塌，因為牆下藏有寶藏，如今這些窮困的人們發現並擁有了這些寶藏。摩西知道了自己對希德爾的行事有如此深的無知與誤解，深感激動。這可被視為無意識中那陌生高層智慧的象徵，我們的理性意識永遠都無法達到這個層次。自我意識永無止盡地抗爭，而且以理性拒絕無意識的高層智慧，但是這份高層智慧卻是如同蛇一般的滑溜迂迴，它所考量的是我們所不知的事物，因此我們總是反抗。

忠實的約翰就像希德爾：他是無意識內神聖原則的表徵，其中蘊含偉大的知識，因此，他被王子表徵的意識新原則所誤解。

積極想像與無意識歷程

約翰這個角色明顯對等於煉金術中墨丘利這個人物，他是國王的朋友，是煉金術士的密友，有時候是僕人、有時候則是主人；墨丘利也會因為他的怪點子及自相矛盾的行為而激怒煉金術士，當

煉金術士試圖與墨丘利打交道時，會覺得自己是個笨蛋，因為墨丘利總是玩弄把戲，而這就接近於僕人約翰這個角色中無意識的人格化。忠實的約翰對王子的建言似乎是相當符合煉金術的：他要王子以黃金冶煉各種動物、禽鳥、魚類、器皿及工具，這些物件可以吸引公主。他為阿尼瑪設下了圈套。

在原始部落，鬼魂圈套通常被用來捉取最近死去的魂魄，防止他們的鬼魂出沒人間造成驚嚇。原始人說鬼魂失去了他們的判斷力，因此原始人會為亡者做出他生前住所的小模型，並將模型房屋放在墳地及先前住所中間，鬼魂會進入這個模型屋，而不會察覺這並不是真的房子。透過相似的魔法，金屋公主也被吸引住了。

以現代的心理學作比擬，則是積極想像；透過積極想像，個體就以類似的方式吸引無意識的內涵物。如果你成功製造正確的象徵，無論是透過繪畫、幻想寫作或是透過真正的積極想像，你就可以在某種程度上激化你自己的無意識；否則，意識與無意識之間要成功達成連結，是相對緩慢的過程。舉例而言，帶有特定意識態度的個體做了個夢，我們對之加以詮釋，如果詮釋是正確的，將會帶出反應，同時也會改變其態度或思維。意識的改變也會影響下一個夢境，並透過這樣的方式形成緩慢的交互連結。假若因為某些特定的原因，整個過程必須加速，或者因為來自無意識的壓力過於巨大，需要更多行動以解救意識於洪水來襲，抑或者當意識被阻斷了，則我們就會出現帶有意識性的意圖，但同時也維持在意識邊緣內，讓事物在清醒的狀態中發生、在清醒的狀態下表現並得到處理，而這樣的意識努力也會在無意識歷程中帶來叢集效果。相較於單純地分析夢境，透過積極想像原來可以有更大的作為；當我第一

次發現這一點，即對積極想像留下深刻印象。

　　我曾有個酗酒的病患，他無論從內或從外都處在危險的情況。他一再夢見一個已經死去的朋友；他說，這個求學時代的朋友是個相當聰明但神經質的人，甚至可說是思覺失調的——就是那種看來是道德錯亂的思覺失調症。他的精神功能並未受到影響，但是道德人格被破壞了。他陷入司法困境並且試圖自殺，在他被囚禁之後自殺成功。因為這個人物幾乎每天都出現在病患的夢境中，我對他說此人必定存在於他內心某處（因為他也不相信生命），而且這必定與他的酗酒問題有關，同時提醒他應該要正視這個陰影人物。這個病患同意我所說的，卻什麼都沒做。當我們計算他夢到這個人的次數時，發現他平均每個星期會夢見三次左右。

　　經過一段時間之後，我覺得受夠了，於是對這個病患說他應該要透過積極想像與這個人做個了斷；因為他的單純及天分，他成功做到了。他問他的朋友為什麼要煩他、為什麼要騷擾他，而這個朋友回答說整個心理治療都是假的。這個人物說，一切問題都在於我的病患對肝癌的害怕，只是想要讓自己好過一些，背後根本沒有隱藏著什麼，他不過就是個懦夫罷了。我的病患為自己辯解，但是他完全不像他朋友那樣聰明機智，不久之後就再也不知道該如何爭論下去，結果就放棄了，同時認同他的朋友所說的。當時是下午五點左右，那天晚上他回家上床睡覺，隔天上午八點卻因為極度的心痛而驚醒。他撥了電話給醫師，當天差點就死去；他得到醫師的照顧，也照了心電圖，但事實上那只是一次純粹的心因性發作，不過還是幾乎要了他的命。

　　後來我和這個病患再次檢視之前進行積極想像的情況，我指

出他當時忘了心的爭論。他的朋友因為本著智性的爭論而勝出，智性的爭論總是好壞並陳的，但是那都是可選擇的可能性，而這就觸及了心，或感受。我建議他從頭再來一次，他照我說的去做，並對他的朋友說：「看看這裡，我重新思考過了。」他的朋友說：「我的天啊！你想必是和你在蘇黎世的靈魂女導師談過了！」這個朋友就是有這種壞心眼的小聰明，但是我的病患回說，心臟的問題是他自己的問題，儘管他的確在蘇黎世有過對話，而事實上是他和這個朋友之間的談話讓他的心臟無法承受。因此，在這一次的嘗試中，這個朋友成為了焦點，而對談也在對方啞口無言中結束。同一天晚上，我的病人就夢到自己身在朋友的葬禮中。

後來的分析持續了一年半，這個人物只再出現過一次，不再是先前那樣平均每星期出現三次的頻率。因此，積極想像如果操作得當，真的會影響無意識。它比純粹進行夢的解讀帶來更強大的影響，而前文的案例也顯示，在象徵性對話中創造出正確的象徵人物，就能夠捉住那冷嘲熱諷的陰影面，同時也能對無意識施加實際的影響力。這顯然跟古早時代被用來影響心理情境的法術是相同層級的；這的確是相同的作為，不過魔法還帶有外在的目的在其中。如果這個男人是中古時代的人，如此頻繁的夢到這個憤世嫉俗的朋友，就表示他被幽靈纏身了；但因為他是現代人，這個友人就成了他內在擁有的部分。

積極想像與黑魔法

我們將白魔法及黑魔法做了區分，後者被用作自我本位的目

的。一個在戀愛中的女人使用愛的迷魂湯，但那是自我試圖滿足自我本位的需求。以驅邪的形式呈現的白魔法也是存在的，但那帶有神職的目的。積極想像是全然從內而生的，同時也必須要從內在檢視，雖然有些時候它也會有外在的效果；實際上，唯有為了個人的內在需要，才應該運用積極想像。榮格曾經體驗過，如果我們在實際活著的人物身上運用積極想像，那個人會受到實際的影響，雖然他無法解釋這是如何發生的，但這也說明了為什麼積極想像是危險的，而我們也會試圖與之保持距離。你可以跟**投射**在某個活生生的人身上的內涵進行對話，而不是直接**跟**那個人對話。如果你極為痛恨某個人而想要處理這件事，你必須要將你的恨意人格化，並與之對話，而**不是**對那個實際存在的人說話。

我有個被分析者對一對夫妻有著崇拜的移情，她起初對他們非常友善，但是後來就開始感到深度的痛恨。她老是想要見他們，但是總會帶著毒害及傷心而回來。這顯然是個投射：他們有許多相同的陰影面。後來她隱隱約約得知積極想像技術，但是她心中以為的積極想像，就是去想像那個人就在眼前，然後汙辱打擊對方，並且在最後殺了對方。在這之後，她感到如釋重負，但卻在夜裡夢到自己被巫婆抓住，甚至被囚禁。我問她當天做了什麼，而且強調當天勢必發生了些什麼，於是她告訴我那個假的積極想像；她的夢境明顯地告訴我們，她在操作的是巫術而不是積極想像。她其實可以將她的痛恨或情感人格化，那樣就沒問題了，因為在那樣的情況下她可以有兩個人物，一個是她自己，另一個則是「帶著恨意的女人」，接著她就可以問後者為什麼想要殺了那個男人，這樣就會實際有效。只處理外在人物的意象，是個錯誤的做法，會帶來不好的

結果，也會像迴力鏢一樣地射回。這個被分析者並沒有擺脫她心中的恨意，反而落入巫婆的原型中，同時進入更深的無意識之中。如果你想要處理的是你跟某個真實人物的關係，但是又不想落入法術，那麼就去對著你那人格化的情感進行對話，但你必須要維持在自我的容器中，不要將外在的人物拉入。

在某些情況下你可以得到巫術的效用，這時候你會看見其中有外化的破壞效力，但更甚的是，這對操作的人有傷害，會讓他深入無意識，更不會有任何療癒效果。運用積極想像時，必須要清空自我，同時成為一個客觀的旁觀者。自我應該說：「現在就來看看我的情感。」因此，第一步就是，當自我成為客觀的旁觀者時，要去除認同。這個被分析者認同於她的恨意，而實際上這是她需要去除認同的部分，這就是我們所說的**相逢**（Auseinandersetzung），意旨「分別開來並且與對方一決雌雄」，而第一要務就是要「分別開來」。那是積極想像技術的絕佳描寫。我將自己從心中的恨意或是偉大的愛意中「分別開來」，接著我和**那個因子**對話，但是我不考慮那個實際的對象，否則我就是在操作黑魔法。你的恨意或是愛意的對象，是你的無意識牢牢扣住的事物，而透過那些操作，你製造了**想望**，正好是積極想像的反面。人們總是想著他們所喜愛的，或她們想要做的，然後以為那就是積極想像；但那是法術，而且帶有全然地**意識削弱**（abaissement du niveau metal）[3] 效果，甚至也可能釋放出精神症狀。

如果我們對某些事物感到心煩意亂，我們的內在時時刻刻會出現對話，但那是被動的想像，這完全不同於「分別開來、放下認同及客觀檢閱事物」的艱難藝術。如果有人能夠操作積極想像長達數

小時，那就是錯誤的；當你正確操作積極想像，不消十分鐘，個體就會筋疲力竭，因為那是真的耗費心力，而不是「放下」。

　　我們不盡然知道對方會如何被前面所提到的黑魔法影響。對方可能會有相似的情結，因而受到影響；這說明了此類事物如何在原始人類中運作。例如，某人握有一張照片，並在上面刺上圖釘之類的。如果你操作巫術想像，你會上癮而一做再做，那些不自主被開啟的事物將無法中止。

　　在日本東京的貝爾茲醫師（Ernst von Baelz）曾經描述一個日本思覺失調症女病患的案例，她身上帶有狐狸鬼魂。[4] 女病患來自一個小村落，當時處在僵直的症狀，既癡愚又陰沉。她會一個人坐在角落，一段時間之後會說：「出現了。」然後從胸口發出吠叫聲，聲音越來越大。接著，她的雙眼會變得閃耀明亮，她也變得非常風趣機智，還斥責每位醫師；她會說出各式的老生常談，而且內容都毫無差錯，大家都很怕她。一段時間之後，吠叫聲又會再度響起，這些突發的狀況也會慢慢消失，她又再度回到先前那個愚鈍的狀態。

　　這是個經典的例子。思覺失調的病患是如此優遊於集體無意識中，他們處在每個人的無意識裡，以令人驚異的方式看清事物。我曾經拜訪過一個被安置在醫院的男人；他說自己變成帶有雙重性特質，問我是否願意去看看他。我答應前往，因為我認為這可能會是個有趣的拜訪。他立即安靜下來，變得理性且平和，也能陳述發生了什麼事。接著他說：「這些醫師真是蠢得讓人傻眼，他們給病房裡一個拒絕進食的僵直性病人做靜脈注射，但我馬上就知道問題到底出在哪裡，我告訴醫師有方法可以給這個病患所有他需要的東

西，只要他們把東西都裝在瓶子裡就可以了。」大多數醫師都忽視他所說的，認為另一個可憐的瘋子哪能知道什麼，但是有個年輕的猶太醫師說不妨一試，而這個男病患真的吃了裝在瓶子裡的食物。在《智慧、瘋狂與愚癡》（*Wisdom, Madness and Folly*）[5] 一書中，約翰・卡斯坦斯（John Custance）敘述了類似的案例，一個病患透過「心電感應」知道其他人在晚上夢見了什麼。這類人就像是優遊在相同的羊水中，因此能夠有即刻的接觸。在較低層級中，有著全面的混合。

我們提到的故事裡，忠實的約翰建議少主打造黃金小物件來吸引公主，對我而言，這就彷彿是積極想像，它是一種新的、全然不同的魔法形式，只是就心理學而言屬於較高的層級；因為其中有著相同的基本意涵——產生了特定的象徵物或象徵性的創造，無意識藉此受到激化而「被吸引」。

註釋

1   原書註：*The Complete Grimms Fairy Tales* (New York: Pantheon Books, 1972), pp. 43ff.

2   原書註：*The Collected Works of C. G. Jung*, trans. R. F. C. Hull (Princeton, N.J.: Princeton University Press, 1957–1979), 9i, chap. 3.

3   譯註：榮格借用法國心理學家皮埃爾・賈內（Pierre Janet）的用詞來描述意識自我減弱的心理狀態，在此狀態下注意集中力減低，同時內在的約束及防衛機制也較鬆散，因而得以讓無意識內涵物展現，通常會自發出現或是透過積極想像技術而得以激起，此狀態也通常是無意識為新的發展歷程所做的事前準備。

4   原書註：Ernst von Baelz, *Über Besessenheit und verwandte Zustände* (Vienna: Perles, 1907).

5   原書註：John Custance, *Wisdom, Madness and Folly* (London: Victor Gollancz, 1953).

石頭或雕像

忠實的約翰似乎就是某部分無意識的人格化，這個部分的無意識帶有建造新意識立場的傾向，我們或許可以稱之為無意識內的創新精神——因此讓他接近於煉金術中的墨丘利精神，他是處在自然深處，或者可說是處在無意識深處的創新精神。他也可以被稱為榮格所謂的超越功能的人格化，它連結了對立立場。

　　誘拐了公主之後，國王和他的新娘一併在船上，事情似乎進展順利，但是忠實的約翰這時候就聽見了三隻渡鴉的對話，預言接下來的危險以及能夠克服危險的步驟；渡鴉還提到，試圖解救國王的人一旦說出他所知道的一切，就會被化成石頭。結果就是王子要對忠實的約翰有全然的信任，就如同希德爾要求摩西對他盲目相信，對任何舉動的原由、目的與細節都不得有半點疑慮。雖然忠實的約翰猜想國王不會接受這樣的情況，也不會信任他的所作所為，他仍然決定拯救國王。我可以略過不談這三隻渡鴉的對話內容，因為那跟絞刑架上兩隻烏鴉的對話很相似；但是我不能略過不談這三隻渡鴉。此處我們看到一群渡鴉，牠們是屬於太陽神的鳥，也是被用來卜卦的鳥。因此，牠們與超心理學情境及心電感應是有關連的。牠們能洞視未來、看清祕密。相較於烏鴉所代表的女性原則，牠們較偏向代表男性原則。

　　在這裡我們有三個一組的暗示，這存在於德國及凱爾特（Celtic）傳統中前基督教時期三位合一的神明。但丁（Dante）《地獄篇》（*Inferno*）裡的魔鬼有三個頭，分別面向三方，榮格將這一點解讀為在上三位的鏡映表現，也就是三位一體。雙重的三角形可以被視為整體的象徵，如果你把它一分為二，你就得到上層三位一體的基督教傳統，以及下層的地獄三重。民間傳說中的冥界在

集體意識中補償了基督教立場，它以異教的三位一組形象出現，原因即在於此。在德語國家中，這與異教神祇沃登神有關，祂通常會跟其他兩個神明一起出現。

渡鴉通常展現非好也非壞的特質，單純就是自然的，牠們表現真理的方式就近似於無意識的表現方式。若說無意識的本質是與人為善的，那自然是一種擬人化的說法，因為那是由意識所決定的。故事中渡鴉們相互交談，但並不是對忠實的約翰說話，這一點顯示牠們並沒有打算要讓意識了解。牠們不過就是一起說說話，而你能做的就是偷聽，這彷彿意謂著無意識並不在乎少主是否得救。

但是忠實的約翰打定主意要救國王，他必須面對的三個危險是：（1）紅棕馬會引誘國王上馬，然後躍上空中並消失無蹤，必須以馬背皮套內的手槍射下牠；（2）穿上禮服，國王就會全身被燒灼；以及（3）新娘胸口的三滴毒血。這所有的危險都與返回原初之地相關。童話中通常會出現男人和女人前往遠方國度，也就是前往較深層的無意識界。當他返回原先離開之地，通常都會有危險；雖然在他前往目標的路途中也是會有危險的，但是那些在回程中遇見的危險通常帶有不同的特性。我們必須進一步看看這些不同的無意識層次所帶有的意義。

回程的考驗

大部分人在解讀童話時，會鬆散地把越過大海前去找尋金屋公主這一橋段解釋為進入無意識界，但這不可能是對的解讀，因為這些人物從一開始就已處在無意識界。既然從我們的觀點而言，國

王、忠實的約翰及少主都處在無意識界，那麼我們就不能跳過這一點，必須要問這些不同的界域所代表的意義。有些童話中有三個以上的界域，國王從一個王國進入另一個王國，因此我們必須考慮這些在路途中的驛站，不單單是兩個，而是三個、四個或五個王國。我認為起始的王國，也就是故事行動開始的王國，是與意識相關的。它與意識的情境有關，但**這是從無意識的角度來看的**。

在此，我們必須先了解，這裡所謂的意識，即透過報章雜誌及出版品所代表的集體意識層，關心的是我們當代的精神及問題，它們代表的是具有自我檢視功能的集體意識。我們總是藉由談論等等方式，試圖在意識情境的國度內覺察我們的意識情境。但如果我們嘗試去看夢境，或是觀看藝術家以真誠且不帶過多反思的方式從無意識中帶出靈感而創作的作品，那麼我們就會看到對整個情境的另一個意象；我們得到的是一個鏡映的意象，它是一種以無意識來看意識情境而得到的影像。你可以說，所有夢境都帶有這個面向。在夢境中，你可能表現得像個傻子或像個英雄，你也許會說那不是你看自己的形貌，而是無意識看你的樣貌——那是從無意識的角度對你的自我所拍攝的相片。就這個面向而言，童話故事的開場情境大概就像是這張相片：它描寫了意識的情境，但卻是從無意識的角度來看的。在第一張相片中，集體意識的原則已步入老年或將亡。也許會有悲觀陰鬱的新聞報導說我們的文明需要更新，這也許為真也可能為非，但此處的相片是這麼告訴我們的：老國王將死，而阿尼瑪的意象被排拒且被搬遷到遠方。在這種情況下，阿尼瑪被視為只是在三維現實的一個意象（肖像）；它不再作為一個心理現實而存在，因此被進一步地從意識移入無意識中，也就是被移入阿尼瑪的

王國中。而接續在返回路途中的危險，就是試圖要將這兩個王國結合。

我們可以拿這個過程跟分析中的個人發展比較。開始進入分析時，人們的夢境通常會帶出一個全然陌生的世界，其中有阿尼瑪及陰影面，而在分析過程中，個體透過對這些事實的討論而創造了內在回擊的情境；因此有人會說，分析中的關係並不像平日生活中的關係，而是兩個人之間的特殊關係，這份關係專注聚焦在無意識生活，而平日生活的其他事實則被省略。被分析者可能提到他和妻子的問題，或者跟他的事業有關的問題，但是你會忽視從外而來的情況，同時帶著一種相對排除外在情境的視角，從內檢視它。這種排除外在的特性，可相比成蒸餾器或蒸餾瓶內的煉金歷程。這是相當人為的情境，在這個情境下，問題被視為個體的內在夢境，而這樣的觀點將事物強行加入瓶內。我們創造這樣的人為情境，就是為了內省。

有時候人們試圖將童話解讀成沒有時間限制的永恆事件，而集體無意識在當中老化並消亡，但是我並不相信這一點。分析過許多歐洲、日本、中國及非洲的童話故事後，可以這麼說，只有童話的基本架構是永恆的。故事裡總會有巫術、王子與國王、巫婆及動物助手等角色，但是故事的特殊情境設定則是對特定意識情境的回應。因此，當你比較歐洲及日本的故事時，你會得到相同的人物角色，但是這些角色被定位在不同的架構中。如果你再進一步去看，你會發現，如果你對日本的文明及意識情境無所知，或不了解日本的禪宗佛教及武士道，你就無法解讀日本的童話。而且，你不僅要看外在的情境，還要從日本人的集體意識情境的角度出發，你才能

真正了解童話。我甚至可以這麼說：我們應該能夠追溯童話的年代。但我也必須承認，我沒有辦法每次都正確，大概只能做出兩百或三百年期間的推估，因為童話所描寫的，是一種比意識發展更緩慢的歷程。基督教象徵的緩慢衰退已歷經將近千年之久，從千年之前就已經開始出現無意識的改變。因此，如果有個童話補償了基督教意識，要將之精準標註在時間歷程中，是相當困難的。不過，我認為我們可以相當精準地追溯手邊這個童話的年代，這個我稍後會再討論。因此，就某方面而言，無意識替意識情境所拍攝的相片，將意識情境投於永恆的一般情境中；在其中老國王將死，吾等自然可見文明總會衰退並結束，也就是所謂的**在永恆的相下**（*sub specie aeternitatis*）[1]。老國王將死，是人類生命歷程的經典情境，因此接續就要提出特定的改變，以保證改變的到來。

在個人的分析中，夢境以個人的方式來顯示部分反應，接著無意識揭露集體的情境並將之顯示為永恆的問題，但是這個問題帶有時間的架構在其中。個人的實體母親引出家庭戲劇，但在那以外的則是原型的夢境，訴說著這是年輕男性慣常會有的問題，原型將男人從個別所擁有的特定形式的母親形象中拉開。因此，我們可以說這些產物有部分是不受時間限制的，但同時也帶有部分的獨特性，因為無論是夢境或是童話都不是無意識的。無庸置疑的，夢境是無意識的產物，但是夢境是在意識邊緣的現象，只有那些你不能記得的部分是無意識的。童話也帶有無意識中永恆無時間性的特質，但是又帶有意識的相對時間性，因為童話並不是全然在無意識中。

作家「創作」的童話並不是真的童話，因為這些故事包含了某些屬於作者個人的問題。安徒生的童話鏡映了他所屬國家的獨特宗

教問題。他擁有天份，能帶出底下正在發生的故事，並且創作出幾乎為真的童話，但他本身是相當神經質的，他從來沒有離開他的母親，而且也從未結婚。他的故事相當明顯地呈現悲劇氛圍：無法與阿尼瑪連接上，正如同安徒生自己的人生。他無法讓自己從個人的問題中得到真正的解放。雖然研究他的童話很有趣，但我還是會跟文學性的童話保持距離，因為就我實務所見，沒有一個藝術家能夠完全放下對個人問題的認同，而那會形成全然另一類的故事。在民俗傳說中，我們有真實的「骨架」，在其中以戲劇化方式呈現的，是更為普遍的現象。

回程的問題必須要繼續跟無意識的問題放在一起。當人們處在這個階段時，會堅持尋求外在的解決方案，像是他們是否該結婚，或是否該換個職業；他們以為這是有用的，但這並不是重點所在。我們必須將無意識的歷程帶出意識，但我們不能過早將之歸因於外在情境。過於理性的人們總會迫切想要得到精確且片面的夢境解讀；一旦發現一切仍處於模糊，且帶有象徵性，他們深感震驚。他想要簡單明白地說明這到底代表什麼意思，因為他想要把情境帶入外在現實的範疇中。

面對這類案例，你必須堅持你所做的解讀，讓事物留在所屬的範圍內，不要急於找尋外在的解決方案。如此一來，你可以抵達內在的範疇並留在那裡，但是接續而來的是「紅棕馬的考驗」——外在範疇當然並沒有得到改變，因此仍然有實務意義的問題。這個狀況會發生在從外國來的被分析者身上，他們前來討論家庭的情境，並且從心理層面解決，但是在這之後他必須返回，因此思考著他回家之後這一切是否仍然穩固。然而，因為被分析者的改變，情況也

就跟著不同了。有時候，被分析者回家後會說：「我的母親在這段時間想必是有所改變了。」他沒看見的是自己已經改變了，而整個情況也因此而轉變。對於生活在同一個地方的人，相同的狀況也會發生；分析的過程創造了一個人為的情境，而接著面對的是回程的考驗——問題在於如何將分析所得與外在生活連結。雖然以純然心理的角度來看待心理情境是有益的，但是在一段時間之後，你必須要面對內外兩者，而接下來的險境就是新升起的危機及新的問題。在這個特定的情況下，在這個鏡映意識情境的範疇中，阿尼瑪僅被認知為意象，而不是一個立體鮮活的實體。

如今，國王及忠實的約翰前來與活生生的阿尼瑪見面，此處指出他們是在不具時間性及空間性的無意識範疇中遇見阿尼瑪。舉例而言，在個人的情境中，當男人與自身的深度感受及情緒層次欠缺關聯時，阿尼瑪並不為他而存在，男人所擁有的只是對阿尼瑪的幻想。我們常會遇見這類與無意識保持意象關係的男人，他們能接受無意識中充滿著象徵及母題，但是如果你試圖告訴他們這會影響他們的生活，同時也會對他們的意識有作為，亦即無意識本身自有生命，而且男人若沒有正確作為的話，他們的阿尼瑪可能會生病，此時男人的理性主義態度就會浮顯，因為他們無法接受無意識能讓他們生病，或讓他們出車禍。讓我們假設有個處在精神邊緣的人出現幻覺，如果你說這是無意識的表現，他們可以接受這樣的說法，因為這可算是件好事，讓他們可以假裝這不是他們個人獨有的病態現象；但是，如果你告訴他們幻聽的內容必須被看作是某種他們要服從的偉大權威，則通常要等到疾病或是意外真的發生之後，他們才會臣服，因為這樣的說法對他們而言又更進一步了。

藝術家通常願意接受無意識的存在，無意識提供了靈感讓他們得以投射到畫作或是寫作中，但是他們對於分析則是非常害羞的。他們認定分析會毀了他們的創思；然而，真正的害怕在於他們必須把畫作當作實體，而他們害怕維納斯女神雕像會從基座上走下並擁抱他們。他們認為**自己**創造了這個雕像，因此雕像是沒有權利活動的；因為那是**他們的**成品，雕像沒有權利變成活生生的實體來抓住他們。他們能辨識出意象，但是他們不允許意象作為一個活生生的實體存在，這樣的實體存在可能會闖入他們的生命。這一切都給了我們一些關於童話內容的暗示。在這樣的情況下，當個體開始去思考跟真實的現實生活有何連結時，「返回的問題」就出現了。在故事中，對阿尼瑪的認知是那個金屋阿尼瑪的意象，她高高在上；而紅棕馬則是另一個面向。阿尼瑪的存在同時具有性的吸引力，但是另一方面她也代表神聖的事物。但丁的碧雅翠絲（Beatrice）可能就是那個高高在上的金屋公主，而與魔鬼共舞的巫婆則在底下。聖母瑪利亞及妓女瑪利亞都是阿尼瑪的意象。身為妓女，另一個性別為她著迷，她是情緒的吸引力，也是個驅力；而當她在上層時，她就是但丁點點滴滴所提到的碧雅翠絲。我們同時有**天堂的**維納斯（Venus *ourania*）及**世俗的**維納斯（Venus *pandemos*），兼顧神聖及粗俗的面向；其中的一個象徵是白鴿，另一個則是麻雀。阿尼瑪包含了這樣的二元性，同時她本身既不是意念的，也不是驅體的，而是在這兩極對立之間以她自有的本質存在。男人在這兩極面向間拉扯，一面是我們所熟知的異性吸引及情緒機制，另一面則是高層秩序的內在經驗。

　　在一場有關於法國浪漫主義詩人傑拉德‧德‧內瓦爾（Gérard

de Nerval）的演講中，榮格提到內瓦爾是如何熱愛巴黎的**女店員**，他想要為她作詩（就如同但丁），因為女店員就好似女神。可是法國的寫實主義思維，以及內瓦爾的嘲諷態度與對愛的世俗想法從中作梗，他稱女店員為「本世紀人間的碧雅翠絲」（d'une personne ordinaire de notre siècle），卻無法看見平凡小女人同時也是女神的矛盾之處。他對這個女孩做了某些事，想必是在某方面傷了這個女孩的心，但是他只提到自己因為無法承受這個矛盾而做了件糟糕的事。內瓦爾最後逃離女孩，而在他的作品《奧雷利亞》（Aurélia）中，他描述夢見自己走入一個花園中，裡面有個破碎的女人雕像：也就是說，他因為逃開了那個女人，靈魂被石化且崩毀。

　　另一個女人試圖拯救這個情況。她認為內瓦爾的風流韻事與他個人的問題有關，因此安排讓兩人再次見面。女孩走向內瓦爾，兩人握手，但內瓦爾因為女孩眼神中所透漏的心痛斥責而飽受驚嚇，兩人終究無法和解。沒多久之後，女孩就死了，而內瓦爾也上吊自盡。這裡所描述的是，個體因為無能力承受阿尼瑪的矛盾面向而成為悲劇受害者。她是住在兩個世界的心靈實體，既不是女神，也不是**平凡女人**，而是不同層面的現實中所浮現的生命力量。或許我們可以說那是阿尼瑪，對待她就要如同對待阿尼瑪一般，但是男人可能會接著說：「好吧，那我到底是要跟她上床，還是要敬而遠之？」我們的意識總想要說清楚、講明白，但我們必須要避開，而且不回答這個問題；相對地，我們要說那是一個鮮活的力量，我們需要如其所是地敬拜之，同時要耐心等待其他視角的浮現。但是，意識自我會接著說：「我該不該打電話給她？還是應該只從另一個角度來看待她？」這是一個理智的問題，其他類似的問題情境會一

再出現，因為意識認為這是勢必要做出「二擇一」的問題情境；於是，人們就發脾氣，因為意識情境對焦在這般的單邊性，不讓另一邊進入。

本能驅力的剎車系統

故事中第一次找尋阿尼瑪所使用的策略，就是打製黃金物品。如果忠實的約翰試圖對她施暴，這就不成，他必須要以適切的方式靠近並吸引冷漠的她。但是在那之後，當他們回到岸上，紅棕馬會脫韁並且把國王帶走：那是性本能驅力的爆發，在這兒是透過馬的意象而非金屋所呈現。雖然故事沒有提到，但紅棕馬自然是公主自身的一個面向。如今她激化了冥界的動物，不過我們也不能忽視的是，這是一匹馬，牠並沒有將騎士帶入沼澤中，如果是那樣的話，那就會是性驅力；而事實上牠向上躍入空中，這是匹天馬（Pegasus），將人帶離地球，亦即帶離現實。生理的激情如果真的是由阿尼瑪所承載，她不會將人們導入現實中，因為阿尼瑪本身是個意象，同時也因為阿尼瑪帶有的神聖本質，會將人們導入著魔且不現實的範疇中。這是眾所周知的事實，當年輕伴侶的性生活運作正常時，他們是一點都不具現實性的，因為他們的熱情將他們帶入空中，讓他們遠離意識態度，並停留在地面上相當微妙的中間位置。

基督徒的成見反對阿尼瑪所投射的本能面，因此傾向於往另一邊發展，變得不人性。舉例來說，尤其像是牧師的兒子及女兒，他們受到過分規矩的教養，因此容易變得非常不現實；他們就彷彿受

到黑馬的驅策，這是針對金屋公主的冷漠疏離的補償面向。當個體接觸到阿尼瑪時，此時危險就升起，因為這個補償面可能會將人帶離地面，而且也只有野蠻的介入才能壓制它。這是個特定的情境，而故事中唯一的解決方案就是將馬射下，這是一個相當激進的作為，對比於分析情境，就等同於說：「這個或那個不需要討論！」雖然年輕的國王不需要親自射殺馬，但忠實的約翰卻必須如此做，而結果就是他身為超越功能，得以帶出較高意識的推動力；也就是說，意識並沒有做出決定，而是由無意識自行中止這一切。

有趣的是，馬的身上就配帶著槍。佛洛伊德認為本能驅力是單方面的，而意識必須對之處理或是將之昇華；榮格相信無意識驅力本身就內含奉獻的可能性。《轉化的象徵》（Symbols of Transformation）[2] 一書中關於奉獻的章節就解釋了這個現象（當榮格寫下這一卷時，他與佛洛伊德分道揚鑣。）如果我們去看外在世界的動物天性，這一切就再明顯不過了，因為動物除了在紛擾不安的狀況之下，不會過度縱慾、過食或是過分爭鬥，這意謂著在大自然中本能驅力有自己的剎車系統。所有的動物驅力都不會只朝單邊發展，各驅力本身都包含被犧牲的可能性，而人類的驅力也是如此，他們會自行踩剎車，只有當意識處在如同著魔一般的單邊性錯誤介入時才會變得狂躁。舉一個在大學城內瘋狂奔跑的牧師之子為例，亦即他的紅棕馬脫韁了。如果他不是帶有智性且神經質的本質，在一段時間之後，他會對那種脫韁生活感到厭倦而想要有更長久穩定的關係，以及投入研究學習的時間，如此一來，第一個爆發就會至此中止。但是如果他變成自由性慾的倡導者，那麼他會過度行事，甚至超出他的自然本性。這類人們也許能覺察到抑制自身性

慾的第一個跡象，但是卻仍然堅持縱情而為，而自然本能接續就會讓他們變得性無能。這樣的狀況屢見不鮮，這就好比是從無意識中將馬射下；它傳達的是，如果你聽不進去，我就會將馬射下。性慾內建的剎車系統是極度蠻不講理的，它可能會藉由生病或其他的狀況而中止。在分析的過程中顯示，當個體對於需要有所犧牲的情況欠缺適切關注時，自然本能希冀個體踩剎車：朝向個體化的驅力透過犧牲就能打斷單邊的本能驅力，這個本能驅力已過分脫離中庸之道。

有時候本能是以「全有或全無」的方式反映自然本性，而意識必須藉由適切正常的（適度的）使用本能而加以介入。除去性的角度，我們也可以從侵略性的角度中找到例證。帶有強烈侵略性的人通常都好像是用頭撞牆般白費力氣。他們受到父母及師長的當頭痛擊而學得壓抑，之後他們經驗到侵略性的破壞本質而壓抑之；然而，分析顯示他們之後應該會多多少少再一次地將之從內在解放。這類人也不知道該如何回擊，他們認定一旦回擊通常都會過頭，因此選擇什麼都不做，自然而然地，他們就變成喪家之犬，同時也因為活在應屬的層級之下而心生憎恨，或是發展出被迫害的想法。或者，這些人也可能會再次變得具有侵略性而反應過頭，事後宣稱自己根本就不該試圖有所作為，因為一旦嘗試通常都會惹禍上身。他們必須學習透過意識得到釋放，一次釋放一點。如果你一股腦打開鍋蓋，所有的蒸氣會立刻衝出來，但如果要讓它一點、一點地釋放，則需要比「全有或全無」反應更多的自我控制，因為接續的意識參與帶出了適量的文明行為，那是介於本能反應中全有或全無之間的中庸之道，與無意識驅力協調一致並朝向個體化。

化成石頭的無意識內涵

忠實的約翰從公主胸口吸出毒液，他獨自一人挺身解決公主的邪惡面。男人的阿尼瑪初次出現時，總是純粹自然的，她是包含好與壞的純粹生命。有個廣為流傳的「毒婦」童話母題，她在初夜殺了她的愛人。阿尼瑪的確可以誘惑男人莽撞地活出慾望，藉而摧毀男人，讓男人拋棄他所有的人性價值。在我們的故事裡，忠實的約翰中和了毒性，但是國王對於他的所作所為全然不解。

忠實的約翰為年輕的國王解決了所有問題，但是國王卻對他心生懷疑，更糟的是，約翰最後還被化成了石頭雕像。我們隱約感覺底層有個詛咒，但是原因一直到故事結局才出現，因此我想要先介紹另一個故事，名為〈兩兄弟〉（The Two Brothers），這個故事中的主角在故事結束前被變成石頭，這個橋段能給我們一些啟發。

如果我們將忠實的約翰視為原則或驅策力，驅策集體無意識朝向建立一個集體意識的新主導力，也就是「新主的創造者」，因此也可謂是超越功能或自性的代表，那麼，他在故事裡實行這些任務時變成石頭，這橋段就變得有點怪異了。不過，當意識中有個錯誤的態度，那麼從無意識而來的訊息，無論是見到或聽到的，都會被錯誤解讀，而意識就會對它們施加石化的效果。如果我們思考基督教文明中所經歷的發展，那麼年輕的國王及王后將忠實的約翰的雕像帶入臥室，就成了一個典型的作為：它站立在那兒，象徵一個譴責的人物，國王和王后每每看見雕像就會鬱鬱寡歡。

你也許會說佛洛伊德在我們的文明臥室中發現了被化成石頭的忠實的約翰，因為無意識的鮮活原則最初就是以某種被石化的形式

而被發現的，它是某種不再活著，也不被同化的原則態度。因此，國王及王后寢宮中仍然有個未解決的問題。佛洛伊德本身從未見過無意識內的創意鮮活原則，但將之視為某種被壓抑、被意識所排拒的事物。他首創辨識出我們所處文明的絆腳石，障礙主要顯現在性關係中；但是除了確認絆腳石的存在以外，他無法更進一步，因此只能從負面及破壞面來看這個障礙，並以此解讀國王及王后的悲傷。這是佛洛伊德首次與石雕像相遇的情況，而那也是基督教世代結束時所發生的情況：我們發現了一個原則，而這個原則是性領域的絆腳石。

　　榮格接續發現這個石雕像，或這個阻隔，本是動力原則的人格化──這是一個可以再度復活的原則，同時也顯現為活的宗教原則，但只有在個體將孩子奉獻給它時才會復活。性關係就好比是地震儀一般能顯示騷動。從我們的觀點來看，大部分在性生活及性關係中的騷動，並不全然是自身的困境，而是指出更深層的問題。舉例來說，女性的性冷感案例中，真正的問題通常出在被阿尼姆斯附身；如果我們只從性的層級來處理，就無法觸及問題的深度根源。每一種心理騷擾主要都顯示在社會適應、對死亡的態度，或是性關係之類的問題上──也就是顯示在要求本能反應的地方，因為這類反應需要得到至關重要的原型模式的幫助。在某些原型的情況中，人類需要運用他的全部人格，如果他帶有神經質的分裂，就會在這樣的情況中顯示出來。國王與王后無法全然交會，因為在他們之間有個化成石頭的人物總是帶著斥責的眼光看著他們，讓他們心生罪惡感而無法一起享受生活。

　　如果我們概略檢視石頭與雕像的象徵，在煉金術的傳統中，兩

者都有較正面的意義。石頭通常象徵內在心靈上帝的整體意象，那是個救贖的神人角色，通常被描述為比基督更加完整的角色。雕像大部分帶有相同的外顯面向：它象徵著再度復活的神人或人類，是埃及神話冥王歐西里斯復活後的形式，同時也是精神與物質的全面結合。在我們今日的西方文明中，這個富有意義的主要宗教象徵早已丟失，並且被理性主義及物質主義所壓抑。這說明了為什麼它僅以國王和王后寢宮中的絆腳石形態出現。

當意識的主導原則沒有辨識出無意識變化萬千的面向時，我們就會看見忠實的約翰被化成石頭；因為一旦欠缺這樣的視野，就會給無意識帶來石化的效果：這個缺失創造了欠缺彈性及僵化的觀點。當我們將無意識訴諸理論，並且賦予文字超越描述性的功能時，我們就將它硬化了，並且阻止它表現出鮮活的生命力量。每一種理論都會影響它，因為靜態的東西不被允許有自發表現的機會。

在我們的故事中，忠實的約翰被化成石頭後仍然得以獲得拯救。他建議國王趁王后不在時，斬了兩個孩子的頭顱，然後將鮮血抹在他的雕像上；忠實的約翰因此就活過來了，同時也讓兩個被犧牲的孩子恢復生命。某些意識態度將忠實的約翰困在石化狀態，而孩子勢必跟這些意識態度有關，因此他們必須要被殺死；但別忘了，我們關注的是孩童的角色而不是其他人物，我們要去檢視，從國王的角度而言孩子的意義為何。孩子是國王的未來可能性，同時也是他在世上最珍愛的。獻祭的原型意涵等同於亞伯拉罕（Abraham）與依撒格（Isaac）的故事：亞伯拉罕勢必會傾向於選擇殺了自己，而他犧牲依撒格，代表著他所能做的最大犧牲。

就在這一刻，忠實的約翰揭露了自己的真實身分──他是上帝

的意象，因為我們知道只有在面對上帝時，才會犧牲自己的孩子。另一方面，孩子總是帶有雙重的意義：從神話學的角度來看，孩子能代表自性，同時，視情境脈絡及細節而定，孩子也是初期的陰影面。兩者必然是相同的東西，因為你可能會說，實踐自性的同時總會隨之帶出純真的回復，亦即孩童反應中的真誠性及整體性。但是問題在於：「我是否仍然過於孩子氣？或是我應該要再次重拾赤子之心？」正如基督所言：「無論誰不若孩子般接受神的國，就絕不能進入。」（路加福音 18:17）但是，個體必須首先變成成人，然後再變回小孩。有時候我們會發現，基督教文明寧願相信我們應該持續當耶穌的小羔羊，才能抵達天國，但事實上我們需要的是回復那份不加思慮、順服自性的能力。

　　但是我們首先必須認知自身初始的陰影面，並看見在這個純真的態度之後，同時也有不成熟且孩子氣的態度。這個矛盾是極不容易看見的。孩童母題的雙重性，表達了孩童同時帶有孩子氣及自發性的雙重面向。佛洛伊德學派的分析主張除去幼稚症，因此傾向於去掉任何形式的自發性。這種解讀方式可能具有摧毀性，因為當它殺掉幼稚行為的同時，也除掉了自發性，以及連帶的創意，同時也導引至沉悶與欠缺自發性的態度，那是一種窄化的意識，個體會在這樣的意識中不斷質疑自己是否表現出戀母（Oedipus）或戀父（Electra）情結。

　　如果童話沒有得到應有的進展，那麼老國王死去的相同橋段會一再重複，相同的問題會持續出現直到**無窮無盡**——相同的衝突一再貧乏地重複出現。國王只表達出他想要的：他想要看禁室內的物品，他想要畫像裡的真品。忠實的約翰為他做了所有的事情，但是

國王本身對於征服阿尼瑪一點貢獻也沒有。如果從這個觀點來看這個故事，我們或許可以說他很幸運，因為擁有這個老奴僕為他料理生活大小事，而他唯一能做的事，也就是信任忠實的約翰，但他卻沒有做到。也許這一點也可說是幸運的，因為打從那時候開始他得到醒悟，他問：「這是怎麼一回事？」接著就是為自己先前的愚鈍態度贖罪，犧牲了他的孩子。

就心理層面而言，那意謂著犧牲不成熟的意識行為。自我總是會做出一些無意義的事：能夠放棄那些自我認為對的，以及自我想要的事情，同時屈服於正在發生的事件，這是件最了不起的行為。自我並不是真的要完全犧牲**自己**，而只是要犧牲他的幼稚；國王聽到要殺了兩個心愛的孩子，他的害怕反應證明了這是真正的犧牲。童話故事中描述感覺的形容詞通常是非常精簡的，關於心理與感覺層面的著墨也不多；這個故事描述了國王想到要殺了孩子時的恐懼，但是後來記起忠實的約翰因為忠心耿耿而犧牲生命，於是拔劍殺了孩子們。因此我們可以說，國王在忠實的約翰被化成石頭後，就已經發展出他的感覺。他必定在孩子成長的這些年受盡折磨，而每一回看見立在寢宮的石像，他就傷心哭泣，希望能夠讓忠實的約翰再度復活；或許這就衍生了成熟的效果，當忠實的約翰最後提出犧牲的要求，國王已經準備好要做出犧牲。國王在孩子成長的過程中受盡煎熬，後來當魔法時刻降臨，石像開口說話，國王即刻便認為讓忠實的約翰復活遠比世界上任何其他事都來得重要。國王心中的結論也揭示了下列事實：一旦個體與自性的意義失去連結，任何其他的事物都變得不再重要了，因為除了更新連結之外，沒有任何事物得以取代所丟失的。

犧牲發生在王后正在教堂之時。在她回來時，國王試探地問她會怎麼做，她接受了國王的行事決定。王后身在教堂裡，這意謂著她仍然為真實的宗教態度而服務；對她而言，這顯然仍是個活的原則。她受到教堂之翼的保守，阿尼瑪就是基督信仰，只有男人的意識有問題。如果你分析那些聲稱自己不相信基督教條的現代男人們，你通常會看見他們的阿尼瑪仍然會上教堂，因為所有的無意識人物都連接上遙遠的過往。我們的內心中有各式層次，有些無意識人物不像意識般具有現代性，部分的我們仍然處在中古時代，部分仍然處在遠古時代，甚至還有部分是裸身在樹上的。

　　另一個問題則是關於國王：**他**從忠實的約翰那兒接受了所有的一切，**他**必須要還債。透過忠實的約翰，**他**得到他所想要的，**他**是禮物的接受者，**他**自然就是那個需要償還的人，而非王后。故事中的王后顯得平常且不帶戲劇性，她的生命完全無涉於童話所要傳達的訊息。女人通常不太能覺察對立面，她們可以從旁溜過；除非女人有父親情結及強勢的阿尼姆斯，否則這個問題通常不會如此強烈地表現。女人的生活中比較在意的是生命的延續，「從來不在意對立面」。

　　你可能會說，那麼男人內在的女人也是相同的：阿尼瑪感興趣的是生活，而不是好與壞，或真實及其對立面的問題；這些問題是理法的原則，男人通常比較專心於此，這也讓對立面的問題顯得更加尖銳。猶太教文明並沒有女神存在，立法者是耶和華，你只有選擇跟從或不跟從，而這也帶出了倫理回應的問題。在希臘的宗教信仰中，女神與男神的數量是不相上下的，因此倫理的問題就不那麼尖銳。

接下來我將研究相互對照的兩篇格林童話，分別是〈兩兄弟〉及〈金娃娃〉（The Golden Children）。在這兩個故事中，代表對立面的一對主角是平行對等的，也沒有奴僕及國王，只是其中一個結了婚，另一個則像忠實的約翰那樣孤單一人。此處原本更應該發展出婚姻的四位一體，但最後卻沒有出現。我們必須聚焦討論那個孤單角色的可能意涵。

兩兄弟（The Two Brothers）[3]

　　從前，有兩兄弟，一個貧窮一個富有。富有的哥哥是壞心眼的金匠，貧窮的弟弟則專門做掃帚維生，是個多話但好心腸的人。弟弟有兩個兒子，是雙胞胎兄弟，兩個男孩就像是兩滴水一樣分不清誰是誰。兩個男孩常到富有的伯父家裡走動，有時候也能撿到些吃剩的東西。一天，貧窮的弟弟到森林裡撿拾樹枝做掃帚，在那裡看見一隻金鳥，這隻金鳥比他見過的任何一隻鳥都來得漂亮。他拿起一塊石頭，朝那隻鳥丟去，很幸運地打中了，但是只有一片羽毛落下，鳥卻飛走了。弟弟將羽毛拿給哥哥，哥哥告訴他這是純金的羽毛，還給了弟弟一些錢買下那根羽毛。

　　第二天，掃帚工弟弟爬上一棵山毛櫸，想要砍下幾節枝條，前一日的鳥又飛過。他仔細一看，發現樹上有個鳥巢，裡面有顆金蛋。他把鳥蛋帶回去給哥哥，哥哥同樣說這是純金的鳥蛋，又給了弟弟等值的錢買下金蛋。後來金匠哥哥說他想要

得到那隻金鳥，貧窮的弟弟第三次進入森林，他再一次看見站在樹上的金鳥。弟弟朝金鳥丟擲石塊，將金鳥擊落地面並帶回去給哥哥，哥哥也和先前一樣給了弟弟等值的錢作為交換。貧窮的弟弟心滿意足地回家，心想如今他就可以自給自足了。

但是金匠既聰明又狡猾，他很清楚知道自己手中得到了個寶貝。他要妻子將鳥拿去烤熟，並且交代妻子千萬小心不能遺失任何一部分，因為他自己要吃了這整隻鳥。事實上，那是一隻帶有法力的鳥，誰要是吃了牠的心和肝，每天早上起床之後就能在枕頭底下找到一塊金子。金匠的妻子遵照他的指令料理了那隻鳥，並插上鐵叉烘烤。但不巧婦人有事需要離開廚房，而掃帚工的兩個小男孩正好走進廚房。小男孩站在烤肉架前，動手轉了幾回烤肉叉，結果有兩塊肉正好掉在鐵盤上，其中一個男孩對另一個男孩說：「我們把這兩塊肉吃掉，我肚子好餓，沒有人會發現的。」

婦人回來後發現兩個小男孩嘴裡吃著東西，問兩人吃了什麼。兩個男孩回答說：「吃了幾塊從鳥身上掉下來的東西。」婦人驚恐地說：「那必定是心和肝！」為了不讓丈夫注意到，她馬上宰了一隻雞，取出心和肝放在金鳥旁。當鳥烤熟之後，她拿去給金匠，金匠自顧自地將整隻鳥吃完，丁點都不剩。第二天早上，他伸手到枕頭底下，卻什麼都沒有得到。

兩個小男孩完全不知道自己蒙受了何等好運氣。第二天早上當他們起床時，有東西滾落地面，他們發覺竟是兩塊黃金。他們把金塊拿去給父親，父親納悶這到底是怎麼一回事。但是同樣的事每天都發生，他前去把一切都告訴哥哥。金匠立刻

就明白了整件事，頓時勃然大怒。他不懷好心地跟弟弟說兩個
男孩被邪魔纏上了，交代弟弟不能要那些金子，也不能讓兩個
孩子繼續待在家裡，不然惡魔會要了他的命。弟弟對惡魔心生
畏懼，即便心裡百般不願意，他仍然把兩個男孩帶進樹林，狠
心地把兩個男孩留在森林裡。

　　兩個男孩四處找尋回家的路，但是怎麼也找不到。最後他
們遇見一個獵人，獵人問他們是誰家的孩子，男孩們將父親的
所作所為告訴獵人，同時也提到他們每天早上在枕頭底下都會
找到金塊。獵人說：「這不是件壞事。只要你們保持誠實且不
偷懶就好。」這個好心的獵人喜愛這兩個男孩，而且自己又沒
有孩子，於是獵人把兩個男孩帶回家，說自己會如同父親一般
照顧他們。獵人教導兩個男孩如何打獵，也幫兩個男孩將金子
存起來，以備將來有需要時使用。

　　兩個男孩長大後，獵人要測試男孩們的射擊技術，但是
等了許久都沒有獵物出現。最後，獵人看見一群列隊成三角形
的雪雁飛過，便要男孩射下最尾端的那隻，兩個男孩精準地射
下。後來，又有更多的雁子以「2」字型隊伍飛過，兩個男孩
也再次成功射下最角落的雁子。此時，獵人對兩個男孩宣告，
他們兩人已是完成訓練的正式獵人。那天晚上，兩個男孩向獵
人請求准許他們離開，他們想到外面的世界闖蕩，還說如果不
得允許就拒絕吃飯。

　　兩個男孩的要求得到准許，在約定好要離開的那一天，獵
人分別給了兩個男孩一把槍及一條狗，同時也讓他們各自拿走
先前為兩人存下的金子。在告別時刻，他又分別給了兩個男孩

一人一把刀，告訴他們如果兩兄弟要分道揚鑣，就將刀子插入分叉路口的樹上，當其中一人回來後，看見樹上的刀子就可以知道另一個兄弟是否安好；如果刀子生鏽了，就表示那個兄弟已經死了，如果仍是安然無恙，刀子就會閃閃發亮。

兩兄弟走進一座巨大的森林，因為無法在一天之內走出去，兩人就在森林裡過夜，從背包裡拿出食物來填飽肚子，第二天也是相同的狀況。當食物都吃完了，兩人就決定要獵些東西來吃，於是其中一個兄弟把槍上膛。一隻老兔子出現了，但哀求兩人放過牠，牠說會提供兩隻小兔子作為交換；然而，兩隻小兔子出現時，牠們開心地玩耍，兩兄弟不忍心動手，兩隻兔子就跟著兄弟兩人。同樣的狀況一再發生，但對象是狐狸、狼、熊及獅子。最後，兩個獵人就帶著兩隻兔子、兩隻狐狸、兩匹狼、兩頭熊以及兩頭獅子上路，當然還有日益加深的飢餓感。狐狸因此領著大家前往附近的村落添購食物，餵飽了動物之後，大家又繼續上路。

因為找不到工作，兩兄弟決定要分道揚鑣；兩人將動物平分，立下誓言至死都要持守兄弟情，同時將刀插進樹中。在那之後，一個向東走，另一個則向西前行。

弟弟帶著他分得的動物前去一個小鎮，鎮上掛滿黑紗。他走入一家旅館，詢問是否可以讓他的動物住下。旅館主人給了他一間畜欄，牆上有個洞，兔子從洞口爬出去帶回一些青菜，狐狸鑽出去帶回一隻母雞及一隻公雞，但是狼、熊及獅子因為體型太大出不去，就交由旅館主人餵食。之後，獵人詢問整個城鎮掛滿黑紗的原因，主人告知隔天國王的女兒就要死了，因

為她要被獻給一條龍。那條龍每年都要求一個年輕女孩，公主是城裡剩下的最後一個女孩，如果龍沒有得到女孩，牠就會毀了整座城。許多年輕人試圖屠龍，但是最後都被殺了；國王也做出承諾，誰能除掉那條龍，就能得到她的女兒及他的王國。

第二天早上，獵人帶著他的動物走上那條龍棲居的山頭，在山上小教堂的祭壇上發現三個酒杯，杯上寫著：凡是喝下杯中物的人，就會成為世界上最強大的人，也能擁有門廊上的那把劍。獵人先行前去拔劍，但是怎麼也拔不出來，只有當他喝下杯中酒後，才能輕易地拔起那把劍。當公主、國王及差役走出城時，他們看見山中的獵人，誤認為他是那條龍。

公主走上山，沒看見龍，反倒看見這個年輕人。年輕獵人安慰公主，並將公主關在教堂內。不久之後，一條七頭龍出現，問年輕人所為何來。年輕人回說自己要跟龍來一場決鬥。那頭龍從他的七張口中噴出火焰，火焰本該點燃枯乾的草地並將年輕人一把燒死，但是動物們將火苗踩熄。接著，惡龍撲向年輕人，獵人及時砍斷龍的三顆頭，盛怒的惡龍朝年輕人噴出火焰，而年輕獵人又砍下了另外三顆頭，一直到最後僅剩的那顆頭也被砍下了，他的動物們接手將惡龍分屍。年輕人打開教堂大門，看見公主因為飽受決鬥的驚嚇而癱倒在地。公主清醒後，年輕人帶她去見惡龍的殘骸，並告訴公主她已經自由了。公主開心地說，如今年輕人就是她親愛的夫婿，因為這是父親的承諾。

她順勢解下頸項上戴著的珊瑚項鍊，分送給動物們作為獎賞；公主把自己的手絹給了年輕人，他將七顆龍頭的七條舌頭

切下，小心翼翼地包裹在手絹裡。

決鬥後的年輕人極度疲憊，他建議大家小睡一會，並交代獅子在他們小憩時看顧大家。但是，獅子轉而交代熊，熊交代給狼，狼又交代給狐狸，狐狸交代給小兔子。可憐的小兔子也很疲憊，但是不能再交代給其他動物，最後他們全都睡著了。

在遠方監看一切的禮官清清楚楚地看見這裡所發生的一切；他不懷好心，拿起劍砍斷了年輕獵人的頭顱，並且抓了女孩帶下山。公主醒來後被嚇壞了，禮官說如今公主在他的手上，要求公主告訴國王是禮官宰了龍。公主拒絕，但是在禮官的性命威脅之下，公主只能同意照做。因此，禮官帶著公主回宮，瞞騙說是自己殺了那條龍，還要求娶公主為妻。國王問公主這一切是否為真，公主回說：「是的，肯定是真的！但是婚禮必須要等到一年又一天之後才能舉行。」公主心裡想的是，她或許可以在那段時間得到親愛獵人的消息。

與此同時，動物們都還在沉睡中。有隻大黃蜂飛過三次並停在小兔子的鼻尖上，就在第三次，黃蜂叮了小兔子並喚醒了牠。兔子醒後也叫醒了其他的動物。獅子發現公主不見了，年輕獵人也死了，牠吼道：「這倒底是誰幹的？」動物們相互指責彼此沒有叫醒其他動物，只有可憐的小兔子沒有指責的對象，因此牠就成了罪魁禍首。為了要自保，兔子說牠知道有種草根可以醫治任何傷病，不到 24 小時就從遠方找來那草根。獅子將年輕人的頭顱放回（反向），當年輕獵人發現女孩不見了，還以為女孩從他身邊逃開。中午時分，他想吃點東西，這時才驚覺自己的頭被倒置了，也才開始追問發生了什麼事。因

此，獅子再次將獵人的頭拔下並轉向，小兔子也醫治了他的傷口。

傷心的獵人四處遊走，帶著他的動物到處跳舞表演，正巧就在一年之後，他抵達一個結滿紅彩的城鎮。他問了緣由，原來是國王的女兒要與禮官結婚，這個禮官將她從惡龍手中拯救出來，並且屠了龍。所有的動物都要出手相助。兔子要從國王的餐桌上拿些麵包，狐狸要拿烤肉，狼要拿青菜，熊要拿甜點，而獅子則要負責取葡萄酒，而每一次都會有一隻動物來到公主面前，公主看見頸項上的珊瑚立刻就認出牠們，因此公主就依動物所要求給予食物。獵人及他的動物們一起吃了這些食物，心中也很開心，因為獵人明白公主是愛他的。

接著，獵人親自前往王宮，手中帶著公主的手絹，裡面還包著惡龍的七根舌頭；原來是國王派人去找獵人進宮的，因為他的女兒不願意說出為什麼那五隻動物進進出出王宮。但是獵人要求國王派人送宮廷禮服、六駒馬車及僕人來接他進宮，國王的女兒要國王答應獵人的要求。國王也走出宮接見獵人，獵人的動物們都緊隨在後，而獵人也被安排與國王及公主同桌而坐，禮官就坐在正對面，但他完全沒認出獵人。接著惡龍的七具頭被帶出來，國王說禮官殺了惡龍，所以他要把女兒許配給禮官。但是獵人打開惡龍的嘴，問惡龍的舌頭到哪兒去了？禮官臉色發白，回說惡龍沒有舌頭。獵人說騙子才沒有舌頭，並且指出龍舌才是勝利者的象徵。他接著拿出手絹，將每具舌頭放回所屬的龍嘴裡，再將繡有公主之名的手絹交給公主，詢問她當時將手絹給了誰。公主回答：「給了屠龍的人。」然後，

獵人叫喚他的動物們，從每隻動物身上拿下項圈，將項圈交給公主過目，問她這是誰的珊瑚。公主說出當年發生的事，獵人也接著解釋：當他在決鬥後因為疲倦而睡著，禮官趁機砍了他的頭，帶走國王的女兒，還假裝是自己殺了惡龍。公主說，這一切實情不是由她揭露的，但她可以作證，雖然她答應了禮官不會洩漏隻字片語。

禮官因此被四牛分屍，大家也都開心歡慶，對獵人與公主的婚禮表達祝福。但是，後來有一天，獵人，也就是如今的國王，想要出門打獵。他跟著一隻白狗深入森林而迷路了，他升起火準備在那兒過夜，四周圍繞著他的動物們。接著，他聽見樹木傳出聲響，看見一個老婦人坐在他上頭，抱怨著說她很冷。獵人要老婦人下來取暖，但是老婦人害怕獵人身邊的動物，於是丟下了一根樹枝，要獵人以樹枝碰觸動物，這些動物才不會傷害她。獵人照做，但動物都被化成石頭；老婦人下來後，也把獵人變成一具石像。

另一個兄弟回到森林看樹上的刀子，他看見刀身上半邊生鏽，心知有厄事降臨在他的兄弟身上。當他抵達城門，門口的侍衛詢問是否應該要宣詔國王進宮，他心想自己必定是被誤認為他的弟弟，同時認為自己應該要將錯就錯，如此一來，他才能弄清楚該如何幫助弟弟。最後，他被帶進王宮，宮內的每個人，即便是公主，都認為他就是國王，他解釋說自己在樹林中迷路了。晚上，當他被帶進寢宮時，他在兩人中間擺放一把出鞘的劍，公主對此摸不著頭緒，但也不敢多問。

幾天之後，哥哥終於釐清了一切，他說自己必須再次出外

打獵，大家都試圖勸阻他，但是他仍然堅持要去。同樣的，有隻白狗走向他。之後，他跟弟弟一樣在森林裡生火。同一個老婦人坐在樹上，但是當老婦人給他投下樹枝時，他拒絕拿樹枝去碰觸他的動物，並且要求老婦人自行從樹上下來，否則他會將她拿下。之後，他射向老婦人，不過子彈對老婦人沒效，他從外套取下三個銀鈕扣，用來射向老婦人，結果她摔落後大聲哀號。他接著一腳踏上老婦人脖子，威脅老婦人交代他的弟弟及動物們的行蹤，否則就要將她丟入火中。老婦人說她的弟弟和動物們都被化作石頭，而且被埋在地溝裡。他強迫老婦人帶他前去埋藏的地點，要求老婦人讓他的弟弟及動物們復活，否則老婦人就會被扔進火裡燒死。因此，他的弟弟以及動物們，還有其他許多人都活過來了。他們將巫婆綁起燒死，瞬間整個樹林都亮起來了；在光芒照耀下，即便是三小時路程之遠的王宮都能看見。

當他們打道回宮時，兄長告訴國王自己先前假冒了國王，吃國王的食物、喝國王的酒，甚至也睡在國王的床上。當國王聽到這裡，既憤怒又忌妒，就一把砍掉了兄長的腦袋。但是沒多久，他就為自己的所作所為感到後悔，並放聲大哭。這時候，兔子又必須前去找尋草根來醫治獵人，醫治後的獵人完全沒有察覺自己所受的傷。接著，兩兄弟分別從兩邊進城，兩邊城門的守衛都前去老國王那裡報告年輕國王進城。老國王知道兩邊城門的距離有一小時路程，因此認為這是不可能的事；但是當兩兄弟現身時，老國王要女兒分辨哪一個才是他的丈夫，王后憑著動物身上的項圈而區辨出來。當晚就寢時，王后問國

王前一晚為什麼要在兩人中間放上一把劍，她以為國王要殺害她。這麼一問，也讓國王知道他的兄弟對他的一片忠心耿耿。

金娃娃（The Golden Children）[4]

從前有對貧窮的夫妻，他們除了一間小茅屋及捕魚所得外，一無所有。有一天，男人坐在水邊，拋下網後捕到一條黃金魚。他滿臉訝異地看著這條魚，黃金魚開口對他說：「聽好，漁夫，如果你把我拋回水中，我會把你的草屋變成一座美麗的城堡。」但是漁夫回答說：「如果我連肚子都填不飽，城堡對我有什麼用處？」黃金魚對他說，他的需求都會得到照料，因為城堡裡有個櫥櫃，抽屜內滿滿是美味的食物，要多少有多少。男人說：「如果真是這樣的話，我當然可以幫你這個忙。」黃金魚說：「這是真的，但前提是你不能對世上任何一個人透漏隻字片語，無論是誰，都不能告訴他你是如何得到這個好運。如果你說漏一個字，就會失去這一切。」

因此，男人將魚丟回水中，然後回家去。原先的草屋所在地如今矗立著一幢大城堡。他睜大眼睛看著城堡，走進去後發現妻子穿著華服坐在一間華麗的房間內。妻子開心地說：「老公，這是怎麼一回事？這一切讓我好開心。」男人回說：「是啊！我也很開心，不過我餓壞了，給我拿些吃的東西來。」但是妻子回說：「我什麼都沒有，而且我在這新房子裡什麼事情都不會做。」男人說：「那不成問題，那邊有個大櫥櫃，你去

把櫃子打開。」當他們打開櫥櫃後，發現裡面有蛋糕、肉、水果及酒。兩人開心極了，坐下後就一起享用這些美食。他們吃完所有想吃的東西之後，女人問說：「可是這些豐富美好的東西是打哪兒來的？」男人說：「這個嘛！別問我這個問題，我不能告訴你，如果我告訴任何人，我們的幸運就會消失不見。」女人說：「好吧，如果我不應該知道的話，那我就不要知道。」但是她並不是真心這麼說的，因為她日夜為此痛苦不堪，不斷地煩她的男人。最後，男人因為不耐煩而脫口說出這一切都是來自於那尾他抓到但又放走的魔法黃金魚。他才說完，擺著櫥櫃的美麗城堡就消失了，而他們又回到漁夫先前的那個茅草屋。

因此，一切又得重新開始，但是幸運的是，男人又捉到那條黃金魚，而黃金魚再次說如果男人放了他，他會再給男人那個擺著櫥櫃裝滿食物的美麗城堡，但是這一次他必須要堅強不動搖，絕對不能告訴任何人。不過相同的事情又再度發生了，女人說她寧願不要這一切財富，因為如果她不知道這一切從何而來，她就一刻也不得安寧。

男人再一次去捕魚，第三次抓到那尾黃金魚，魚說：「聽著！看來我註定是逃不出你的手掌，既然如此，你就把我帶回家，將我切成六大塊，其中兩片給你的妻子吃，兩片給你的馬，另外兩片則埋在地下，這樣你就會得到福澤。」男人照著指示做：那兩片埋在地下的魚肉生出兩朵金百合花，馬生了兩匹小金駒，而漁夫的妻子則生了兩個金娃娃。

兩個娃娃長得標緻，百合花及小金駒也長得非凡。兩個

孩子說他們想要騎兩匹金馬到外頭的世界闖蕩。但是他們的父親說，一旦孩子們離開，他會因為不知道孩子們的狀況而深受煎熬，而且必定無法承受。孩子們回說，兩朵黃金百合會在這兒，漁夫看著百合就可以知道兩個兒子是否安好——如果百合仍然鮮豔，就表示孩子們一切安好；如果百合失去色澤，就表示他們生病了；如果兩株百合都枯死了，就表示兩個孩子也死了。之後，兩人就策馬離開。他們來到一家客棧，裡面有許多人，這些人看見兩個金娃娃就開始取笑、戲弄兩人。其中一個金娃娃覺得無比羞恥，不願意再出外闖蕩，因此打道回府去找他們的父親。另一個則繼續前行，來到一座巨大的森林；當他打算穿越森林，人們告訴他這是不可能的，因為森林裡滿是會傷害他的盜匪，一旦盜匪看見他和他的馬都是黃金，一定會殺了他們。他並沒有因此被嚇住，反而堅持繼續前行。他拿起一件熊皮披在自己和馬的身上，就這樣策馬入林。走了一小段路之後，他聽到樹叢中的聲響，有個聲音說：「這裡來了一個。」另一個聲音回說：「讓他過去，他身上只披一件舊熊皮，根本就是跟廟裡的耗子一樣窮酸，能有什麼像樣值錢的？」因此，金娃娃就開心地騎出森林。

　　一天，他騎進一個村莊，在村里看見一個美麗的女孩，他認定這女孩是世上最美麗的女子。他深愛著女孩，因此上前對她說：「我真心愛你，你是否願意嫁給我？」女孩也喜歡他，因此同意成為他的妻子，還說她會一輩子真心對他。兩人結婚後一起開心生活。但是，當新娘的父親回家後得知他的女兒已經結婚，他大吃一驚，並問她新郎在哪裡。女孩將金娃娃介紹

給父親，不過金娃娃仍然披著熊皮，父親勃然大怒，說他的女兒絕不能嫁給穿著熊皮的男人，他氣得想殺了新郎。然而，新娘說這是她的丈夫，而且她深愛著他，父親於是稍稍平靜下來。但是父親實在放不下心裡的念頭，第二天早上，他早起想探一探他女兒的丈夫是否真的是衣衫襤褸的乞丐。他往房內一看，躺在床上的是個俊美的黃金人，地上則擺著那張熊皮。他因此放心走開，慶幸自己控制住怒意，不然就會犯下了不可饒恕的過錯。

此時，金娃娃夢見自己前去捕獵一隻美麗的公鹿。早上起床後，他告訴妻子要去打獵。妻子心生恐懼並央求他別去，她認為他會輕易遭遇不幸，但是他堅持動身進入森林。走了沒多久，一匹美麗的公鹿就站在他面前，完全與夢境如出一轍。他打算射殺這匹鹿，但是卻讓鹿逃跑了。他越過樹叢及深溝緊追著鹿，整整追了一天，但是在傍晚時分，公鹿就消失不見了蹤影。金娃娃看了看四周，發現一間小房子，房子裡有個巫婆。他敲了敲門，老婦人走出來問他這麼晚還待在森林中做什麼。他問老婦人是否看見一匹公鹿。老婦人回說：「是的，我對那匹公鹿清楚得很。」接著一隻小狗從屋內跑出來，到老婦人身邊對著金娃娃狂吠不已，他說：「安靜點，你這個小畜牲，再叫我就宰了你。」老巫婆狂怒說：「什麼！你膽敢殺了我的小狗，有種試試看？」於是她就把金娃娃變成一尊石像。他的新娘等不到他回家，心想正如她先前所害怕的，金娃娃必定遭遇了不幸的事。

家中的另一個兄弟站在金百合前，看到其中一朵凋萎了，

心想：「遭了，我的兄弟必然遭遇不測，我必須要去找他，或許還能救他一命。」

　　但是，父親認為他必須待在家裡，因為如果他連這個孩子也失去了，那他該如何是好。但是，這個孩子堅持要去，並立馬騎上他的金駒。他來到兄弟被化成石頭的那座大森林，老巫婆走出房子叫住他，想要騙他入屋，但是他並沒有走近老巫婆身邊。相反的，他說如果老巫婆不讓他兄弟復活，他就會將老巫婆射死。老巫婆不情願地用她的手指碰觸石像，石像馬上就活了過來。兩個金娃娃開心地再次見到彼此，一同騎馬離開樹林，一個回家見他的新娘，另一個則回家見父親。父親說他早就知道兒子救活了另一個兒子，因為那朵百合花忽然間又聳立起來，而且還開花綻放了。最後，他們開心幸福地一起生活了一輩子。

邪惡力來自無意識中被忽略的原型

　　我們僅以這兩個故事來理解「忠實的約翰」的故事以及陰影面的問題，其他的細節就不多談。這是個有趣的金鳥（或是魚）的母題，是它讓兩兄弟得以誕生，或者說是它讓他們成為有法力的角色。鳥（或魚）是單一的原則，它是自性的真正象徵，來自於無意識的深處，相當於整體的自發意念，而這個單一的原則帶出了意識世界雙重情境的根源。

　　在忠實的約翰故事中，邪惡原則只出現在背景中：它是金屋

公主身上的毒，後來由忠實的約翰吸出。故事中的老國王死後並沒有帶出進一步的難題，但是邪惡仍然相當活化，因此，最終忠實的約翰被化為石頭；而在鞋匠及小裁縫的故事中，鞋匠在故事的最後被逐出，他被驅逐且最後落腳在絞刑架下；但是在忠實的約翰故事中，邪惡包裹在毒素內，同時也表現得像是一道詛咒。此處，我們以另一個故事來看，故事中的邪惡則是透過巫婆的形式而得到人格化表現。

比較這幾個故事並檢視其中巫婆的象徵，我們或許會問，為什麼這個老婦人必須對這個獨一原則的毀滅負有責任，而她又會如何負責。我們可以相當輕易地認為，當邪惡來自於意識的錯誤態度，無意識就無法得到表現：這說明了為什麼我們總是會告訴人們，他們的意識中有個錯誤的態度，因此無意識就無法透過有益的方式而得到表現，還會下沉成為失去活化的狀態；當無意識下沉為全然的失去活化，就只能製造出罪惡感及精神官能症狀。但是，如果我們更貼近看這個情況，有時候會發現當中是更為複雜的：就如同金娃娃故事中所顯示的，邪惡力不是直接來自意識的錯誤態度，而是來自無意識中被忽略的原型，也就是來自巫婆。

巫婆是大母神的原型面向，她是被忽視的母性女神，是地球女神的破壞面。埃及的母性女神艾西斯被稱為偉大的魔法師及偉大的巫婆：當她動怒時她就是巫婆，但是當她充滿慈愛心，她就是全心付出的救贖母親，給諸神帶來生命。在這樣的人物角色中，你會得到母親原型的雙重面向，因為她有光明面及黑暗面，是巫婆也同時是慈愛及母愛的。印度的女神迦莉（Kali）同樣也顯現為帶來生命及帶來災難的人物。

童話故事大體上來說受到基督教文明的影響，大母神的原型，就如同其他原型一般，被分裂為兩個面向。舉例來說，聖母瑪利亞從她的陰影面被區隔出來，因而她只代表母親意象的光明面，結果就是如同榮格所指出的，當聖母瑪利亞的角色變得相對較重要的時代，就是巫婆遭受迫害的時間點。因為大母神的象徵過於偏頗，黑暗面就被投射到女人身上，帶出了對女巫的迫害；因為大母神的陰影面不被包容在任何正式的女神象徵崇拜中，母親角色於是被分裂成正面的母親及破壞的巫婆。童話中，有數不清的巫婆及大母神出現在許多故事裡，正如同德國宗教學者特里希（Albert Dietrich）在他的著作《大地之母》（*Mutter Erde*）[5] 中所驗證的。舉例來說，故事裡會出現惡魔的**祖母**（grandmother）或是**偉大**母親（great mother），而童話中的惡魔因此與這老女人共同生活，那是他的母親，是偉大的大地之母。

　　在廣受歡迎的黑聖母意象背後也藏著相同的問題，因為她們也與暗黑女神艾西斯有關。瑞士艾因西德倫（Einsiedeln）修道院中黑色聖母的傳說指出，修道院曾經遭祝融之禍，從那時開始，雕像就維持被燻黑的樣子。但是我們很清楚知道事實並不是這樣的：她是黑色的，因為相較於以白色女人現形，黑色的她具有更強大的法力及效能。此處，宏偉的大地之母原型從後門進來，因為當某個原型因為教條而被排除時，它勢必會從後門返回。受到主導的集體意識藐視，原型在這裡會做出可怕的事情，因為邪惡力的陰性原則並不會直接攻擊國王，會轉而攻擊另一個人物，像是忠實的約翰之類的。忠實的約翰受到邪惡力的直接攻擊，而國王就受到次級的衝擊，因為他必須要犧牲自己的孩子。然而，這也是我們在治療個別

案例時必須銘記於心的典型原型事件：當無意識內的某事物被排拒在外時，個體的精神官能症情結會直接行動，在轉角處造成騷動，而被排拒的內容物會轉向攻擊其他事物。

舉例來說，一個帶有負面母親情結的男人陷入半無意識的強大野心及權力驅力，這一點顯然讓這個男人擁有成功的人生，但是他隱微感覺到有些事情不對勁，特別是在他與女人的關係上。在分析的過程中你會發現，權力驅力就彷彿一匹邪惡猛獸坐在他的性生活中；它在無意識中對性本能造成傷害，但是並沒有直接傷害意識面。透過夢境的分析，你可以清楚看見無意識中有兩個因子相互衝撞，因為在夢境裡面出現相互爭戰的兩個無意識原則，你會感覺到意識無法為此負責；但肇因於某些錯誤的態度，意識對無意識內的戰爭是間接負有責任的。

人們在意識界通常會顯現間接的衝突：他們說想要結婚但總是欠缺好運，在無意識內的某些事物打斷了他們。他們會說，他們之間並沒有衝突，但有些事不對勁，而他們不知道為什麼。接著你會發現他們的愛欲（Eros）原則被另一個無意識的因子所攻擊，因此破壞力就機械性地在無意識內自動運行，意識就只是間接地需要為此負責；因此，你必須繞道而行，跟從夢境的帶領。在這樣的狀況下，意識並沒有造成明顯的傷害；老國王從未傷害忠實的約翰，然而王國內顯然有些力量被忽略了，首當其衝的是忠實的約翰，接著則是年輕的國王。

在後來提及的故事〈金娃娃〉中，你可以看見大母神原型藉由攻擊超越功能而進行自我報復，超越功能代表的是變成意識化的過程，也是朝向個體化的歷程，這遠比直接攻擊意識來得更糟。

壓抑的理論並不總是適用，忽略或未察覺某個因子，通常會對個體化的整體歷程造成破壞效果。另一方面我們也可以說，在最嚴重的精神官能症底下，性高潮也是療癒之處。我們必須要在最惡劣的地方找尋療癒的事實，因為其中藏有麻煩，但**同時也有**朝向個體化的迫切需求。基督教文明大大忽略了陰性原型，因此破壞了個體化的整個歷程，而整個問題就必須要從這個角度重新被提出討論。

金娃娃的故事還點出另一個問題。在前一個故事中，我們有少主及忠實的約翰這兩個角色，但目前這兩個故事裡卻是同年齡、同階級的兩兄弟。同樣的，他們是彼此的陰影面（別忘了，陰影面只是相對的概念）；此處他們是雙胞胎角色，展現雙面的特點，其中一個待在家裡，對於世界的愚蠢感到厭惡，另一個則朝外走向世界。古代埃及有個類似的故事：亞奴比斯（Anubis）和巴塔（Bata）兩兄弟有著相同的命運，其中一個陷於外在世界，另一個則是個隱士。[6] 雙生子當中走向世界的那個結了婚，因為他代表著意識傾向於活出生命及投入生活的那個部分。同時，因為阿尼瑪是偉大的搗亂者，瑪雅（Maya）會將他捲入善與惡；他自然會與公主結婚，但也在那一刻同時落入阿尼瑪背後的惡勢力之中。阿尼瑪是生命與死亡的女神，她是巫婆，她帶著同時涉入生命及死亡歷程的傾向。他則冒險進入生命中，這是變成意識化過程的情境。

如果你分析年長者，透過他們在生命前半期逃開生命的經歷，你得以了解一個未充分活過的生命，可以多麼巨大地切斷個體變成意識化的可能性；你得以了解沒被充分活過的生命，冒著將自己丟入無望衝突的危險中，在多麼大的程度上其實就是切斷了個體化的可能性。另一方面，將自己一股腦投入衝突情境且試圖潛入生命的

人，則落得被化為石頭的下場，就更深一層的意涵而言，就是被生命原則的本質化為石頭，也就是被大母神化為石頭，因為大母神轉向帶出死亡的原則。因此，只有投入冒險的那個被化為石頭，而那個避開生命且沒有在實際軀體或靈性上涉入生命歷程的，則成為偉大的救贖者；他能夠解決掉巫婆，得以看清巫婆並終結她的破壞力，他終結了阿尼瑪的破壞力並解救了他的兄弟。

在祕密之下他們是同一個

在我們的文明光芒下，相同的情況則是以下述方式呈現的。相較於東方的文明，基督教文明是相對外傾的文明，因此它的正式象徵就牽涉到那個較積極主動的兄弟。在《神祕合體》[7]一書中有關國王和王后的那個章節裡，榮格討論到十五世紀英國的煉金術士里普利（Ripley）的文本，其中首先出現的是國王及王后的真正結合，王后生了哲學家之子，也就是哲人石；但是身為牧師，里普利接著帶入另一個不尋常的第二次**合體**。榮格認為里普利之所以引介出第二個**合體**，是因為他心中想的是羔羊[8]與教會的聯姻，而榮格認為這一點揭露出煉金術意象與基督教自性象徵的分歧。第一次的**合體**之後（意識與無意識原則的結合），為什麼還需要第二次的結合，這確實不容易理解，除非個體認為新的意識主導必須與人類的**奧祕之體**（*corpus mysticum*）[9]相結合。

孤寂的煉金術士並沒有與羔羊聯姻的母題，因為這其中包含了個體對社群終極犧牲的意涵，這是煉金術中所沒有的思維。煉金術的哲人石是隱士的思維，那是孤單個體的目標。他們的石頭代表著

對立面的結合，是**內在**男性及女性的結合。但是對社群而言，石頭並不屬於任何人，它比較像是野地上的寶藏，人們找到後又再度把它藏起來。因此，那個美麗的珍珠，亦即哲人石，就仍是個體的神奇祕密，雖然老主人說他們並沒有藏起祕密。石頭被藏為祕密，及不被藏為祕密，可以做這樣的解釋：這是個對立面，個體化歷程在其中達到頂點。當新的神聖象徵在這個歷程中建立，神聖性要不是被犧牲以強化社群，就是成為恪守在個人內在的祕密。

如果榮格創立了榮格教派，我們可能會說國王在第二次的**合體**中被犧牲了。這樣的組織事件會建立起新的社群，同時也會振興組織，就如同那些不為人所知的神祕社團。這個可能性喚起了一個相當急迫的問題。人們說：「你所做的真是太棒了，但是這對歐洲人有什麼實質幫助？這在我們所處的情境及時代如何能幫上忙？只在這兒那兒幫助了一兩個孤單的個體，該要如何修正，好讓大多數人能受惠。」人們認為我們該設計一個集體的食譜，以簡單易懂的方式餵養大眾，以解救基督教文明。但是這樣的第二次婚姻會殺了原初的象徵，因為接續而來的就是個別的象徵與社群的婚配。但那是基督教的思維：基督與教會聯姻，並持續直到末日，最終的結果就是為了建立一個新的社群，而讓個體化的歷程被犧牲了。與之相反的想法則是，將那個被發掘的象徵再度隱藏起來，同時不與這個世界及社群婚配，而仍然保持為孤單個體的個人祕密，維持為煉金隱士的祕密；這一點以相當具有神祕性的方式反映在《蒙查羯奧義書》（*Mundaka Upanishad*）中：

兩隻鳥，孟不離焦，

棲息在同一棵樹上。

其中一隻啄食甜美的果子，

另一隻就只在旁看著不吃。[10]

　　夏威夷有個神話，故事中的男人（相對於我們的亞當的角色）在天上時是完整的，後來他被召喚來到地球，可是只有半個他來到人間，這說明了為什麼我們這個文明的亞當被稱為半個人。神話暗示說，在世界告終之日，他將找到他的另一半。許多原始文明中都認為，每個出生的個體都有一個雙胞胎兄弟，也就是他的胎盤。這個孿生兄弟沒有來到這個世界，因而乾枯並在頸項周圍形成肉芽，因此，他仍然是天上的靈體。在死亡的當下，這兩半會再次會合。

　　奧義書持續寫到：

在同一棵樹上，一人坐著沉浸在悲傷中，

因著自己的無能為力而不知所措。

但是當他看見神的喜悅，認知其偉大光輝，

他就超脫了悲傷苦痛。

當見者將這偉大的創造者及［世界之］神主，

等同視為持守梵為中心的真人，

他就成為智者，脫離善惡，

達到至高的存有，超脫情癡。

　　在《白淨識者奧義書》（*Shvetashvatara Upanishad*）中提到：

有個未出世的存有［女性］，帶著均一的紅、白和黑色，
生出了各式的後代。
有個未出世的存有［男性］，深愛她並與她相伴；
另一個離開了她［故事中擺放在兄長與弟媳間的那把劍］，
就在她食所當食之際。[11]

在生活中，我們食所當食。這兩個引文都在《彌勒大梵奧義書》（*Maitrayana-Brahmana-Upanishad*）中被擴大：

這樣的見者，不見死亡。
不見疾厄，不見苦難。
這樣的見者，得見一切［客觀地，而不若主觀般影響他］；
無處不在［他成為梵］。
眼中有真人，睡夢中漫遊，沉沉入睡中，超越夢中人。
這是［自性的］四種狀態，而以第四種為至高。
梵以一足行於三者，
梵以三足行於至高。
因著真［在第四種狀態］偽［在三個狀態下］皆有其功過，
偉大的自性［似乎］成了雙，是的，他［似乎］成了對。[12]

因此，這些童話中的兄弟二人就是代表自性的兩個面向的人物角色。在祕密之下他們是同一個，就如同我們故事中的金娃娃，因為他們是同一條魚身上的同一塊肉。衝突只有在意識存在的時候會存在，同時，只要有意識存在的一天，衝突就是無可避免的。但

是，這只是**表面上的**衝突。我們必須牢記，他們祕密地作為同一個，而且別忘了這個同一性的意涵。

註釋

1　譯註：本詞為十七世紀荷蘭理性主義哲學家斯賓諾莎（Baruch de Spinoza）的哲學概念，用以表達宇宙通用的永恆真理。斯賓諾莎認為宇宙間只有一種實體，宇宙與上帝實為同一概念，生命有其內在法則，而物質世界中發生的每件事都有其必然性，因此提出應該秉持「在永恆的相下」（*sub specie aeternitatis*）觀點來看待事物。

2　原書註：*The Collected Works of C. G. Jung,* trans. R. F. C. Hull (Princeton, N.J.: Princeton University Press, 1957–1979) 5, chap. 8, p. 394.

3　原書註：*The Complete Grimms Fairy Tales* (New York: Pantheon Books, 1972), "The Two Brothers," pp. 290ff.

4　原書註：*The Complete Grimms Fairy Tales* (New York: Pantheon Books, 1972), "The Gold Children," pp. 388ff.

5　原書註：Albrecht Dietrich, *Mutter Erde: Ein Versuch über Volksreligion* (Leipzig und Berlin, 1905).

6　原書註：*Altägyptische Märchen, Die Märchen der Weltliteratur,* series published by Diederichs Verlag (Jena, 1927), p. 89.

7　原書註：*The Collected Works of C. G. Jung,* trans. R. F. C. Hull (Princeton, N.J.: Princeton University Press, 1957–1979), 14, para. 525 et seq.

8　譯註：此處羔羊指耶穌基督。

9　譯註：此詞出自 1944 年法國現代著名神學家亨利‧德‧呂巴克（Henri de Lubac）的著作，據德‧呂巴克所稱，此詞源自於中世紀的拉丁詞彙，用來指稱教會乃是基督的奧祕之體。

10　原書註：*The Upanishads,* ed. Max. Muller (London: Oxford University Press, 1926), vol. 1, part 2, p. 38.

11　原書註：Ibid., p. 250.

12　原書註：Ibid., p. 345.

第二部

邪惡

邪惡的原始層次

我最初提到童話鏡映集體無意識素材，這一論點是不證自明的——進入細節前，這個論點帶領我們先深入一個相當普遍的問題：如果那是集體無意識的素材，那麼在童話中是否存在道德的問題？如果答案是肯定的，就意指無意識帶有道德倫理的特徵或傾向，但這是我們無法天馬行空妄下論斷的。在我們進入討論這一點之前，最好是先轉向去看一看我們在個別個體所能觀察到的個人及集體無意識素材，我們可以從中發現所有的資訊；我也建議你去看榮格的論文〈良知〉（The Conscience）[1]，文章中討論了他對此的個人觀點。他觸及了我所提到的這個問題，而下述內容就是他回應這個問題的方式。

　　的確，人類的社會整體顯示了一個基本的道德傾向。除了一些異常的案例之外，我們可以假設各地、各國人類的心靈架構內都包括某些特定的傾向，榮格稱之為人類對於自身行為的道德反應。人類並非對自身的所作所為毫不在乎，不分地域的人們都傾向於對自身的活動及動機帶有評量判斷。這樣的評斷也許會因地制宜，但是個體會呈現出這樣的感受及反應，則是人類共有的特質。然而，進一步的分析可以突顯以下各項之間的分別：無意識動機、意識反思的超結構、關於個人動機的意識思維，以及主觀評斷。因此，當我們詳細分析人類的良知，可知良知本是相當複雜的現象，它的複雜性帶出一個神學家們所熟知的普世問題，也就是錯誤的作賊心虛、錯誤的問心無愧，以及所有的偽良心及假內疚。其他觀察家主張所有這些複雜因子都不是罪惡感問題，因為這個帶著無意識及意識的複雜情況，早就存在於整體人類的基本架構中。

　　榮格接著以大篇幅討論佛洛伊德超我概念的問題，這是佛洛伊

德對於罪惡感、作賊心虛及人類道德傾向的解釋；而榮格發現超我與他所謂的集體道德準則相符合，這個準則在我們的社會中則與猶太基督父權宗教傳統相結合。在個別的案例中，這個準則可以部分透過無意識運作，同時也引出各種罪惡感、複雜性、抑制性及行為動機，佛洛伊德總結為超我現象。

從這一點來看，我們榮格派並不否認這個現象，因為這個現象是存在的，同時也是集體的道德準則，個體在意識上得以區辨出來，它也能對個體的動機施加無意識或半無意識的壓力。但是進一步的檢視後發現，超我可被視為歷史的產物，因此它並不對人類的道德問題負有全部的責任，而只有部分的責任。

換句話說，榮格所謂的人類心靈道德反應，與佛洛伊德的超我並不同。反之，這兩個概念甚至可謂是衝突且相對的。榮格認為我們承受著兩個因子所施加的壓力：其一是集體道德準則，這一點隨著所處的國家而異，通常支配我們的道德行為；另一個則是個人的倫理驅力，這是相當個人的，也通常與集體的準則不一致。當兩者一致時，自然難以區辨彼此。

舉例而言，假設你對某人感到憤怒，你氣得想殺了那個人，但是你覺察到在正常的狀況下，而且就個人層面而言，那不是你能做，也不是你會做的事。那是一般的集體準則對內在說話？或者該說是屬於你個人較道德的那一面，也就是那份與自我相關的感覺制止了你？在這樣的情況裡，我們無法區辨兩者。從個人的角度而言，我們可以說即便沒有旁觀者、沒有警察或沒有道德準則，個體都不會做出這樣的事情；但這不容易證明。事實是，你**不能**做這件事，因為你內在的某個事物制止了你，而那個事物原先就在那裡。

朝向道德反應的個人驅力，與倫理準則，兩者是全然不同的因子；然而，只有在形成責任衝撞的時候，才能突顯這兩者的區別。榮格說，只要其中沒有責任衝突，我們並不難知道個人應該做什麼決定。只有當無論你做什麼都只有一半對、一半錯的時候，困難才會升起，在這種情況下，無論你做什麼，都會有一個面向是錯誤的。這裡有個典型的情境：當醫師決定要不要告知病患罹癌的時候。如果醫師不說出實情，他就是說謊；但是如果醫師給了病患致命的打擊，這可能會對病患造成極大的傷害。他到底該怎麼做呢？倫理準則並無法回答這樣的問題。他的同僚可能會叫他絕對不能說，但是另一些人可能認為他必須說實話，他們覺得即使病人受到打擊，但長遠來看知道實情還是比較好的。但是我們並沒有通則規範，那是個責任的衝突——一方面是說實情的責任，另一方面是不傷害病人的責任。

有無數相同的例子，甚至也有更加複雜的例子，讓我們猛然明白，道德準則不是我們行事的唯一法則。即便在某些情況下，有清楚的答案告訴你該如何做，你可能仍然會強烈感覺那樣的行動**對你而言**是不符倫理的。於是你落入了困境，接著你會了解到確實有兩件事在支配人類的行為：其一是集體的道德準則，我們也可以說是佛洛伊德學派的超我，第二則是個人的個別倫理反應。後者通常被稱作神或上帝的聲音：羅馬人會稱之為守護神，蘇格拉底會說是「所有的神意」，而北美內布拉多半島（Labrador Peninsula）的納斯卡比族印地安人（Naskapi Indian）會稱之為「心中的偉人」（Mistap'eo）[2]，亦即住在每個人心中的那個偉人。換句話說，這就是我們所謂的自性的原型人物角色，是心靈的神聖中心，在不同

的文化中，自然會有不同的名稱及涵義。如果這個現象在個人內在升起，個體通常會有份奇特的確定感，知道什麼是正確當為之事，無論集體準則可能會對此有何說詞。通常那個聲音不僅僅告訴個人該做什麼，同時也會給予一個確切的信念，甚至可以讓個體為此犧牲生命，正如同蘇格拉底及許多基督教殉教者所為。

如果這個內在的聲音支配某個極其高貴的事物，此事物是與集體道德準則平行的，那麼沒有人會對此感到不滿，甚至會認為這是偉大、正確且英勇的行為。但是很不幸的，在實際的生活中，如同我們在每日的分析工作中所見，諸如此類的上帝之聲或內在真實本能所支配的，有時候會是某些讓人非常震驚的事物。這一點甚至也出現在聖經中：想像上帝告訴何西阿（Hosea）應該要跟妓女結婚！假若他前去找任何神職人員，不論是基督新教、聖公會、天主教或是猶太教，我相信他們應該都會說：「我親愛的弟兄，這是心理妄想；上帝**不可能**會要你做這樣的事。」因為神學家往往認定自己知道上帝會做什麼、不會做什麼，因此那個人必然是搞錯了，那必定是魔鬼、個人的陰影面或是個人內在被壓抑的性問題；如果是在今日，他們會說那是何西阿內在被壓抑的性阿尼瑪問題在他的內在說話。總之，那絕不是上帝！

他們怎麼會知道？只有上帝才知道，但是他們看來都知道。他們也許與上帝一起用餐，然後在喝咖啡的時候跟上帝討論這件事，因此才能如此確定！但是，不願意服從這樣的知識，也就是傳統倫理準則的人，就會落入可怕的困境中，因為如果他是誠實的，他自然就不會知道。他可能會說，是的，也許這是我內在汙穢的阿尼瑪讓我覺得我需要與妓女結婚，誰能證明這是上帝的聲音？接著這問

題就變得困難了。我們可以說這問題並沒有答案；然而榮格發現，只要個體沉浸在這樣的衝突苦惱中夠久的話，不知何故就會有一條內在的界線出現，讓內在的發展變得清晰，而這給個體足夠的確定感以繼續前行，即便是要冒著犯錯的風險。個體自然不可能完全確定，但是從榮格派的觀點來看，能對自己的行為保持懷疑的態度總是較佳的；也就是說，要盡自己所能，但是也總要準備好假定自己做錯了。你可以對夢境做出某種方式的解讀，然後發現是錯的；你再一次檢視夢境，思考出不同的解讀方式，然後這就對了！這是我們必須冒的風險，無可避免。但是根據榮格派的觀點，這是成人的態度——要放棄那原本緊緊抓住的幼稚規則。

無意識的心靈道德

這些都是更高層且更具區辨性的問題，在童話的集體無意識素材中自然是看不見的。集體無意識素材只涉及榮格文章中所提到的第一部分內容，也就是人類心靈中的天生道德反應，這相當奇特地非關個人，也與我們所稱的意識道德反應相當不同。下面的例子能讓你感受這個現象的氛圍。

有個國際罪犯幹了十來宗謀殺案，是個幹盡冷血謀殺的病態，完全沒有丁點的良心反應；他在蘇黎士街頭殺了一個無名老人，搶了老人的錢財後被逮住了。分析師阿道夫‧古根別爾－克雷格（Adolf Guggenbühl-Craig）必須為法院提供精神科專家意見，以確認此人是否該對其行為負責。古根別爾醫師想到個聰明的主意，他提出要檢視此人的夢境，同時他將其中一個夢告訴瑞士精神病學家

弗朗茨‧瑞克林（Franz Riklin）醫師及我，但是他並沒有告訴我們此人的全盤故事。他簡單地詢問我們對於這個四十歲男性的夢境有什麼看法。我自然無從得知做夢者是個病態謀殺犯，但是我當時差不多是這樣說的：「別碰他，別管他，他是個失了魂的人！」我們談論的那個夢境相當簡單，是個重複出現的夢境，在夢中謀殺者去了主題樂園，裡面有大型的鞦韆。他就在鞦韆上，上下擺動，越擺越高，突然間，鞦韆盪得過高了，以至於他跌入空無中。至此就是夢境的結局。

我心想：「老天啊，在兩個對立面擺盪，還可以享受其中，不帶任何反應，把這一切當做好玩！」而夢境最後只是以一句「跌落空無中」退場，甚至沒有「我尖叫醒來」的反應。裡面沒有情緒反應，我只能說這是個失了魂的人。如果將這放入具象化的語言，我感覺彷彿就是上帝將這個靈魂塗銷。夢境中沒有顯示任何意圖要讓他震驚而藉此拯救他。我們會假定這個夢出自無意識本能，也就是說，出自於天性。他的無意識正在以他謀殺時的那種冷血態度說出：他失心瘋了！這個夢採取做夢者本身的冷血態度，從此人所處的層級同他說話。

我舉這個故事為例子，說明無意識的倫理反應。這不是你的阿姨跟你說：「你不能做這！不能做那！」這不是道德超我所設立的行為規矩。這是天性反應，以奇特的方式展現殘酷的客觀性，但是個體免不了會感覺這是個道德的反應，因為無意識在某方面來說對這個殺手的泯滅人性做出了反應。

因此，所謂無意識心靈的道德理由，有時候是可以很客觀的，而且不同於我們的意識道德標準。然而，榮格在他的文章裡同時也

提及另一個例子，可能因此把我們引導到這個結論：無意識可以是帶有倫理的，甚至會以老姑婆或學校老師那種說教的作風表現出來。榮格提到有個生意人得到一個機會投入一椿不正當的生意。他在意識上並未覺知其中的可疑之處，正準備要簽署文件加入這個計畫。晚上，他夢到正當要簽署文件時，他的手變得又黑又髒。他在接受分析時提到這個夢，而榮格提醒他不能涉入這筆生意。最後顯示那是一筆相當不正當的生意，他可能會因此鋃鐺入獄。在這個特別的案例中，我們可以說無意識的反應與集體倫理準則一致，以通俗的語言來表達，就是給了他明確的道德警告：加入這個生意就會弄髒自己的手。因此，無意識會顯示許多不同的反應方式。有時候，它的反應如同道德的反應，但有時候就只是反應出殘酷本性，就好比殺手的例子。但是，透過感覺的功能，個體可以覺察出一些基本上像是倫理反應的事物，雖然可能不容易抓住細節。

因此我們可以說，道德的反應即便是來自於人類心靈集體無意識層級的道德反應，似乎都是相當個人化且相當具有獨特性的。我們甚至可以說，每個人都有自身的道德層級及道德反應方式。舉例來說，有些厚臉皮的人能夠承受許多我們所謂的罪，他們可以開心地踩上別人的玉米田而沒有一丁點反省。其他人可能完全無法承受這些，只要他們稍稍從內在的法規中踰越，就會生出最糟糕的夢境及內在反應。因此，面對林林總總的問題，我們會看到具有道德天性與欠缺道德天性的人。道德敏感的個體自然會不容易發現自身所具有的個別內在之道；但是我們也可以說，成為道德敏感的人，是個體化歷程中最重要的動機之一。每當我看見分析中的個體帶著這樣的敏感性，我就知道一切都會沒問題的，因為許多問題都已經得

到解決了。臉皮厚的人有時候反倒給我們帶來許多問題，因為他們可以更容易地將此壓抑。處在分析當中的人，有時候會做出最不可思議的事情，此時你會覺得終於有可能抓住他們的陰影面。不過，身為分析師，我們自然必須等待直到他們的夢境出現。但是他們就是沒有夢境出現！無意識赦免了他們，而你只能將自己的道德憤怒放入口袋中，什麼都不說，因為說了也是白說。

然而，我們此處的主要關注並不是這一切道德問題的上層結構。我講述這些，目的在於釐清一點：我接著要談論的集體素材，相較於個體問題的複雜因子，顯得更簡單基本。我多年來檢視集體童話素材，試圖找尋人類行為通則的可能性，期待找到永遠有效的通則。我期待發掘一般人類通則，這些通則是簡明的，是超越國家及個人差異的，是人類行為的基本規則；我深深著迷於這樣的想法。我必須承認，我找不到標準的基本規則；或者該說，我找到了，但也沒找到，因為總是會出現矛盾不一致的情況。

我可以告訴你一些故事，要你在碰到惡魔時就必須要與之對抗，但同樣也有一些故事會告訴你必須逃跑，不要對抗。有些故事會說要承受而不反擊，有的則叫你別當個蠢蛋，要打回去！有些故事說，面對惡勢力時唯一能做的就是呼攏過去，但是其他的故事則說：「不行，要誠實！即便是面對惡魔，都絕不能幹出說謊的事。」我可以給你舉出各種例子，但總是會有正反兩面；而且，這一面的故事，和那一面的故事，都一樣多。這是一個全然**對立的局面**，而從**後見之明**的角度來說，我只能失望地得出以下結論：那真的**本該**就那樣的，因為那是**集體**的素材！我們又如何能有個別的行動？當集體的素材是全然矛盾的，當我們基本的道德配置是全然

矛盾不一致的，我們才可能在那些基本對立面上擁有個人的、帶有責任及自由**意識**的上層結構。然後我們才能說，在人類天性之下，這麼做或那麼做才是正確的，但是**我**要做的卻是這一個，**中間**的第三者，那是我的個別性。如果基本的素材不是相互矛盾的，我們就不會有個別性。這是我發現這個矛盾結構的糟糕真相之後，能給自己的一絲絲安慰！

然而，矛盾規則有個單一的例外，就是個體絕對不能傷害童話中的動物幫手。只有在少數的案例，不聽話通常會帶來問題，但長久而言沒有導致災難；你可能暫時不聽從狐狸、野狼或是貓的告誡。但是，如果你在本質上與之作對，不聽從願意幫助你的動物或鳥類，不遵循任何動物給你的建言，那麼你就完蛋了。在成千上百的故事中，那似乎是唯一一個沒有例外的規則。然而，如果我們分析動物所說的內容，同樣也會發現那是全然矛盾的：一隻動物叫你逃跑，另一隻說要正面迎戰，還有一隻要你說謊，但另一隻又說你自始至終都要誠實。從道德的觀點來說，動物們總會反反覆覆，但是你只要與之作對，你就輸掉了。這意謂著服從個體最根本的內在存在，也就是說去服從個人內在的本能存在，比任何其他一切都來得重要。這在各個國家、各個童話素材中皆然。

我還想簡短談談另一個因子，當我們檢視童話中所拋出的道德問題時可以看見這一點，也就是補償的功能。榮格認為，這是個體無意識功能普遍上的典型特質。在他的論文〈良知〉中，榮格提到有個女人自認為是純潔的聖人，但是每晚都夢到最骯髒的性猥褻。[3] 這就是一個粗俗的例子，說明了我們所謂的補償律。我們也知道，有時候當人們活出他們的黑暗面並壓抑較正面的自我時，

他們會做出各式各樣關於基督或人類救贖者的夢境。海得薇·菠耶（Hedwig Boye）曾寫過一本書，名為《帶著巨大陰影的人們》（*Menschen mit gross Schatten*）。[4] 作者是一位分析師，特別擅長對監獄犯進行分析，而且她主要的興趣是大尾的罪犯。獄囚殺的人越多，她對這個人的興致就越高。她分析了許多這類人物，而讓人驚訝的是，有許多的黑羊都帶著出乎意料的潔白陰影。在此書的結語，她引述了這些大角頭在聖誕節給母親寫的那些感性、滿懷理想且讓人感動的信件。其中可見他們有著宛如嬰兒一般的小乖乖陰影面，這是他們在意識生活中身為莽撞殺手的典型補償。有時候她能夠善用這一點，然後在淚水及各種戲劇性發展之中，成功將殺手轉化成他們的正面陰影面。他們之後可能會出獄，而且行為良好。

這些無意識中常見的補償傾向，也在童話中得到鏡映。有個日本童話裡的正面解決方式，是讓男人將官員痛打一頓，然後才能發現被深藏的寶藏。我認為這是對日本社會道德規約的典型補償——在那個國家，你無法想像會有人拿著棍子朝政府官員的腦袋痛打一頓。但是那則童話說，你必須這麼做，才能得到寶藏，例如在家中廚房地板下發現寶物之類的。這樣的童話對瑞士的民主主義者來說並沒有太大價值，因為他們本來就知道，三不五時朝官員的腦袋痛擊是件好事，這樣官員才不會變得自大或過分膨脹；但是在社會階級異常分明的國家，這樣的童話則包含了讓人震驚的真實性，必須要在意識中喚起。這類補償傾向在各地的童話中都可找到，因此我總是在完成分析或詮釋之前，問問自己：這樣的故事是要給誰聽的？誰需要這個故事？而且，故事通常跟它來自的國家完美切合，因此當地人才會這麼開心地彼此傳講這個故事。

原始場景中非關道德的邪惡

接下來，我要開始闡述在原始層次所遇見的邪惡。此處，我所謂的原始層次並非社會學的概念，也非意指原始國家或是特定的人；我所指的是原始的情境，而人們仍然住在自然中。對我們而言這樣的情境是過去式的，而且在某程度上來說也變成了社會學的問題。舉例來說，現今的我們在深山或偏僻地區的農夫圈裡還會發現石器時代的特徵，所以這也是社會學及史學的問題。但是，在這裡我所說的原始人，指的是處在原初狀態的人，也就是歷史建構社會制度及上層宗教架構之前，仍然住在自然中的人。我會試著提出鏡映了這個基本層次的童話，而這個層次對當時的人們來說可能原本是邪惡的。

你可能會問，到目前為止我都尚未定義邪惡——我會先假設我們知道邪惡是什麼，以此去談論有關邪惡的問題。在此之前，我想要先呈現一些實際的素材，說明邪惡在不同層級的樣貌。如果我們手邊有一些童話，或者原始人的民族學或民間傳說的素材，而當中觸及了有關邪惡的問題，那麼我們就能夠進行更好的討論。

我也要請你先關注另一些事。動物學家康拉德·勞倫茲（Konrad Lorenz）出版了一本書談論「所謂的」惡[5]，「所謂的」一詞就暗示了這並不是真的惡。他的本意並不在暗示說從他個人的觀點而言，那些東西不該被稱為惡；而是說，他的書中內容主要是從一個純粹動物學的觀點所做的表述。他談論自我防衛及攻擊性的問題，而他所謂的族內攻擊性一詞，意指不同的動物、魚、鳥的行為模式中，對於族內及其他物種的攻擊傾向。大多數動物都會視特

定物種為敵人；對於其他動物卻互不理會、彼此忽視。同時，勞倫茲也談到族內敵人，也就是針對覓食區及領域的爭鬥，這通常是同物種強大雄性之間的爭鬥。舉例來說，一隻山鷸不會對其領域上的老鼠有所反應，但是卻會對其他的山鷸做出反應，甚至會與同物種的動物爭鬥，至死方休。

　　勞倫茲認為人類過度分化且過度發展族內爭鬥傾向，從這個觀點來說，人類是異常的動物。他認為，如果不想落入自身物種的集體自殺，我們最好覺知這一點。他接著提出從動物層級而來的簡明解藥，雖然他說這不會解決世界的問題，但卻是他在此一目標上的貢獻。其中的一個建議是促進彼此了解，因為只要動物對彼此有足夠的了解，族內攻擊性就被破解了。當動物習慣了其他動物的味道，牠就無法再廝殺。勞倫茲以老鼠做了這項實驗；他將一隻老鼠從牠所屬的族群中帶出，放入另一個充滿敵意的鼠群中。當他再把這隻老鼠帶回到他原有的鼠群時，牠身上帶有外來鼠群的味道，因此馬上就被撕成碎片。但是，如果這隻老鼠先被放在一個籠子裡，其他老鼠就無法立刻將牠咬成碎片，但是卻可以對牠嗅聞好些天，這樣一來牠們就不會殺了這隻老鼠——說白了，這個實驗就是要我們多嗅聞彼此。

　　那的確是個有建設性的提議，但是，正如同勞倫茲自己所承認的，這只碰觸到整體問題的特定本能層級。我誠摯推薦這本書，因為它相當適切地說明了我們接下來要討論的問題，特別連結到原始人類所認知的惡，以及對惡的反應。

　　就我所知，在原始的場景中，惡的現象單純只是某種有魔力或異常的事物表現，是一種無法抵抗的自然現象，帶來的不是道德問

題，而是純粹的務實問題——如何克服，或如何成功脫逃。問題在於個體是否能夠克服這個現象，抑或者個體不過就是要保全自己的生命。至於任意攻擊是否意謂著個體犯了錯，或是個人對這個現象是否負有責任，這類主觀問題在這個層級中並不存在。

我會帶出一個這類故事作為例子。我通常以德國耶拿（Jena）的狄達里斯（Diederichs）公司出版的《世界經典文學童話》（*Die Märchen der Weltliteratur*）為素材，幾乎每個國家都有專屬的一冊，裡面的故事是隨意選錄的，但是主題經常重複出現，因此有足夠的例子來說明我們想要談的內容。在中國童話的那一冊，有一個從平民口述的傳統故事。

魔神仔（The Horse Mountain Ghost）[6]

在馬山底下有個村莊，村裡有個農夫以賣玉米維生，他總會騎著騾子到隔壁小鎮做買賣。有一天，他喝得微醺，從市集裡騎著騾子返家。在山中彎道處，他看見一個怪物。怪物的巨臉是藍色的，兩隻眼睛像螃蟹一樣凸出腦袋外，明亮閃爍。怪物的嘴從右邊耳際裂開直達左邊耳際，看起來就像是血盆大口，口裡羅列著又尖又長的獠牙。怪物就坐在河邊彎身喝水，可以清楚聽見牠舔水的聲響。

這個農夫嚇壞了，但是好在怪物還沒發現他，因此，他迅速繞上一條人們有時候會走的小徑，飛快地逃離。但是，就在他轉過彎時，聽到後面有人叫住他。他回頭看見鄰居的兒子，

因此停下腳步。那人說：「老李病得很嚴重，沒多少時日了，老李的兒子要我到市集找一副棺木，我才剛從市集回來，可以跟你結伴同行嗎？」

農夫答應了，那人問農夫為什麼走上這條不尋常的小徑。農夫有點不自在地回說，他原本想要走另一條路，但是在那兒看到一個可怕的怪物，所以他轉身拔腿就跑。

鄰居說：「聽你這麼一說，我也覺得毛毛的，我不敢一個人回家，你可以讓我和你一起坐上騾子嗎？」

農夫答應，而鄰居也同他一起坐上騾子。過了一會兒，鄰居問農夫怪物長什麼樣子，但是農夫說現在談這個會讓他覺得渾身不自在，等回到家之後再說。

鄰居說：「如果你不想說，那你就轉身看看我，看我像不像那個怪物？」

農夫說鄰居不該開這樣的傻玩笑，因為人絕不會長得像魔鬼。

但是鄰居堅持地說：「你回頭看看我！」他拉了拉農夫的手臂，農夫回頭一看，後面坐的正是他之前在小溪邊看到的怪物，他飽受驚嚇，在騾子上昏了過去，還被遺落在小徑上。騾子知道回家的路，但是當村民看見騾子上沒坐著人，懷疑可能發生了不測。村民分開尋找失蹤的農夫，後來在山崖底下找到，並帶他回家。一直到半夜之後，農夫才恢復意識，告訴大家事情發生的經過。

這是個經典的故事，我可以告訴你許多相同類型的故事，發生在愛斯基摩人、瑞士的鄉下人以及非洲及南美洲國家的人身上。這是個全面國際性的故事，只是湊巧出現在中國童話那一冊裡。讓我們感到驚訝的是，這個故事似乎沒有任何重點。它就只是讓人感到新奇，同時也讓你有些毛骨悚然。如果你在晚上上床睡覺前讀了這個故事，可能會突然間覺得不敢上樓，還會查看四周，心裡覺得毛毛的。你很清楚這些鬼故事帶給你的感覺，有點恐怖，也帶點奇妙；這是許多人在孩童時期都曾經歷過的可怕迴想，人們在其中得到某些樂趣。我常常觀察孩童，因此注意到，如果我們不讓孩童接觸這些故事，他們自己也會編造同類的故事，並享受其中。

我童年時期的朋友家中有個大花園，每晚孩子們都會玩相同的遊戲。我的朋友、她的兄弟以及她的兩個堂兄弟會列隊在漆黑的花園中，討論著那個花園盡頭的草堆上坐著一個黃色小精靈；他們其中一個會走出來，獨自走向那個他們創造出來的黃色小精靈。他們會提著膽子盡量走遠，但通常會往前走個八九步之後，就快步跑回來。走得最接近小精靈的那個小孩就贏了。由此可見，這不僅是可怕的，同時也是讓人興奮的。例如，人們會快速逃離一場可怕的車禍，但事後卻沉浸於詳述細節。他們會在餐桌上講述一次，甚至兩次，然後臉色發白，說自己覺得渾身不自在，什麼都吃不下。那就是人們內心裡的原始鄉下人！他們會描述一個在雪崩底下埋了二十年，或橫躺在水裡一個星期的屍體狀況，還說你只能辨別屍體的牙齒，因此必須由牙醫辨認屍體的身分，他們詳盡描述所有的細節！他們不會放過你，而且沉浸在其中。榮格曾經提過非洲有個習俗，舉凡有厄事發生，當地人們都會圍著屍體一坐就是好幾個小時，他

　　童話中的陰影與邪惡：從榮格觀點探索童話世界

們閒談並飽食那可怕的景象。

如果將故事中的怪物視為本質為惡的現象的擬人化表現，我們就可以說那是超自然的表現。那是極為神聖，也極為讓人著迷的，這說明了為什麼個體會對此產生愉悅興奮感。但是它同時也是讓人恐懼的。它既可怕又具有吸引力，同時也是絕對非個人、非人類的現象。它就如同雪崩、閃電或是可怕的天敵，與此相同的事物還包括疾病與死亡、自然神靈、怪物、吃人怪等等，跟其他自然界的破壞現象一樣真實，而你必須面對它們。如果發生了雪崩，你要不是豎起屏障，就是逃開，你不會傻到去做其他事情。如果溪水暴漲，你要麼架上堤防，但如果你沒有力氣堆起石頭來抵抗這件惡事，那麼你就要撤退到高處或山上。

這其中並沒有道德問題，不過就是有能力的話就對抗，不行的話就逃開。這是屬於自然的問題，而且還有一個重要因子——其中有些神性的特質，這一點彰顯在它所具備的吸引力，以及我們想要聽聞其事的欲望。它也是原型的，因為類似這樣的魔神仔角色在世界各地都存在；也就是說，人類心靈的架構無論在各地都會製造出這樣的幻想。只要人們生活在自然中，就會有這樣的魔神仔在生活周遭，雖然形貌各異，但是每個都帶有非自然、超越人類、恐怖，以及讓人難以招架的特質。

這就是惡在這個層次上的表現。這個魔神仔不是人類，但是我們可以稱它為自然神靈。接著，以下故事呈現的是相同現象，但卻是出現在人類身上，或是透過人類而展現。這是南美洲印第安瓦勞（Warrau）族的故事，也是收錄在南美印第安童話那一冊的故事。

飛矛腿（The Spear Legs）[7]

　　有兩個兄弟喜歡在森林寂靜深處打獵。有一天，他們在林中聽到像是酒宴一般的吵鬧聲。哥哥說：「我們去看看吧！」弟弟則說那不可能是真的人聲，要在如此深遠的樹林中辦這樣的酒宴是絕不可能的，因此認定他們必定是鬼怪。但是哥哥堅持要前去一探究竟。

　　因此，他們循著聲音的方向前去，發現好些人正在舉辦慶典，而兩兄弟就上前加入他們。哥哥喝了許多酒，但是弟弟則顯得緊張，拒絕喝任何東西，甚至懷疑而且感覺他們落入了蛙怪（Warekki）群中；所謂的蛙怪就是巨大的人形雨蛙。弟弟的懷疑後來被證實是有道理的。

　　過了一會兒，兩兄弟離開慶典繼續前行。當黑夜降臨，他們在樹下搭了個蓬子做庇蔭，哥哥叫弟弟去撿拾柴火，兄弟兩人架起吊床並升起火。哥哥總是要求弟弟多放些柴火好讓火越生越大，但是弟弟突然聞到好像燒焦肉的奇怪味道，同時注意到哥哥的雙腿伸出了吊床，正懸掛在爐火上，因此弟弟大叫要哥哥當心點。但是哥哥只是說著：「阿嘎！阿嘎！」這是瓦勞語用來表達驚訝的聲音，但是也相當接近雨蛙的叫聲。哥哥把雙腿縮了進來，但是後來又忘得一乾二淨，再度將腿伸出去，弟弟心想這是個惡兆。

　　過了一會兒，哥哥自己注意到他的雙腿完全被燒掉了，一路燒到膝蓋處，兩條腿就像是木炭一樣。因此，哥哥拿起刀割去剩下的碎肉及雙腳，並且在腿骨的底端削出尖端，把雙腿

變成兩隻矛。然後哥哥就在吊床上躺下並嘗試抓住飛過的松鼠及鳥兒。不消須臾，哥哥就相當專精於這項動作。哥哥顯然須要一直待在吊床上，而弟弟必須幫哥哥取來食物並為他服務。但是哥哥變得越來越殘暴，最後甚至完全不讓弟弟離開棚屋，因此弟弟認為自己需要尋求幫助，於是逃跑了。哥哥發現無論怎麼喊叫，弟弟都不到跟前，他立刻跳下吊床追趕弟弟；他發現用兩隻矛腿竟然跑得比雙腳來得快多了。但是他錯追了鹿的足跡，誤以為那是弟弟的足跡；當他追上那匹鹿時，他立馬跳上去將鹿刺倒在地。他接著對那匹鹿說：「很抱歉，兄弟，我把你殺了，但這是你咎由自取，你不應該從我身邊逃開的。」接下來，他將鹿翻過身來，看見那顫抖的黑色嘴巴，他心想這真滑稽，想說弟弟是不是吃了什麼果子才把嘴弄黑的？接著，他注意到鹿的四隻腳，心想這真是太好笑了，然後他開始數算腳上的指頭。這花了他很長一段時間，但是最後他終於發現，眼前被他殺掉的不可能是他的弟弟，實際上他殺了一頭鹿。因此，他返回他的棚屋，躺回吊床上。

在同一時間，弟弟已經回到家，將哥哥身上發生的不尋常事蹟告訴大家，也說了他不能再與哥哥為伍，必須殺了哥哥。因此，弟弟帶著村人回到樹林中，他們包圍住哥哥棲身的小棚屋。他們因害怕哥哥的飛矛腿而不出擊，但是試圖引誘哥哥走出吊床來到空地上。首先，他們派了一隻鳥來誘騙，但是哥哥的矛腿出乎意料的敏捷，他旋即殺了那隻鳥。最後，他們抓來了忽拉（Hura），這是村民所知行動最敏捷的小松鼠，讓牠來誘騙哥哥出棚屋。小松鼠總能從哥哥身邊溜過，而哥哥試圖

附身：從人到非人的歷程

某方面來說，這兩個故事並沒有太大的差異，因為你同樣看見邪惡是透過鬼怪所帶出的。大型雨蛙怪顯然對哥哥的變身及疾病負有責任，所以背後的牠們才是邪惡的真正問題所在。雖然故事裡沒有直接跟雨蛙鬼怪的正面爭鬥，但問題在於他們透過**附身**的方式來改變人類，因此哥哥不再是人類，而哥哥的行徑也完全如同惡魔一般。

在此要說明附身現象的問題，這是民族學家認定在原始社會中的最大問題。我們心理學家則相信每個社會皆然。附身意指被某些超自然原型意象所同化，而這個故事也完美顯示哥哥經歷了緩慢且可怕的去人性歷程，這一切開始於他在沒有本能的警覺下加入酒宴。兄弟中的另一人則帶有些特質讓他保持警覺，但是哥哥卻說不打緊的，而且認為兄弟倆應該要好好享受一番。那是個可諒解的錯誤，但是從那時候開始，哥哥就被附身了。接下來的事件仍然相對無害，也就是他在火堆中放入太多木柴，這一點顯示他欠缺判斷力。在原始社會中，撿拾木柴及食物都是辛苦的勞勤，沒有人會過度使用柴火。在農村社會中，丟棄糧食是上帝面前的極大罪過，同樣的，如果你在爐火中丟入過多的木柴，也是不尋常的。

當生活極為艱苦時，個體學會以省力氣的方式去做每件事，

同時也盡可能尊重他人的付出。個體小心翼翼地持守一切規矩，而破壞規矩就是惡事。舉例來說，我常去度假的地方有個不成文的規定，我萬萬不敢違反這個規定。如果你無意發現身邊有一塊好木材，你可以拾起帶走，但是如果你手上已經拿滿而無法再多拿，你可以將帶不走的木材直立放在樹旁，這樣就沒有任何其他人可以碰它，你透過這樣的形式表現了你對那塊木材的所有權。隨意碰觸這塊木材是極大的罪過，遠比進入他人家中拿走木材來得更糟糕。那就是原始人們所感，而如果你知道要將木材帶回家是何等困難的事，你就會知道為什麼有這樣的規矩。如果隔天發現那塊木材不見了，你會陷入極其凶惡的怒意中。

在人類社會中維持這樣的規則，是人們群聚生活中絕對重要的事情，而奇特的是，鄰近聚落那些幹壞事的人也會遵從這樣的規則。可是在我們的故事中，哥哥在火堆中丟入過多木柴，如果你了解其中的情境脈絡，就能體會做出那樣的事有多糟糕。接著，當他發現雙腿被火燒時，他回應：「阿嘎！」同時繼續同樣的姿勢；此時，他就已經失去了自保的本能，人格已經有了很糟糕的改變。從那一刻開始，他就是惡魔，而他的行為表現也與魔神仔如出一轍。但是有趣的是，入了惡道，他反而得到超自然的力量、超人類的天賦及特質。想像一下你躺在吊床上，然後以腿刺中松鼠及飛鳥！

從心理角度分析，這正是人類認同於原型人物時會發生的事。他得到生命的能量，甚至得到某些超心理學的天賦、千里眼等，這些都是與原型相連接的。邊緣型精神病的案例通常都有超心理學的天賦，他們透過無意識知曉那些他們不可能會知道的事情。一旦你落入某個原型或認同於無意識的力量，你就得到那些超自然的天

賦，這就是為什麼這些人不喜歡被驅邪，也不想再次恢復成人類。不願失去那些天賦，也是抗拒治療的原因之一。

在這個原始的場景中，似乎並沒有治療的概念，也沒有任何為這個可憐獵人驅邪的儀式。他的族人就只是淡淡地說此人變成惡魔，因此必須被除掉。同樣的，其中也沒有道德問題，這個現象就被當成是山崩、野獸或是地震般處理。如果可以的話，就做些什麼去對抗，不行的話就逃開。中國故事中的惡鬼以及被惡鬼附身的男人，這兩個故事都一致地出現相同的處理原則，這就只是個務實的問題，除此之外無他。

我認為那是關鍵重點，因為人們內在自然也有這樣的基本原始反應。我們並沒有遠離這一切，它仍然是基本現實之一。

在南美洲印第安故事集那一冊，有個惡魔的故事，可以作為這個可怕問題的另一個例子。這個故事不同於你所認知的附身故事，而是關於人類的變造。

旋轉骷髏（The Rolling Skull）[8]

一群獵人在森林裡搭起營帳以獵捕林中的鮮肉。許多猿猴就被串在火堆旁的烤肉叉上，那些被宰了的猿猴身上的皮毛則被攤放在營地四周。獵人們都離開營地去打獵，只留下一個男孩在營地看管正在烹煮的鮮肉。突然間，一個男人出現在營地，他表情冷酷地查看營地的獵物，並數算營帳內的吊床後就離開。獵人們在傍晚時分回到營地，男孩告訴他們這個奇怪的

拜訪者，但是沒有人關心這件事。獵人們都上床後，男孩將這個故事對父親再說一次，父親感到不安，同時將兩人的吊床帶入黑暗處，架在遠離營地的地方。過沒多久，兩人聽見貓頭鷹及老虎的叫聲，還有其他夜行性動物及人類的哀號聲，以及骨頭碎裂的聲音。「噢！」男人對他的兒子說：「這是樹精骷髏皮拉（Kurupira）帶著祂的人馬來獵人。」

　　隔天早上他們回到營地，發現裡面空無一物，只剩沾滿血的吊床以及人們的殘骸，其中還躺著一個獵人的頭顱。當男人與男孩轉身離開時，頭顱叫道：「兄弟，帶我走！」男人一臉驚訝，但骷髏一再說：「兄弟，帶我回去！」接著，男人要男孩先一步回到村子裡，自己則拿了一根繩索綁在骷髏上，將骷髏拖在身後一起向前行。過了一陣子，頭顱開始變得有些毛骨悚然，男人就把它丟在後方，可是骷髏在他身後追著跑，就像是個葫蘆一樣，還哭叫著說：「兄弟，兄弟，等等，帶我一起走！」男人只好放慢速度好讓骷髏能夠在後面跟著它滾動前行，但是他一直在心中忖度著如何甩開這個可怕的同伴。他要骷髏等一等，說自己必須先進入森林。接著，他沒再回到骷髏那兒，而是從稍遠的地方繞回原來的路徑上。他在原先的小徑上挖了個溝渠，覆上小樹枝好讓骷髏落入圈套中，自己則躲起來觀看接下來的狀況。同時間，骷髏不斷喊叫：「兄弟，你完事了嗎？」而男人的糞回答骷髏說：「還沒好，兄弟，還沒呢！」但是骷髏說：「什麼！在我當年，當我還是人的時候，糞是不會說話的！」因此骷髏沿著小徑向前滾動，沒多久就掉入陷阱中。男人接著現身，將那個溝渠蓋滿，還不忘在上方用

力踩踏，然後才繼續往村子前行。

　　但是，當黑夜降臨，林子裡傳來哭叫聲，聲音越來越接近村子。「那是骷髏逃出陷阱了！」男人對其他村民說。

　　在此同時，骷髏得到了翅膀及爪子，如今就彷彿是一隻大獵鷹。它朝著村子飛來，並且縱身撲向途中見到的第一個人，一口就吃了他。但是，隔天晚上有個巫師帶著他的弓箭來到這條從叢林走出來的小徑上，等待怪物出現。黑夜降臨，怪物叫嚷著停在森林邊緣的一棵樹上，此時怪物看起來就像是一隻巨大的獵鷹。巫師拿箭射向它的雙眼中間處，怪物因此跌落地面而死。

死亡之後到處流竄的惡行

　　有另一個同樣關於怪誕骷髏的故事，巫師最後將它丟入天際，骷髏因此變成月亮，從那時候開始，它就成為夜晚的月光。

　　這類從原始的觀點看來極為怪誕及邪惡的現象，在希臘或埃及文明中仍然存在，而且透過古器法術而得到保存。這類現象也存在於我們的民間傳說中，與自殺、他殺或死於非命等人物相關。這些人死後變得充滿敵意，而且轉變成魔鬼。原始的解釋認為，他們身上有某些程度的生命能量並未用盡，而是在天時未達之際就被阻絕了，因此感到挫敗。這就好比時鐘的發條壞了，但是並非自然止息，而尚未用盡的生命能量轉而成為敵意。亡者對於活著的人心生嫉妒，同時亡者也沒有足夠的時間與生者自然地分離，因此對生者

的世界帶來毀壞及危險。即便是那些在生前為人善良，心中不為惡所動搖的人，一旦他們死於非命，也會因為生命被剝奪而心生憎恨，最終成為這樣的結果。

這就是為什麼近古代的黑魔法咒語總是如此開始的：「喔！陰曹地府眾神、黑帝斯（Hades）、波瑟芬妮（Proserpina）[9]，以及道不盡名諱的自殺、他殺及死於非命的龐大軍團。」那是典型的晚近希臘咒語，在多數古代遺留下來的法術牛皮紙上都可見。這樣的信念不單單只存在於近古代，它也是遍及全世界的。沒被使用完的常態生命力量會將人類變成惡鬼，而我們的故事就顯現出這個緩慢的轉化歷程，原本只是人類死後的骷髏，最後變成一個像鬼一樣的獵鷹，它長出翅膀，並且變得更具有靈異性及超自然。一開始只是個不開心的獵人，他因為被殺而生出憎恨之心，但是後來他自己也變成樹精骷髏皮拉團中的貓頭鷹、老虎或鬼獸。

接著，我們要試著從心理學的觀點來看待這個問題。我常看到自己的親朋好友，或被分析者的家屬突然死亡所帶來的厄事效應，就這個信念來說，不知道除了心理投射之外，是否還存在客觀基礎。這個問題真的需要更進一步的解說，例如常常會發生這種現象：某個剛失去近親的人，可能在幾天後發生車禍。我們也許會以理性解釋，說這個人在葬禮後身心疲憊所致，也或許會說那是死者將親人拉進墳墓。沒有人可以確切指出哪個才是真正的原因，但是就心理學的角度而言，的確可以看見死亡拉力的現象。我們無法指明這個拉力從何而來，但是它就在那兒，而在近親死去之後，這變成一個清晰易見的現象。從理智上來看，可以說是原先被投注在關係上的心理力比多能量回到我們的自身，同時沒有其他的出口。

當你失去某個與你生活非常親密的人時，這種現象特別會發生；因為原先有著巨大的心理能量被投入在你與那個人之間的相互適應及關係上，而突然間這一切都被切斷了，如今能量回流到你身上，但是此時卻無用武之地，任何沒有駐紮標的的能量非常容易會帶出危險的效果。這些力量讓你變得無意識，它們造成人格分裂，直到新的適應對象及航道出現之後，事情才會好轉。我確信事情就是這樣，我們真真切切可見這一切是如何運作的，所有的細節都看得清清楚楚。如果你失去了某個跟你的生活有密切關係的人，當你早上醒來卻一時忘了那個人已經過世了，你想要說：「嘿，哈囉，早安！」但是那個人早就不在身邊了！或是你想要告訴那個人你所經歷的美好，但是你再也沒辦法告訴對方！如今你可以向誰說？你總會落入那個相同的可怕洞穴！凡是曾經失去摯愛的人，都會有過這種糟糕的經驗，想要走向那個人，卻掉入地面的黑洞裡。如果這樣的狀況發生在不太具有意識覺知的人身上，他們不知道到底發生了什麼；如果他們的人格不夠強壯，則可能進入解離，或者能量會流入不適合的對象上。在原始的社會裡，甚至在我們的國家中也可看見，它可能接著會以不懷好心的暴怒形式出現，你會找尋替罪羔羊；你會想到這個人並不是自然死亡的，於是行使黑魔法，必須要找個替死鬼，才能滿足心中的報復感。在現今的社會，它的表現可以是對醫師的控訴，或是對於遺產分配的爭執──並不是因為人們真的如此貪心，想要得到這件或那件地毯，或是去世父親的所有物，而是因為他們必須要將這個他們不知道該往哪兒丟的過多能量發洩出來。因此他們必須要找個醫師或護士，把他們視為惡魔；總之，總會有這些死亡之後的惡行到處流竄。想必這樣的方式提供了

部分解釋。但是在被分析者的夢境素材中，這現象卻總是以不同的
方式得到闡釋，人們認為這真的是死去的人所帶出的災禍。因此，
是否要認同這個假說，則由你來決定。

註釋

1　原書註：*The Collected Works of C. G. Jung*, trans. R. F. C. Hull (Princeton, N.J.: Princeton University Press, 1957–1979), 10, chap. 6.

2　譯註：指靈魂中不死的核心本質。

3　原書註：Ibid.

4　原書註：Hedwig Boyé, *Menschen mit grossem Schatten* (Zurich: Büchergilde Gutenberg, 1945).

5　原書註：Konrad Lorenz, *On Aggression* (New York: Harcourt Brace and World, 1966),

6　原書註：*Chinesische Märchen*, ed. Richard Wilhelm, *Die Märchen der Weltliteratur*, series published by Diederichs Verlag (Jena, 1919), no.48, "Der Rossberggeist."

7　原書註：*Indianer Märchen aus Sudamerika*, *Die Märchen der Weltliteratur*, series published by Diederichs Verlag (Jena, 1921), no.7, "Die Speerbeine."

8　原書註：Ibid., no. 68, "Der rollende Totenschädel."

9　編註：被冥王黑帝斯綁架及強暴，強行拘留在冥界，後雖獲救但被迫吃了冥界的石榴而每年須留在冥界四個月，成為冥后。

附身

在〈飛矛腿〉故事中，弟弟看著哥哥緩慢地被附身，且變得具有破壞性，接著弟弟動員其他村民除掉哥哥。以現代文學的角度，我們大可以從這樣的素材寫出一篇漂亮的小說或悲劇，彰顯弟弟面對的極端責任衝突——他一方面想著過去對哥哥的情感依附與兄弟之愛，另一方面又必須順應集體而摧毀這個凶狠的怪物。但是，我們在故事中完全沒有看見這類衝突的描述！弟弟完全沒有視之為問題。當哥哥被附身而變得全然邪惡時，弟弟全然正確地專注在如何從哥哥身邊逃跑，否則他就會被哥哥殺了。弟弟後來要殺掉哥哥的時候，也沒有任何衝突感，他就只是告訴村民要除掉這個被附身的殺人魔，而且還帶著村民回到兄弟兩人紮營的地方。由此可見，意識較高層次中針對動機及道德問題的覺知，以及責任的衝突，在這個故事所描述的層次上並沒有帶來任何悲劇；在這裡，一切就只是就事論事。

在這個層次上，邪惡不僅僅顯現為自然的惡魔，置身於樹林間、白雪地、高山上或湖水裡，它同時也可能源自亡者身上。為了證明這不僅僅限於南美洲印地安人，我接著要提供一個來自中國且類似的恐怖鬼故事，你可以從這個故事裡看見相同事實的另一個面向。

據說詩人蘇東坡喜歡說鬼故事，雖然他自己從沒見過鬼。當時有另一個秀才元禪寫了一篇文章爭論世上並沒有鬼。有一天，當他在寫這篇文章時，另一個秀才前來拜訪，並說：「自古就有關於神鬼的真實故事，你到底為什麼要否認這些東西？」元禪接著試圖從現代的推理來解釋為什麼世界上沒有鬼，另一個秀才因此非常生氣地說：「可是我就是個鬼！」說完這句話，他就變成一個綠臉紅髮

的駭人惡魔，同時消失在地底下。沒多久之後，元禪就死了。

　　這個故事是個前奏，好讓你調整好正確的態度迎接下面的內容，因為下一則故事完全不一樣，裡頭說世上有許多不同種類的鬼，其中最糟糕的就是吊死鬼。通常這些吊死鬼都是來自鄉下貧窮家庭的女鬼，假若她們受婆婆虐待、受飢餓之苦或過度工作，她們就會心有不滿。如果他們和妯娌姑嫂有口角或被丈夫斥責，對於身處的困境看不到任何出路，通常會在絕望的狀態下結束自己的生命。她們可能喝毒藥或投井，但多數是上吊而死，於是變成那些恐怖的鬼。父執輩們會說，自殺的女鬼通常會試圖引誘其他女人，因為唯有如此，她們才能進入陰間地府投胎轉世，再度進入輪迴並重獲生命。找到替代者之前，她們都必須要遊走於生與死之間的陰陽界，這就是為什麼她們必須引誘他人好替自己找尋替死鬼。

吊死鬼（Spirits of the Hanged）[1]

　　從前有個人通過從軍應試後，正在進京應職的路上。此時正逢雨季，路途中他必須要經過許多泥濘濕道。他前進的速度很緩慢，到天黑時仍然沒能抵達京城，因此必須要留宿途經的村落，但是村中只有幾戶貧窮的人家，沒人能提供他借宿的地方。村民指引他前去附近的寺廟，讓他帶著驢子一起在廟裡留宿一夜。

　　寺廟裡的神像都殘破不堪，根本無從辨識，而且四處盡是蜘蛛網及灰塵。他把驢子綁在一棵老樹下，並喝了葫蘆裡的

水。他從白天酷熱的天氣中得到舒緩，稍事休憩並且閉上眼睛睡著了。

突然間，他聽見寺廟附近的樹葉沙沙作響，同時有一陣涼風吹過他的臉頰（眾所周知這是陰風吹起）。他看見一個女人從寺廟裡偷溜出來，身上穿著老舊的紅布衣，一臉蒼白就彷彿是剛刷過白漆的牆面。女人小心翼翼地走過他身邊，隱身不讓他看見，但是這個勇敢的士兵動也不動地假裝自己睡著了。他看見女人的袖口掛著一條繩索，立刻就明白這女人是個自殺的鬼，因此他偷偷起身跟蹤那女人。

那女鬼走向貧窮村民的草屋，士兵透過窗子看見一個二十歲出頭的女子坐在小孩的搖籃邊，女子不時撫摸孩子並哭泣。接著，他看到女鬼坐在樑上，還不時擺弄她的繩索；女鬼將繩索纏繞在頸項，暗示年輕女子這是個解脫的方法。他聽到女子對女鬼說：「你說死了就一了百了！我會去死的，但是我不能棄我的孩子不顧。」說完又開始哭泣，而女鬼則邊發笑邊將繩索擺弄在女子面前。

最後年輕女子說：「好吧！我下定決心了，我這就去死。」她打開櫥櫃門，穿上新衣裳並在鏡子前化好妝。女子接著站上凳子，取下腰帶綁在樑上。當女子將脖子靠上腰帶並準備跳下時，士兵用力敲打窗戶，最後還破窗跳入房內大叫，因而解救了這女子。女鬼就此消失，但是士兵看見繩索仍然垂掛在樑上，他旋即將繩索解下並且教訓了年輕女子一番，要她別做傻事，應該好好照顧孩子，而且生命不能重來。說完這些話之後，士兵就回到寺廟裡。

走到半路，女鬼突然出現在面前，女鬼對士兵行禮，並且有禮貌地說：「多年來我一直在找替死鬼，好不容易在今天找到一個，卻讓你壞了事，但是對此我也別無選擇，不過我在匆忙中遺留了一件東西，我相信那件東西就在你手上，可否請你還給我，沒有那個東西，我就無法找到下一個替死鬼。」

但是，士兵只是讓女鬼看一看那條繩索，說道：「東西的確就在這裡，但是，如果我還給你，你會用來勒死其他人，我不能讓你這麼做。」因此，士兵把繩索纏繞在自己的手臂上，並說：「給我讓開。」

女鬼聽完盛怒不已，她滿臉鐵青，頭髮糾結纏繞在頸邊，雙眼血紅，還從口中伸出長長的舌頭。她伸長雙手想要一把抓住這個士兵，士兵以拳頭回擊，但不知怎地卻打到自己的鼻頭上，鮮血直流。士兵隨手抓起幾滴血灑向女鬼，因為女鬼不喜歡人類的血，後退了幾步，還放聲詛咒士兵。雙方激戰持續到雞鳴乍響，之後女鬼就消失不見了。

第二天，村民前來感謝士兵救了年輕女子一命。他們在寺廟中發現士兵，當時士兵仍然對著空氣拳打腳踢並放聲咆哮。後來村民對士兵說話，士兵才說出事情的經過，他露出手臂上清晰可見的繩索痕跡，此時繩索已經滲入他的皮肉，形成了一個紅色環圈。當太陽升起，士兵就跳上驢子上路進京了。

這就像是南美洲故事〈旋轉骷髏〉一樣，故事中顯現自殺或他殺的後座力。不只是那個被殺掉的男人骷髏變成惡鬼，根據這個故

事，這種事會一代又一代地持續下去，因為一個自殺會觸發另一個自殺。從心理學的角度來說，這是真真確確的，我們知道自殺是會傳染的。在學校或大學裡，只要發生一次自殺事件，就會有連續的第二宗或第三宗，這是因為自殺所帶出的破壞性感染效應，而這種效應或許也解釋了為何死去的鬼魂會不斷引誘他人尋死。

家族內的自殺也可能會持續數代。以意象的方式來看，我們可以說自殺身亡的祖父試圖引誘他的孫子起而效尤；就這一點而言，這的確是場無止盡的殺戮，正如同在這則故事或其他故事中所描寫的套索一般，會一代又一代地傳下來，直到有個勇敢的人出現，也就是這個故事裡的士兵——他介入其中，讓這個毀壞的效應終止。

故事中的鬼並沒有表現出全然怪異的行徑，她只是要將自己從陰陽界解救出來；在陰陽界的她既不能復活而重返人間，當然也無法進入陰間，我們稍後會再談論有關這一點的心理意涵。首先，我想要再提供幾個這類恐怖故事，之後我們才能進一步討論其中的細節及分類。

接著，我要說一個南美洲印地安人的短篇故事，這個故事也帶出了另一個母題：

智取樹精（The Outwitted Wood Spirit）[2]

有一家人受邀前去參加酒宴，全家人都去了，只留下女兒一個人在家。在中午過後稍晚時分，一個久未見面的女孩來找她。女兒心中以為那個前來拜訪的女孩是她的女性朋友黛兒

（Daiadalla），但事實上那是樹精化身成她朋友的樣貌，以此
蒙騙取信。這兩個女孩是非常要好的朋友，化身為黛兒的樹精
問女孩為何一個人在家。女孩解釋說她不想參加宴會，於是樹
精就說要留下來過夜，與女孩作伴。

　　夜晚降臨，兩人聽見蛙鳴聲；因為兩人都喜歡吃田雞，女
孩建議不妨去抓幾隻回來。

　　她們於是摸黑出門，每過一段時間就大聲詢問對方抓到多
少青蛙。樹精被問到時，回答說他抓了很多，可是一抓到就立
刻吃下肚了。聽到對方生吃動物，女孩嚇壞了，心裡多少明白
了眼前這個偽裝者的真實面目。因此，當樹精又再度出聲詢問
女孩抓到多少青蛙時，女孩回答說她抓了很多，但是她把青蛙
都放在她的葫蘆裡。女孩接下來不斷想著要如何安全脫身，她
要樹精安靜不作聲，因為說話的聲音會把青蛙嚇跑，事實上是
因為女孩知道樹精可以從她的聲音來判斷她身在何處。接著，
女孩慢慢爬回家，不作聲響地將家裡的所有鍋具翻倒過來。她
將青蛙丟掉，並且爬上屋頂，等著看接下來發生的事情。

　　不久之後，樹精因為得不到任何回應，驚覺自己被擺了一
道，於是急急忙忙回到女孩家裡。在摸黑之下，樹精在鍋具間
跌跌撞撞，試圖要找出他的獵物。最後，他大聲吆喝，聲音清
楚傳到女孩耳中；樹精說，如果早知道女孩想要逃跑，他會將
女孩連同青蛙一起吃掉。

　　他極力找尋女孩，每個鍋子都翻遍了，直到黎明破曉他才
徒勞無功地離開。女孩後來從屋頂走下等候她的父母返家。父
母回來後，女孩告訴他們樹精化身成她朋友的樣子前來家裡拜

訪。父親告訴她，下次當他們要女孩一起出門時，她就應該要聽話。

這個故事很重要，因為我們稍後將討論的是，哪一種人，或哪一種行為，會吸引或邀請惡靈附身。不要誤以為這種類型的故事只適用於中國或南美洲印地安人；這些故事是我隨意選取的，因為我想要找尋的是某種普世皆有的故事類型，而不是某一個特定的故事。為了強調女孩因為沒有參加宴會而暴露在樹精的危險中，我接著要提供一個近似的歐洲文本，也就是格林童話中的〈特露德夫人〉（Frau Trude）這個故事。

特露德夫人（Frau Trude）[3]

從前有個小女孩，她個性倔強，充滿好奇心，也相當莽撞，不聽從父母的交代。有一天，她和父母說自己聽聞許多關於特露德夫人的事蹟，因此想要去看看她到底是何方神聖。人們說特露德夫人長得十分有趣又見多識廣，家中有許多稀奇古怪的事物；女孩相當好奇，因此想一探究竟。女孩的父母親制止女孩，說特露德夫人是幹盡壞事的惡女人，甚至還說，如果女孩執意前去，就不再是她們家的孩子。但是女孩完全不理會父母所說的，仍然堅持前往。女孩抵達時，特露德夫人問女孩何以臉色如此蒼白。

「喔，」女孩全身發抖說：「我被眼前所看見的嚇壞了！」

「你看見了什麼？」

「我看見階梯上有個黑色的人。」

「那是燒炭夫，他在森林裡燒炭。」

「我還看到一個綠色的人！」

「喔，那是獵人。」

「然後，我還看到一個血紅的人！」

「那是屠夫！」

「喔！特露德夫人，我害怕得直發抖。我從窗子這頭望過去，我沒有看見你，反倒是看見一個頂著火頭的惡魔！」

「哈！」特露德夫人說：「你看到的是巫婆的真實面貌！我等你很久了，現在該換你給我一些光亮了！」

接著，她把女孩變成一塊木頭，然後扔進火堆；木頭被燒得火紅時，她就著木頭取暖，邊說著：「這就亮起來了！」

由此可見，這並不只是南美洲的問題，這也是我們的問題，而這個故事暗示的是相同的特質，同時也引出了那樣的災難。接著我要讓你看看一個與〈飛矛腿〉相似的附身故事，這是一個冰島的故事文本，標題中的「春特」（Trunt）是個名字。

春特、春特，以及山裡的怪

（Trunt, Trunt, and the Trolls in the Mountains）[4]

從前有兩個男人到山裡採集藥草。一天夜裡，兩人都躺在帳篷內，其中一個睡著了，另一個則躺在那兒醒著。醒著的男人看著睡著的那個走出帳篷，他跟蹤睡著的那個，但是幾乎跟不上那人的腳步，兩人間的距離也越拉越大。睡著的那個朝著冰河走去，醒著的男人在冰河的頂端看見一個龐大的女巨人，她做了個手勢，把手伸出來後再拉回胸口，如此一來，她就對睡著的那個施了巫術，將他吸引了過去。睡著的那個筆直走進女巨人的臂環，女巨人帶著他離開了。（這部分就像〈飛矛腿〉故事裡兩兄弟之中的一個在樹林中著魔了。）

一年之後，這個地區的人又回到相同的地方採集藥草，而那個著魔的男人走向他們，安安靜靜地在一旁什麼都不說，即使說了也是語帶保留，大家幾乎都沒能從他口中問出隻字片語。人們問他信奉什麼，他說他信奉上帝。

隔年，他又再次出現在採集藥草的人群中，但這一次他變得更像個怪物，大家都很害怕他。大家問他信奉什麼，他沒有回答，而且他這一次停留的時間也短了些。第三年，他又再度出現，但是這一次他真的變成了山怪，看起來異常恐怖。其中一個村民鼓足勇氣問他信奉什麼，他說他相信春特、春特，以及山裡的怪，然後他就消失不見了。那次之後，人們就再也沒有看見過他，而接下來的許多年，也沒有人膽敢再到相同的地方採集藥草。

這是一個人被同化成為惡鬼的故事，跟〈飛矛腿〉的故事相似，唯一的不同在於男人並沒有變成毀滅性的怪物，而只是成了一個山怪。他並沒有像飛矛腿故事中的男人一樣傷害其他村民。

　　如果我們進一步去探問這些原始故事展現的是哪一種邪惡，我們會看見有些故事中出現的是我們明確熟知的精怪，像是骷髏皮拉這類的山林精怪，它對獵人進行大規模屠殺之後，將獵人全數吃盡；有些故事則出現像是這個冰島山中女巨人這樣的精怪。這些都是民間傳說中人們所熟知的角色，它們被稱作惡靈，而它們在大自然中的棲身處所，對人類社群來說都是帶些怪誕及危險的區域。住在海邊的人們會有海怪，住在原始森林附近的人們會有森林精怪，而山裡的人則會有山怪及冰河精怪。人們因此相信這些所謂的精怪不過就是自然邪惡的人格化表現，這也是你在文獻學及人類文化學著作中確實會看見的論述。但是，我們應該要能洞察這只是表淺的斷言。邪惡的原初形式與自然中的厄事是有關的，同時也與那些吞噬人的動物，或是森林、雪地，湖泊、山崩等等帶有毀滅性的天然力量有著密切關聯；這是無庸置疑的，但是它們並不單單只是這樣。

　　還有另一種類型，人類受到如同惡魔般的自然力量同化，就像是飛矛腿故事中的那個人，以及變成山怪的男人——原本正常的人因為被邪惡附身，而慢慢被轉化成具有毀滅性或邪魔性的東西。我認為這一點是非常重要的，因為如果你問我，在我的經驗中我所知道最可怕的邪惡是什麼，我會說最可怕的是被附身的現象。一個人最糟糕的經歷，也是我人生中見過最糟的厄事，就是看著人們被這些邪惡原型所附身。

還有第三個密切相關的類別，那就是亡者的魂魄；這些人並沒有變成邪惡，但卻因為無辜枉死，所以在死後變成惡靈。這在某種程度上與被釋放的能量有關，但部分也與死亡的神祕性有關。關於死亡，我們所知的並不比活在自然裡的人來得多。

因幼稚的狂妄而被「那個」附身

　　如果你檢視人們落入邪惡的狀況，你就能看見所有故事裡常見的共同特徵。在許多情況下，喝酒多少在其中扮演了一個角色，因此對原始人類而言，要讓自己敞開大門被邪惡附身，最簡單且最容易的方式就是飲酒。另一點就是孤獨，也就是孤單一人，與村民團體或他所屬的部落團體分開。大部分進入這種冒險旅程的，都是孤單一人，或者兩人一起進入樹林中採集藥草或到山中採拾，這都意謂著人與自然的獨處；又或者像故事中被樹精纏上的女孩一樣，單獨在家。女孩只是不願意參加酒宴，她並沒有犯下任何其他的過錯。在這個故事裡，喝酒的效果正好反過來了。此處可見我們是如何陷入矛盾中。女孩想要自己一個人在家，這讓樹精有了想要來吃掉她的念頭，因此假扮成女孩的朋友偷溜進入。

　　因此，孤單的人，特別是在大自然中孤單一人，就是對邪惡敞開大門，身處異地的時候也會這樣。舉例來說，先前故事中的士兵會落入鬼怪冒險，就是因為身處異地。他沒有家人或族人在身邊，身處在沒有任何情感連結的人群中，也屬於一種孤單。在特露德夫人的例子中，則是一種幼稚的好奇心，對邪惡欠缺一份尊敬，因而對邪惡敞開大門；那也似乎是個典型的特徵。世界各地的許多故事

中都有這種幼稚的大膽行徑，但這並不是勇氣。雖然看起來很勇敢，事實上並不是。這樣的假勇氣，其實出自於欠缺覺察或欠缺尊重的幼稚膽量，是讓人們突然涉入邪惡原型的常見特徵。在山野傳說中，這種幼稚的大膽作為通常會被稱為**褻瀆**（Frevel）。

德文**褻瀆**（Frevel）與英文的**輕佻**（frivolou）隸屬同一字源家族。兩者有些細微的相同處，但是它的意涵不僅僅指涉輕佻的態度。在現代德文中，Frevel 的意思是擅自進入，指逾越特定的行為通則，但不全然是與法律相關的，通常使用在捕獵相關的情境中。**盜獵**（Jagdfrevel）是常用的字，意指違反捕獵的規則，像是射殺懷孕的母鹿，或在禁止捕獵的季節狩獵，又或者將動物射殺重傷卻未擊斃，甚至將受傷的動物放任不管。以上我們技術性地總結了「Frevel」一詞的意涵。

過去這個詞的使用通常帶有較多的宗教意涵，接近褻瀆神明（逆天）的意義；例如，在教堂裡吐痰之類的行為會被稱作**悖逆天理的行徑**（frevlerisch）。在更原始的情境中，「Frevel」還意指越界，對於神聖的力量表現出逾越了尊敬的態度。瑞士烏里州（Canton of Uri）有個著名的故事說明了這一點。兩個男人趕著牛群到高山上。瑞士有個常見的習俗，擁有牲口的個別農夫或各村落在山谷中都會有各自的山頭（山區的放牧地）。夏季期間，農夫通常會兩人一組趕著牲口在所屬的山頭停留整個夏天，而到了初雪降下時，他們又會再度趕著牲口下山過冬。有時候山頭甚至還會分等級，例如高山、山腰區等等。那是我們瑞士人趕集牲口的系統，通常是兩、三個男人上山，沒有女人陪同。他們在山上過著孤寂且艱苦的生活。

在這個烏里的故事裡，一起上山的是一個較年長的牲口趕集者，以及一個較年輕的男孩。為了保護牧牛人及牲口，他們必須在晚間出門對牲口及山頭的四個方位祝禱，現在的瑞士農夫仍然維持這樣的習俗；如此一來，上帝將會保護牲口、山頭，以及上山的人。

有個晚上，牧牛人走出小屋四處查看，從山頂傳來一個聲音說道：「我該不該放掉那個？」牧牛人當時並沒有展現本該有的畏懼，他回答說：「喔！你可以再撐一段時間！」接著什麼都沒發生。過了第二天，晚上時聲音又再度出現：「我是不是該放掉那個了？」牧牛人回話說：「你可以再撐些時候！」但是男孩此刻覺得非常緊張，心想這不是個妥當的行徑，而且異常危險，因此男孩便動身逃跑。接著，男孩突然聽到山頂上的聲音大喊著說：「我沒辦法再撐下去了！」在一陣可怕的吼叫聲之後，整座山都崩塌了，牲口、小屋及年長的牧牛人都被埋在底下，而男孩只倖存於山谷邊。

此處可見這個年長的牧牛人是個**褻瀆者**。他的表現就是我所說的幼稚大膽，也就是他對山精的幼稚魯莽。德國有一本很棒的書，名為《烏里之金環》（*Goldener Ring über Uri*），這是由烏里當地的醫師德烏瓦・仁納（Eduard Renner）在這樣的心境下所書寫成的。[5] 仁納醫師住在如此原始的國度，他必須待在瑞士山區裡悽慘的環境中，協助當地人們的生死事宜；他在書中提到，如果你對瑞士山區的農民所知不多，你會誤以為他們似乎是相當現代且開化的，但是一旦處在攸關生死的事件震盪之下，他們會突破心防將他們的真實感受及真實心態全盤告訴你，而這就是他書中試圖要呈現的。我對於他所說的內容百分之百相信。從表面上看來，這些農民是天主

教徒，但那只是薄薄的一層外衣；底下的態度則是全然史前的。對他們來說，自然是被那個無名的東西所賦予生命力的！瑞士山中的牧牛人甚至比南美洲印地安人來得更原始，因為他們沒有骷髏皮拉這樣一個明確而且具有清楚的形象及名諱的神靈；他們談論的，是「那個」。

由此可見，人們稱呼的是「那個」，「我是不是應該放掉那個？」——「那個」原先撐住山岩但後來卻鬆手的到底是誰？仁納以許多故事來深化這一點，而更奇特的是，「那個」時好時壞、時而中性。它有時候表現得像個人類，但有時候則是完全非人類的，沒有人知道它到底是什麼樣子，它只是展現作為——它可以讓山在你面前崩落。

還有另一個故事提到，如果你在烏里州的塞利斯貝格市（Seelisberg），當你走到山巒轉彎處，那裡會是「那個」喜歡坐鎮同時帶走牲口的地方；如果它如此做，看在上帝的份上，請你不要驚慌，因為一旦你驚慌失措，牲口就會掉入深淵，或者你會走路拐到而斷腿。當下唯一能做的，就是拿著你的牛鞭或是短枝叫喚你的牲口，彷彿牛群仍然在那兒，當你走到下一個轉彎處，牲口就在那兒！「那個」需要相當特別的應對方式，你絕不能受到它的影響，你不能驚惶失措，但是你也不能夠抱持輕佻大膽的態度去**褻瀆**它。任何形式的**褻瀆**都會讓它變得惡劣且具有毀滅性。因此，它不太是邪惡概念的確切人格化顯現，它甚至可說是更原始的；它是那個怪誕的東西，時而好時而壞。不過，無論是特露德夫人故事，或這個牧牛人的態度，表現的都是相同的事物：絕不能存有幼稚的膽大妄為。我不認為我還需要提出心理的詮釋，因為只要你對於生命有一

些體驗，你就知道這仍是現代人被附身且落入邪惡的方式。

　　這些行為準則及現象仍然存在於現代，而且還全然有效。我在分析過程中會感到糟糕的時刻，就是當我在被分析者身上看見他對邪惡表現出幼稚、大膽的好奇心。被分析者可能會說：「喔，我喜歡去有殺人犯出沒的地方。」或是說：「我喜歡對這女人做試驗。我知道她是個邪惡的女人，但是我必須要有些生命的體驗，我要和她上床，我必須要探索！」如果你的探索是出於你自己，也就是說，如果真有個原因，或如果你的夢告訴你必須要做這件事，那麼這就沒問題，因為你可以說這是**你自己的**邪惡，這是你自己帶在身上的邪惡深淵，你早晚總是要面對它。但是當你將某種輕佻的態度行動外化，或者是當你只是出於智性的好奇心，只是想要發現裡頭有些什麼，同時對於這類現象的感染力及破壞力欠缺尊重，那麼你就會讓人感到渾身不自在。

　　我曾經有個極為智性的被分析者，他愛上一個漂亮但患上嚴重精神症的女孩。他與女孩的關係涉入甚深，還總說自己打算要娶那女孩。我承受極大的痛苦，掙扎著是否應該警告他；畢竟，決定要與有精神症的女孩結婚，那或許就是他的命運，但肯定的是，這絕不會是件幸福美事。因此，我心裡交戰著如何、何時以及是否該給予警告。後來，他夢見女孩明白地告訴他，但是這段談話似乎沒有效果。最後，我帶著冷冰冰的雙手及脹紅的臉，下定決心要清楚表明我的良知。我告訴他：「現在，聽好，說句實話，我認為某某有嚴重的精神症。」我以為那會給他一記震撼彈，而且可能會破壞我們的關係，但是他聽完後平靜地回答：「喔！對啊，我老早就知道了！」接著就告訴我他的夢境。他顯然並不理解智性之外的其他

事情。他讀了一些精神科相關的書籍，也為那女人貼上精神症的標籤，但是他並不清楚那到底意味著什麼；他不知道那句話所承載的情緒重量，就彷彿那位去見特露德夫人的女孩。

現代社會中智性的人們常會展現這樣的態度，同樣的，我們也會在原始人及年輕人身上看見。就成人來說，通常會出現在智性的人身上；一旦討論道德及感覺相關的問題，他們就變得幼稚，而只要面對跟道德、感覺或關係有關的問題時，他們就像是嬰孩一樣。他們的行徑與特露德夫人故事中的女孩如出一轍，在不知情的狀況下步入最可怕的邪惡，卻完全不知道自己正在做什麼。

被捲入單一的情感模式，成了一顆滾動的腦袋

接下來我們要討論的是，邪惡的各種人格化所展現的樣貌。丹麥極地探險家克努茲‧拉斯姆森（Knud Rasmussen）寫了一本書談格陵蘭當地的傳說[6]，其中有愛斯基摩人繪製的邪惡與半邪惡神靈，以及各種像是南美洲的骷髏皮拉以及撐住山岳的「那個」之類的鬼怪。那些圖片是愛斯基摩人針對各類神靈的繪圖，而我認為那是最具啟發性的。其中的一張圖是巨大的冰熊，被稱為海之熊，它有時候會把船翻覆以摧毀人類。它必然就是自然力量的人格化，因此證實了許多人所持的理論，認為人們只會將自然中的邪惡以這樣的形式加以人格化。我並不否定這樣的理論，但是我認為這並不是全貌。自然的邪惡力量對人類來說就是邪惡，它令人不悅，也破壞人們的生活，它屬於邪惡的原型經驗：飢餓、寒冷、祝融、山崩以及雪崩、暴風雪、溺斃、海上風暴、在森林中迷失、巨大的敵對動

物、北國的冰熊、非洲的獅子或鱷魚等等。這些都可以是邪惡的象徵或人格化。但是讓人驚訝的是，人類有強烈的傾向將這些生物以半人、半非人的方式呈現。例如，有個巨人是由石塊構成的，它能壓碎所有東西，可是外貌卻是個人形。另一個魔鬼則是一隻狗，長著一個讓人看了就討厭的人頭。還有許多種不同的混合形象，如半人半獸，或畸形的人類外形。有個惡靈特別瘦，而人們說它身上的邪惡讓它長成那副模樣。

進行關於惡靈的比較研究中，我們常會發現殘疾的生物，它們只有上半身是人類，或者它們除了一個滾動的頭顱以外就什麼也沒了，又或者是某種不需要雙腳就能走路的東西，或是沒有雙手，或是以一隻腳到處彈跳。各式各樣的形貌，我們無可避免地必須使用「思覺失調」一詞——這些魔鬼的樣貌所展現的就是思覺失調的扭曲。這也帶出民族學家廣為流傳的一個理論：惡靈是思覺失調個體的幻想產物，這些個體就是部落裡能夠看見且能夠處理惡靈的人，像是巫醫及薩滿——部落裡的精神症個體，以他們的精神病幻想恐嚇族人。

曾經治療過精神症病患的人都會知道，這是相當真確的。如果你讓他們畫出纏住他們的惡魔，他們會畫出相當接近於那些愛斯基摩人畫給拉斯姆森看的圖像。但是從我們的觀點來看，這個解釋其實應該是反過來的。許多消失進入精神症發作的人，或是生活在慢性精神症症狀下的人，會同時消失在原型經驗以及原型的邪惡表現之中。過去的人們可能會直白地說他們惹上了邪惡。如果這些人畫出那樣的惡靈，則惡靈的扭曲表現並不是來自思覺失調症，而是惡靈一直以來就是那個樣子。在邪惡的原型經驗中，邪惡被視為殘疾

的人類，或被視為扭曲的事物，我認為我們應該從象徵性的角度來了解這一點，看見其中對於人類心理事實的投射，也就是說，邪惡帶出了人們受到偏頗思維的掃蕩，亦即被**單一**行為模式所掃蕩。

所有動物的生命，即便是處在演化早期的生物，都是受到行為學家所謂的模式所塑型的，也就是特定的打鬥、求愛、護幼、交配等模式。這些模式在每個物種都不同，而在動物的階層中，這樣的模式就已經有可能會相互牴觸或產生混亂。我們可以在某種魚類的常態行為中看見這一點，舉例來說，雄性刺魚的性行為與侵略性是緊密連結的。刺魚極為短視，當一隻雄性魚看見另一隻小魚靠近，牠就會落入侵略性的打鬥模式，而如果牠後來發現那是一條雌性魚，那就會沒事，還會和母魚交配。可是，如果牠看見一條較大的魚，就會落入畏懼的狀態，全身發白並表現逃跑的行為。即便接下來牠辨認出那是隻美麗的雌性刺魚，也完全無法與之交配，因為牠已經啟動了逃跑的行為模式。因此，在刺魚世界中，只能是體型較大的公魚跟較小的母魚交配，反過來的狀況則不行。

在某種程度上，這情況也仍然發生在人類的層次；假若男人對女人感到害怕，他就顯得性無能——他早已「臉色發白」，因此也不能再有什麼作為！對女人來說則相反，女人可以將發白且逃跑的模式與交配相結合。但是，一旦當女人感到自己有侵略性，一旦處在阿尼姆斯的狀態中，那麼就不可能有愛了。

因此，有時候行為模式會交互影響，不同的模式之間會非常接近，但又相互牴觸，或是讓動物一旦無法調適就會陷入困境。雖然這樣的模式是自然註定的，為的是讓動物適應生活情境的改變，但有時候會反過來出差錯，並且相互牴觸。如果人類試圖干涉自

然，我們可以讓動物產生衝突，同時將牠們的行為模式轉變為可笑的形式。因此，即便是在動物的層級中，仍然存在衝突——這裡指的是「衝突」一詞的字面意義，也就是兩種行為模式相互摩擦或相互衝撞。舉例來說，如果你張開雙臂靠近一隻正在孵蛋的母雞，你可以看見牠是如何落入衝突的狀態。一方面牠會想要逃開不讓人類碰觸，但是牠的母性卻讓牠繼續孵蛋，牠會變得越來越緊張。突然間，牠要不是讓逃跑行為崩解，然後容忍人類的碰觸，不然就是發出尖銳叫聲突然飛走，顯示逃跑模式勝出而放棄了母性的本能。但是，這兩種狀況中間有一個懸而未決的時刻，你不知道哪一方會勝出。

因此，即便在動物層級，行為模式也並非完美調節的，並沒有一個中央辦公室在調控不同行為之間的切換。甚至有可能是基於這樣的原因，大自然創造了較高層級的意識作為中控室，以避免動物層次中這種欠缺適應性的現象。但是無論理由為何，人類也顯示了與動物相同的特徵，女人會落入自保及保護孩子之間的衝突，這完全跟母雞的情況相同，而我們也不斷落入其他行為模式相互牴觸的生活情境。

因此，當某人全然陷入偏頗的行為模式時，可以說他的適應力就被打亂了。特定的動物，或許因為牠們在成長過程中的早期銘印，會過度使用某一種模式，有些公鹿或狼會反常地具有侵略性，在所屬的族群中造成巨大騷動。通常牠們會因此而早夭。所以，完全陷在某種行為模式之中，總會帶來一定的危險性。在我們當今所處的文明中，野生動物如鹿及狐狸，對人類有相當良好而且頗聰明的適應力，牠們會用盡一切方法試圖避開人類；但是，假使有隻公

童話中的陰影與邪惡：從榮格觀點探索童話世界

鹿陷入性的熱情，牠會無法控制自己而跑到獵人的槍口前。我們可能會看到這類案例：一隻公鹿衝過獵人，將他手中的槍撞飛。以擬人化的語言來說，這隻公鹿無視於任何危險，因為此時牠已經被性的激動席捲。或者是當母貓生下小貓後，牠甚至會攻擊最大型的德國狼犬，還可能因此送命；母貓此時已經被掃入牠的母性本能之中，失去了任何其他「合理的」反應。

這或許是人類內在的自然基礎，因為人類也傾向於被捲入某種行為模式，也就是原型模式，因而衍生出各式情感及幻想。如同動物的生命，只要有任何人被這些模式所戰勝，我們就會說他被附身了。無論是對我們，或對原始社會的人而言，被附身都是一樣糟糕的，因為附身代表被捲入了個人內在各種可能旋律中的其中一個音調，而這本身就有許多邪惡在其中。現在你應該可以清楚看見為什麼我們會與自然中的純粹邪惡連上，也看到了這個連結如何發生；因為一旦你被某種情感狂掃而過，結果就完全像是山崩一樣，只是這個山崩發生於內在而不是外在。情感巨石從你身上滾過，你完全被打敗了，其他的理智、關連性或是行為模式全都不見了。

在分析過程中，因為被捲入病態的怒意而處於困境的人，可能會夢到山崩或雪崩，無意識在此處傾向於使用象徵性的意象來預示一場內在而非外在的山崩，人格內在原本建立的文化行為被山崩所全面遮蓋，同時遭受到單一行為模式的掃蕩；這個單一行為模式可能是侵略性或恐懼之類的，由一個強大的原始反應所驅動，你可以說它是純天然的。因此，我們不會否認自然中的惡靈不僅僅與自然厄事有關，也與我們內在包含相同現象的純粹本性有關。如果你從這個角度來看邪惡，則慣常以殘疾生物的意象來表徵邪惡，就顯得

相當貼切，因為其中暗示了扭曲偏頗的人類本性——就只剩下一隻腳。舉例來說，如果你對妻子的怒氣強大到讓你動手打她，那麼你就是正在以一隻腳行走；你只記得你的憤怒，而忘了你也愛她。你已忘了對立面，也就是說，忘記了你行為的另一面。你以「單腳」行事，以「殘疾」行事，被捲入了偏頗的一時情感，因此只剩一隻腳，或成了一顆滾動的腦袋。

　　許多現代科學家就像是到處滾動的腦袋，沒有心，也沒有正常的人類反應。這是針對這種心理偏頗的貼切圖像表徵，而將他們類比為精神症的說詞，也因此說得通了；因為在我們的定義中，所謂的思覺失調症意謂著深度解離而進入無意識人格的情結中。因此，這些人所畫出的圖畫會近似於愛斯基摩人、南美洲印地安人或其他原始人類所畫出的惡靈圖像。這些不是異常的圖畫，反而是邪惡的正常原始描繪。假若思覺失調症者畫出這樣的惡魔，他是為了表達這個東西纏上了他，而他被這個東西虜獲了。

孤單招致邪惡附身

　　接下來我們要進入另一個問題；我之所以談論邪惡，焦點並不在於人們該如何因應邪惡。因此，我要把這個有點偏離的討論，帶回到行為的問題上。首先，我想要評論的母題是孤單。

　　我們可能會問，到底是物理上的孤單，或精神與心理上的孤單，才會迎來邪惡附身。從我個人的觀點而言，兩者都是。在我之前談過的故事中，主要表現的是物理上的孤單，例如主角隻身一人在林中或山間；然而，儘管我們的時代人口已過度擴張，住在城市

裡十層高樓中的人們，可能就跟亞馬遜叢林中的人一樣孤單。那是心理上的孤單，但某種程度上來說也是物理的孤單。撒哈拉沙漠裡的阿拉伯人說，男人絕不能接近在沙漠邊緣獨居的女人，因為她必定有個祕密的愛人，那就是精靈，是沙漠裡的神靈。這也同樣是孤單的母題。另一方面，在基督教及佛教傳統中，孤單卻是那些致力於求道，或尋求更高精神及宗教意識發展的人們所追尋的。如果將這一點納入考慮，你可以說孤單引來冥界力量，無論是善或惡的力量。從自然的角度所作的解釋是：原先慣常用來與個人周遭建立連結的能量回流，並激起了無意識，填滿了心靈的無意識部分；因此，假若孤單的狀況維持很長的一段時間，個體的無意識就會被激起，接著個體會落入可能是好也可能是壞的狀況——要不是被邪惡附身，就是達到更高層次的內在實現。根據那些過去致力於求聖道的人們所言，一旦進入這樣的內傾狀態，你首先會受到邪惡的攻擊，因為這個能量一開始會先強化無意識內的自動化情結。這些情結變得更強烈，在你能夠對它有所因應之前，孤單所帶來的果實不會是正面的，而是讓你落入與成千上萬的邪惡征戰。

　　我自己也曾經有過這樣的嘗試。讀到榮格書中寫著沙漠中的聖人發現隔離可以強化無意識，我心想必定要親自試試！那是我的好奇心表現，也正是我先前警告你必須要避免的！在我年輕的時候，很自然就真的嘗試了，把自己關在冰天雪地的山間小屋。那段期間我非常開心，因為我一整天都忙於烹飪，以及想著接下來該做些什麼吃，這樣的行為模式讓我避免被其他邪惡纏上。我天性內傾，只要我在一天當中能進城一次，在買些麵包牛奶的時候與其他人談談天氣，對我來說就相當足夠讓我保持平衡，因此，這樣的嘗試全無

效果！接著我為了強化治療，決定裝備好所有需要的東西，如此一來我就不需要再進城了。但是我仍然四處滑雪，因此我的治療也停住了。最後我強迫自己，只帶著一隻筆和一些紙張，好讓我能寫下夢境及可能的幻想，我就坐在那兒一整天什麼也不做，烹飪時也只煮些能夠快速料理的無趣食物，像是番茄醬汁麵之類的，因此煮飯不會耗去我所有的能量；在這項嘗試之後，我第一個經驗到的就是時間變得漫長！漫長得像地獄一般！我盯著錶，錶上顯示十點鐘。我坐著聽鳥叫聲以及屋頂上滴落的雪水，心想我已經坐了永恆無盡的時辰，但是事實上錶上的時間只來到十點三十分，根本還沒到要煮番茄醬汁麵的時間，就這樣無止境的持續下去。這相當有趣，因為我曾經有個病人在蘇黎士大學的精神病院（Burghölzli）有一次急性的精神症發作，她在進入精神病院的第一天就有著完全相同的體驗——時間拖得漫長，每分每秒感覺就像是永恆無盡般。情況變得越來越糟糕，但是我仍然堅持下去。接下來，無意識就變得活化起來，因為我的心思開始漫遊，有時候會出現強盜侵入小屋的念頭，特別是想像強盜進入小屋找尋武器或左輪手槍，抑或者想像仍然穿著犯人服的逃犯想要找件得體的服飾。這些幻想完全纏上我，我當時沒能察覺這些正是我要尋找的體驗，我完全落入驚恐不已的感覺。我把伐木的斧頭放在床邊，睜大眼躺在床上，假想逃犯闖進來的話我是否有勇氣打下他的頭，因此我完全無法入睡。接著，我需要去上廁所，但是廁所在外面樹林的雪地裡。在深夜中，我套上雪褲走過雪地，突然間身後有件東西掉落，我拔腿就跑，還跌得狗吃屎，最後喘著大氣回來，結果發現那不過就是從樹上掉落的雪塊罷了，但是我的心狂跳不已。雖然床邊有斧頭，我還是無法入睡。

第二天早上，我心想已經受夠了，我必須回家，但是我接著再細想：「可是，這正是我在找尋的啊！」那些正是我想要親眼見一見的惡魔，因此，現在我該做的就是和這個竊賊進行積極想像。我坐下來，然後就看見竊賊進入屋內；與他接觸之後，我的恐慌就消失了。在那之後，我又再待了兩個星期，期間我把斧頭放回原處，甚至不再鎖門。我有份全然的安全感，但是之後每當有內在意像再度浮現，我就會寫下，並且以積極想像來處理，這讓我得到全然的平靜。我甚至可以在小屋裡再多停留數週也不會有任何困難。然而，起初因為無法以積極想像的方式與之因應，我差點就落入被附身的狀況。我當時真是夠笨的，雖然我略懂榮格心理學，但是卻不能看清這個竊賊其實是侵入個人領土的阿尼姆斯，我完全被嚇壞了，還以為是真的罪犯在夜間闖入。

　　那次的經驗教導了我，孤單會將無意識中所有的事物累積匯聚，如果你不知道要如何因應，它首先會以投射的形式出現。在我個人的例子中，它被投射成為罪犯的念頭；假設我隸屬於仍然相信惡魔的文明層級，我會以為骷髏皮拉要來了，或是山上的「那個」要把雪傾倒在我身上。我應該會以那一類名字稱呼它，但是因為我比較現代，因此我稱它為逃犯。然而，那東西的本質是完全相同的。大部分的人不能長時間忍受這樣的情況，他們需要另一個人作伴，以保護自身對抗「那個」。

　　仁納在他的書《烏里之金環》中清楚地解釋，單獨住在大自然的人，必須不斷在四周畫出儀式性的金環，那是一個曼陀羅的圖形；他們可以透過向地平線的四方位禱告呼喚，或透過在圓圈內傳送禱告過山頭，又或者是藉由做出圓圈的手勢，以畫出金環。（在

瑞士，我們也有在空中擺動瑞士國旗畫圓圈的動作。）如果你不懂這些儀式性的護祐手法，你就不能單獨在大自然中生活。它必定會找上你，因此你需要「環界」，或至少需要有自身的物件圍繞在四周。

我們這裡山上的牧牛人相信，當冬季無人待在山中草屋時——我們這裡所有的山間小屋都是這樣的——「那個」就會再度佔據小屋。無意識及大自然會侵入。假若你在春天回到小屋，在佔據小屋為己有之前，必須以特定的宗教儀式為小屋驅邪。你不能直接就搬進小屋。如果你曾經在冬天過後住進渡假別墅，就會知道那是什麼感覺——鍋蓋可能會掉落你身上、你可能會撞上蜘蛛網、床鋪冷冰冰的；而你第二天早上醒來時可能會關節疼痛。你覺得自己似乎與千萬惡魔奮戰，直到你在這個生存範圍內再度安頓好自己。因此，你需要人類，以及你身邊心愛的物品，作為保護環界。

在這裡，我要針對現代醫院的精神科治療做出側面抨擊。打著預防入院病人自殺的這個糟糕理由，在瑞士及美國境內幾乎所有的精神病院中，病人的所有私人物品在入院時都會被拿走。病床旁不允許擺放媽媽的照片、心愛的人寫來的信件，或自己的袋子，甚至連髒手帕都不行，但人們通常喜歡自己身邊有這些小東西。我一再從病患那兒聽到，當那些東西被強迫拿走的當下，他們有多麼地挫敗，就好像那是最後的結局，他們覺得完全失了方寸，赤身裸體地被奉送給邪惡的力量，而自己也放棄與邪惡奮戰。這就彷彿是最後的一方堡壘也被奪走了。為什麼精神科醫師至今都沒能覺察這一點？你當然須要拿走刀子、手槍或者那些他們真的能用來自殺的東西，但是應該給他們留下手帕這類他們根本不可能用來自殺的小東

西，只要那麼一點點的「黃金環界」，就能讓他們在身旁留下些許帶有情感關係的事物，也就是那些屬於他們的事物。

原始人不僅與人類連結，同時也與物件相連結。這樣的物件在個體四周形成環界，保護個體免於全然暴露在超個人及無意識的恐怖力量之中。既然思覺失調病患抱怨自己被惡魔及邪惡所纏身，而且他們早已因為自己的不當行為而切斷了所有的人類關係，那麼，為什麼不讓他們至少還保有那個小小的物件在身邊？

孤單還能透過另一個方式吸引邪惡：如果你獨自一人居住，而且長時間遠離人類社群，那麼整個部落，也就是其他人，會將他們的陰影面投射在你的身上，而你無從矯正。舉例來說，我常常在放完長假回來後，發現我的被分析者已緩慢地織出一張心網，裡面盡是一些關於我的負面想法，這些想法真的讓人傻眼。這就是法國人所說的「**缺席的那個總是錯的**」（Les absents ont toujours tort）。他們以為我做了各種事，但是當他們再次看見我時，他們會說：「天知道我怎麼會相信那些事？現在我們又在一起了，我幾乎無法相信我竟然會對你生出那樣的念頭。」真實的人性溫暖接觸，會讓那些投射的雲朵煙消雲散，但假若個體離開很長的一段時間，情感與感覺的牽繫鬆散了，人們就會開始投射。

因此，獨居的人不僅吸引了他們自身受到無意識激起的本性邪惡，他們也吸引了投射。這就是為什麼孤單的人常被認為是怪異的；一旦發生任何不測，村民會傾向於認定他們是肇事者。當孤獨個體再度加入社群，他可以提出爭辯、反擊，或解釋個人的行為，因此能讓那些烏雲消退。抑或者，當你做了什麼不尋常的舉動，人們會對你做出最荒誕的負面解讀；但是假若此時你進入旅店跟那些

人一起幾杯黃湯下肚，他們就會開始揶揄你，這時候你只要給出一個解釋，一切就都沒事了。可是，當人們無法了解時，他們就會投射自身的邪惡。

這些基本常見的人類經驗，是你必須要牢記在心的，因為這些都與邪惡的問題密切相關。你可以清楚看見孤單如何將個體劃分於社群之外，在過往的時代或是在原始社會中更是如此。陌生人是錯的、是危險的，他身上帶著疾厄、謀殺、死亡及干擾人類關係的氛圍，因此必須做好各種預防措施，小心謹慎地與之接觸。

註釋

1　原書註：*Chinesische Volksmärchen, Die Märchen der Weltliteratur*, series published by Diederichs Verlag (Jena, 1919), no. 66, "Die Geister der Erhängten."

2　原書註：*Indianer Märchen aus Südamerika, Die Märchen der Weltliteratur*, series published by Diederichs Verlag (Jena, 1921), no. 20, "Der überlistete Waldgeist."

3　原書註：*The complete Grimms Fairy Tales* (New York: Pantheon Books, 1972), pp. 208ff.

4　原書註：*Isländische Volksmärchen, Die Märchen der Weltliteratur*, series published by Diederichs Verlag (Jena, 1923), no. 37, "Trunt, Trunt und die Trolle in den Bergen."

5　原書註：Eduard Renner, *Goldener Ring über* Uri, Neuchatel-Zurich: Müller, 1954), P. 193.

6　原書註：Knud Rasmussen, *Thulefahrt*, ed. Friedrich Sieburg (Frankfurt, 1926), pp. 239-53.

禁忌

孤單情境以外的其他原初情境也值得注意。在骷髏皮拉吃掉所有獵人的故事中，獵人們有著異常的好運氣，他們的營帳裡裝滿捕獲的猿猴。第二天，他們又再度外出打獵，但是當天晚上，骷髏皮拉以及他的野蠻動物們就前來吃掉獵人。這似乎暗示著獵人們因為殺了太多動物而惹毛身為林中老大的骷髏皮拉。雖然故事並沒有說得太清楚，然而，當人類眼中的好運氣已經過了頭，異於尋常且超越了自然的限制，獵人們也許就會招引邪惡。他們可能因為好運氣而暗地裡自我膨脹，或者說得簡單一點，他們從林中老大那兒拿走太多，以至惹毛了它。這一點都不讓人感到驚訝，因為多數原始社會中都有特定的狩獵規則，每一次狩獵都不能獵殺過多動物。社會中存在一些禁忌。假使你不想打亂自然界萬事萬物的平衡而招引邪惡上身，或不想激怒那些保護動物的神靈而引發報復，你就必須放走一些動物。

　　如今人類已經有所警覺：我們確實有能力打亂周遭環境的生物性平衡，因而招引邪惡反應。我們也開始意識到人類已經惹毛了骷髏皮拉，而且嚴重程度足以讓我們所有人的骨頭在不久後就會被擊碎。我們汙染水源，因而摧毀了動物及自然的生物平衡。這些似乎根源於相當早期的人類社會。

　　當人類開始使用武器，就相當於開始運用非法的手段。人類不再以對等及公平的方式與動物征戰。人類當初必定起了內疚，感覺自己必須謹慎，並且要放了特定的動物。例如，古代中國有這樣的狩獵規則：人類可以從地面的三方圍捕動物，但是必須保留第四個方位讓動物逃生；如果動物的時辰未到，上帝就會引領牠們逃往正確的方向。我從報紙上得知瑞士政府也製定了相同的規則。當人

們群體狩獵時，會有人負責把動物從樹叢中趕出來，而地平面上四方位的其中一方必須是開放的，好讓部分動物逃脫；你不能夠圈住牠們並且屠殺殆盡。瑞士以這項新訂的打獵規則回歸古老中國的習俗，或許當局並不知情，因為這不過就是自然的智慧。

由此可見，我所討論的是民間傳說領域中的邪惡問題，那並不是帶有區辨性或屬於獨特宗教的邪惡問題。我們在這個層次上所稱的邪惡，歸於純粹自然現象的領域，並不等同於神學思維的層次。這在心理學上是極為重要的，因為人們面對邪惡相關的問題時，有九成的案例是在處理心理層次的自然邪惡，只有極少見的情況必須處理絕對或更根深蒂固的邪惡現象；我覺得我這麼說並不會過度樂觀。八成或八成五的現象就只是骷髏皮拉、特露德夫人之類的原型意象，它們仍然存在於我們的心理本性中。

因此童話就顯得異常重要。在童話中我們得以發現行為的準則，告訴我們該如何處理這些事物。通常這都不是尖銳的道德議題，關乎的是找尋自然智慧的解決方式。但這並不表示這些力量不會在某些時候帶來極度的危險。

我想要更具體地說明人們遇上這些力量時所持守的態度。我們可以從之前的討論中看見，不破壞禁忌、不踰越部落的規則，似乎是避免邪惡的常見方式之一。但是為了更精確說明，我要提供一則俄羅斯童話〈美麗的瓦希麗莎〉（Vasilisa the Beautiful），這是比〈特露德夫人〉更詳細闡述的平行文本；但不同的是，這個故事中的女孩最後並沒有被吃掉，而是找到了脫困的方法。

美麗的瓦希麗莎（Vasilisa the Beautiful）[1]

很久以前，在遙遠的國度有位商人及他的妻子。兩人只有一個女兒，名叫美麗的瓦希麗莎（在俄國，瓦希麗莎這個名字意指皇后，但是在這個故事裡只是一般的名字）。女孩八歲那年，母親告訴女孩說自己所剩時日不多，但是她會給瓦希麗莎留下她身為母親的祝福，以及一個布娃娃。母親要瓦希麗莎時時刻刻將布娃娃帶在身邊，不能讓其他人看見；當瓦希麗莎遇上麻煩時，母親要瓦希麗莎徵詢布娃娃的意見。說完這些話之後，商人的妻子就過世了。

後來，商人與一個寡婦結婚，寡婦還帶著兩個跟瓦希麗莎差不多年紀的孩子。繼母慢慢地變得對瓦希麗莎充滿敵意，但是布娃娃總能給予瓦希麗莎安慰。

有一天，商人必須離家很長的一段時間。商人不在家時，繼母與她的三個女兒搬進另一個房子裡，房子座落在原始森林附近，那兒的空地上還住著芭芭雅嘎（Baba Yage，俄羅斯童話裡的大巫婆）。沒有人得以接近芭芭雅嘎，無論是誰落入她的手中，都會如同小雞一樣被吃掉。這樣的情況正中了繼母的如意算盤，因為她希望瓦希麗莎有一天會誤闖芭芭雅嘎的小徑。

一天傍晚，繼母拿了燭火給三個女兒，分別命令她們刺繡、編織及紡紗，交代完之後，繼母就離開她們去睡了。蠟燭燒盡時，其中一個女孩拿起她的棒針去清燈芯，但是她故意將燭火弄熄。接著，她說這不打緊，因為她不需要燭光也能刺繡，另一個說她不需要燭光也能編織，但是兩個女孩對瓦希麗

莎說：「可是，你必須去芭芭雅嘎（Baba Yaga）那裡取火，我們才能有燈光可用。」說完就將瓦希麗莎推出房外。瓦希麗莎回到自己的房間問布娃娃該怎麼辦，布娃娃要她別害怕，勇敢前去姊妹們要她去的地方，同時提醒瓦希麗莎把布娃娃帶在身上，因為它能給瓦希麗莎幫上忙。

瓦希麗莎在黑夜中出發，路上遇見一個穿著白衣的騎士，坐在一匹罩著白布的俊馬上，而就在騎士經過瓦希麗莎身旁時，天就破曉了。過了一會兒，她遇見第二個騎士，全身穿著紅衣，騎在一匹罩著紅布的馬上，就在那一刻，太陽升起了。

走過黑夜之後，瓦希麗莎接著又走了一整天。傍晚時分，她抵達芭芭雅嘎房舍所在的地方。房子的四周是人骨圍起的籬笆，上頭還架著骷髏，門栓是手臂的骨頭做成的，門鎖則是骷髏的嘴，露出長長的牙齒。瓦希麗莎被這景象嚇壞了，她站在那裡幾乎要昏倒，但彷若被釘在地面上。突然間，一個黑衣騎士騎著一匹黑馬飛奔而過，此時天空轉為黑夜；但是黑暗並未持續太久，圍籬上所有骷髏頭的眼睛都開始發出光亮，整個空地明亮得宛若白天一般。瓦希麗莎站在那兒嚇得直發抖。不久之後，她就聽見一陣神祕的哼唱聲響，樹林也開始沙沙作響，芭芭雅嘎正從樹林中走出來。她端坐在白上並且以杵滾動前行，凡是她走過的地方都會有一把掃帚掃去她的行跡。抵達門前時，她聞聞四周的空氣後說道：「嗯！聞起來像是俄國人！是誰在那兒？」

瓦希麗莎走上前，躬身說：「是我，老婆婆。我的繼姊妹派我來跟您借火。」

「很好！」芭芭雅嘎回說：「我知道她們，你在這裡等一會，待會你就能拿到火。」

她說了一些魔法咒語，門就開了。芭芭雅嘎走進中庭，身後的門也旋即關上。她接著使喚女孩一番，要瓦希麗莎去拿食物、熱爐子，她吃了許多，只留所剩無幾的菜湯及麵包屑給瓦希麗莎。然後，她就躺下去睡了，但是交代瓦希麗莎第二天早上在她出門後，必須打掃院子及房子、煮好午餐、洗好衣服，並且要將發霉的玉米從良好的穀子中挑出。這所有的工作都要在芭芭雅嘎回來前完成，否則她就會吃了瓦希麗莎。

女孩向她的布娃娃請教，布娃娃要她別害怕，要瓦希麗莎吃完晚餐、做完禱告後就上床睡覺，因為「早晨比夜晚更能明察秋毫」。

第二天早上，瓦希麗莎起床後看向窗外，骷髏頭的雙眼都閉上了。當白騎士騎過窗前，白晝開啟。芭芭雅嘎早已出門，而瓦希麗莎走遍整個房子，欣賞裡面的所有寶物。接著，她心想自己該從哪件工作開始做起，但是所有的工作都讓布娃娃給完成了，布娃娃現在正從白玉米穀中挑出最後的一顆黑玉米。

芭芭雅嘎在傍晚時分回來時，發現每件事都完成了，她因為完全挑不出丁點錯誤而氣憤不已。接著，一件非常奇怪的事情發生，她大叫：「我忠心的僕人們，為我研磨玉米！」同時間，有三雙骷髏手出現，把玉米拿走了。

她又給瓦希麗莎下了第二天的指令，要瓦希麗莎做與前一天相同的工作，但是外加清理罌粟種子。隔天傍晚，當芭芭雅嘎回來時，她又再度叫喚那幾對骷髏手，要他們去榨取罌粟種

子的油膏。

芭芭雅嘎吃晚餐時，瓦希麗莎就安靜地站在一旁。芭芭雅嘎說：「妳一聲不響地在看什麼？妳是啞巴嗎？」

女孩回答說：「如果妳不介意的話，我想問妳幾個問題。」

「那就問吧！」芭芭雅嘎說：「但是妳要記得，不是所有問題都是好問題，知道太多會讓人變老！」

瓦希麗莎說：「我只想要問妳關於我所看見的事物。在我來見妳的路上，有個白衣騎士經過，他坐在馬上，那是誰？」

「那是我的白日，明亮的那一個。」芭芭雅嘎回答說。

「接著，又有另一個騎士超越我，身著紅衣坐在馬上，他是誰？」

「那是我的太陽，紅色的那個。」

「另外，在大門口有黑騎士前來。」

「那是我的夜晚，黑暗的那個。」

然後，瓦希麗莎想到那三雙手，但是她不敢再問了，只是保持安靜。

而芭芭雅嘎說：「妳為什麼不再問我更多的問題？」

女孩回答說她問那些問題就夠了，還隨口說：「老婆婆，你自己就說過，知道太多會讓人變老。」

於是芭芭雅嘎回答（這一點很重要）：「妳做得非常好，妳只問在外面看見的事物，而沒問妳在屋內所看見的，我不喜歡髒東西被帶出屋外。但是現在我要問妳一些事情：妳是如何完成我交代給妳的所有工作？」

「我的母親給我的祝福幫了我。」瓦希麗莎這樣回答。
（她並沒有提到布娃娃。）

　　「喔，就這樣，是嗎？那就從這裡滾開，妳這個被祝福的
女兒，我不需要任何的祝福待在我的屋子裡。」

　　芭芭雅嘎將瓦希麗莎推出屋外，還將她趕到大門口。接
著，她拿起圍籬上帶著發光眼睛的骷髏頭，放在竹竿上交給瓦
希麗莎：「這是給你的繼姊妹的火，拿去。」

　　瓦希麗莎匆忙地從芭芭雅嘎那兒離開，跑過黑暗的森林，
骷髏頭的光將黑夜點亮；破曉時分，光亮就熄滅了。瓦希麗莎
在第二天傍晚抵達家門，當她走進大門時，原本想要丟掉骷髏
頭，但是一個空洞的聲音說：「不要丟掉我，把我帶去給妳的
繼母。」

　　瓦希麗莎遵照聲音的指示，當她將火光帶進房內，骷髏
頭發光的雙眼持續瞪著繼母及她的兩個女兒，直直地燒進她們
的靈魂中。無論她們躲到哪兒，雙眼都跟著她們。接近早晨時
分，她們都被燒成灰燼，只有瓦希麗莎完好無傷。

　　早上，瓦希麗莎將骷髏頭埋進地下，關上門並回到城鎮
中。

人類不該窺看的諸神祕密

　　我簡單地說明故事的第二部分。之後，瓦希麗莎與一個善心的
老女人住在一起，老女人給她麻線，而瓦希麗莎編織麻布。她所編

織的麻布是如此美麗，因而被選用為國王的襯衣，她也因此認識了國王，後來與國王結婚。她的商人父親回來後，為瓦希麗莎的好運氣而高興。商人和瓦希麗莎一起住在王宮中，瓦希麗莎也把那個收留她的好心老女人帶進宮中（因此她又再度有一對雙親），當然還有她一直帶在身上的那個布娃娃，陪伴她直到生命的終點。

我們要討論的是事物的黑暗面及邪惡面，因此我就跳過了這個完美的結局。

你會在這個故事裡看到大巫婆角色的共同特徵。〈特露德夫人〉的故事中有四位一體的角色：除了巫婆，還有綠人、黑人及紅人，他們分別是燒炭人、屠夫及獵人。在這個故事裡則是白天、黑夜及太陽這三位騎士。

在這個俄羅斯版的故事中，我們可以清楚知道芭芭雅嘎是偉大的大地之母。如果她不是白天、黑夜及太陽的擁有者，她就不能說：「我的白天，我的黑夜。」因此，她必定是個偉大的女神，而你可以稱她為偉大的自然女神。她的小屋周圍所圍繞的是骷髏頭，因此她顯然也是死亡女神，這是自然的一個面向。（這可能會讓人想起，德國的冥國女神海拉〔Hel〕，也就是**地獄**〔Hell〕這個字的字源，就住在地底下由蟲蠅及人骨所建成的大廳堂中。）因此，她是白天與黑夜的女神，是生與死的女神，也是自然的偉大原則。但她同時也是個巫婆，這就是為什麼她有掃帚，就像我們的巫婆騎在掃把上。她駕著由杵所推動的臼到處走動，這也讓她近似於偉大的異教穀物女神，像是希臘的地母神德墨忒耳（Demeter），她是穀物之神，同時也是死亡的奧祕之神。在古代希臘，亡者被稱為是**獻給德墨忒耳**（demetreioi），意指被德墨忒耳所虜獲，就如同玉

米穀落入地面。稻麥的死亡及復甦，可以說是對人類死後所發生之事的直喻，因此，那些將玉米穀及罌粟子拿走的骷髏雙手，與死亡的奧祕相關。稍後我會再進一步說明這一點。

我們發現這個故事與〈特露德太太〉的故事有一項極大的差異。在那個故事中，女孩侵入特露德夫人的屋子，純粹是出於好奇心，也就是我所謂的幼稚膽大妄為，而她最後被化成一塊木頭，並且被大巫婆給燒了。但是瓦希麗莎斷然不敢如此，她不敢憑著幼稚的膽大妄為而走進大巫婆的疆界，而是被邪惡的繼母及繼姊妹推去那兒的。特露德夫人故事裡的女孩沒有魔法保護，她甚至也沒有找尋任何的保護；她就那樣帶著她的幼稚大膽，壓根兒沒想過自己需要任何保護。瓦希麗莎則不一樣，她帶著母親的祝福及魔法布娃娃在身邊。

因此可見，原是生與死、正與邪、女孩與大自然女巫之間的戰鬥，就變成了一場祕密的比試，小女孩或是大巫婆彼此競爭誰的法力較強大，然而雙方都同樣尊敬對方的力量。瓦希麗莎並沒有問出關於巫婆祕密的最後一道問題，而巫婆也未注意到，或者假裝不知道女孩的大祕密，因此他們能夠**平局**分開並回到最初的狀態。記住這一點，因為我稍後會再專注討論法力的競爭，這是其中一個最重要的問題。

起初，巫婆對於瓦希麗莎感到不耐煩，因為瓦希麗莎不問問題，也就是說，巫婆期待被問問題。她向女孩大聲責問：「你怎麼什麼都不問我？」瓦希麗莎問了三個問題之後，吞下最後的問題。第四個問題要問的是關於她在巫婆屋中所見的事物。騎士與巫婆相關連，但是瓦希麗莎是在外面看見他們的；因此，我們必須假設那

些骷髏手必然與巫婆最內在的祕密有關。巫婆說了非常奇怪的話：「你沒問關於裡面的事情，這是對的，因為不該將屋內的骯髒帶到屋外。」這就像是俗話說的家醜不外揚，而巫婆所指的就是這個平常的意思。這一點很有趣，巫婆有家醜，而且顯然為此感到有些羞恥；如果她完全不因為邪惡而羞恥，就不會在乎瓦希麗莎將這些邪惡帶出。但是，她就如同一般人，對於自己的黑暗面感到有些不自在，因此很感謝這個機智的女孩沒有戳破她的家醜。

這一點也顯示芭芭雅嘎是個有些分裂的角色，她並不是全然一致的。在她身上似乎有著祕密的好特質，足夠讓她對於自身的黑暗面感到一點羞恥，也讓她覺得家醜不應該被帶出屋外。她並不是全然的自然惡魔，在她的內在特質中帶著淡淡的人性。她是有些像人的，因此能夠有人類道德的反應。也正因為如此，女孩不該在這裡戳破她；如果女孩碰觸到芭芭雅嘎的盲點，芭芭雅嘎就會怒吼，並在盛怒下將女孩吞噬。類似事情可能發生在分析的情境——當分析師勇於指出被分析者的陰影面，分析師通常會被即刻爆發的情感所吞噬。面對人類時，你自然敢於這麼做，但是對於一個女神，如果你膽敢用指頭碰觸她的黑暗面，你必定會從地球表面消失。

從這個故事，我們可以認定芭芭雅嘎並不全然邪惡；她是矛盾的，她同時是光明與黑暗，她是正與邪，雖然故事中強調的是她邪惡的那一面。

人們不應該戳破神聖的黑暗面，無論是男性神或女性神皆然；這個母題在民間傳說中廣為流傳。例如奧地利的民間故事〈黑婦人〉[2]，一個女孩成為林中黑巫婆的僕人[3]；黑巫婆屋裡有一間禁室，就如同在藍鬍子故事裡一樣，女孩不該進入那個房間。女孩打

掃房子多年，而就像這類故事裡總會發生的，女孩最終還是打開了這個禁室之門，發現了裡面的黑巫婆；但是經過女孩日日的清潔打掃，這個黑巫婆幾乎已經變成白色的。女孩將房門再度關上，卻因為違反禁忌而受到巫婆的迫害；但奇怪的是，在原始的版本中，這個女孩全然否認自己看見任何事情。這樣的故事不勝枚舉。在主要的故事中，女孩看見黑巫婆幾乎就要變成白色的，而在另一個故事中，女孩看見骷髏在火焰上一直點頭；在另一個故事裡她看見的是一隻鵝，另一個故事中則是化成石頭的女性人物，還有化為石頭的小精靈環繞在四周。禁室內的女神總會迫害女孩，搶走她的孩子，並且讓她承受各式各樣的悲慘遭遇，同時還不斷追問她：「你是否在房內看見我？」女孩鐵了心，一再說謊，一直到女神轉身說：「因為你一直堅持說謊，因為你沒有洩漏我的黑暗面，我將要獎賞你。」於是，女孩就得到了大獎賞。

因此，與我們的基督教道德正好相反，這些故事告訴我們，以機智的謊言因應邪惡及偉大神靈的黑暗面，這種謊言並非不道德。相反的，看清邪惡的深淵之後，還能做到假裝沒看見它，這是最高的成就。這個故事版本讓後來的歐洲基督教說書人大感震驚，因此，許多現代的版本將故事轉化——女孩被害是因為她說了謊；最後，女孩崩潰並說出實情，偉大的神於是獎賞她。但這是人為的版本，因為後來的作家不了解舊母題而將之改變；而且，故事中的孩子因為持續說謊而得到獎賞，這確實促使他們在震驚之餘更改故事。

在奧地利的版本裡，黑婦人慢慢變白；然而，問題出在女孩看見了邪惡，而不是在於她看見了轉化。舉例來說，在某個版本中，

巫婆說：「孩子，你是否看見我悲慘的狀況？」孩子說：「沒有，我什麼都沒看見。」這是相同的母題，巫婆對於她的黑暗、她的悲慘，或是陷在邪惡與死亡的汙穢祕密之中而感到羞恥，她不希望孩子指出這件事，或是將這件事攤開來。

在瓦希麗莎的故事中，祕密就藏在移開種子的那幾雙骷髏手。因為罌粟子有催眠的效果，它們從古代就被歸屬於陰間的神祇。罌粟與冥王黑帝斯，也與睡眠及死亡的神祕性有關；至於玉米，我之前在談論希臘的地母神德墨忒耳時曾經說過，它與死亡及復活的神祕有關。所以就某方面來說是有些奇怪的，這應該是讓人感到相當羞恥的祕密，但是感覺並不是那麼邪惡，比較像是令人敬畏、不可褻玩且令人心生畏懼的諸神祕密，人類不該試圖看透，除非逼不得已。

那些看似說謊的舉動，實際上顯然是敬重的態度，是出於對神聖他者的尊敬。我們可將此與兩人間有時會發生的狀況進行比較。在《人及其象徵》（*Man and His Symbols*）一書中，榮格談到一個案例，如果我沒記錯的話，有個男人因為嚴重的強迫行為前來找榮格。他每次到來只能進行短暫的分析，因為他是從外國來的，每一趟只能停留三或四週。這個男人維持著一段長時間的虛假分析。榮格在治療的第一個小時裡，就知道了這男人藏著一些祕密，以及隨之而起的內疚症狀。出於一些奇怪的緣由，榮格覺得必須抑制自己，不該跟男人提到這一點，因此與這個男人做了十年的虛假分析；榮格對此總是感到不自在，因為即便他們談夢，或者談各類事情，但是這一切都是虛假的。不過，榮格並沒有戳破這一點，因為他注意到這男人的症狀正緩慢地清除，而他每次前來的狀況都比

上一次更好，這通常不會發生在虛假分析中。最後，病患終於在多年之後說：「榮格醫師，我必須要告訴你我是多麼地感激你，幸好你以前沒有直接問我，因為那是我無法告訴你的事。如果你問了，就會毀了我們的分析。」接著，他對榮格告解自己所做過卻無法面對的難堪罪行。他必須要先與榮格建立關係，並重建他的自尊及能量，才有能力面對自己的所作所為，也才能向分析師透露。因此，榮格只是遵從某種非理性的感覺，不去戳破這男人的祕密，事後證實他的感覺是對的，也因此得到獎賞。這一點對所有治療師來說都很重要，因為治療師很可能會不明智地受到誘惑，想要透過告解之藥得知病患的祕密。

邪惡依據人的態度及行為而表現

冥界諸神通常都是偉大祕密之神。這是所有宗教系統的偉大祕密，等同於不該開啟的禁室之門，也是不該窺看之物，但是也有不得不這麼做的例外狀況。然而，我也可以告訴你一些正好相反的故事；在這些故事裡，祕密必須被揭發。這就是為什麼我會說童話總是矛盾的，始終是非並存。

就我所知，這個矛盾並不受到歷史的制約。在最原始的層次中，這兩個規則就同時存在：開啟禁室之門是對的，或者是作為被選上的英雄所應該要做的事，但同時也存在反面的規則。在特定的歷史時期，兩面中的其中一面可能會較常得到表現，但是就我所知，這是從初始以來的原型母題，與特定的演化並沒有關係。這是一個原型模式（Archetypal patern），指明個體必須揭穿，或不準揭

穿那個祕密，而它意謂著個體走在刀鋒上，如果你做出錯誤的決定，可能就得丟了腦袋。一個忍受虛假分析長達十年之久的分析師，勢必會對他自己及他的病患造成傷害。他**應該**說：「拜託！不要再拐彎抹角了！你到底有什麼問題？你說的這一切全都是廢話！」等等之類的。從治療的角度來說，收了病患的錢，卻多年來假裝什麼都沒注意到，顯然就是不道德的行為。但是，從榮格所說的這個案例來看，似乎正好相反。榮格即使早一分鐘提問，都會破壞了他與病患所建立的關係！因此，我們所面對的可怕衝突，在於釐清當下到底是處於哪個情況？到底我應該要闖入密室，或是即便我注意到了，仍然要假裝什麼都沒看見？

這似乎是個有關平衡的問題。我們甚至可以再進一步，說這是攸關關係的可能性，或是攸關信心的問題。在偉大的女神及八歲的女孩之間，那是不可能有任何關係存在的。其中不可能會有相互的信心。偉大的自然女神及無殺傷力的小女孩，這兩個位置太懸殊了，這可能就是祕密需要被守住的原因；然而，當人類開始變得更意識化時，神性也可能會展現出更多祂的祕密。這是一個巨大的難題。

在另一個俄羅斯的故事中，芭芭雅嘎則展現較多的正面性，而我想要談談這個故事作為擴大法的例子。選擇這個故事，首先是因為這個故事說明了男人的因應方式跟這個八歲小女孩有什麼分別；其次，則是因為故事顯示了芭芭雅嘎相對較正面的部分。

有個俄羅斯的故事，名為〈女沙皇〉（The Maiden Czar）[4]，故事中的英雄策馬前往世界的盡頭，到太陽底下的王國，為的是找尋有黃金辮子的美麗瑪利亞，並打算將她帶回家。路途中，他三次來

到芭芭雅嘎的小屋。那是一間會旋轉的小屋，立在雞腳上。英雄用咒語讓小屋停下來，然後進入裡面。在屋內，英雄發現偉大的芭芭雅嘎用她的鼻子戳入火焰中，用她的手指疏理絲線，同時用她的雙眼監看田野上的鵝群。當英雄依凡進入小屋內，芭芭雅嘎說：「你是自願前來，或是非自願前來的，我的孩子？」伊凡一拳重重打在桌上，說道：「妳這個老巫婆，你不應該問英雄這個問題！給我些吃的喝的，如果妳不好好招待我一頓，我會賞妳一個耳光……」接著他說的有些下流，我就不翻譯了！芭芭雅嘎變得非常善良，她給英雄奉上一份豐盛的晚宴，為他鋪好床鋪，第二天早上還為他指出下一步的方向。同樣的情節發生了三次，因此芭芭雅嘎就變成全然具有保護性及有助益的女神，甚至為英雄指引方向。

這就是男人及小女孩對待芭芭雅嘎的不同方式。伊凡是個成年男性，而女孩是完全無助的年幼角色。但是，這也顯示了芭芭雅嘎一點也不邪惡，她就是單純的自然。如果你知道如何因應她，她就會沒事。你經驗到的是她的哪一面，完全取決於你自己，此處點出了這些故事的第一個暗示，亦即邪惡的問題就某分面來說是與人相關的，邪惡並不是像我在開始時所提出的那樣，以一種「本該如此」的故事存在於自然中。此處，我們開始從一個更高的層次來接觸這個問題；在這個層次中，人們漸漸明白邪惡並不僅僅是自然現象，而是依據人本身的態度及行為而表現的。

芭芭雅嘎稱呼伊凡為「孩子」，事實上伊凡已經是個成人，因此你就能明白大母神此處的所作所為。她試圖將英雄貶低至嬰兒期的無助感。她問道：「你是自願還是非自願前來的，我的孩子？」這聽起來似乎帶著善意，其實卻是卑劣小人的攻擊。她想要削弱英

雄的力量，待他如小男孩一般，好讓她可以好好地將他變成盤中晚餐，大吃一頓。但是，英雄的表現凌駕於她，也沒有受到這個壞心眼的中傷。他回應芭芭雅嘎，而芭芭雅嘎接著就變得和藹可親了。

〈美麗的瓦希麗莎〉以及〈女沙皇〉這兩個俄羅斯的故事都有許多精妙之處，就在那些小小的對話中，僅憑故事中的幾行字，就讓整個正與邪的問題得到決定。這意謂著走在刀鋒上的同時，能夠說出正確的話語，或是在關鍵的時刻有正確的反應，且因此而讓整個問題翻轉過來。

我想簡短談談故事中的另一個小母題，也就是那個被瓦希麗莎帶回家，後來將繼母及繼姊妹燒死的火焰骷髏頭。無論她們走到哪兒，這個火焰雙眼都會緊緊迫害她們，這一點在神話學中被放大，也通常會讓人聯想到內疚感。猶太律法及倫理文獻《密德拉西》（*Midrashim*）中提到猶太教的傳統，亞伯（Abel）被謀殺之後，**上帝之眼**跟隨著該隱（Cain）到世界各地，讓該隱無處可躲。維克多·雨果（Victor Hugo）有一首漂亮的詩寫道，該隱謀殺了亞伯之後，逃入樹林中，他在各地躲藏，不管躲到哪兒上帝的眼都跟著他；最後，他掘了一個墓地將自己活活埋葬，還將墓碑覆上，但是在黑暗中——典型的雨果式感傷——「上帝的眼仍在看著！」（l'oeil de Dieu le regardait toujours!）。此處你看見相同的母題，也就是雙眼全面地追捕邪惡行徑，讓邪惡無處可逃。在這個形式下，眼睛代表著內疚及其駭人效果的原初現象。

正如我之前所提到的，榮格在他的論文〈良知〉一文指出，良知的原初現象是個人內在對於上帝聲音的立即經驗，或是從心理學的語言來說，是心靈內的自性展現。此處代表的就是那立即的現

象，繼母及繼姊妹被除掉了；不是女孩，而是內疚，或者可以說是她們自身的邪惡，以直接的形式除掉了她們。

如果我們沒有仔細檢視文本，可能就會錯過另一個細節：帶著火焰雙眼的骷髏除掉繼母及繼姊妹之後，瓦希麗莎將骷髏頭埋了，同時也離開了那個地方。她並沒有繼續跟骷髏頭留在那裡，或是把骷髏頭留著，用來殺掉其他敵人。她大可說：「喔！不錯，這個挺有用的！我會收在抽屜裡，以後要是有人惹我生氣，我就拿出來殺掉他！」但是她捨棄了；她並沒有留著骷髏的力量。巫婆給了她一個復仇的魔法力量，她因此得以復仇；雖然這並非她原本的意圖，但就是自然地發生了。她並不知道它會燒了她的姊妹及繼母，但最後她將骷髏埋了，並遠離這一切。她完完全全地脫離了。

此處我們又回到另一個童話中存在的智慧法則。所有的邪惡都傾向於製造連鎖反應，可能是自殺，也許是復仇，又或許是回敬邪惡；情感的連鎖反應傾向於以某種形式繼續下去，因此中斷它才是比較明智的作為。當時機到了，個體必須要停止陷入這個連鎖反應之中，將之埋藏、不加理會，讓個人的整體人格從中分離出來，並且放棄這個力量。如果說出：「啊哈，這是他們應得的報應！」這是相當符合人性的反應，但是如此一來，瓦希麗莎自己就會落入她所使用的邪惡事物中；以非洲的語言來說，那就是邪惡的藥。但是，我們沒有在故事裡聽到任何勝利的聲音，她將骷髏埋了之後就立刻離開了。這是相當不容易做到的。如果個體學會不讓邪惡找上自己，就會經驗到邪惡總是會回彈或反擊那個製造邪惡的人。當中沒有勝利的歡呼，也不會想著：「沒錯，事情本該如此，就是要反擊回去，好好回敬對方。」但卻能在對的時刻與之分離，徹底離

開，那是至為重要的。無論是在石器時代，或在今日，這都是我們必須依循的規則。

骷髏：心理的死亡氛圍

接著我要以擴大技術法，檢視將玉米及罌粟子拿走的那幾雙手。被隱藏起來的駭人祕密經常被連結到死亡的議題。骷髏以這個原初的形式代表著死亡。我之前提過另一個故事：女孩打開了禁室之門，裡面有一個不斷點頭的骷髏。原始人將死亡連上邪惡，在北美及南美洲的一些印地安人部落中，族人絕不會碰觸屍首。將死之人會被安置在與生者分開的圓錐帳篷或小屋中，一旦這個人死了，小屋就會被封住、堵住或被燒掉，人們會與之保持距離。死亡的現象及屍首會釋放出巨大且真摯的原始懼怕，人們不清楚這到底是對邪惡的懼怕，或是對死亡的懼怕；事實上，這兩者其實是同一件事。

在埃及的神話以及非洲的傳說故事中，死亡得到人格化的表現而成為人們在生命終點會遇見的殺戮敵人。我們在**痛苦**（agony，希臘文為 agon）這個字中仍然看得見這份意涵。這個字的意義是爭鬥，而在今日，這個意涵被合理化成將死之人為生命、為那一口氣而奮戰，不過這原本指的是與看不見的敵人，即死亡的戰鬥。法國劇作家愛德蒙・羅斯丹（Edmond Rostand）在他的戲劇《風流劍客》（*Cyrano de Bergerac*）中再製了相同的概念，劇作中的西哈諾（Cyrano）最終的敵人就是與死亡的戰鬥。

直到自然創造出人類之前，實際上並沒有任何溫血生物是因

為年老而死亡的。在自然界，當生理力量消退至一定程度，物種要不是被吃了，就是因為飢餓或寒凍而死，又或者在沙漠中渴死。因此，儘管處在文明的現代，我們的行為模式、我們的本能對死亡的適應，仍然是以遠古時代的方式運作；死亡就是那割了你咽喉的最後一件事，與過往相同，死亡一口一口地將人致死。

南非作家勞倫斯・凡・德・普司特（Laurens van der Post）寫了一本關於卡拉哈里沙漠叢林人（Kalahari Bushmen）生活的書，其中描寫老人們如何在體力允許的情況下跟部族一起在沙漠中移動。當他們無法再跟上時，部族會給老人三到四天份量的食物及水，相互道別後離老人而去，而老人則會靜心等待死亡到來。八成五以上的情況是，老人自然會被鄉間野地的野生動物吃掉。那是自然情況下的死亡。現今死亡因為化學物而被延長，我們必須在醫院裡經歷死亡的狀況，這在大自然中並不存在，而我們至今仍然沒有對死亡有所適應。

回想這樣的自然初始情況，你就會明瞭：被邪惡或被敵人所征服、被吃掉，以及死亡，彼此是何等緊密連結的。這就好比將個人的生命比擬為輻射光線，這道光線牽制著獅子、老虎，甚至人類的侵犯；當這道光線變得微弱，生命力消退了，於是所有的黑暗便闖入而纏上我們。因此，**最後的戰爭總是被黑暗面所擊敗**，這是從生理層次所言。這或許說明了死亡與邪惡之間極為接近的象徵意義，也說明了德國語言文化中將**死亡與邪惡**（Tod und Teufel）結合在一起的原因。舉例來說，德國有個諺語：「他既不怕死也不怕邪惡。」這兩件事被視為如同孿生兄弟一般。

但是，我認為這個生物學的視角似乎只是某種更深層的事物所

顯現的次級結構。我從個人的經驗裡發現，雖然沒有人能夠斷定何謂真邪惡或真良善，我也不敢斷然下評論；然而，如果我們以純真看待這件事，人們所謂的人類本質中的真邪惡，也許就是心中的死亡意欲。

接著我要分享一個案例，這個案例說明了一項相當重要的因子。分析師芭芭拉·漢娜（Barbara Hannah）和我都曾有個我們無法處理的困難案例。我們各自有一位女性的被分析者，她們深受負面阿尼姆斯的煩擾，當時榮格仍然是我們的個案管控分析師，我們分別向榮格求助。機緣巧合之下，榮格見到這兩位女士；在同一個下午，他見完一個後接著見另一個。榮格對兩位女士都非常和善，而且一如他慣常的態度，榮格在那一個小時的會談中全然接受兩人。兩個女人都習慣與男性分析師爭論，榮格是從個案的醫學督導那兒得知這一點。長話短說，漢娜女士的個案在見完榮格後，回家畫了一幅美麗的圖像，作為她對這次會談的回應。我的被分析者則回家打了電話給她的醫學督導分析師，向他說了所有榮格反對他的話，再自己添油加醋，使點小壞。

榮格說，接下來這一點非常重要：當我們將心靈的能量給了某個人，我們必需去看他們如何運用這個力量。如果對方因為我們的能量而有一些微小或瞬間的恢復，即便後來又崩塌了，我們就可以放心地繼續給予慈悲或關心，提供個案能量；但是，假使出現了反效果，我們就應該知道自己正在餵養那個人的惡魔，而那個人並沒有真的得到我們給予的東西。他並沒有譴責我的個案，但這就彷彿是她的邪惡阿尼姆斯橫亙在她的嘴前，每當我們餵她一口好東西，都被邪惡的阿尼姆斯吃掉；結果，惡魔越來越胖，她則越來越瘦。

在這樣的案例中，如果我們持續以基督教的慈善、愛意及關心來對待這個人，我們就是在行破壞之舉，那是大錯特錯的，而這也是許多純真的年輕精神科醫師會犯的錯誤。在他們的基督教傳統中，以及在生理醫藥的傳統中（希波克拉底誓詞！），永遠保持慈善的態度是至關重要的，這些人沒有注意到他們正在餵養惡魔；他們讓病患變得更糟，而不是變得更好。因此，如果我們看見惡魔搶走了我們給出的一切，我們唯一能做的就是關掉水龍頭，不要再給予任何東西。

榮格要我將那個女人踢出分析，並且跟她說，她是個矇騙說謊的惡魔；然而這是我的第一個個案，我不敢這麼做，花了一個星期才真正打定主意。我們對於手邊的第一個個案，總會有份充滿愛意的情感依附，我猶豫了整整一個星期之久，但是後來還是依榮格所說的去做。明顯的結果是，她變得比較好了。即便許多年**沒有**接受治療，事實上她都沒有什麼問題！踹她一腳的確起了作用，八年之後，我甚至還收到她寄給我的感謝信函。

在這個案例中，她的惡魔將所有他人給出的事物吞食一空，因此沒有人能再給她任何東西，無論是人類情感或是心理糧食。但不僅僅如此，更糟糕的是，我們看見阿尼姆斯是如何在四處行使違反生命的運作。如果她從榮格那裡得到生命能量，她會試圖傷害另一個醫師，將榮格的話語透過想像創造成中傷對方的工具。她是為了破壞性而工作，我將之稱為心理的死亡氛圍。

這樣的情況可以單純地從掃興者這樣的角色開始。當大家都玩得開心時，有人會擺出臭臉、潑冷水；如果有人得到很棒的禮物，另一個人會說出酸楚的話，破壞這一切美好。這些從細小事物中展

現的態度，都在試圖破壞生命的火焰。當心靈生命、愉悅感，或最高層次的說法，即活著的感覺，也就是當那股燃燒之火，或精神層面的喜悅升起時，總會有人試圖以嫉妒或批評來切斷這感受，那就是真正邪惡的其中一個面向。一旦我注意到惡魔意欲破壞所有的心理生命，我都會豎起我的耳朵仔細聆聽。

因此，邪惡某種程度上**就是**骷髏。它是「無生命、無愛」的精神，這總會被聯想為邪惡的本質。它本身就充滿破壞性，每個人多多少少都有一些。但是有些人會完全受到邪惡的附身，就如同案例中的這個女人一般。因應這類「死亡－邪惡」的最好方法，就是讓它餓死。我們將此人本然的樣貌交回，將他或她的所作所為交回，並且不給予生命能量。我們伸出骷髏手去握住骷髏手，我們不給出熱血、不給予溫暖，也不供給生命，這一切讓惡魔回到它本然起始之處。

仁慈的弔詭

繼續討論之前，我要再度提醒，當我們處理童話故事及民間傳說素材中的邪惡時，應該以自然的智慧處理其中的道德衝突，而不是以宗教觀點中對於善惡問題的覺知來處理。這非常不同於猶太基督教傳統——這些傳統已經運作兩千年，它磨亮了我們的良知，讓我們對邪惡產生尖銳覺知的同時，也試圖建立行為的絕對規則。這一點，如果作為追求**自身**較高層意識的工具，以及作為處理善惡問題時較為隱微的良知，在我看來是沒有問題的。但是，如果我們將之套在其他人身上，就會製造出我之前嘗試描述的效果：邪惡因此

進一步纏上其他人，帶來復仇及懲罰的連鎖反應，在這些人的頭上堆起炭火，同時也在他們的腦袋裡嵌入內疚感，直到他們因為內疚感被壓抑而變得怪異。這一切令人討厭的效果把我們變成地球上最煩躁且最難相處的一群人。我認為這源自於我們對高層道德的錯誤使用，也就是說，我們將高層道德套在其他人身上，而不是純粹用在自己身上。

自然智慧有個缺點：如果過度將自然智慧用於自身，會創造出一種相對的道德態度，我們會說白色中帶些黑色，或說黑色中帶些灰色，最終每件事都像是雜湯一樣，事事物物都變得更淡一些，或變得灰濛濛的，因此也就不再有道德的問題！這自然是不對的，對於事物的黑白分明，我們再也無法回到那個無意識的不覺知狀態。正如同榮格在《基督教時代》（*Aion*）一書中所寫的，在基督教時代之前，邪惡並不真的是邪惡。基督教時代的崛起，將精神上的邪惡加諸在邪惡原則上，這是之前所沒有的。將道德反應變得更尖銳、更具區別性，成為一種過度黑白分明的狀態，是不益於生命的。因此，根據多年來研究童話故事的經驗所得，對於自身之外的邪惡，我認為童話裡的自然智慧是較好的因應方式；至於銳利的良知，則套用在自己身上就好。

我接著要說的兩個故事，會讓我們看到仁慈的弔詭。我們是否該對邪惡仁慈？這是個現代的問題，以死刑議題的形式出現；有些國家仍然實行，有些國家則想廢止。現代版本的問題有其政治及宗教的背景，這一點我們不會討論，但是我們將會從民間傳說這個單純的層次來探討。

在我們先前的故事中，瓦希麗莎展現了這個自然智慧。對芭

芭雅嘎而言，她與這個不平等的對手之間並沒有力量的平衡，這一點是再清楚不過的。瓦希麗莎如果從芭芭雅嘎的小屋帶出事物，也就是試圖戳破並看穿芭芭雅嘎的陰影面，而不是女孩自己的陰影面，那是不明智的舉動。就傳統而言，那個舉動意謂著跳過神靈及人類之間的巨大鴻溝，但更重要的是，該舉動缺乏了對神聖人物的宗教性尊重。相同的狀況也發生在榮格的《答約伯書》（*Answer to Job*）中。約伯堅持做對的事，上帝或許心想約伯認為祂是錯的，而上帝也確實對此有所反應而攻擊約伯，但是約伯並沒有說：「是的，但是我認為你也跌入自身的陰影面！」這樣的說詞彷彿視上帝同自己在學校的板凳上平起平坐。事實上，約伯回說：「我會將我的手覆在我的嘴上。」他做出敬畏的姿態。可以這麼說，將上帝的鼻子湊近祂的陰影面，不是人類該做的；此舉意謂著膨脹，也顯示對心靈真實的當下狀態完全無所覺察。接著，約伯說：「我知道我在天堂中自有辯護者（Anwalt）。」[5]——我知道為我伸張的人就在天堂，意指上帝自身。這就等同於恭敬地說：「這是上帝與祂自身之間的事。」上帝於是改變了祂的態度，因為約伯並沒有將問題丟回，也沒有戳破上帝。

那是相當複雜且獨特的情況，但我們可以把這個情況設想成兩個人類之間的互動。如果你**沒有**指明對方的黑暗面，你就沒有剝奪掉他自己發現黑暗面的機會。如果你說他或她做了這些陰影面的事情，你就是把自己放在他人之上。如果你什麼都不說，對方反而可以回去自己發現。如果雙方沒有建立起情感的關係且存在不確定性，而對方害怕你的力量過於凌駕在他之上，這種時候最好還是別碰，因為這樣才有機會讓對方自行發現而保有尊嚴，以此穩固他的

威信。因此，有時候不去指出陰影面，意謂著尊重對方的人格完整性。你尊重此人作為道德的存有，他有能力自己發現。一旦你與對方有了良好的關係，你就不再需要這樣的複雜考量。你可以直接說：「喔！你現在是落入阿尼姆斯之手。」你和對方之間也沒有聲譽的問題涉入其中。在朋友之間，你大可說：「喔！拜託！別傻了！」對方不會因此失去聲譽，因為這是彼此相互尊重的關係。

因此，我認為這是依關係而論的。只要其中一方處在不確定的狀態，或處在失去自尊的危險中，最好的處理就是先放著不管。約伯就是這樣因應上帝的，他只是表現出足夠的尊重；他確實將自己看成是隻渺小的蟲子，不能譴責上帝。那是一種謙虛的轉換，真心覺得自己沒有資格譴責上帝。

在瓦希麗莎拒絕提出第四個問題之後，芭芭雅嘎說：「現在我要問你一個問題，你是如何完成我交代給你的所有工作？」我們知道那是魔法娃娃完成的，但是瓦希麗莎就如同巫婆一般保守她的祕密，她說：「是母親的祝福幫助我的。」她沒有說出全部的故事，只說了一半。她得到母親的祝福，外加布娃娃，而她只提到祝福這一項。

芭芭雅嘎給了她一顆骷髏頭，接著將瓦希麗莎趕出小屋，推出大門口，最後在圍籬上取了一顆帶有火焰雙眼的骷髏頭，放在木竿上給了瓦希麗莎，跟她說：「這是給妳繼姊妹的火，拿著，帶回家去。」瓦希麗莎原本是來取火的，或者該說是姊妹們命令她來取火，因此巫婆給了女孩繼姊妹想要的東西。我們可以說，她的功能就在於將邪惡傳導到邪惡姊妹身上，但是這並不像是個報復——她們得到她們想要的！

如果我們以心理學的語言來說，她們拒絕得到意識覺知，而未經實踐的意識就會變成熊熊火焰，成為她們頭上的炭火！榮格說，當個體有能力意識化之時，卻選擇不變成意識化，就是最糟糕的罪過；而以上故事說明了其中原因。如果內在並不存在任何可能成為意識化的寶石，如果上帝讓你留在無意識狀態，而你就留在那兒，這一切就沒問題；但是如果個體不活出他的內在可能性，那麼內在的可能性就會變得具有破壞性。所以榮格也說過類似的話：就心理學的角度來說，最惡劣的破壞性力量之一，就是未經使用的創意力量。這是另一個面向。如果某人有創意天賦，但是卻因為懶惰，或是出於其他原因，未能加以使用，那個心靈能量就會完全轉為毒害。這也就說明了為什麼我們會將精神官能症及精神症狀，診斷為此人未活出高層的可能性。

　　因此，精神官能症是個加分而不是減分，是個未經活出的優勢，一個變成更具意識、更具創意的可能性，但卻因為一些糟糕的理由而發霉。從我們的經驗來看，拒絕較高的發展或是較高的意識覺知，是最具破壞性的事物，它讓人們自動想要把每個正在努力嘗試的人都拉回。未活出創意的人，試圖破壞其他人的創意；未活出意識可能性的人，總是想讓其他努力朝向意識化的人變得模糊或不確定。這就是為什麼榮格會說，當病患的發展超越分析師——這其實常會發生——他就必須離開分析師，因為分析師可能會試圖將病患拉回舊有的層次。

　　因為不想要喚醒自己，而試圖阻止他人變得更加意識化，這樣的念頭具有真實的破壞性。擁有讓自己變得更加意識覺知的可能性，卻不利用，這也是最糟糕的事。

註釋

1　原書註：*Russian Fairy Tales*, collected by Alexander Afanasiev (New York: Pantheon Books, 1973), p. 439.

2　原書註：*Märchen aus dem Donaulande, Die Märchen der Weltliteratur*, series published by Diederichs Verlag (Jena, 1926), p. 92, "Bei der schwarzen Frau."

3　原文編註：在原初的德語用詞中，像是「黑婦人」或是「黑巫婆」之類的詞語並不是用來指稱非裔人士或是其他深色膚色的族群，是不同於英文所指涉的意涵。

4　原書註：*Russische Märchen, Die Märchen der Weltliteratur*, series published by Diederichs Verlag (Jena, 1921), no. 41, "Die Jungfrau Zar."

5　原書註：" 'Vindicator' is RSV alternative reading for 'Redeemer' and comes very close to the Z.B. 'Anwalt' = 'advocate.' " *The Collected Works of C. G. Jung*, trans. R. F. C. Hull (Princeton, N.J.: Princeton University Press, 1957–1979), p. 369 (translator's note).

炙熱的邪惡

瓦希麗莎的慎重不同於其他童話故事的主角；在其他故事中，進入禁室或提出禁忌問題，最終會帶領主角前往高層意識的發展。瓦希麗莎故事裡真正的寓意，是讓沉睡的狗說謊，不去戳破邪惡的神祕，除非有非做不可的迫切理由。

如果瓦希麗莎問了第四個問題，巫婆將會氣炸；這麼做等於擊敗巫婆，必定讓她懷恨。生氣的人就輸了；這似乎可連結到另一類以「生氣」比試為母題的系列故事，這個母題在北歐或德國的童話中是相當常見的。我不曾在其他國家的故事裡看見這個母題，但是我認為其中所描述的特質具有普遍的重要性，因此接著我要講述的是這類型故事的某個實存版本，故事叫〈生氣了〉（Getting Angry）。

生氣了（Getting Angry）[1]

從前有個鄉下人和他的妻子，他們非常有錢，但是也非常小氣。他們沒有孩子，他們小氣到連生孩子都覺得奢侈。這個鄉下人不捨得支付僕人薪水，於是他前去一個貧窮兄弟的家，要求三個侄兒中的一個到他家農地工作。講好的條件就是，誰先生氣誰就得付錢，不管是主人或僕人。如果主人先生氣，另一方就可以得到農地，還可以切掉主人的耳朵，並且擁有主人所有的財產；但是如果僕人先生氣了，他的耳朵會被切掉，而且不會得到丁點薪資。鄉下人說：「就只有這樣！我希望得到安寧及友誼，我不會想要跟你有任何爭論。」但是他心知肚明

這是個伎倆，只是為了讓自己免於支付薪資。

　　長子漢斯第一個前去。他實際上沒有任何可吃的東西，很難不惱怒。當一年期滿，鄉下人認為自己要找個方法騙走漢斯的薪水。他要漢斯將牛群趕到草地上，還說他的妻子會把晚餐送過去給他。漢斯照做，但是晚餐從來沒出現過。鄉下人以為這樣就可以讓漢斯生氣地上門來找他。但是晚餐時間已過，男孩非常飢餓，他找來了屠夫，把牛群賣給他，還把牛尾巴切掉，插進附近的泥地裡。然後，他叫喚農夫：「快來！牛群都卡在爛泥巴裡了！」鄉下農夫趕來，拉起了一條牛尾巴，結果向後摔倒在地。其他每一根牛尾巴也一樣，但是他一句話也沒說；當他知道漢斯賣了牛群，他比先前更加友善地對待漢斯，因為他知道一旦生氣就會失去所有農地。

　　他們兩人一起回家，農夫太太給了農夫晚餐，但是什麼也沒給漢斯。漢斯那時候已經餓得受不了，他對農夫發怒，而農夫就把漢斯的一對耳朵切掉了。

　　因此，漢斯帶著他賣了牛群所得到的錢財回到家裡，但是沒有帶回任何薪水。隔天，第二個兄弟前去農夫家。當他一年快期滿時，農夫也想要騙走他的薪水。農夫要男孩將馬及馬車駛入森林中撿拾木材，還說他會親自將晚餐帶去給男孩。但是同樣的事情又再度發生：晚餐沒有送來，而男孩將馬及馬車賣給經過的路人，並且告訴叔叔他的馬被獅子吃掉了。農夫假裝相信男孩，但是當晚餐時間來到，農夫的妻子什麼都沒有給男孩，男孩因為肚子餓而搶了農夫的碗，農夫也把男孩的一對耳朵切了。

隔天，第三個兄弟來到農夫家，他是個單純沒心眼的小子。他的兄弟們對於小弟要餓肚子感到很抱歉，因此不管小弟在哪裡，哥哥們都會給他帶來些吃的。有錢的農夫很驚訝，儘管他每次都給男孩很糟糕的食物，但男孩始終都對他相當友善，農夫因此開始起疑心。他要妻子打扮成一隻布穀鳥進入森林，並發出「咕咕」聲三次；聽到這三聲鳥叫，男孩就會以為一年期已滿。他同時對男孩說：「當布穀鳥叫了三聲，你就知道你的一年期滿了，因為你是帶著布穀鳥來的。」男孩很開心，因為他心裡面完全沒有如同哥哥們所盤算的伎倆，他就只是想要將薪水帶回家。他請求農夫把槍借給他使用，單純因為開心而想要放槍一鳴。這個壞心眼的農夫早就準備好要這麼做了，因為他知道槍裡有個舊的彈藥匣，隨時可能會引爆。

　　後來的某一天，小氣農夫的妻子在自己身上塗滿糖漿，然後覆上羽毛。當男孩進入林中工作時，她爬上樹，叫喚了一聲「咕咕」聲，但是第一聲尚未叫滿，男孩就抓起槍，射向那隻偽裝的鳥，因而誤殺了農夫的妻子。鄉下農夫當時就躲在附近，他憤怒地走出來，將怒意狂掃過男孩。男孩說：「叔叔，你是不是生氣了？」農夫回說，在這樣的情況下，即便是魔鬼都會感到生氣，因此男孩得到房子及農地，甚至得到了農夫的一對耳朵。

爆發性邪惡的回敬，以及黑魔法

這個故事還有其他的變異版本，故事中的角色近乎瘋狂地互相招惹對方。最後，那個想出詭計的壞人通常會理所當然地輸了比賽。這或許看起來是天真且原始的故事，但是我們不能忘記，那時候的人們尚未學會控制他們的情緒；控制情緒的能力意謂著極大的文化成就。事實上，我們不需要吹噓自己已經達到那個層次。凡是能夠控制自身情緒的，就是兩人之中較具意識人格的人，但是我們必須要看得更深入一些，因為在其他的故事中，我們可以說裡面存在著一個「冷面」的邪惡，以及一個「炙熱」的邪惡。炙熱的邪惡，無論是在惡魔或人類身上，都是透過底層的炙熱情緒感受所帶出的，就像是被悶住的火苗繼續蔓延、悶燒，而這種受壓抑的情感是具有高度傳染力的。你可以在家庭、國族或其他社交情境中出現的爆發性及破壞性事件中，看見這類邪惡。

情感或情緒的感染力，是極大的危險，會引出巨大的邪惡。舉例來說，如果你試圖在選舉前與美國人討論種族問題，你要在千萬人中才有幸遇見一個能夠持完全客觀態度的人。大部分人都會變得情緒化，而一旦如此，則那個人所持的立場就不再重要了；火已經被點燃，情況已變得危險。這只是一個例子，這類情況隨處可見。情緒從底層揪住個體，一旦情感抓住了個體，客觀性及人性態度就失去了。要知道一個人的內在是否已經被情緒抓住，最佳方式就是看他是否能夠維持幽默感；如果幽默感消失了，我們就可以確定情緒之火已經在某處抓住此人，而他面臨著落入邪惡原則的危險。

征服憤怒或情感的能力，並不僅僅攸關原始人的事，這仍然

是我們內在的決定性因子。在我們的社會中，許多人能夠控制情緒不外爆，這些人能夠保住他們的人格面具，並掩蓋他們的情緒，但是這些事物仍然向內折磨著他們，影響他們內在的思維。那不過只是在表面上征服了情感。大部分人只能做到第一步，但是極少數能夠做到第二步，也就是完全從強烈的情緒中切割出來。情緒如此危險，因為情緒帶來巨大的感染力。如果個體失去了幽默感，並且落入咆哮的心境，則其他人將很難逃脫。這個鄉下人生氣比賽的故事，看起來有些好笑，但事實上是個深入的故事，也說明了有關邪惡問題的本質。

我們應該要知道，在跟魔鬼的比試中這一點就更加重要了。我接著會告訴你一個英雄與魔鬼戰鬥的故事；問題在於英雄是否能夠讓魔鬼生氣。如果他做到了，魔鬼就輸了比賽。因此，即便對象是超自然的人物，相同的比賽也必須進行，而能夠持守人性的那一方會贏，被無意識本質帶走的另一方則會輸。

在德語系國家中，沃登神代表失去情緒控制的憤怒之神，可能是壞情緒，也可能是神聖的憤怒，或任何其他類別的情緒；因此這是在德語種族中獨特且嚴重的問題，帶有侵略性在其中。但是其他語系的人也可能會思考同樣的問題，因為非德語系的人有時候也會處在相同的困境中。

這個故事及上一個故事雖然看起來沒有關連，但兩者的共有特色在於個體必須要與黑暗面保持距離，從中分離出來，或撤退下來。故事中的僕人與叔叔的詭計保持距離，避免被汙染。兩個哥哥後來轉而對叔叔施詭計。他們並沒有與自身的情緒戰鬥，他們覺得必須把情緒及憎恨的武器收在口袋裡，不過仍然試圖以伎倆還擊。

其中一個賣掉牛群並切掉牛尾巴，另一個賣掉馬及馬車，他們在智性的層次上積極主動地做了一些惡事，因此而進入爭戰，只是使用的武器與原本指定的不一樣。故事告訴我們：這樣做一樣是不管用的，因為最終他們還是落入情感中。

年輕的弟弟並沒有進入任何惡行，即便射出的那一槍也是開心的**放槍**（Freudenschuss），表達的是他的愉悅感受：「好耶！春天到了，我現在可以回家了！」他以天真的方式保持平衡，此處不僅僅指他的情緒人格，同時也包括他的心智——而他實際上似乎也不太有心智思考能力。他不被黑暗力量所汙染，而事情也因此自動解決了。

來福步槍的象徵意涵是相當有趣的，弟弟用這把槍射殺了嬸嬸。射擊中，我們使用的是爆破力量。這裡透露了爆破性憤怒的轉化。他以象徵性的形式利用了年邁叔叔的爆發性，並將之轉向他的妻子。在故事最終那一幕，叔叔真的爆發了，而且不僅是象徵性的爆發。在象徵性的姿態中，帶些神奇的，男孩在不知情的狀況下將叔叔的爆發回敬給叔叔。男孩並不是為了要射殺嬸嬸而借槍，但是事情就這麼發生了。

當個體得以從象徵的層次帶著純粹的意圖來處理問題，事情似乎就會如其所是地發生。使用榮格的積極想像技術來克服排山倒海而來的情緒感受，就是個例子。這個技術在許多情境中都可運用，但其中一個適合使用積極想像的情境，就是當人們因為情緒高漲而無從招架的時候。這不一定要是氣憤的情緒，也可能是被愛沖昏頭而不知該如何保持理智，或個體正在被各種情緒淹沒時，也可能是處在過度被抑制、無助等不自由的狀態。在這些情況下，我們通常

會建議人們將情感人格化，並與之對話；讓情感以某種形式升起，並且嘗試將情感視為真實的存有般因應。這是唯一的方法──如果你因為個人的原因，將向外淹沒你的情緒壓抑下來，但是卻沒有辦法向內克服。人們說：「沒錯，我謹守分寸，我沒有發洩我的氣憤，我吞下它，但是我沒有辦法真的擺脫它，它日日夜夜惱人，我不知道該怎麼做，我也沒有辦法不去時時刻刻想到它。」此時唯一能做的事，就是將這個驅力加以人格化，並且試圖以積極想像的方式將之釋放。

如此一來，就如同故事所呈現的，轉化了整個爭鬥，將問題從純真的狀態帶入象徵的層次。這也是年輕人在不知情的狀況下拿取叔叔的來福步槍時所發生的轉化。他將整個問題帶進象徵的層次，在那個層次裡反應、作用，這反而帶出了奇怪的神奇反彈，而這一槍就反射回叔叔身上。

我在這裡做了一個危險的陳述，因為個體一旦經歷過這個現象，下一次再做這件事時，就會有種偷偷摸摸施行黑魔法的感覺。第一次的時候，你就像這個單純的年輕人：你以積極想像誠實地克服自己的情感，結果事情進展得相當順利，而原本煩擾你的對手則因為共時性的事件而自食其果。因此，你認為這真的太神奇了。可是下一次你就落入了黑魔法：「現在我要克服我的情感，而我希望對方會自食惡果。」那麼你就再度掉進去了！要維持個人的純粹意圖，將會變得越來越困難。因此，我們會強調這個年輕人對於他的所作所為完全沒有任何邪惡意圖，他維持著自身初始的純粹天真。如果你試圖進行積極想像，首先你必須要抱持誠實行事的態度，單純是為了自己而做，好讓你能夠遠離邪惡，而不要去看外在共時發

生了什麼。否則，這就不過是黑魔法的壞勾當。

單純的傢伙與人格的整體性

這樣的天真態度屬於童話母題中常出現的傻小子或單純的傢伙，他們在許多童話故事中都會出現。比方說，國王有三個兒子，最小的那個就是被大家取笑的傻王子；但這個傻王子最終總是變成故事中的英雄。或者，某個鄉下人有三個兒子，其中兩個很正常，可是最小的兒子整天坐在火爐邊傻愣愣地搔腦袋，最後他反而變成英雄，與公主結婚、成為沙皇。

因此，單純的傢伙是常見的角色，不僅僅出現在童話故事中，也出現在一般的神話母題。他象徵著基本的真誠，以及人格的整合。如果人們的內心深處沒有真誠的本質，或缺失整體感，則面對邪惡的問題時就會丟失了自我。他們會陷入邪惡中。這樣的整體感遠較智力或自我控制來得重要多了。拯救整個情況的，是僕人弟弟的真誠。單純的傢伙為了一個天真的理由而要了一把槍，純粹就是為了樂趣。叔叔則在其中偷偷塞入了邪惡的陰謀，最後則是自食其果。

邪惡者會說誠實無欺的人是愚蠢的。如果你維持自身的整體性，從某種社會角度來看，你確實是愚蠢的，因此被人指責。在政治上，如果你是天真的人，那你就完蛋了！誠實無欺、天真無邪，都是傻瓜行徑！

故事一開始就清晰表明叔叔及嬸嬸兩人是愚蠢的，原因是他們一毛不拔的個性。他們是如此心胸狹窄、一毛不拔，已到了離譜

的程度，所以他們才是真的愚蠢。但是他們自然會認為（我沒有寫出他們之間詳細的對話內容）自己才是聰明的傢伙。他們以為這些伎倆可以讓他們免費享有服務，不用付錢之餘，還可以切掉僕人的一對耳朵。他們感覺這是了不起的正確行為，直到最小的兒子出現時，故事才急轉彎。最小的兒子是如此天真，他的天真傻愣特質讓他們不知所措，如此的率直反而讓他們感到緊張。他們覺得這個年輕人身上帶有某種他們所不了解的價值——他享受生命，人生沒有太大的自我索求；即使是小小的樂趣，對他而言也意義重大。因此，叔叔及嬸嬸對這小子不知道該從何下手，他們無法同理他的天真，這反而讓他們感到緊張。他們極力想要擺脫他；正因為處在緊張的心境，心裡有些害怕，導致所有事情都出錯，所以才輸了這場戰爭。他們開始耍伎倆，所以輸了比賽。

因此，在這個看起來可笑且單純的故事底下，有極為微妙的事物。你可能會認為，這樣的心思單純及坦率的整體感有著極大的神祕性，這也是個體化人格的祕密所在。被賦予這份誠實無欺的整體感，可說是人類的神聖火花。在分析歷程中，我認為這是分析進展順利與否的決定性因子。

在我個人的經驗裡，榮格展現的正是這份坦率的態度，閱讀他的回憶錄也能深深感受到這一點。有些書評者會搖搖頭說，此人根本就是個腦袋單純的傢伙！他到底有多天真，天真到要出版這本書？他們失去了對整體性的細微感受力。事實上，榮格一點也不天真！他內心深處有的是這份整體感。凡是帶著誠實整體感來接近榮格的人，總會得到誠實整體感的答案；不過榮格是明智的，他在合宜的時機使用這份整體感，與黑暗交手時則將這一面的人格隱藏起

來。

我認為這個人格核心整體感，就是我們所稱的自性面向，而這是榮格心理學的本質。無論如何我們都不能丟失這一點。舉例來說，一旦我們為了廣布榮格的心理學而開始使用伎倆與其他學派爭鬥，我們就失去了我們的整體性，如此也就不再是依循榮格心理學的標準行事。這是相當困難的，人們總會說：「沒錯，但是聽我說，如果你不做些什麼去對抗，他們就會掌控所有的權力，我們**勢必**要做些什麼！」接著總會是個爭論，如果你落入**那個**圈套中，你就輸了！「**反擊**！對方都出手了，我們也必須要出手！」他們這麼說：「我們不**想**如此，但是我們**必須**如此！」

另一方面，在有些情況下我們確實必須做出反應。這是個似是而非的弔詭。我們的任務，就是每一次都要以良知做出決定，而這個決定只在**這**一次有效。也因此每個人都有自身的夢。雖說我們只能得出一個似是而非的悖論作為通則，但在個別化的真實情境中，是沒有任何矛盾空間的，那裡只有**一條**單線：此刻，我必須做出與所有分析準則相反的行為；下一刻，我必定不能被毒害。在真實的情境中，每件事都是獨一無二的，因此分分秒秒都要做出決定。如果你保有這個態度，人生就變成持續不斷的道德冒險；這就是為什麼我們會對那些想要從我們身上學到東西的人感到厭煩。我們沒有行為準則，我們沒有治療的準則，完全沒有。我們必需時時刻刻張大耳朵聆聽內在深處的自性指令，知悉它在這一刻要我們如此做，下一刻則不該如此做。但是，一旦當轉移到通論時，最真誠的說詞總會讓我們自相矛盾。

稍後我們會進入「冷酷」邪惡的討論。我們前面已經談了「炎

熱」的邪惡，但首先我想引入另一個面向，因為「冷酷」邪惡會帶領我們進入下一個關於魔法比試的母題，也就是魔法競爭。我想要先談談後者，因為這是更加複雜的議題。現在我想先停留在較單純的規則中。我們接下來要探究的是關於慈善的問題。是否該對邪惡保有慈善心？是否該做到聖經上所說的，迎上另一邊的臉讓對方打？或者該用盡力量反擊？哪一個才是對的？接下來我要說的兩則故事，看似平行，實際上卻完全相反；我的自相矛盾又被你抓到了！

這個故事是出自《格林以降的德國童話故事》（*German Fairy Tales Since Grimm*）。故事以南方方言寫下，題為〈一根拇指長的人〉（Vun'n Mannl Sponnelang）。

一根拇指長的人（About a Man a Span Long）[2]

從前從前，有個貧窮的女孩，她失去了爸爸、媽媽，因此無家可歸。她不知道自己該住在哪裡，所以就出發尋找能讓她當幫傭的人家。行走在樹林中，她迷失了方向。夜幕落下時，她看見林中的一個小房子，心裡很開心，心想可以到那裡找到庇護。房子裡面亂七八糟的，因此女孩開始整理房子，她將碗盤洗乾淨，還將毛巾都整理收納好。突然，房門打開了，有個小男人進入房子，那是個留著大鬍子的小精靈。他看了看四周，清了清喉嚨；當他看見角落的女孩時，他說：

我是一根拇指長的人，

我有著三呎長的鬍子，

女孩，你想要些什麼？

　　女孩問，是否可以讓她在那裡過夜，小男人再度以詩歌回答女孩，同時要女孩幫他鋪好床鋪。女孩照做了，男人後來又要女孩幫他放好洗澡水。女孩也照做了，並且讓小男人好好沐浴一番。沐浴梳洗之後，小男人的面容變得舒服美好。女孩替小男人修剪了鬍子，小男人相當感謝女孩解救了自己，說要回報女孩。他將自己的鬍子給了女孩之後，就消失不見了。

　　第二天早上，女孩拿起鬍子並開始編織。她一邊編織，鬍子就一邊變成純金絲線。每個人自然都會想要擁有這樣的黃金絲線，女孩因此變得非常富有，後來還結婚了。如果她沒有死掉的話，她現在應該還活著。

　　我不打算直接討論這個故事，而是想要將這個故事與它的平行版本一起討論。這個平行版本的格林童話故事是〈白雪與紅玫〉（Snow White and Rose Red）。

白雪與紅玫（Snow White and Rose Red）

從前，有個貧窮的寡婦獨自住在小屋裡，小屋的前院種有兩株玫瑰，其中一株是純白的玫瑰，另一株則是紅玫瑰。寡婦有兩個女兒，他們長得宛如這兩株玫瑰，寡婦稱其中一個女兒叫白雪，另一個則叫紅玫。兩個女兒都相當盡責、認真，就跟她們的媽媽一樣。白雪比較文靜溫柔，紅玫則比較活潑，但是兩個女孩的感情非常好，總是手拉著手一起出門。她們常會到樹林中採摘莓果，動物從來不會傷害她們；即便是小鹿也不會躲開她們，小鳥們會待在樹上唱歌給她們聽。有時候，她們會在樹林中逗留過久，當夜幕低垂時，兩個女孩就睡在樹林中的青苔上直到天明；她們的母親都清楚知道，但是並不會為兩個女孩感到擔心害怕。有一天早上，她們在林中醒來時，看見一個美麗的孩子穿著閃閃發亮的白衣，坐在她們身旁。孩子站起身來，十分友善地看著兩個女孩，接著就消失不見了。女孩的母親說，那必定是保護好孩子的天使。

一個冬日的傍晚，女孩做完工作後，母親為兩人說故事。突然間，一陣敲門聲響起，紅玫前去應門。她們以為那是過路借宿的旅人，但是探頭入門的卻是一顆黑熊腦袋。孩子們被嚇壞了，但是她們的母親卻說要讓黑熊進屋，到爐火前暖暖身子。孩子們將黑熊皮毛上的雪片掃掉；過不了多久，兩個女孩就敢將雙腳放在熊背上，她們前後推搖黑熊，和牠打鬧一番。雖然黑熊有好性情，但是當女孩鬧得太過頭時，牠就會說：「孩子們，饒了我吧！」接著說：「白雪和紅玫，饒了你們的

追求者吧！」

　　她們把黑熊留在小屋內，而這也成了整個冬天的慣例，黑熊會在白天離開小屋並在夜晚回來。春天來臨時，黑熊與她們道別，牠解釋說自己再也不能回來小屋，因為現在正是惱人的時刻，牠必須保護好牠的寶物不讓矮精靈偷走。牠說，冬天時因為地面都凍結了，矮精靈不能使壞，可是一旦陽光融化地面上的冰雪，矮精靈就會爬出地面獵取偷盜，而黑熊必須保護牠的寶藏。

　　春日的某一天，女孩們進入森林。突然間，她們看見一個小傢伙以可笑的姿勢四處跳動。女孩走上前去，發現了一個矮精靈，他的鬍子就卡在樹縫中。矮精靈試圖砍掉樹木，但是他的鬍子就這麼湊巧卡在密合的裂縫中。現在他就像一隻小狗般蹦蹦跳跳，不知所措。他瞪著血紅如火焰般的雙眼，生氣地瞪著女孩們，還問她們倆愣在那裡做什麼，難道不會做些什麼來解救他？女孩們盡了一切努力，但是都沒法子讓他的鬍子解脫。紅玫說要去尋求幫手，卻換來矮精靈罵她像羊一樣沒腦子，因此白雪就拿起一把剪刀，剪斷了矮精靈的鬍子。矮精靈對此一點都不感激，反而生氣地責罵女孩剪斷了他美麗的鬍子。

　　過沒多久，兩個女孩又遇上了這個矮精靈。當他正要抓魚時，他的鬍子被釣魚線給纏住了，就在此時一隻大魚上鉤，矮精靈的力氣不足以拉起大魚，反而還隨時可能被拖入水中。女孩們抓住矮精靈，試圖鬆開纏住的鬍子卻不果，因為鬍子與魚線緊緊纏在一起，無計可施之下只能把鬍子剪斷。但是矮精靈

氣瘋了，他說這次女孩們剪斷了最好的部分。（在故事開始的時候，我忘了說明，女孩家中有一隻小白羊以及一隻白鴿，這與整個氛圍吻合！）

第三次，當女孩再度走在樹林中，她們聽到呼救聲，看見一隻大老鷹抓住了矮精靈，正準備帶著他飛上天。女孩們抓住了矮精靈，最後成功將他從老鷹爪下救出，但是矮精靈氣憤地指責兩個女孩不夠小心，說她們把他的外衣扯成碎片，而現在衣服上盡是破洞，還大罵女孩是笨蛋。

接著，在女孩們回家的路上，她們讓矮精靈著實嚇了一跳。矮精靈沒想到這麼晚樹林裡還會有人出沒，因此他找好一個乾淨的地方，倒出袋子裡滿滿的寶石，晚霞照在閃閃發亮的寶石上，映照出五彩光芒。女孩們站在一旁看著這些寶石，此時矮精靈對著她們驚聲尖叫，原本灰白的臉因為憤怒而漲紅。但是，正當矮精靈要離開時，黑熊從樹林中走出來，牠一聲咆哮，矮精靈跳了起來，沒能及時逃入藏身之處。矮精靈求黑熊饒了他一命，說他會把所有的寶物都給黑熊。「我還不夠你塞牙縫！」他說：「但是你可以帶走那兩個不信神的女孩；她們可以讓你飽食一頓。」黑熊完全不理會矮精靈所說的，反而一掌劈向他，矮精靈在那一擊之後就動也沒動過了。

女孩們趁勢逃開，但是黑熊在後面對她們叫道：「白雪、紅玫，別害怕！等等，我要和你們一起走。」女孩們認出了黑熊的聲音，轉身回頭；當黑熊追上女孩後，他身上的熊皮就脫落了，眼前站著一個俊美的男人，全身穿著金黃，他說：「我是國王的兒子，我被這個不肖的矮精靈下了詛咒，他偷走了我

所有的寶藏。我變成一頭熊，在樹林亂跑，一直要等到矮精靈死了之後，我才能得到救贖。如今，他得到了應得的報應。」

後來，白雪與黑熊結婚，紅玫則和黑熊的弟弟結婚（此君顯然莫名其妙地就出場了）。兩對伴侶平分了矮精靈洞穴中所蒐集的寶藏。老媽媽與她的孩子們一起快樂地生活了許多年，而女孩們也將兩株玫瑰帶在身邊。玫瑰就立在窗前，每年都會開出最美的紅玫瑰及白玫瑰。

面對邪惡，別像傻子般全盤展現

這是個帶點傻氣卻又富有情感的童話故事，也是前一個故事的絕佳對比。在前一個故事中，女孩帶著單純的整體感去整理小精靈的房子，也慈悲對待小精靈。黃金鬍子是她幫小精靈沐浴及整理房子之後所得到的獎賞。另一個故事則正好相反：女孩們總是以善心對待矮精靈，因此延長了做惡者的生命；其實矮精靈在更早些時候就應該被除掉。女孩們也阻礙了她們的追求者，也就是黑熊及他的兄弟；兩個女孩錯以善良情感對待矮精靈，反而阻礙了自己可能擁有的婚配。

此處我們再度面對矛盾！但是，如果你檢視整個故事氛圍以及母題周邊的描述，就會找到指示說明哪個是哪個。

在〈白雪與紅玫〉的故事中，女人們住在一起，身邊沒有男人，只有一隻小羊及一隻白鴿。其中有著如同嬰孩般的多愁善感，以及天堂樂園般的氛圍，這樣的天真並非之前談到的那種單純傢伙

的整合感，而是一種不真實的天堂氛圍感，像幼兒園般充滿幻想的世界，其中還有保護天使之類的意象。

　　這個故事旨在取笑某種像幼兒園氛圍的基督教態度，這樣的幼稚態度仍然廣泛存在人們心中，他們將幼兒園般的母題跟某種坦率形象的人格整體性混為一談。榮格總是強調，基督沒有說過「如果你仍然是個孩童，你就會找到天堂樂園」。相反的，基督所說的是：「唯有當你**變得像孩童一般！**」再度變成孩童，不是指留在幼兒園裡，而是長大成人且覺察世界上的邪惡問題之後，重新得到個人的內在整體性，或是找到方法重新回到這個核心本質或內在深處的整體感，而不是要我們像個大孩子一樣在樹林中，還誤以為這就是基督所說的。有時候其中的差異是相當隱微的，會在人們心中混雜在一起。有些人身上帶著不可思議的天真，不禁讓人疑惑這到底是較高的整體感或只是無望的幼兒園態度，像是個樹林中的小寶貝，帶著愚蠢的多愁善感四處遊走。在童話故事中，這兩者有著清楚的區分，但是在現實生活中，這兩者有時候只是毫釐之差。我們相當不容易知道對方屬於哪一類，有時候也很難搞懂自己。但是，這個故事裡的羔羊及鴿子，清楚指出這是最糟糕的基督教幼稚症。

　　當然，仁慈是沒問題的，但必須要針對對的人及對的物。只要你知道應該運用在何處，那麼這種基督教的天真仁慈及慈善並沒有問題。如果仁慈結合洞察及理解的能力，那麼就沒有任何不妥，但是務必要搭配一些智慧在其中。

　　我嘗試舉一個例子。我曾指出，當面對邪惡的人，個體必須隱藏自己的內在整體性，或是隱藏人格內在的那個核心本質，而不要像個傻子一樣地全盤展現出來。我可以回頭再談談之前所提過的

一個案例，榮格針對這個案例指出，只有當我們的病患不會以邪惡的方式運用我們所給予的關注、力比多能量及參與，我們才可以繼續給予；否則，我們就是在餵養邪惡面，而不是在照料此人的善良面。榮格勸誘我將一個病患踢出分析；無論我如何對這個人施以慈善之心，事情總是變得更糟。榮格認為踢出分析將會對她帶出治療效果，但是他當時並沒有這樣告訴我。在那之後，當我告訴榮格這個病患因為被踢出分析而得到療癒時，榮格露齒而笑說：「那是我預期會發生的，我心中是這麼希望的，但是我並沒有這麼說！」他把這些想法完全放在自己心中，甚至沒有讓我知道，更遑論讓病患知道。

那個女人是被阿尼姆斯全然附身了。如果她事先就猜想到她被踢出分析是為了得到幫助，她會開始爭論說：「你是為了幫助我才把我踢開的，但是我知道這對我不會有幫助！」或者，她會戲劇性地讓自己變糟，以證明被踢出分析是幫不了她的。因此，縱使想要幫她，也必須完全把這個意圖隱藏起來；必須要給她的阿尼姆斯狠狠一擊，**就此永別**！她必須要以那樣的方式來經驗，甚至必須像黑熊對待矮精靈的那種程度，套用到她身上。這裡沒有慈悲，也沒有任何可討論的！

關於隱藏自身整體性的這個母題，我認為值得再做深入討論。有人曾經提過，當你在服兵役時，如果仍然想要維持平民老百姓的心態，有時候就會讓自己落入這樣的情況。當個體處在堅固的集體組織底下，此時若仍帶有不同的個人意見，就意謂著個體已經相當接近這個問題；因為以我們的觀點而言，集體性總是在道德上比個體更低一個層次。這就是為什麼榮格總會引述這一句羅馬格言：「單一

的元老院議員是好人，但是元老院是個野獸。」（Senator bonus vir, senatus bestia!）我們可以這麼說，一旦處在團體中，個體就必須隱藏起個人最佳的核心本質，或盡可能不讓它展現出來。因為團體中自動降低的道德層次，個體必須要在部分的人格上蓋上面紗。

我們會在這裡再次遇到矛盾，因為在極少數時候，情況剛好相反。在九成五的情況下，凡是在團體中，我們就必須要藏起內在核心的整體性；但是我將提出例外的狀況，如此一來，當你遇見時，才能搞清楚狀況。

我記得有一次在榮格家中有個小聚會，會中發生了一些你有時候會遇見的事。那場聚會有著完美的集體和諧感，那並不是降低或落入**神祕參與**（participation mystique）的情況，而是某種讓人感覺到魔力存在的東西。古老的羅馬人或希臘人會說赫密斯或戴奧尼索斯當時就與我們同在，而早期基督徒則會說聖靈與我們同在。有時候，那是一種超越個人的和諧感，讓每件事都帶有神聖性，人們在回家之後還會感覺那是個難以忘懷的夜晚。這是鮮少發生的狀況，因此我對那個場合感到印象深刻，因而和榮格談起這件事。他說：「是的，正常來說，當個體獨自一人時才會遇見自性，但也有例外的時候，自性可能會顯現為一個集體的因子，通常只有在一小群好朋友相聚在一起的時候才會出現，而那將會是一個特殊的神聖經驗，甚至比你獨自一人經驗時更具有神聖性。」

亞瑟王圓桌武士的象徵，就是以此為基礎，那可說是一小群人在精神上的結合。它指向自性的團體經驗，是聖餐的古老原型模式在原始人類的較高表現形式，全體參與者在其中與神性結合。它也構成了聖餐的概念。成為團體的一分子，就必須藏起你內在深處的整

　　童話中的陰影與邪惡：從榮格觀點探索童話世界　├──

體性或道德人格的核心本質；然而，在這類一生中可能只發生一兩次的例外事件裡，個體會感受到與其他人的「一體感」。這個狀況很容易跟喝醉後的「神祕參與」經驗搞混，那不過就是滑落較低階層，雖然同樣是愉快的經驗，但卻是兩回事。那種聚會通常會讓你在第二天早上有宿醉的感覺，而我們說的這一種狀況則完全相反。

沒有自我意圖而身在「道」中

將個人內在整體性隱藏起來，可能是一種自我保護的舉止。你找不到任何事物，比某個在聚會裡扮演優越聖人或類似角色的人更能激怒邪惡情緒。因此，如果你感覺不同，就必須要完全地藏起來，不讓其他人有動機說出：「搞什麼，你想要表現得比我們高尚嗎？」其中還有更深的理由。你或許會說這樣的內在道德整體性不是從自我而來，而是從自性而來。這是出自人格深處的真誠反應，因此不可能被意識計畫或套用，否則就表示它來自於自我。就我所知，對這個問題最深刻的透視來自禪宗佛教，禪師們總是對學生展現完全非理性的真誠反應。個體會感到這不是事先套好的，其中並沒有教學計畫或意圖。師父的人格真誠性就僅僅在那一刻作用在徒弟身上，並透過這樣的表現喚醒了徒弟。事先的計畫或思考都會減低甚至抑制這個作用。如果轉譯成我們的語言來表述，這意謂著我們必須要調弱個人的意識之光，不要過於專注在自我，如此才能經驗到較真誠的情境。

榮格上了年紀之後，就不太做分析了；當他的門生或其他人與他會談時，都很自然地不會提及他們的問題或夢境。這種情況常發

生在我身上：我遇到了一些問題，自己正在默默應戰，完全沒有提到這些問題，但在會面的頭五分鐘，榮格總會剛好談到那個問題，然後給了我所有我需要的答案或暗示。事後我總會問他這是怎麼發生的，他是怎麼會開始談及特定的事件。通常他會回答說他自己也不清楚，但是當他一坐下時，這些事就進入他的心思，那也正好就是我所需要的！

我記得有個這樣的事件。當時我瘋狂地想要在生活中得到某件東西，但是因為過於害羞而不敢伸手去拿。我前去拜訪榮格，他當時正在餵鴨子，其中有一隻害羞的小鴨子靠上來想要些麵包，但總是對其他鴨子感到害怕而再度離開。榮格看見這個可憐的小東西，朝牠丟了一塊麵包，但是牠緊張地游開了，接著又游回來，但是為時已晚。同樣的狀況發生了兩三次，然後榮格就轉身說：「噢！真是個傻傢伙，如果你沒有勇氣去拿它，那就只能餓肚子了！」那就是我要的答案！我立刻就將它和我的情況連結上了。事後我問榮格他是否故意說這些話，他說他當時只是想著那隻鴨子，完全不知道那剛好就對上我的內在問題。

那樣的狀況時常發生。東方人會稱那樣的狀況為身在「道」中。如果你身在道中，也就是說，如果你與你的人格內在深入層次是和諧的，當你能與自性整體一致，那麼自性就會以這樣的方式在你身上起作用。但是你勢必不能有自我意圖在其中。如果你意圖要做對的事情，如果你想要幫助其他人等等之類的，那麼你就是帶著你的自我在阻擋這個作用，你把自己擋在自然的可能性之中。這就是為什麼榮格更進一步地指出，帶著治癒病人的希望及意圖的分析師是不好的。我們甚至完全都不該有**那些**意圖，因為想要治癒病人

是個權力的態度：「我想要成為治癒那個案例的分析師！」

　　這一點連上另一個議題，但仍然是相同的事情。榮格總對於女人是否能成為一個好的分析師有所懷疑，因為她們身上帶著如同母雞一般的母性感情，傾向於抑止病患進入內在的地獄。唯有當病患在沒有外在幫助的情況下進入內心深處的地獄，他才得以有神聖的體驗；只有在那個時候，從內在而生的事物可以幫上他。但是如果你像母雞一樣，帶著母性的慈愛，總是預防事情發生，你同樣也抑制了對方進入內在深處的正向經驗——比擬先前的童話故事，這就是白雪及紅玫童話故事中的善心：總是心懷善心、防止邪惡、做對的事、做善良的事，但也同時防止了較深層的自然歷程。更具本能反應的人會說：「下一次當他又惹上麻煩的時侯，我就不管他了。」他們會從身旁走過，對他說：「再見，我不會剪斷你的鬍子，也不想再聽到你的咆哮！」但是，這兩個女孩並沒有學到教訓。她們很頑固，堅持聽媽媽的話。

「沒錯，但是……」

　　接著，對於矮精靈我們可以談的是什麼呢？小精靈的母題本身不好也不壞。小精靈是自然的精靈，是純粹自然的驅力；在比較神話學中，他們是半善良也是半邪惡的。我們的故事中有個邪惡的矮精靈，在〈搗蛋小精靈〉（Rumpelstiltskin）這個故事裡面也有一個邪惡的小精靈，那是一個專做壞事的搗蛋鬼。普遍來說，八成的小精靈是善良的，他們在夜晚幫你做事，並且給你寶藏。因此，小精靈的角色本身其實並沒有意謂著什麼，他們是中性的角色。女孩

們無法因為他是個小精靈，就判斷他是個好傢伙，或是個壞傢伙。事情不是這麼簡單的。但是，她們應該要測試小精靈，並且從試驗中作出結論。

母親知道黑熊不會有壞舉動，認為應該表現善心讓黑熊進屋內，但是母親並沒有把熊與矮精靈搞混。對於矮精靈，我們不知道母親會有什麼說法。母親的角色過於模糊，以至我們無法知道她是否會說：「不，孩子們，別管那矮精靈！」或者，她也可能堅持僵化的原則。

在故事的開始有個有趣的場景。女孩長久以來都受到守護天使的保護。民間普遍相信孩子會特別受到守護天使的保護。如果孩子打翻一鍋熱水，或是做出孩子們常會做的傻事，但幸運地免於禍害，人們就會說：「喔！必定有守護天使在那！」在巴伐利亞，蒙幸運眷顧的人們會被認為有個像拳擊手一樣的守護天使。這是真實發生在生活中的，我們只需要去看一看孩子們所做的事：他們拿起剪刀刺進眼睛、拿著刀子走下樓梯、一把抓起裝滿熱水的鍋子。鮮少有孩子因為這些事而喪命，這真是個奇蹟，因此你可以說這些孩子們都有守護天使。但是，守護天使的母題通常與父母的無意識有關。如果父母的婚姻與家中的氣氛是和諧的，而無意識的氛圍是充滿生命力的，那麼孩童的本能活力就多少能讓孩童避開傷害。如果父母的婚姻不和諧，家中的氣氛是糟糕的，那麼父親和母親可能會從早到晚叨唸或發牢騷；他們可能會請個管家來照顧孩子，但是儘管有照顧者，孩子還是可能會跌出窗外而送掉小命。

這就是我們以不同的觀點，透視故事的背後所得到的觀察；與其每一次都有個人帶著孩子過馬路，或全天候有人看著孩子，讓孩

子有個和諧的家庭生活才是更重要的。孩童的內在有朝向生命的巨大自然驅力，以及跟生命本能的連結。如果基底是健康的，生命的本能會拯救這個孩子。相反的，如果環境是不健康且病態的，這個孩子會受到破壞。他們會經歷孩子們通常會遇到的意外事件，甚至以糟糕的方式經歷這一切。

然而，守護天使並沒有保護故事中的兩個女孩免於對邪惡矮精靈犯下錯誤。也許她們必須犯這個錯誤，否則就不會看見矮精靈攤開他的寶藏。也許個體必須要犯這個錯誤，才能更深入地進入問題、經歷問題，並且走出問題。有些其他童話故事的主角也犯了這樣的錯誤，顯然如果沒有這樣的錯誤，就不會有好的結果。但是，你可以想像如果矮精靈被置之不理，不久之後她們也可能就會看見他攤開的寶藏，但是此處並沒有**明**說。在其他的故事中，有時候會是那樣，因此我在這裡並不是很確定。但是，我認為這兩個女孩就只是傻傻的多愁善感。

我很確定，如果黑熊詢問女孩們是否該殺了這個矮精靈，她們會說：「喔！不！可憐的矮精靈，別殺了他！再給他一次機會吧！」感謝上帝，他沒有詢問女孩們，而是不說一聲地就給了矮精靈狠狠一擊。在那之後，也就沒什麼可再多說的了！那也可以說是自性的行動。純粹自然以正確的方式運行，不帶人為的介入；其中沒有任何盤算，事情就這麼發生了。但這也帶領個體接近危險的邊界，因為一旦自我經過反思之後得到這樣的行事風格，那麼就會出問題！這就是為什麼當個人注意到這樣的事情時，就要轉身，不作反思。反思在此處成為一種破壞力，因為這本是個道德的問題；也就是說，這是個情感的經驗，在其中智性沒有說話的份。談論這個

問題本身就是另一個兩難及矛盾，因為我們絕不可能真的講述這一點。你必須要牢記，我們對此不能多所置評，或者，唯有在情感仍留在所屬的疆界時，我們才可能有所評論。

女人對於自身內在的壞阿尼姆斯會有這樣的慈善心，那是自我人格的弱點，沒辦法說出：「現在這些都是無稽之談，我不會聽信來自自身的無稽之談。」相反的，我們心裡想的是：「這個嘛，也許是非常重要的，也許我應該寫下來，下一次跟分析師見面時跟他談一談。」接著就越來越糾纏不清。這說明了為什麼當你分析這樣的人時，如果他們帶著那樣的心情前來，你會不知道該如何做。假使你靠近他們、靠近界線，同時也就靠近圈套，鬍子也會纏上你的！

女人的內在會有這樣的爭論核心——「沒錯，但是……」不管你向她們說了什麼，她們總是會說：「是的，但是你上次不是說過……？」如此一來，你就被那條線給纏住了。男人也會說：「是的，但是……」但是這比較像是憂鬱的心情，這樣的心情讓他們以這樣的方式表達心思。

我記得有個來找我的被分析者曾說：「唉！你知道的，現在對我來說，生命已經結束了，我老了，我也不想要再做什麼了。我也覺得累了。我不喜歡我的工作，但是我太老了、太累了，我不想變動，而且……」你們懂的，那種深層的憂鬱！

「你會做夢嗎？」我問。

「沒有，我沒有夢，只有一些片段的畫面，不過，我知道那些都是非常負面的。」

那小小的片段就是那個聲音，命令他進入樹林，在林中生火。

但是他身上沒帶火柴。他回家去拿火柴，回到樹林時發現火柴盒裡只有一根火柴。接著他點起火，開始冒煙，他心裡想著到底該不該吹熄。他吹了一口氣，火就熄了！此時有個聲音出現：「這就是鬼神所為！」

這是一個悲慘的夢。夢中的他並沒有做出正常的反應，比如落入征戰後說：「唉！這真糟糕！我真的落入險境，我的元神可能會死去，我必須回家，下一次一定要帶一整盒火柴，還有很多的報紙，好生一場旺盛的火。」畢竟，在樹林中生火，當時甚至沒有下雨，即便是對一個疲憊不堪的老人來說都不是一件不可能的任務！他只是說：「看吧！無意識也是這麼說的，這就是結束，這個夢告訴我，我的內在已經沒有任何的靈性了，那麼我為什麼還要嘗試呢？」

我無法告訴你我當時所說的所有內容。我咒罵了一番，真的是氣瘋了。但是他以一種悲傷且疏離的心情看著我，接著說：「你看，**我**必須要維持客觀！**我**必須允許另一種解讀！」然後他就離開了。

這是相同的事情，都是錯誤的爭論，但這是基於心情而生的爭論。他一進門時，我從他幼稚且陰沉的口氣，就看到了這一點。這個爭論就近似於與阿尼姆斯的爭論，但是底下則是心情，憂鬱的阿尼瑪心情啟發他說出自己必須要維持客觀，也就是維持男性的客觀理法原則！這只是為了替他那發牢騷的阿尼瑪心情作辯護，但那是在男人身上會出現的形式。與阿尼瑪／阿尼姆斯糾纏不清，這在男人及女人都很常見；人們會落入這固定的糾纏，無法振作起來。個體多少都要試圖轉變情況，如果可以的話就自己來，不然就要有其

他人代為出手。

　　當被分析者跌落精神症發作的狀態時，也是相同的，只是程度較小。正如同榮格在有關超越功能的論文中所提到的，有時候個體仍然可以透過外在情境的轉換而打破這個災難，像是突然轉換工作、被踢出分析，或是更換治療師之類的；一個強加的力量為整個情境帶來轉換，如此才能讓他們重新振作起來。這就像是一塊石頭開始滾動下山，如果你沒有中止這個運動，情況就會變得越來越糟糕，如同一小塊雪球開始滾動而造成雪崩。如果你可以將之終止，你就能防止一場破壞性的情緒。這同樣能套用在非精神症的人們身上，或套用在那些被阿尼姆斯或是阿尼瑪過度附身的人身上。

　　我認識一個家庭，他們家中有好幾個兄弟及一個妹妹，這個妹妹就像所有女人一樣，耽溺於阿尼姆斯。兄弟們對心理學一無所知，但是他們從情感而辨識出這一點，因此每當妹妹落入阿尼姆斯時，他們會說：「喔！來吧！振作起來！」叫妹妹振作起來，變成了家中的習慣。他們在沒有任何榮格心理學的背景之下了解到，當女性開始以特定方式爭論時，必須要將車輪轉彎，朝另一個方向前進。與之爭論或涉入其中，對這女人或其他人而言都是無望的，因為她**勢必**要繼續爭論。唯一能做的就是打斷或中止，這需要特定的自我力量及本能性。

註釋

1　原書註：*Deutsche Märchen seit Grimm, Die Märchen der Weltliteratur*, series published by Diederichs Verlag (Jena, 1922), p. 394, "Böse werden."

2　原書註：Ibid., p. 404, "Vun'n Mannl Sponnelang."

3　原書註：*The Complete Grimms Fairy Tales* (New York: Pantheon Books, 1972), pp. 664ff.

冷面的邪惡

接著我將回到有關善心的問題，但是會從更深入一層來看這個問題：我想要先討論北歐的一個童話故事〈巨人的心〉（The Giant Who Didn't Have His Heart with Him）。這是「冷面」邪惡的第一個例子。

巨人的心
（The Giant Who Didn't Have His Heart with Him）[1]

很久很久以前，有個國王和他的七個兒子。國王非常疼愛他的孩子們，因此他不願意與孩子們分開。孩子們長大之後，國王讓六個孩子出門找尋他們的新娘，但是把最小的兒子留在身邊。他要六個孩子幫最小的弟弟也帶回一個新娘。國王賜給六個孩子最漂亮的衣裳，每個兒子也在出發前都得到一匹最有價值的馬，以及許多錢財。六個兒子前往許多王宮中，拜見無數的公主，最後他們見到了有六個女兒的國王。他們從沒見過如此貌美的六個公主，因此每個人都選了一個公主；他們是如此沉醉於愛意中，以至壓根兒忘記了要帶回第七個新娘給他們的弟弟。

當他們朝著回家的路走了好一大段，抵達了巨人們居住的巨石區。其中一個巨人出現，巨人僅僅以視線掃過他們，就把所有王子和公主都化成了石頭，無一倖免。國王在家中等著六個兒子回來，但是他們從沒再出現過。國王極為傷心，更認定自己再也無法快樂起來。他對最小的兒子說：「如果我也失

去了你，我會自殺的，因為失去了你的哥哥們早已讓我悲傷不已！」

「喔！」小兒子說：「我想要得到您的允許，到外面去尋找哥哥們！」

「不，絕對不能！我不想連你也失去了！」國王說。

但是男孩不斷請求，直到國王最後屈服，同意讓小兒子離開。國王沒有半點錢，只剩下一匹生病的老馬，小兒子也就只能接受。但是男孩一點都不介意，他旋即跳上馬，與父親道別，並且對父親說自己絕對會回來，還會將六個哥哥都一起帶回家。

過不了多久，男孩遇見了一隻動彈不得的烏鴉，牠只能些微拍動翅膀，因為太飢餓了。牠想要一些食物，國王的兒子說，雖然自己也沒什麼可吃的，但是仍然可以分一點給烏鴉，於是給出了手中的部分食物。

又過了一些時候，男孩抵達一條小溪，在乾涸的岸上躺著一條大鮭魚，擱淺在泥地上，男孩將這條魚推回水中。烏鴉及鮭魚都承諾會協助小王子作為回報，但小王子回說，對於牠們的回報並不抱太高的期望。後來，騎了很長的一段路之後，男孩遇見一隻狼橫躺在路中間，狼要求吃掉小王子的馬，因為牠真的餓壞了，牠說自己已經有兩年沒吃下任何食物。小王子回答說，真的很抱歉，對此無能為力；他還說了自己之前遇見一隻烏鴉，把手中的食物分給牠吃，接著又遇見一隻鮭魚，他還幫助鮭魚回到水中，「而如今，你竟然連我的馬都想要吃掉！」但是狼一再堅持，並保證將來一定會幫助小王子，還說

小王子在那之後可以騎在他的背上。王子說，他不認為狼可以給他多少幫忙，但是他同意讓狼將他的馬吃掉。

狼吃下馬之後，王子將馬具披在狼身上，此時此刻的狼已經變得十分強壯，可以快速帶領王子奔馳向前。狼說牠會帶王子前去巨人的宮殿，狼領著王子抵達巨石區，得知六個哥哥及他們的公主都被化成石頭；最後，狼領著王子前往入口大門處。可是王子說他不敢進入，因為巨人會把他殺了。「不！」狼說：「當你進入之後，你會發現一個美麗的公主，她會告訴你該如何擊敗巨人。只要照她所說的去做就可以了。」王子雖然滿心懼怕，但還是走進了宮殿。那時候巨人們都出門去了，其中一個房間裡坐著一個公主，公主說：「上帝保佑你，你是怎麼進來的？巨人會把你殺掉，可是沒有人能殺掉巨人，因為巨人的心不在他的身上。」

「是的！」王子說：「但是既然我已經進來了，我就要試著拯救我的兄弟們。」

「好吧！」公主說；「那就看看我們能做些什麼吧！現在你必須要藏在床底下，同時要仔細聆聽巨人說的話，但是你務必要保持安靜不動。」

於是，王子在巨人回來之前鑽入床底下，像不存在似的。巨人回來後說：「我聞到房子裡有人味。」

「是的，」公主說：「有一隻烏鴉飛過，在煙囪裡丟入一根人骨，這就是你聞到的味道。」當夜晚降臨，他們上床就寢時，公主說有件事她放在心裡很久了，但是一直都沒有勇氣問。

「你想問什麼？」

「我想要知道你的心在哪兒？」

「喔！你現在還不需要擔心這件事，事實上我的心就躺在門檻底下。」

「喔！」床底下的王子心想：「原來就在那兒！」

第二天早上，巨人很早就出門了，兩人飛快跑去找巨人的心。但是無論他們挖得多深，都沒看見心臟。「這一次他想必是騙你的，」王子說：「但是讓我們再等等。」公主摘了許多漂亮的花朵散布在門檻上。巨人回來之後，相同的事情又再度發生，巨人說他聞到了人肉的味道，而公主也用了相同的藉口。過一陣子，巨人問誰在門檻上灑滿花朵。「喔！」公主說：「我是如此深愛你，因此必須要這麼做，因為你的心就埋藏在那底下。」

「喔！是這樣嗎？」巨人說：「但事實上我的心並不在那兒！」

當他們上床就寢時，公主再一次詢問巨人的心在哪兒。她說自己如此深愛巨人，因此一定要弄清楚。

「喔！」巨人說：「就在牆邊那兒的櫥櫃裡。」

因此，兩人又再度經歷相同的事情，但是巨人的心並不在那兒，而他們也再一次在櫥櫃裡放入花朵及花圈。巨人第三次說他聞到人味，而公主也再度用了相同的藉口，並且說明她為什麼要裝飾櫥櫃。巨人問公主是否真的笨到相信他的心就在那兒；事實上，巨人的心是在公主永遠到不了的地方。他的心在遠方的島嶼，島上有一間教堂，教堂裡有一口井，井中有一隻

鴨子在游泳，井裡有一個蛋，他的心就在蛋裡。

第二天早上，巨人一大早就出門了，王子和公主道別之後，就前去找狼。他告訴狼說自己必須要去找尋巨人的心。王子騎上狼背，當他們抵達海邊時，狼載著王子游過大海。接著，他們抵達那座島嶼及那間教堂。但是鑰匙被掛在高塔上，兩人無法取得。他們呼叫烏鴉，烏鴉拿到了鑰匙。他們走進教堂，裡面有口井，井裡有隻鴨在游泳，和巨人所說的完全一模一樣。他們引誘鴨子離開水井，並且捉住了鴨子，就在王子將鴨子抓出水面時，鴨子落下了一顆蛋在井裡。王子不知道接下來該怎麼做，可是狼要王子呼叫鮭魚，鮭魚就從井底找出那顆蛋。「現在，」狼說：「你必須稍微緊握這顆蛋。」當王子如此做時，巨人痛得大叫。狼說道：「再握一次！」王子再次照做，而巨人喊得更大聲了，還請求饒了他一命。巨人說他會答應所有王子要他做的事，只求王子不要將他的心一分為二。「告訴他，」狼說：「如果他將化成石頭的六個兄弟及他們的公主變回來，你就會饒了他一命。」於是，巨人魔（顯然就是等同於巨人）將六個兄弟及他們的新娘都變回了人形。狼接著說：「現在，捏碎這顆蛋！」王子將這顆蛋捏成碎片，而巨人瞬時也爆裂了。

巨人被殺之後，七個兄弟帶著他們的新娘騎馬回家。國王高興得不得了，還說最漂亮的新娘就是小兒子的新娘，要她與國王一起坐在主位。接下來連續好幾天，王國內舉辦盛大宴會；如果宴會還沒結束的話，他們現在應該還在繼續慶祝中。

如巨人般無可駕馭的情緒

　　檢視童話時，故事中的人物數量總會帶來一些提示。在我們的故事裡，一開始有國王及他的七個兒子：王宮中有八個男人，但是沒有女人。整個故事都沒有提到王后，因此我們必須假定王后已不在人世。

　　我不想要進入細節的討論，但是一般而言，榮格派的觀點認為八是指向內在完整性的數字，也就是成為心靈完整的四角的倍數。因此我們可以說，故事開始時王國內有完整性的象徵存在，但是其中缺了陰性物質。以務實的語言來說，這意謂著這八個人象徵生命的外在形象，可能是主導的宗教態度，透過這個態度，完整性的象徵得到實現，這可能指明童話故事所處的時代，但是完整的象徵性只顯現在陽性特質上，也就是它的理法面向上。而愛欲、陰性面及阿尼瑪的面向則是缺少的。這雖是個完整性的象徵，但是處在過高的位置，同時只顯現在思維及陽性活動區域，自性的象徵對應到男人內在的自性心靈模組，但是卻不是女人內在的心靈模組，其中必定有極大的缺失。

　　因為巨人是敵人，也因為故事的結尾提到教堂，我們必須假設這個童話故事應該不會早於挪威受基督教化的時代，也就是指基督教時代的第二個千年期間。在那之前，北歐國家有著相當陽性的宗教，主要是父權的社會規約，但是基督教化之後，他們再次抱持純粹父權、靈性的宗教觀點，陰性的元素依然保留在原始未發展的狀態下。

　　六個兒子出門尋找王宮所失落的陰性元素，同時要帶回新娘。

國王並沒有讓最年輕的那個離開，而是勸說小王子留在家中。但是六個兒子找到他們的新娘之後，來到險峻的巨石區遇見巨人們；其中一個巨人出現，將他們化成石頭。

此處，我們必須要進入巨人的象徵。巨人主要代表著那剩餘且被壓抑下來的異教元素，因而退回成為石塊。在德國神話中，巨人的主要特徵在於他們巨大的力量，而且更常見的是他們那令人矚目的愚笨。在數不清的故事裡，巨人都會被小個子或瘦弱的人愚弄，因為它們只顧著長身體，沒長多少腦袋。但是，在更早期的前基督教北歐神話中，巨人也是非常聰明的，因此他們主要是在挪威基督教化後的壓抑之下才被愚笨化。巨人的角色幾乎與天氣相關，他們製造雲霧；在許多國家中，即使是現代國家，一旦有雷雨出現，據說就是巨人們在天堂國度玩耍、滾球或打保齡球。我們有雷巨人、閃電巨人，還有那些跟山崩及滑落山脈的大石頭有關的巨人。巨人婦大掃除的時候，整個國家就會被雲霧籠罩。從這些聯想中，我們可以發現巨人代表著自然中強大且不受駕馭的力量，這是一種心理的動力，大多數是情緒的本質，而且遠較人類來得更強大。因此，我們可以將之聯想為排山倒海而來的情緒衝動，這衝動就如同巨人一般，征服了人性。

當一個人情緒化時，就會誇大：正如我們所說的，我們從虱子中造出大象。從這一點來看，巨人與情緒或情感的連結是很明顯的。對方的小小評論或任何小細節，都會因為無法招架的情緒襲來而變成巨大的悲劇。情緒本身是強而有力的，並且放大了環境周圍的每一件事。在《以諾書》（*Book of Enoch*）的舊約聖經次經（Apocrypha）中，有個故事說巨人喜愛女人（創世紀 6:4）並與之

　　童話中的陰影與邪惡：從榮格觀點探索童話世界

交配，製造出新一代帶有破壞性的半巨人，他們毀壞了地球表面。榮格在其中一篇評論中，將這一點解讀為太快地讓無意識內涵物侵入集體意識範疇。

在德國的神話中，巨人是介於神與人之間的中介人物。在世界各地許多創世神話中，巨人是在人類之前被創造出來的，而且是上帝意圖創造人類時所做成的殘缺且不完全成功的成品；接著出現的就是人類，至少看起來是個稍微比較成功的創造。

不過，在北歐神話的特定版本中，巨人是在諸神出現前就存在的。他們是自然中最古老的生命存有。北歐神話中有冰火巨人，此處我們也再次看見巨人與情緒象徵之間的聯想；其中一面是火，是情緒面的象徵，另一面則是冰，正好相反，但同樣也是情緒象徵。人們唯有處在極度情緒化的時候，才會冷若冰霜。冰表現出情緒狀態的頂點，在擺脫火熱之後進入的是冷酷及僵硬。你可能經歷過這樣的狀態：你氣得要發火，這時候如果情緒強度再增加一點，個體會突然間什麼感覺都沒有了，情緒落下，從憤怒全然轉為冰冷，進入冰凍與僵化的狀態。在熱烈的情緒反應情境中，個體在盛怒之下，或者在震驚之餘，或者在任何的情緒之下，都可能變得僵硬。個體顯然會手心涼了一截，開始顫抖，因為所有的血管都收縮了，個體也因此變得僵冷，此時所感受的不是滿臉通紅的熱火，也不是如同烈焰般的情緒感覺。冰是更進一步的狀態，當情緒落入另一個極端時就會出現。這與神話中的巨人作為冰與火領域的主宰者相符合，因為兩種狀態都是不人性且完全失去平衡的。

在希臘神話中，相同的角色由泰坦神族（Titans）所完成，他們是大地之子，同樣是介於神與人之間的位置。在地中海區域的神

話中，他們掌管地震。其中有個被束縛在西西里島的埃特納火山（Etna）底下，三不五時就會稍稍滾動，每次滾動就是埃特納火山的一次爆發。同樣的，這也跟不受駕馭的情緒本質有關，而眾所周知的，火山爆發是破壞性情緒爆發的象徵。

至於巨人介於神與人之間的位置，我們將神的角色解讀成一個象徵或是原型的意象；也就是說，他們是原型的表現，原型作為無意識的同時，可能也是宇宙的基本結構。我們的心靈中帶有這個核心，其中載滿極大的動力，但是只要他們是以原型意象的方式呈現，他們就在其中保有秩序。舉例來說，神話中的每個神都有其功能：祂掌控生命的特定向度，並且要求人類遵循特定的行為準則、犧牲等。因此，我們可以說原型意象傳達了特定的秩序，或將秩序加諸在人類身上。多神論宗教中的神祇可以彼此爭戰，不同的秩序相互碰撞，但每個原型至少都會有特定面向的秩序在其中。

當原型的內涵物接近人類的意識，經驗到的可能只是充滿情緒張力的那一部分，秩序的面向則不會被了解。這就會是巨人；個體承受從原型內涵物匯聚而來且令人難以招架的情緒感受，卻沒有覺察其中的秩序及意義面向。這就是為什麼介於神與人之間的巨人通常都是具有破壞性的。如果我們從這個角度來看巨人，那麼他們的愚笨就變得容易理解了，因為每個落入情感狀態的人都會自動變成愚蠢的。你可能也有這樣的經歷，一旦被感受狂掃而過，就會做出愚蠢至極的事情；只要冷靜反思，你絕對不會做那些事情。但是巨人也可能是有益的，因為作為全然心靈的情感力比多能量，只要他們受到人類智慧所掌控，就可以做出最偉大的行為。歐洲全境有無數的中世紀傳說，相傳有些聖徒會愚弄大巨人，讓巨人成為他們的

童話中的陰影與邪惡：從榮格觀點探索童話世界

奴隸。接著，巨人會為聖徒建築偉大的教堂及祭壇，造福於聖徒。因此，只要巨人屈服於人類智慧，或者當巨人再次被整合進入精神秩序中，巨人就能給我們帶來為數廣大、充滿力量且極有幫助的心靈能量。

　　這讓我想到榮格在書寫《心理類型》（*Psychological Types*）一書時常發生的事。正如同他在前言中所提到的，他與一位朋友針對書中的問題交互通信，因而匯聚了龐大的歷史素材，這些資源後來都收錄在書中；當時他得到啟發，想要著手書寫，他感受到自己可以從收集資料的工作中更前進一步了。他一心想要以清晰與精準邏輯的方式來書寫，他心中想到的是法國哲學家笛卡兒（Descartes）的《方法論》（*Le Discourse de la méthode*），可是他卻無法做到，因為那樣過度細緻的思維工具無法把握住這個龐大豐富的素材。當他步入這個難題時，他夢到在港灣外停泊著一艘龐大的船隻，裡面裝著要給人們的大量貨物，船隻必須被拖進港灣內，並將貨物卸下來。依附在這個龐大船隻旁邊的，是一匹優雅的白色阿拉伯馬，那是一隻俊美雅緻、高度敏感的動物。白馬應該要將這艘船拖入港灣內，但牠斷然是無法做到的。就在此刻，一個頂著紅頭髮、蓄著紅鬍子的巨人走過人群，他推開眾人，拿起一把斧頭殺了那匹白馬，接著拉起繩索將整艘船**一鼓作氣**拖入港灣中。榮格因此明瞭，他必須要以整體所激起的情緒感受之火書寫，而不是持續與這匹雅緻的白馬前行。接著，他在一股巨大的工作驅力或情緒能量的驅使之下，每天早上三點就起床寫作，幾乎一氣呵成地寫完整本書。

　　此處你得以看見當巨人是合作的時候，如果他不是自主的，他就如同我們在這裡所提到的力比多，這股能量能夠讓人們做出超

自然的事情，完成在正常心智下所沒有勇氣完成的事。我們可能會說，如果要完成某些事情，就要有一定程度的狂喜或膨脹，亦即一份英雄式的熱忱；而這就是當巨人處在合作的狀態，或與人類意識相互配合時所展現的特徵。但是，如果脫離我們的掌控，他就會做出先前所描述的所有壞事。

在這個故事中，巨人從岩石群中出現，將六個王子及他們的新娘都化為石頭，害他們不能回家；巨人如此乾脆俐落，讓我們感覺這是出自全然的邪惡。化為石頭比冰凍期又更進一步。如果情緒過度，個體就會變冷酷，一旦程度更進一步加劇，個體就會化為石頭。這也就對應到了精神心理中所說的僵直狀態。我們可以說，當病患處在僵直狀態時，他就是被無意識的情緒化為石頭。由此而生，第一階段是冷酷，接著而來的是可怕的情緒崩潰。要紓解這樣的悲劇事件，個體必須要經歷導致石化的過程中所有的不同階段。在希臘神話中，有一位臉上及頭上都布滿蛇的戈爾貢‧梅杜莎（Gorgon Medusa），她能夠將任何一個直視她的英雄都化為石頭，讓人心生恐怖。柏修斯（Perseus）必須將她除去，但是不能直視她，只能透過一面鏡子看她。他必須要在自身及直視她所生的情緒驚愕之間，放入一個客觀反射的物質。故事的王子們並不知道這樣的智慧，他們直視巨人，因此被化為石頭。

他們也忘記給最年幼的弟弟帶回新娘。然而，即使他們記得，這個新娘也會被化為石頭；如果真是這樣，那麼最年輕的王子就不會遇見任何公主了，所以這樣的安排反而不是太糟。不過，他們確實展現出無比天真的自我主義，就只記得帶走各自的新娘，將其他的事忘得一乾二淨；他們會走入巨人的陷阱也就不意外了，因為他

們欠缺的是反思及考慮。

烏鴉、鮭魚及狼

當最年幼的兒子打算前去找尋他的兄弟們，剩下的只有一匹不體面且可憐兮兮的瘦小馬匹，但是王子就這麼騎著牠上路了，這當中藏著相當有意義的連結；當他後來讓狼吃了這匹馬，用馬換來一頭狼，我們也就比較不感到悲傷。從心理學的角度來看，國王代表著集體意識的主導內涵物，此時已經沒有太多的本能能量留下。他失去了妻子，也許這是很久以前的事了；他也失去了六個兒子，六匹馬也都死了。王宮中的生命力日漸貧瘠，這很自然地讓無意識內的力量滿載。

最年幼的兒子在低迷的心理狀態下上路，完全沒有丁點感覺他會有一番大作為，或是如同偉大的英雄般翻轉情勢。從故事起始出現的病灶就是過度強調陽性面，因此我們得以知道為何當個英雄是錯誤的：這是對舊有的統治態度陣線表示同意，以陽性面施加壓力在本能、愛及陰性原則上。最年幼的那個比較好運，得到這隻不體面的馬，因而剝奪了他保持陽性英雄態度的可能性。接著，他遇見了一隻快餓死的烏鴉，他和烏鴉分享了他僅有的食物。

歐洲神話中的烏鴉，一般來說是主宰的神及人類之間的差使。在北歐神話中，烏鴉就像是沃登神的兩個差使福金及霧尼，牠們坐在沃登神的左肩及右肩上，對沃登神報告世上發生的一切。我們可以說牠們是沃登神的超感官知覺（ESP），或是沃登神的絕對知識，世上一切發生的資訊來源。烏鴉似乎知道什麼時候有屍體可

吃。在遠古時代，牠們總會伴隨軍隊，等待食物。牠們是沃登神的差使，從牠們飛翔的方向就得以預告勝利或敗退。牠們不僅對神傳達世間所發生的一切，如果你讀得懂**徵兆**（*auguria*），就能透過烏鴉的行為而讀取上帝的意圖。

基督教神話中的烏鴉是充滿野心的角色。當諾亞（Noah）在大洪水之後漂浮在方舟上，他首先派出烏鴉去找尋是否有陸地再度浮現，但是烏鴉太忙於吃屍體而忘了飛回來。接著諾亞又派出鴿子，鴿子為他帶回樹枝，因而得知陸地已經再度浮現。中世紀時期的教父因為這一點而將烏鴉視為惡魔及邪惡原則的代表，鴿子則被視為代表聖靈及神的美善原則。相反的，拔摩島（Patmos）的聖徒約翰（Saint John）及以利亞（Elijah）是被天堂來的烏鴉所餵養的。對於教會神父們而言，要聯合這兩個面向很不容易，但是他們最後說烏鴉代表深度、黑暗及不可見的，也就是指聖徒約翰對於上帝未說出的想法，或是當他孤單一人隱居在拔摩島上所處的內在狀態。因此，在中世紀，正如同在許多其他的神話領域中，烏鴉的原型象徵被一分為二，有光明，也有黑暗的面向。牠是惡魔的象徵，同時也在精神上與上帝的黑暗神祕連結。讓人感到驚訝的是，希臘神話中的烏鴉則屬於太陽神阿波羅，代表的是冬天那一面的阿波羅，也就是祂黑暗、北方的（Boreal）那一面。

因此，烏鴉這個差使傳達的是偉大神祇比較不可知、比較黑暗、比較沒有光芒的那一面。抑鬱、深度的心思，與邪惡的念頭，都是相當接近的；孤寂是被邪惡附身的先備條件，對於少數知道如何在內在行事的人來說，孤寂也是進入內在中心的先備條件。烏鴉可能將我們帶領至邪惡附身，或是帶領進入核心內在的實踐，這是

太陽神的黑暗面，亦即那些此時此刻不為集體意識主導的想法，這些想法被集體視為邪惡的。一旦有人遠離集體，並單獨進入個人的深度，他或她將帶出新的內涵，會對主導意識的光明且懶惰的態度造成擾亂。接下來的問題就是，他們到底是真的邪惡，或是此時此刻需要的黑暗實踐。此處，烏鴉代表人類心靈中有助益的那一面，但是現今處在完全飢餓的狀態。換句話說，牠是被忽略的那一面，可是年幼的兒子餵飽了牠。

接著，小王子遇見一條鮭魚絕望地擱淺在乾涸的地面上，他將魚推回水中。在凱爾特及北歐神話中，鮭魚的象徵意涵近似於烏鴉，亦即代表智慧以及跟未來相關的知識。在凱爾特神話裡，英雄會向井裡的一條鮭魚尋求諮詢，英雄由此得到關於其他世界及冥界的消息。但是鮭魚有另一個特質：在這些國家，過去鮭魚是主食，因此代表著滋養的元素。牠提供生命活力，不僅僅帶來心靈背景內黑暗未知的資訊，同時也匯集了帶來滋養的洞見，牠是健康活力的象徵。鮭魚有項驚人的行為，牠在春季時分逆流上游，前往特殊的交配地點，許多鮭魚會在途中死亡，但鮭魚還是每年都如此做；這代表一種極端英雄式的表現。我們從這個動物習性中得出這樣的想法：鮭魚逆流上游，做出與功利主義觀點不符的行動，因而象徵著人類**違反自然**之流的努力。牠代表著英雄努力對抗懶散以及便宜行事的態度，鮭魚若屈服於這種態度，就肯定不會逆流而上。鮭魚試圖跳過河流中的瀑布，不下十次或二十次，他們因此而筋疲力竭；牠們會繞行，接著再試一次，直到跳過為止。人們自然會認為這是鮭魚帶給人類的啟示：為了得到智慧以及高層次的意識，人們也需要做出相同的努力。

鮭魚有這樣的高度象徵意義，牠代表神聖的智慧，帶領人們以自身的努力朝向更高層意識，但是牠也代表愛欲的特質。鮭魚用盡一切努力抵達交配的地點，因此鮭魚以相同的形式代表生命活力以及愛的原則，包括愛的智慧。

　　故事中的鮭魚需要一臂之力回到水中。擱淺是典型的狀態，因為在王子投入參與之前，這個王國中的一切都不對勁；甚至代表智慧的鮭魚都失去了與水的接觸。

　　相對於鮭魚，下一個動物更接近人類。狼是溫血動物，也是我們的親近兄弟。這匹狼是如此飢餓，以至於幾乎無法動彈。牠整整兩年什麼都沒得吃，因此請求王子讓牠吃掉馬。在北歐神話中，狼就像是烏鴉，也是屬於沃登神的動物。牠同時也是戰場的伴侶，每當軍隊所到之處，烏鴉會在空中跟隨，而狼群會在後方的樹林中緊隨。牠們代表過往時代的軍隊承受著死亡的黑暗威脅。或許因為牠們是狗的近親，而狗就依附在人類身旁，所以狼不僅帶著暗黑威脅動物的投射，同時也是神奇自然智慧的投射。希臘神話中的狼同樣屬於阿波羅，即太陽神，也是意識的原則。希臘文裡的狼是「lykos」，與拉丁字 *lux*，即光明同源，或許是因為狼的眼睛在黑暗中閃亮。牠除了是夜行性動物，也是光明的動物。真實的狼有讓人訝異的智力，或許因為這一點，再加上其他的特質，讓牠帶著自然光明的投射。

　　從負面的角度而言，狼有著危險的破壞性，代表著邪惡原則的最高形式。在古老的德國神話中，當末日之狼芬利斯（Fenris wolf）在一日將盡之時掙脫出來，就意謂著世界及宇宙中諸神末日的到來。牠會吞食太陽及月亮，那將是大洪水的開端，也是宇宙

的末日。因此，狼是全然毀滅的魔鬼。有句話「說狼狼到」，就好比當你提到惡魔時，惡魔就來到了。為了要避免提到狼的名字，狼被稱為「Isengrimm」，意指如鋼鐵般冷酷；牠的冷酷，是因為憤怒、狂暴或生氣的狀態轉成鐵了心的冷峻。當人們**冷酷地**說一件事，表示他因為根深隱藏的憤怒或情感，轉而以鐵了心的冰冷態度說出。當然，當個體需要這種「聖潔的」怒氣，做出不帶憐憫的決定時，那麼這時候的冷酷可能就會是正面的。

　　狼也是惡魔的動物，以及諸位戰神的聖獸。舉例來說，狼在羅馬屬於戰神瑪爾斯，祂是羅馬帝國的主要神祇之一，這也說明了母狼孕育羅馬城的創建者羅慕路斯（Romulus）與瑞摩斯（Remus）。狼不僅與戰爭的黑暗之神和光明之神的黑暗面有祕密關連，同時也與陰性的原則有關。例如，〈小紅帽〉（Little Red Riding Hood）故事中的祖母，也就是大母神，變成一隻狼並且威脅要以狼的形體吃掉小紅帽；狼後來被獵人除掉，而獵人也代表沃登神的某個面向。在那個故事中，狼最後變成了黑暗陰性神祇以及黑暗自然的屬性之一。在現代女性的夢境中，狼總代表著阿尼姆斯，或是代表著女性被阿尼姆斯附身時可能會出現的怪異吞食性態度。在許多的神話內涵中，狼僅僅代表飢餓與貪婪。英文的wolfing（狼吞），指的是以一種充滿貪欲的方式進食。這說明了為什麼在許多傳說及故事中，狐狸抓住了狼的貪婪而戰勝狼；在那個當下，狼失去了靈活反思的能力而被抓住，貪婪及飢餓導致牠的落敗。從我們的觀點來看，那是我們可以抓住牠的地方。《格林童話》中有一則故事叫作〈七隻小羊〉（The Seven Little Goats），故事中的狼很貪心，小羊在狼的肚子裡放入石頭，並把狼丟入水中。

這個故事中的狼，再一次因為貪婪而被打敗。

在人類身上，狼代表著我們身上那個奇特且不具區辨性的欲望，想要吃光所有人、所有東西，想要擁有所有，這在許多精神官能症患者身上明顯可見，主要問題在於因為不愉快的童年而處在幼稚狀態。這樣的人在身上發展出飢餓的狼，不管他們看見什麼，都會說：「我也要！」如果我們對他們仁慈，他們的要求就會越來越多。榮格說這是不同於權力及性的驅力，它甚至更原始，是一種想要擁有及得到所有事物的欲望。如果你給這樣的人一週一小時，他們會想要兩小時；如果你給他們兩小時，他們會想要三小時。他們想要在你休息時見你，如果你答應了，他們會想要跟你結婚；如果你和他結了婚，他接著會想要吃掉你，就這樣沒完沒了。他們是完全被驅力推著走的，並不是**他們**想要，而是**它**想要。他們的「它」從來不會被滿足，因此狼也在這樣的人身上創造了持續的憎恨與不滿足。它是苦、冷，以及無止盡憎恨的象徵，因為它從來沒能得到。它真的想要將整個世界吞掉。

狼更常進入北歐的童話故事，在這些故事裡，牠是巫婆及偉大女神的同伴。在希臘，要將狼與陰性連結並非輕易可行的，因為狼是阿波羅的動物，但是**有些**希臘晚期的魔法莎草紙中提到，狼出現在冥月女神赫卡忒（Hecate）的狗群中，因此我們也不能忘記狼與光明之間的關係。此處**所指**就是，當貪婪被善用或是用在正確的目標上時。

床底下的隱密危險力量

在這個童話故事中，狼的負面特質並沒有被展現出來，可能貪婪及欠缺自我控制的面向已經駐紮在巨人身上。此處的野狼，與牠的正常本性相反，只吃了馬。接著牠的貪婪就被止住，還可以被套上馬鞍及韁繩，成為小兒子的馬。如今這個坐騎就是猛烈的欲望，但是並未超過適宜的疆界。那隻不得體的馬並沒有帶來英雄**之舉**，如今王子是騎著熱切的欲望去達成他的目標，找到他的兄弟及他們的新娘。狼帶著神祕的自然知識，引他前行到巨人的城堡，同時告訴王子，他就只需要聽從公主的話。公主後來確實處理了整個問題。王子只要躲在床底下就好了。

狼所給予的幫助，提醒了我們其他不同的神話版本，以及英國作家吉卜林（Joseph Rudyard Kipling）那個如假似真的森林王子毛克利（Mowgli）[2] 的不朽故事，故事中遭遺棄的孩子被狼群領養，後來回到人類社會。如果我記得沒錯，這樣的事情真的發生在印度，或許應該是這樣發生的：一個男孩在狼群中生活了很長的一段時間。這類真實事件並不常見，但是我認為這個神話或事件扮演了至為重要的角色，雖然只有少數幾個真實的孩子被狼群撫養，但這種事卻透過象徵的方式發生在數以百萬人身上。孩童因為不愉快的家庭生活而丟失人性，或者該說是他們不被允許具有人性，因為他們的父母帶著不具人性的無意識。因此，他們就落入了「孤狼」的態度。數以千計的孩童變成孤狼，承受孤離貪婪，而且沒有能力與人類建立接觸。這說明了為什麼現實生活中發生的少數幾個故事，卻能在世界各地帶來如此深刻的印象。世界各地都有狼人的故事，

人們在夜晚藉著法術變成狼，做出破壞性的活動，這些都意謂著相同的事物。

如果我們檢視王子的行為，會發現他處在一個奇怪的雙重位置中。狼同意被套上馬鞍及韁繩，同時也不像其他故事的狼那般呈現無盡貪婪的本質；牠要王子保持全然的被動。而在故事的結尾——不要忘記我們的主題是有關於邪惡問題的因應——毀滅巨人的決定性步驟不是由王子所完成，而是由狼所為的，牠促使王子將蛋捏碎。因此其中有奇怪的雙重態度。王子是全然被動的，他躲在公主的床底下，除了傾聽他們的對話之外什麼都不做。全部的行動由狼一手執行，因此巨人最後被擊敗，也是狼所為的。王子扮演的功能就只是作為一個工具，他進入這個故事，好讓狼可以打敗巨人。

有關躲在公主的床底下聆聽愛人間的對話，這個主題在另一個故事中會再度出現，因此我在這裡只做簡短的討論。床底下通常帶有個人無意識的投射。如果人們不太整潔，你會在他們的床底看到毛屑、霧濛濛的灰塵，同時混雜便壺、舊鞋子之類的東西；那是人們將事物掃除之處，因而也成為鉤住個人無意識最理想的地方。

我童年時期認為床底下住著獵人和黃色小精靈，它們高舉著雙手想抓我，我總是要僵硬地躺在床中央才能避開。我告訴其他小孩這個經驗，他們都認同動物惡魔之類的東西就在床底下。

中國的智慧之書《易經》[3] 的第 23 卦「剝卦」，意旨從死亡的衰退中復甦，卦詞中提到毀壞的床的意象，床腳掉了，而最後整張床都崩塌了。它描述邪惡的力量沒有勇氣公開與好的力量競爭，而是偷偷且慢慢地破壞，直到整張床崩塌。其中再一次顯示，「在床底下」的是被壓抑的情結及問題的埋藏之處，它緩慢地破壞意識

情況，最後甚至成為個人的安息所在。這說明了為什麼壞的意識、擔憂的意念或被壓抑的事物實際上帶來叨擾，讓人不得好眠；這些都是住在床底下的邪惡。

此處，王子是躲在床底下的隱密危險力量，但為了要破壞主控的巨人，王子接下了另一個角色。他進入成為深藏的角色，並且變得全然被動，他藉由這樣的方式緩慢地學到如何消除巨人的力量。他只能透過變弱及非正面競爭的方式打敗巨人，但是透過進入他的存在核心本質，他得以帶出所有的祕密能量。

這完全就像你面對某個處在猛烈情緒狀態的人。正面公開與對方的情緒搏鬥是不會有任何作用的；試圖以談話的方式讓對方走出憤怒，也只會將他的情緒激得更高漲。但是，如果個體能夠理解情緒背後的祕密核心，了解其基本的母題，那是對方通常不會知道的，那麼我們就可能因某個行動而讓整件事崩塌。對於自己也是一樣的。如果個體因為某件事而呈現極為誇大的情緒，通常是因為他的無意識生命活力及力比多能量沒有流向正確的方向，或是沒有走向它們所屬的方向。

帶有創意性本質卻沒有活出其創意本質的人，是最不討喜的個案。他們總是大驚小怪、庸人自擾，而且會過度熱衷於不值得關注的人物。他們的內在漂浮著滿載的能量，但是這些能量沒能對上正確的對象，因此就傾向於以誇張的動力套入錯誤的情境中。我們可以問問他們何以如此誇張，何以如此大驚小怪，但是這份過於大驚小怪或過度強調並沒有得到意識化。因為部分的動力核心並未駐紮，或是未連上正確的動機，所以滿載的能量就成了個人的愚蠢表現。一旦這些人將自身投注在真正重要的事物，超載能量就會全盤

流入正確的方向，不再為那些不值得投注情緒的事物加熱。被壓抑的創意是導致這種態度的常見原因之一，但是心靈中被壓抑的宗教功能通常也會導致這種偏頗的誇大傾向。

宗教功能或許是人類心靈中最強大的驅力，但如果它不是指向自然目標，則會增加生命其他部分的負載，同時帶來不當的情緒。勞倫斯・凡・德・普司特在《進入俄羅斯之旅》（*Journey into Russia*）[4]一書中提到這一點。他在書中指出，因為心靈的宗教功能受到無神論的統治系統影響而支離破碎，這樣的誇大有時候會以可笑的方式表現：在某些國家及區域的鄉下人會將電力視為神，而且會將他們的男孩命名為「伏特」（Voltage），女孩命名為「琥珀光」（Electra）[5]。談及新建的水庫、渦電流或發電機時，他們對這些新事物心存敬畏，就宛若遠古時代的人談及宗教事物一般。書中也描述當他拜訪列寧陵墓時所觀察到的病態場景，他對於這個生在十九世紀，如今被防腐永存的惡劣小資產階級留下深刻的印象——列寧帶著他那修剪整齊的鬍子躺在陵墓中，三不五時還需要重新施與防腐工程，以防蟲子吃了他的軀體。他當時看見一些單純的人們走進來，其中有個俄羅斯鄉下人及他的女兒，這個男人一臉驚愕地看著玻璃棺木裡的屍體，並脫下帽子致意，不久之後，他以虔敬的眼神看了看女兒，示意兩人該離開了。畫了十字之後，他們又再次安靜地走出陵墓。如果這世上沒有神，我們就會從死人身上造神！

當個體的心靈發展主流被阻擋了，你或許會以明喻表示水流入旁支，灌滿邊流；如果全面被擋住了，就會在人類心靈沼澤中長滿蛇及蚊子，因為水流並未被導向真實的目標。因為這樣的原因，為了克服這個破壞性的情緒，公主必須找出巨人如何與他的心臟相

童話中的陰影與邪惡：從榮格觀點探索童話世界

連。在兩次錯誤的嘗試後，她發現心臟就在「遠方」水域，其中有個島，島上有教堂，教堂內有口井，井中有隻鴨子，鴨子底下有顆蛋，而蛋裡有著巨人的心臟。

在這個故事的其他平行版本中，**心**字被**死**字所取代。俄羅斯的平行版本有個黑魔法師說：「島上有間教堂，教堂內有隻鳥，鳥底下有顆蛋，蛋裡就是我的死亡。」就某方面而言，這是相同的事物，因為只要你手上有蛋，你就握有巨人死亡的可能性，那或許就是這兩者之間的連結。此處，心帶著情感功能的象徵，是個脆弱點，是致命的弱點，也是這個無懈可擊的惡魔可能受到打擊的地方。

海島、教堂、水井及鴨子

接著我們進入水、島、教堂、井、鴨以及心等等讓人感到興奮的象徵。嫻熟榮格心理學的人會知道，這些事物都是自性的象徵，一個套一個。在神話學中，遠方的島嶼通常帶著失落樂園的投射，蘋果園（Hesperides）[6] 就座落在遠方的島嶼上，而在凱爾特神話中有各式各樣的精靈島。在中世紀晚期，世界盡頭的極北之島（Island of Thule）被認為是遙遠的烏托邦島嶼，這是諸神、精靈或是海神退隱之地。在希臘神話中，克洛諾斯（Kronos），那位被宙斯所罷黜的舊神，就是退隱到北歐島嶼，並且住在那兒的一個北方國家。通常過往的理想狀態仍然存在於這個島上；例如，黃金時期仍然持續存在於這個克洛諾斯退隱的島上。

中世紀晚期有數不盡的航海故事，像是聖徒布雷頓（Saint

Brandon）等人的航行；在這些航行中，會有水手在暴風雨中滑出航道，抵達一個奇怪的島嶼，在那裡有令人驚訝的魔法歷險。島嶼單純就是遠方無意識界的象徵，與意識沒有任何連結。**孤立隔絕**（Isolation）一詞源自拉丁字的 *insula*（島）。從心理學的角度來說，島嶼代表著自有生命的自主情結，它與其餘的意識人格完全或幾乎沒有連結。這真的就如同字面上所表現的意義，亦即一個獨立的島嶼區域，有時候個體對它有些許的知識，但是並沒有將之與意識連結。

我想起一個案例，是個帶著難搞的慢性思覺失調症狀的男性。他與他的母親綑綁在一起，直到他四十好幾了，他的母親都不允許他結婚，也不能與女性接觸。他可以外出工作，但是下班之後就必須馬上回家。他無從逃脫年邁且全然破壞性的母親所施展的高壓統治。他的分析師帶著他的可怕夢境來找我，其中顯示這個男性個案可能會自殺，或者隨時都會有另一次的思覺失調症發作。夢境的場景零零星星的，但是其中一再出現的母題，是有著華麗熱帶植物的島嶼。島上有女性，但是總會出現毒蛇以各種形式威脅作夢者。我猜想他可能有帶著肉體幻想的自慰行為，在這些自慰幻想中，有著屬於他個人私密的情色生活，顯然是相當孤立隔絕的。從某方面來看，那是正面的表現，至少在那裡他可以有一些正常的生活，他在四十五歲之前都沒有任何的性生活。但是從另一方面來看，這也是負面的，因為這減低了他離開母親的期望；如果沒有這個自慰天堂，他會有更強烈的希望。因此，這個自慰天堂同時也帶有毒蛇在其中。我將這個母題的意義與他的分析師分享，但是花了整整一年的時間，其中的意義才從被分析者身上出現。有一天，他夢到自己

再次被島上的毒蛇咬傷，因而病得很嚴重，同時他也在地板上看見少許的蛇頭及部分的蛇身，他說：「沒錯，我必須要將那個帶給醫師，才能得到抗毒性的血清。」在這個夢境之後，他終於同意討論那個熱帶島嶼的夜生活。

因此，這個島嶼象徵著被分隔的區域，可說是個自主的情結。在這個案例中，正常的性慾被負面的母親情結所孤立且分裂。做夢者深知這一點，但是打定主意絕不對分析師提到這件事。他將這個部分與其他的生活問題謹慎分開。因此，有時候這個島嶼是個體所知悉的，但是在島嶼與意識區域間，有著一大片的無意識水域；有時候這部分是完全不為個體所知的，這意謂著沒來由地在幻想的角落有個自主的情結，但是意識對它所知不多，因此無法將它報告出來。

在這個被分離的遠方孤立心靈區域中，有間教堂。請注意：島＝陰性面，海＝陰性面，教堂＝陰性面，井＝陰性面！簡而言之，這是所有的陰性及母親的原則，也是這個沒有王后的王國裡所缺少的東西；但是這一切被完全孤絕，從生活的其他層面被切斷。

有趣的是，有間教堂座落在這個被分隔的區域。即便是基督宗教態度的那個面向，亦即教堂作為涵容陰性面之處，人們在其中敬拜，這個部分也被分隔在這個島上；再加上一口井，就成為個體能夠與無意識建立連結的系統。井是個有圍牆的地方，透過井，深層地底的水源被帶上來。在這裡，井意謂著人為的建構，讓人類可以持續不帶危險地與無意識的深度建立連結。如果我們將這兩者放在一起，帶有井的教堂，顯示教堂中被壓抑的就是原初教堂的鮮活功能。

在北歐國家接受基督教化之後的最初幾個世紀，教堂傳達了神祕宗教經驗的可能性。但是在後來的幾個世紀裡，它開始傾向於社會形式化。當北歐的人們被歸化為基督徒，至少在一開始的時候，至少在他們尚未受到軍隊強迫之前，對他們來說，那是宗教經驗及意識的真實進展，我們可以在遠古的年代紀事中看到這一點。但是，後來基督教的心理真實面再一次消退，留下的只有傳統的硬皮，成為社會事務，而不再具有深層的宗教意義。心靈的真實宗教功能退回成為異教主義，但是異教主義已變成遙不可及，於是就演變成若即若離的狀況。

井裡有一隻鴨子，鴨子底下是一顆蛋。奇怪的是，通常在童話故事中跟邪惡有關的鴨子，在這裡卻成了拯救因子。至少在歐洲國家，鴨子似乎從某方面來說跟邪惡原則有關連，但在另一方面則因為帶有邪惡原則而能夠將個體從邪惡中拯救出來。在印度神話中，鴨子與太陽相連結，當太陽在傍晚時分落下時，它就像是一隻金黃鴨子在西方的水池中游過，早上時分又從東方游回來。

在歐洲國家，鴨和鵝明顯帶有魔鬼及巫婆的連結，他們通常會有著像鴨腳或鵝腳一樣的一雙腳。許多民間故事中會有各式貌美女子及人物出現，但是如果你注意他們的雙腳，就會看見他們都有鴨腳或是鵝腳，然後你就會知道自己面對的是某種邪惡的童話生物。

鴨子是不尋常的鳥類。牠可以在路上、在水中以及在空中行動，牠在陸地上行動不若在水中行動來得好，但還是遠比那些笨重的天鵝或完全無助的水鳥們要好一些。因此，牠代表著對自然界感到安適的原則，也常被用作自性的象徵。鴨子得以克服人類所不能克服的自然困境，人類不能飛，也需要技術性的幫忙才能游泳，但

是鴨子對這些事都相當拿手。因此，牠代表著榮格心理學派所謂的超越功能，那是個奇特的無意識心靈能力，得以將受困於情境中的人類轉化，指引人類進入新的情境。舉凡人類生活受困，或是抵達無法再向前進的海岸，超越功能都會帶入療癒性的夢境及幻想；這些夢境及幻想在象徵幻想層次得以建構一個新的生活方式，它是突然形成的，且導引人們到達新的情境。

在鴨子底下是顆蛋；巨人說，那正是我的心所在。蛋意指新的胚芽，一個新生活的可能性。所以在復活節以及所有的春天祭典，蛋象徵著更新及新生活的可能性。如果你回想各種宇宙演化的神話，蛋是世界的開啟，它獲得高貴的宇宙原則。它是最初始的事物，整個宇宙由此而生。根據許多創世神話，如印度創世神話、希臘奧菲斯創世等等，世界是從一顆蛋分裂孵化出來的。

在煉金術中，蛋扮演著重大的角色，等同於哲人石，如煉金術士說的，它自身俱足、不外求，除了需要些微提供生命力的溫度，無須任何添加就能從自身誕生。它象徵著個體最內在的核心本質，也就是自性，我們對它不能有所添加，也不能取走任何事物。只要我們給它每日的關注，它就有能力靠自己從自身之內而發展。這一連串帶著陰性本質且讓人驚訝的宗教內涵象徵物，就是巨人的祕密之心，或巨人的靈魂。

英雄找到了島上教堂裡的井，在裡面發現了鴨子和蛋。他將蛋握在手中，勒索巨人讓哥哥們及未來的嫂嫂們重新活過來。巨人照著他所說的去做了，於是就進入了決定性的時刻：既然巨人已然將他所做的錯事一筆勾銷，英雄是否應該信守承諾而放過巨人？此時，狼介入了，牠要王子捏碎這顆蛋。英雄將蛋捏碎，而巨人也死

了。

在一場研討會中（該研討會的內容後來成為了這本書的基礎），有個與會者試圖解讀故事的結局。他將這部分的解讀區分成兩種可能性：首先，對女性來說，這樣的情節意指什麼？假若巨人代表的是鐵石心腸及殘酷的阿尼姆斯角色，那麼公主代表的就是人類的人格；她會在夜晚搜出巨人的脆弱點，並且將資訊交給王子，王子成了她的正面阿尼姆斯（我只敘述這篇論文的精華部分）。假若她對過去的主人感到感傷憐憫，就會讓她所得的一切都落入危險，因此舊的殘酷主人必須死去，才能為她的真實人生開出一條路。從男人的角度來看，這位與會者將蛋解讀為偉大的目標，是整個人生的辯解。在鴨子內的蛋可以說是他的無意識層，這個層次從未得到意識化（意指巨人），是內在發展的真實目標。他找到最美的公主，並且與她建立彼此的束縛，證明了鐵石面容底下存在著更大的可能性，這全是從巨人的觀點來看的。公主作為他的阿尼瑪，是無意識世界的調停者，帶領他朝向目標，也就是他那鮮活的心。此處，找尋心的歷程意謂著巨人對自己的發現，此刻他的生活是充實滿足的，因此也是死去的正確時機——作為一個帶著一顆石頭心臟的石巨人，他無法繼續活下去。

這部分的解讀我有些懷疑，因為這是從巨人的觀點來看這一切，而不是從王子的觀點出發。從石巨人的觀點而言，這是生命的結束。如今他更接近這個教堂—鴨子—蛋的象徵而得以自我實現，因此是時候讓他死去。但是，如果我們將巨人視為異教的部分靈魂，一個不完整的實體，那麼我認為這一切就更複雜了。而且，我不是太喜歡這個解讀的原因在於我看不到這一切與王子心理的連

結，或者這一切對王子的意義為何；而王子代表著故事中的男性人格。

進入故事細節的討論之前，我先說一個反向的故事。這個來自立陶宛的童話故事，會讓接下來的討論變得更加複雜。

樵夫智取惡魔並贏得公主

（How the Woodcutter Outwits the Devil and Gets the Princess）[7]

有個樵夫在森林中伐木時看見一隻貂。他立刻丟下斧頭追上，但追了又追，最後就在森林中迷路了。當天色變黑，他就只能爬上樹過夜。到了早上，他聽見激烈的爭執，從樹上往下看，他看見了獅子、賽犬、貓、老鷹、螞蟻、公雞、麻雀及蒼蠅（八隻動物），牠們為了一具麋鹿的屍體在爭吵，因為每隻動物都想要為麋鹿獻上輓歌。牠們吵了一整天，後來其中一隻動物瞧見樵夫，說應該由樵夫來做決定。樵夫從樹上爬下，思考了一會兒之後，樵夫說應該由他來唱，否則麋鹿就不能安葬。其他動物都為此感到高興不已，還說牠們會獎賞樵夫的聰明決定；樵夫因此獲得了能夠將自己轉變成八隻動物中任何一隻的能力，只要他心中想著那個動物就可以變身了。

因此，樵夫唱出輓歌，整個樹林都隨之唱和。接著，他把自己變成獅子，迅速奔馳到森林的另一邊。在那裡，他遇見了一個悲苦哭泣的養豬人家，惡魔將在不久之後吃掉養豬人的所有豬隻。養豬人說這一切都是國王的錯，因為國王幾天前在森

林裡迷路了，當時有個從上帝而來的怪人出現，承諾要帶國王走出樹林，但前提是國王每天都要給這怪人一隻豬。當王國裡再也沒有豬隻可給時，國王就必須給出公主，也就是國王自己的女兒。

如今國王承諾要將他的女兒許配給任何能除掉這個怪獸的人。樵夫說，如果事情真是這樣的話，就必須要把那個吃豬的人抓起來，而我註定就是國王的女婿。他接手照顧這些豬隻，接近傍晚時分，惡魔來到，它抓了一隻豬，並且消失在樹林中。樵夫迅速將剩餘的豬帶回家，同時變身成賽犬，追在惡魔的後方。他告訴惡魔，再往前些的第八塊樹林區，有個人想上吊自殺但沒有勇氣下手；他建議惡魔趕緊去抓那個人，別管那隻笨豬了。惡魔匆匆趕去，而賽犬將自己變回人形，把毫髮未傷的豬隻帶回。

隔天晚上，相同的事情又再次發生。這一次，樵夫變成老鷹的樣貌，還嘲笑惡魔吃豬。他說在另一個樹林裡有個被母親溺斃的孩子，建議惡魔應該要去拿那個孩子，而不是吃豬。惡魔前去抓拿小孩之前，試圖確保它的豬隻平安；惡魔將橡樹撕裂，把豬關在裡面，不過樵夫把這隻豬救了回家。

隔天晚上，樵夫將豬隻都帶回家趕入豬舍。他認為自己必須整晚像隻公雞一樣坐在高處，想當然的，惡魔在子夜時分出現了，它看起來飢腸轆轆。但是一旦公雞開始啼叫，惡魔就靜悄悄地走開。當它發現自己被樵夫欺騙後，相當生氣，立即前去國王的城堡，還將公主從床上一把拉起帶走。

國王很絕望，但是樵夫要國王放心。他進入惡魔困著女孩

　　　　童話中的陰影與邪惡：從榮格觀點探索童話世界

的山區，在那裡發現一個小洞。樵夫把自己變成一隻螞蟻，坐在一粒沙上，滑入深埋的地底。進入地底之後是一片平坦，樵夫再將自己變成一隻蒼蠅，直直飛向另一頭。接著，他看見一幢水晶城堡，國王的女兒正坐在窗邊哭泣。樵夫將自己變回原本的樣貌，在公主面前現身。這個舉動把公主嚇壞了，她問樵夫如何抵達這兒，還說惡魔可能會在任何時刻進來把樵夫撕成碎片。

不久之後，惡魔真的出現了，但是樵夫將自己變成一隻獅子，對惡魔展開攻擊。一番激戰後，血肉四散，最後獅子將惡魔吃了，丁點皮毛都不剩。

公主高興不已，樵夫當然也很開心。但是，接下來的問題是他們要如何離開地底走出地面。他們想了各種可能的方法，最後公主想到個主意，她記起讀過惡魔的書，書中提到某種樹中有顆鑽石蛋，如果有人能將這顆蛋帶到上面的世界，水晶城堡也會一起被帶到上面的世界。

樵夫立即將自己變成一隻麻雀飛入樹林中，他從鳥巢中拿起鑽石蛋，將之帶走。這問題解決了，但是他該如何將蛋帶到上面的世界？

「等等！」公主說：「惡魔有個受不了貓的守門人，如果他發現了貓，就會把貓拋到上面的世界，試試這個方法！」

因此，樵夫將自己變成貓，他把蛋含在口中，並在守門人的腳邊爬行，發出咕嚕咕嚕聲。就在守門人看見貓的那一瞬間，他一把從尾巴抓起貓，將牠帶上長長的階梯。過了很長的一段時間之後，他們抵達一扇巨大的鐵門，守門人將門打開，

一腳把貓踢出門外。貓正好就降落在先前螞蟻偷偷溜入地底的洞口。就在貓變身回樵夫，並且把蛋放在地面上的那一刻，水晶城堡就出現了，國王的女兒也隨著城堡一起出現。之後，兩人結婚，並在水晶城堡裡過著幸福快樂的生活。

合而為一那一刻的驚嚇

我並不打算深入討論這個美好搗蛋鬼故事的細節，但我主要想指出的是，主角並不總是需要將惡魔或邪惡所擁有的寶藏捏碎。這個故事裡發生的事件，至少就榮格派的觀點來說是更合乎自然的：自性的象徵得到保存，同時得以被帶出，並且被整合成為真實。它被帶到表面、進入意識，只有原先附著在它身上的邪惡被摧毀了。這相當符合我們的自然想法：一旦被惡魔佔據了中心，即佔據了自性的偉大寶藏，那麼問題就在於如何讓寶藏從惡魔身上解脫出來。這也反映在常見的故事情節模式，例如從龍的手中拿走珍珠，或是費盡困難才從邪惡之手得到寶藏。

這是個相當接近的平行故事，因為其中有相同的母題，只是呈現出對立的道德行為原則。在北歐國家，基督宗教生活中有一部分被吸回無意識。在島嶼、鴨子的故事中，巨人代表著破壞性的情緒；如果巨人與這個教堂以及帶有蛋的鴨子住得更接近彼此，他們必定是彼此不相容的。帶著自性象徵在其中的基督教會，與巨人和巨人的行徑是不相容的；因此，巨人唯有將相連的事物放在遠方，才有可能保持連結。巨人的表現就像某一些人，他們是透

過自身行動的不一致之處，而得以接近真實的祕密生活、自身的力量，以及生命的可能性。有些人透過成為教會或社群的領袖，而得以建立他們的地位，但是他們日常所過的，卻是完全不同的生活。他們從事某種跟日常生活全然不相容的行動，因而獲得整個人生的可能性。在人類的情境中，我們將之稱為「分而治之心理學」（compartment psychology）。

許多群眾運動也明顯呈現相同的狀況。人們被某些高尚的宗教理念，理想自性的象徵，以及這一切的偉大吸引力所攪動，然而倡議者的真實目的或行動則完全是另一回事。不久之前，許多德國人在納粹運動的初期，因為一個承諾將天堂帶回人間的原型夢而受到誘惑。「第三帝國」是個烏托邦的理想狀態——和平得以實現，由適當的人統治，所有腐敗或衰退的症狀都會被克服。納粹主義的理想是個天真幼稚的烏托邦或天堂樣式，它引誘人們投入這場運動；但實際發生的狀況，則落入了無心巨人的範疇。

如果你閱讀勞倫斯‧凡‧德‧普司特關於俄羅斯的著作，你也會看見相同的烏托邦或天堂耶路撒冷聖城式的操作。只是，天堂不是等到末日時才到來，而是現在就要出現。承諾建立和平及人間天堂，仍然是最強大的宣傳伎倆，誘惑著純真的人們。他們對共產思維祭出如同宗教般的奉獻，因為其中帶著原型意象的吸引力，但是那些推動運動的人實際上眼光短淺，心中帶有的是世俗的目的。在現實中，這是最不幸的結合：犯罪行為及破壞性的活動，總是與不真實且未實現的宗教理想祕密結合。雖然我以集體運動作為例證，但我們同樣也能在精神症的爆發之中看到這些情況。帶有精神症的人，靈魂深處總會棲居著一個幼稚的天堂夢，讓他們遠離生活；然

而，他們的所有熱情衝動也都從這個天堂夢而來。事實上，這是藏在他們那全然自我破壞的情緒行為背後的祕密，甚至讓他們可以帶著完全清晰的意識做出可怕的犯罪行為。

我對於一個曾經在報紙上讀到的案例記憶深刻，有個患有思覺失調症的男性在精神病院有了很大的進展，因此被允許得到相對的自由度，並且被聘為園丁。他與診所主任的小女兒成為朋友。有一天，他一把抓住女孩的頭髮，慢慢地切掉女孩的頭。當他在法庭上被問到這件事時，他說聖靈命令他做出人類獻祭。他自始至終都沒有絲毫的情緒反應，他深信他自己做了一件宗教獻祭，他以這樣的英雄行徑信念抑制了面對這個小女孩的遭遇可能會升起的感傷之情。法院除了繼續拘留他之外無計可施，因為他顯然是極度瘋狂的。此處再次顯示的，也是高尚宗教理想的同一種結合形式；我們可以說，當他深信自己正在遵從聖靈的聲音時，他帶著的是幼稚的宗教感，但是他並沒有察覺這樣的命令與聖靈是不相容的。

巨人與教會的結合代表這樣的瘋狂；我們在精神症的解離行為中得以看見這一點，除了摧毀這個破壞性的祕密根源，以及其中的幼稚理想核心本質之外，我們無計可施。挪威故事中的王子並沒有被要求做決定，他顯然也沒有能力評斷自己該做什麼，事實上是狼在當下介入並下令王子把蛋捏碎。我們先前談到狼代表冷酷的鐵石心腸，一種冷冷的憤怒，這跟巨人所代表的非人性無情是相反的。狼象徵著黑暗、危險的堅定，如果被用在正確的時刻，有時候正是個體化歷程所必須的，目的在於推動與邪惡相對的正確價值。然而，如果你所面臨的對立面並非過於遙遠，也並非完全不相容，那麼就有可能出現如同樵夫故事中摧毀惡魔後將鑽石帶出表面的可能

性。

對我來說，無情巨人的故事表現出精神醫學中心理病態底層的原型模組。心理病態的病患常見的行為表現似乎是完全的無情，沒有感受也沒有道德。背後則是被隱藏起來的祕密膨脹感，因為他們的行為表現就彷彿他們有權說謊、欺詐，也有權不帶自我懷疑及自我批判地行使謀殺。在底層，他們也是個自我中心的嬰兒，滿是理想化的妄想，他們以感人的天真將人們拖入，讓人們生出想幫助或拯救這個可憐孩子的想法；但是那個內在的嬰兒是個寄生蟲，他永遠不會得到發展，因此感傷的憐憫是不適宜的。狼揭示了我們該做什麼：帶著冷酷的鐵石心，捏碎蛋、殺了巨人。

有時候，分析師也需要有相同的決心。從極地附近的薩滿儀式中可知，有些部落認為，只有潛在的殺手才能成為好的薩滿，有時候在因應個體的轉捩點或集體病態時，那種形式的鐵石堅定是必須的；但這也是站在刀鋒上，稍微往前偏一些，就成了謀殺或摧毀。一個尚未整合這項能力的薩滿，就表示他尚未具備觸及邪惡問題所需的能力。

在分析的工作中，我們在嚴重解離的神經官能症後期治療裡也會遇見這種狀況，就如同在童話故事中；當人們有了極大的進展，接著會發生的就像是生理病痛一般，整個問題會被喚醒至高峰。病患原本受苦於對立問題所帶來的解離，一時無法統整；當病患緩慢地意識到精神官能症狀的真實原因，進一步得到意識化及治癒的可能性就會逐漸成形。

有少數帶有坦白及天真本性的人（就如同是鄉下人故事裡的單純傢伙），此刻就單純地脫下精神官能症狀的老皮，並得到治

癒。在這種情況下，分析是相當短暫的，因為一旦病患覺悟這是怎麼一回事，當下就脫離疾病之苦。分析師通常會開心地發表這樣的案例，大聲張揚一切是如何美好。但是在現實中，事情鮮少是這樣的！只有在上帝的恩典下，事情才能夠如此順利進展。通常在進展中，對於精神官能行為的依附也會提高，甚至可能導致個體相信自己有精神症、衝動性精神官能症或思覺失調性人格，但同時會說自己**實際上**已經沒事了——此時是我們該留意自殺行為的時刻；因為就在此刻，在越來越強烈的恐懼之下，被分析者覺悟到自己未來必須要過正常的生活，而通常那會是令他作噁的想法，所以在最後一刻他寧願跌落窗外，或掉入湖中。因此，這是個高峰的時刻：事情好轉了，但同時也變得更危險了。看一下咖啡中的氣泡，它們彼此相互吸引、相互舞動，越來越靠近，但是並沒有真的相遇；接著，他們突然就結合成一個大泡泡。這就是心靈對立面的表現方式，它們相互吸引，繞圈圈並靠近彼此，但是當它們合而為一的那一刻，總會帶來驚嚇；尤其當精神官能症狀已經持續相當長的一段時間，這股驚嚇更是巨大。

榮格曾經談過一個案例，病患在這個時刻表現出對於治療的驚人抗拒，因為他無法承認自己已經浪費了 25 年的生命！如果你拖著生命、逃避自己及其他事物長達 25 年之久，要承認這一切只不過是一場精神官能症的舞會，是非常困難的。這就是為什麼人們有時候不能再繼續向前進，而且不計一切地想要跳回先前的疾病中。

在這樣的時刻，我們就需要像狼一樣，以如此不帶悲憐的決心，猶如外科醫師那把堅硬殘忍的手術刀。既然已經失去了 25 年的人生，你還想要繼續這樣浪費你接下來的日子？對於個體耽溺於

童話中的陰影與邪惡：從榮格觀點探索童話世界

疾病的病態傾向，不帶憐憫的態度是絕對必要的。但是，有時候這樣的決心是不可能的，這也意謂著此時要做出恐怖決擇。

在某些案例中，當個體有潛伏的精神症時，殘酷的鐵石心是必需的。如果個體心靈中的精神症只是相對小部分，而意識人格在道德的層面也是強烈的，你就可以當作精神官能症般對待，並試著整合心靈中這個生病但自主的部分。這可能會導致巨大的危機，但是也會帶出完全的療癒、完整性或整合。然而，在一些案例中，生病的區域是大範圍的，意識人格則微小且虛弱，如果我們此時嘗試將兩者放在一起，就會導致生病的部分同化剩餘的健康部分，而潛在性的精神症也會變得顯著。

在這樣的案例中，從我們的觀點，所謂人格面具退行的歸位治療就有必要了；我們要讓此人遠離無意識、遠離心理學，同時幫助他以純粹朝外，且利用人格面具的方式來適應集體社會標準。就讓沉睡的狗睡去吧。人們會得到解救，因為這樣的人通常也有同樣的感覺，他們會說：「你不認為分析讓人變得病態嗎？你不認為讓自己被內在的廢話佔據是不健康的嗎？」在這樣的例子中，我們必須要有勇氣說：「是的，你說得很對。我們在這裡所做的一切有關心理學的事，都是垃圾，只能針對有精神官能症狀的人。像你這樣健康的人必須要回到世界中、找份工作，或是做些其他的事。」同時，要語帶振奮地鼓勵他們從無意識取向中走出。

在一場研討會中，榮格報告一個案例，有一位醫師向榮格尋求諮詢，他表示自己想要停止一般的醫學執業，打算成為精神科醫師。他想要接受榮格的分析訓練，榮格在一個關鍵性的夢境出現後做出決定。做夢者進入一個空房子，從一個房間走過另一個房間，

裡面有詭異的黑暗氛圍，不見人也不見動物，沒有圖畫也沒有家具。他走過在空蕩蕩的空間裡的完美迷宮，直到他最後抵達盡頭的房間。他打開門，在建築物的中心，有個小孩坐在便壺上，拿著大便塗抹在自己身上。榮格從中理解到這個 45 歲醫師的核心本質仍停留在嬰兒期的狀態中，而他的假面成人意識與人格內在的幼稚核心之間距離太大，對立兩面無法被放在一起。而更糟糕的是，在這個孩子及他的意識之間，什麼都沒有，沒有人物、沒有圖畫，什麼都沒有，只有這一端，以及那一端！榮格說服這個人回到他原本的專業，繼續當個一般科醫師，同時將無意識放在一邊。他遵從榮格所言，回到他的專業，也因此避開了一場災難。

在這樣的時刻，我們需要的就是冷酷決心，就像是外科醫師決定截肢以保全人體的其他部分。這就是狼在此處所代表的，一旦不存在任何進展的可能性，就要堅決執行外科切除手術。蛋及巨人的結合必須要整個被破壞，接著，新的生命會在遠離這裡的其他地方開展。

在行動與不行動之間

我們看到這個故事裡出現的是一顆被捏碎的蛋，可是在相對應的立陶宛故事中，則是一顆鑽石蛋。鑽石蛋是**出類拔萃**、不可毀滅之物，無論在東方或西方的煉金術及哲學中，它都是自性象徵中那至高的不可毀滅性。因此它不能被破壞，但是也必須要被帶到上層的世界。

如果你更仔細檢視這兩個童話故事，你會看見兩者並不全然相

童話中的陰影與邪惡：從榮格觀點探索童話世界

反。相同的部分是自性的象徵，即那顆蛋，被掌握在破壞性冥界之手。在其中的一個故事，因為它處於鑽石的成熟狀態，所以必需被帶出；但是在另一個故事中，它則是個濕濕黏黏的，必須要被摧毀的事物。在其他方面，立陶宛的故事也有一些差異。故事的開始，樵夫帶著八種動物，因此在本能的形式上就有著完整的象徵，接下來的問題則在於將鑽石所代表的其他靈性部分帶出意識表面。

兩個故事都是由公主幫忙找到解決方法。在挪威的故事中，公主在閨房親密中發現巨人的心所在地。而在樵夫的故事中，公主則因為讀過惡魔的魔法書，知道鑽石蛋在哪裡，也知道如何將蛋帶出地球表面。同樣的，讓樵夫變成貓而被帶出地球表面，也是公主的點子。兩個故事中的阿尼瑪，即陰性原則，都是與邪惡原則戰鬥時的決定性因子。英雄必須擁有動物，阿尼瑪也必須站在他那一邊，他才有存活的機會；而且，故事中的英雄在決定性時刻並沒有太多表現，而是由動物及阿尼瑪接手行動。

這些童話故事都屬於基督教場域，屬於歐洲國家，因此我們必須要以相對的觀點來看。這些童話是對於意識裡過於活化的外傾男性表現所做的補償，它們補償了歐洲基督傳統的意識態度──在英雄騎士的理想中，人必須要與邪惡戰鬥，要主動介入戰鬥，必須對它有所行動！無論在我們的社會或自然領域裡，只要出現任何負面或破壞性的事物，你總會在報章中讀到：「政府打算如何**應對**某某事件？勢必要對這些事有些**作為**！」

我們應該要先觀察，並且研究這些破壞因子，行動前要先進入它的心臟或中心──這樣的處事態度對我們來說是陌生的，通常也只能是後見之明。第一個念頭，往往是想要對它**做**些什麼，而這

樣的念頭反而會提高黑暗面的力量，給予它更多的力比多能量。讓可怕的事情發生，不受誘惑而去採取外傾行動，這是我們尚未學得的藝術。白人最大的問題，就是希望藉由行動介入來治癒邪惡，我甚至會說這是白人的通病。這同樣又是個弔詭，因為在內在及外在生活中，有些時候什麼都不做才是正確的，只要等待及觀看，但也有一些時刻是我們必須介入干預的；知道何時該行動，何時該讓事情發生，何時該等待直到時機成熟並朝可能的轉捩點前進，這是智慧，而童話故事可以在這一點給我們許多教導。

讓我們回到**褻瀆**（Frevel）的母題，根據矛盾的原則，**褻瀆**勢必在某些時刻也是對的。樵夫是個極佳的例子，他粗心魯莽、到處干預、膽大妄為地踏入每個情境，結果得到獎賞。這是個奇妙的例子，說明在沒有內在需要的情況下，只是出於單純的膽大妄為而侵入邪惡領域，最後是如何得到獎賞的。

這一點帶我們進入下一步，同樣也在樵夫的故事中得到暗示。如果公主沒有讀過惡魔的魔法書，而如果樵夫也沒有事先得到變成動物的能力，他們絕對不可能克服惡魔。因此，我們的下一個主題就是魔法競爭。我們是否該在魔法的層次處理惡魔？如果不是，那該如何處理？這在各國的童話故事中都是受歡迎的主題，問題在於最後到底是誰贏了，是善良魔法師，或是邪惡魔法師？這不是粗暴力量及情感的爭鬥，如樵夫以獅子的樣貌吃掉惡魔（順帶一提，獅子是惡魔的象徵）。下一個故事是在精神層面上與惡魔的問題戰鬥，那是作為魔法師的惡魔，以及作為反向魔法師的英雄之間的魔法競爭。我們可以假想是黑魔法及白魔法，不過那只是武斷的顏色劃分。我寧願說這是一個法術對上另一個法術，其中沒有事先定義

的黑與白。

註釋

1　原書註：*Nordische Volksmärchen II* (Norwegen), p. 119.

2　譯註：為吉卜林作品《叢林之書》（*The Jungle Book*）中的角色。

3　原文註：Richard Wilhelm, trans., *I Ching*, rendered into English by Cary F. Baynes (Princeton, N.J.: Princeton University Press, 1967).

4　原書註：Laurens van der Post, *Journey into Russia* (London: Hogarth Press, 1964).

5　譯註：Electra 在希臘神話中為厄勒克特拉弒母為父報仇的悲劇故事，其後在心理學中被引用為戀父情結，而在古希臘語中，此詞原意為「發亮的」，同時也指涉琥珀透亮的本質，也因此沿用現今英文中有關「電」的各式用詞。

6　編註：此處指希臘神話中，大地之母蓋亞送給赫拉和宙斯一顆會結金蘋果的樹作為結婚禮物，這顆樹被種在極西方的金蘋果聖園中。

7　原書註：*Lettisch-litauische Volksmärchen, Die Märchen der Weltliteratur*, series published by Diederichs Verlag (Jena, 1921), no. 3, "Wie der Holzhauer den Teufel überlistet und die Königstochter gewinnt."

魔法競爭

讓我們先看一個俄羅斯的故事，接著是愛爾蘭的故事；我會針對愛爾蘭的故事進行詳細的討論，俄羅斯的故事則只是作為比較的素材，以增加變異性。首先是俄羅斯的故事：

黑魔法師沙皇（The Black Magician Czar）[1]

從前有個沙皇，他是個黑魔法師，也是個強而有力的統治者。他住在一個如桌布般平坦的國家，他有個妻子、有一些孩子，以及許多僕人。有一天，他給全國辦了一場晚宴，邀請所有的貴族、農民、市民，讓所有人參與。在一輪豐盛的晚餐饗宴之後，他說：「凡是有誰能順利藏身並逃開我的追捕，就可以得到一半的王國，也可以娶我的女兒為妻，在我過世後還可以統治我的整個帝國。」

晚餐席間的每個人都靜若寒蟬且臉色發白。不過有個大膽的年輕人起身說：「沙皇，我可以藏身不讓你找到。」

沙皇回說：「很好，勇敢的年輕人，那就去躲起來。明天我會去追捕你，如果你沒有藏身成功，你的腦袋就要落地。」

這個大膽的年輕人離開皇宮進入城市。他決定躲在村中牧師的浴室裡。

第二天一大早，黑魔法師沙皇起床後，開始生火，他坐在火爐旁的一張椅子上開始閱讀他的魔法書，好找出這個年輕人。「這個大膽的年輕人，」他發現：「離開了我的白色皇宮前去皇城，還去了村中牧師的浴室，決定藏在那裡。」因此，

他差遣僕人去牧師的浴室抓這個年輕人。他們發現這個年輕人躺在浴室角落，就把他帶回給沙皇。沙皇對年輕人說：「既然你沒有成功藏身，讓我找著了，你的腦袋就要落地。」沙皇親自拿起一把利劍，砍了這個年輕人的腦袋。（其中關鍵的句子是，沙皇在他的邪惡遊戲中得到極大的樂趣。）

第二天，沙皇又再次舉辦大型晚宴並邀請所有人出席。他再次說了相同的話，凡是有誰能躲起來讓他找不著，就能得到他的王國及女兒。再一次，有個大膽的年輕人說自己可以做到，而沙皇也再一次警告，如果年輕人失敗了，他的腦袋就要落地。

年輕人離開了這個白石砌成的皇宮，出發前行越過皇城，直到他抵達一個巨大的穀倉。他認為只要爬進草堆及穀殼中，沙皇絕對沒辦法在那裡發現他，因此他爬進去後就躺著不動。

沙皇也再一次以相同的程序諮詢他的魔法書，發現了這個年輕人，也砍了他的腦袋。

第三天，又有另一場晚宴，而沙皇也再次給出相同的條件。第三個勇敢的年輕人說自己能逃過沙皇的追捕，但是附加要求給他三次的機會。他出了城，把自己變成一隻帶著黑色尾巴的鼬鼠，跑過整個大地、爬入每個樹根，也進入每一堆木材中，越跑越遠，最後來到皇宮的窗邊，此時他把自己變成一個小鑽頭在窗邊舞動。接著，他把自己變成一隻獵鷹，飛到沙皇女兒窗前。她看見了獵鷹，把窗子打開讓獵鷹飛進屋內。在她的房間裡，獵鷹變回年輕人的樣貌，並與沙皇的女兒共度**孤立密室**（chamber séparée）[2] 的美好晚宴。之後，他又把自己變成

一只戒指讓她帶在手指上。

　　第二天早上，沙皇早早起床，以泉水梳洗之後，拿起手巾擦乾自己，然後點火並諮詢他的魔法書。接著，沙皇要僕人若不是把他的女兒帶過來，就是把他女兒的戒指帶過來。沙皇的女兒脫下戒指給了僕人，僕人將戒指帶回給沙皇。沙皇拿起戒指丟過左肩，一個年輕人瞬時就站在眼前。「所以，」他說：「現在你的腦袋要從肩上落下！」但是年輕人回答說，之前說好他應該有三次嘗試的機會，於是沙皇放了年輕人。

　　這個勇敢的年輕人離開皇宮前往遼闊的野地，他將自己變成一隻灰色狐狸，跑了又跑，經過整個地球。接著，他把自己變成一隻熊，跑過黑暗的樹林。接下來，他變成一隻帶著黑色尾巴的鼬鼠，跑了又跑，躲在每個樹根底下、躲在每一堆木材中，最後回到沙皇的皇宮。此時，他把自己變成一個小鑽頭，然後又變成一隻獵鷹飛入沙皇女兒的房間。當她看見獵鷹，她為獵鷹打開窗子。在她的房間中，他又變回原先自己的模樣。同樣的，兩人共進晚宴並度過美好的夜晚，同時也計畫逃過沙皇的追捕。早上，他把自己變成獵鷹飛出窗外的空曠野地，然後再變成一根草，隱身在其他七百七十根草叢中。

　　但是黑魔法師沙皇再一次向他的魔法書諮詢，並且要僕人帶回滿滿一大把的草。僕人出門到野地帶回一大把的草，沙皇就坐在凳子上找尋那根正確的草。他最後找到了，並把那根草丟過左肩，一個年輕人瞬時就站在眼前。沙皇說如今自己找到年輕人，年輕人的腦袋就要從肩頭落下，但是年輕人說不，他說自己還有一次藏身的機會，沙皇也同意給他最後一次機會。

年輕人離開皇宮走到大街上，在開闊的野地把自己變成一隻灰狼，跑了又跑直到抵達藍海，在那裡他變成一支矛躍入水中，游過水域，爬上海岸，再變成一隻獵鷹，飛過山岳及懸崖。在一棵綠色的橡樹上，他看見馬刻維鳥（Magovei bird）的鳥巢（這是俄羅斯童話故事裡的魔法鳥），於是飛入鳥巢中。馬刻維鳥當時並不在鳥巢裡，但是她回來時看見這個勇敢的年輕人坐在巢裡，她說：「真是無禮啊！」她抓住他的頸圈，帶著他一起飛出鳥巢、越過藍海，並將他放在黑魔法師沙皇的窗邊。年輕人將自己變成一隻蒼蠅飛進皇宮內，之後再變成一個打火石，躺在火爐邊。

黑魔法師沙皇睡了一整晚，一大早起床就開始閱讀魔法書以找尋年輕人。他差遣僕人去空曠野地、越過藍海，找尋那棵綠色的橡樹，他要僕人砍下樹，找到裝有年輕人的鳥巢，並且把年輕人帶回給沙皇。僕人去了那裡找到橡樹及鳥巢，但是裡面並沒有年輕人。他們回報沙皇發現了橡樹及鳥巢，但是沒有看見年輕人。沙皇再次閱讀他的魔法書，再次認定年輕人必定在那兒。

（此處有趣的是，只要英雄是主動的，他就會被找到，但這一次英雄的回程是由馬刻維鳥主導的。）

沙皇親自加入搜尋，他們找了又找，砍了綠色的橡樹，將橡樹燒光，丁點都不留。沙皇認為，即便沒有找到年輕人，年輕人也不可能再存活在世上。

因此，沙皇及僕人們都回到皇宮。第二天及第三天過去了，一天早上，女僕起床開始準備生火，她拿起打火石擦向鐵

器，石頭瞬間飛出她的手，飛過她的左肩，年輕人就出現在眼前。

「早安，偉大的沙皇！」年輕人說。

「早安，勇敢的年輕人！現在你的腦袋必須要從肩頭砍下。」

「不，偉大的沙皇！」年輕人說：「你找我找了三天，而且你也放棄找我了，我現在是自願出現的。如今我應該得到一半的王國，同時擁有你的女兒作為我的妻子！」

沙皇什麼也不能做，兩人於是結婚，並且辦了一場美好的婚宴。年輕人變成沙皇的女婿，得到半個帝國；當沙皇過世後，他就被晉升為沙皇。

接下來是愛爾蘭的故事，是相同類型的故事，但是比較複雜些。

王子與有著美麗歌聲的鳥
（The Prince and the Bird with the Beautiful Song）[3]

在很久很久以前，在受詛咒的外國人來到我們的國家之前（愛爾蘭人總會這麼說，現在仍然會這麼說），有個國王，在他二十一歲那一年，和一個非常漂亮的女孩結婚；他們生了一個兒子名叫加特，但是加特出生沒多久之後，王后就得了怪病

死了。大約一年之後，國王娶了另一個王后，在她生下雙胞胎兒子之前，對繼子加特都相當慈愛。但是打從生了一對雙胞胎之後，她就痛恨加特，因為加特自然會繼承王國，並將王國從她的兒子手中拿走。雙胞胎兄弟非常壞，但是他們所做的每件壞事，最後都是落得由加特接受懲罰。有一天，他們殺了國王的小狗，事後卻嫁禍給加特。加特說不是他做的。

「不要說這種謊言！」國王大罵：「亞特、轟特及你的繼母都親眼看見是你做的。」

但是加特說自己碰都沒碰過那隻狗，國王完全不相信加特，不帶悲憫地對加特痛打一頓。

但是王宮中有個老女人，名叫挈拉，她答應過過世的王后要照顧加特。她前去國王那兒諫言國王處世不公，因為加特並沒有殺那隻狗，還說她親眼看見亞特及轟特如何殺了小狗，而王后從她的窗子也清楚看見一切經過。

國王對此深感抱歉，他看了看兩個雙胞胎兄弟的衣服，發現衣服上有飛濺的狗血痕跡。國王向加特道歉，同時要加特給老女人一些錢作為獎賞。

但是這樣的情況持續不斷，王子也不斷受苦。

這三個兒子成年後，有一次三人與國王一起到森林打獵。沒走多遠，他們聽到堪稱是人間絕美的樂音。他們循著歌聲來到森林中央的一棵大樹，站在這棵樹上的是一隻巨大的鳥，聲音就是從這隻鳥傳來的。

國王像是被這隻鳥施了魔法般，他說舉凡誰能將鳥帶來給他，那人就能得到他的王國，而且還說自己沒有這隻鳥就活不

下去。

　　三個兒子出發尋找並跟蹤這隻鳥。鳥從一棵樹梢飛到另一棵樹，最後消失在一棵巨大橡樹底下的洞裡。三人將所見回報給國王，但是國王再一次表示，如果沒有鳥他就不想活了，還說他會將王國給任何能幫他找到鳥的人。

　　「如果我有適切的工具，我就會去追牠。」亞特說。

　　「那麼就去抓牠啊，我會待在這裡幫你看守洞穴。」國王說。

　　三個兒子離開不久後，就帶著桶子及長長的繩索回來。他們將繩索綁在桶子上，亞特進入桶裡：「如果發生任何危險，我會大聲叫喚，你們聽到叫喚聲就把我拉上來。」

　　要不了多久，他們就聽到亞特的叫聲，要他們將他拉上來。當他能夠說上話時，他說洞裡有一個大巨人試圖用一支血紅的長矛刺向他，還說就算是整個愛爾蘭指名要他下去，他也不會再下去了。

　　轟特接著拔起劍說他要下去，但是相同的情況又再度發生。

　　「我自己下去！」國王說：「如果沒有這隻鳥，我也不想活了。」

　　「在我還沒嘗試之前，您不應該下去。」加特說：「我一定會帶著這隻鳥回來。」

　　說話的同時，他拔起劍，並說：「如果我還活著，我會在九天之內回來，屆時你會聽到我的聲音，只要準備好拉我上來就可以了。」

因此，加特進入桶中，也被放入洞裡。進入沒多久之後，他看見一個帶著矛的小個子，加特從桶中跳出，並且一把抓住小個子的咽喉。

　　「放我一馬，王子。」小個子說：「我不是敵人，在你之前進來的兩個人都沒有膽量。」

　　加特說，如果小個子真是朋友，就應該告訴王子那隻不久前飛下來的美麗小鳥在哪裡。他說：「如果沒有那隻鳥，我的父親就沒法活了。」

　　「那隻鳥此時在很遙遠的地方，」小個子說：「她是這個國家的公主，而且她的名字是有著美麗歌聲的鳥。她和她的父親都有魔法，許多國王的兒子們都因為追捕她而喪命。但是，如果你聽從我的建議，你就不會丟掉小命，同時也能抓到她。」

　　「我會聽從你的建言，並且心存感恩。」加特回答說。

　　「很好，」小個子說：「這是給你的劍及斗篷，往前走，一直到你抵達左邊的大房子。進入房子後，裡面的女人會接待你，並且給你一匹小白馬，這匹白馬會帶你去國王的城堡。只要你遵照馬要你做的每件事，你就不會落入險境。當你抓到公主，也就是有著美麗歌聲的鳥之後，就回到那個有女人的大房子裡。」

　　一切進展順利，女人給了加特一匹小馬，告訴他要遵照小白馬所說的去做。馬飛快地帶著加特前進，日落時他們就抵達了一個大城堡。

　　「現在，」小馬說：「這是國王的城堡，他等一下就會前

來和你說話，你必須要假裝自己知道很多法術，還有，不要吃喝城堡裡的任何東西。」

不久之後國王出現了，加特介紹自己，並說明他是前來找尋國王的女兒，有著美麗歌聲的鳥。國王回答說，王子應該要聰明一些，選擇待在家裡；但是，如果加特值得擁有他女兒的話，就能夠得到她。

「現在聽著，」國王說：「連續三天的上午，我會跑遠並躲起來讓你找，而接下來的三天，你必須要藏起來讓我找。如果你找到我，但是我沒有找到你，你就能得到我的女兒；但是如果你沒有找到我，可我卻找到你，那麼你就要掉腦袋。」

加特同意這個條件，而國王要加特進入宮中好好招待他，但是加特說自己每九天才進食一次。他將馬帶進馬廄，並給了牠一些麥子、乾草及水。

接著，馬要加特把手放進牠的右耳，要加特拉出裡面的桌布並攤開放在地上。加特照著做，把桌布放在地上的當下，眼前就是滿滿的食物及飲品。

「現在，」小馬說：「將桌布放回我的耳朵，並在我的頭側躺下，直到早上我都會看守著你。」加特照做，他就像是躺在羽毛床墊上，舒適地睡了一覺到天亮。

早上起床後，他給了小馬麥子、乾草及水。接著，他拉出桌布開始吃吃喝喝直到心滿意足為止。當他把桌布放回時，馬說國王已經躲藏好了，但是馬要加特別急著找國王，因為牠知道國王在哪裡。加特必須要等一會兒之後再進入城堡後面的花園。在那兒，他會看見一棵樹，樹上有兩顆蘋果，國王就在那

最高的蘋果中心。加特必須拿下蘋果，用他的刀子將蘋果切成兩半，如此一來，國王就會現身。

事情與小馬所說的如出一轍，國王說這次是王子贏了比試，但是強調隔天就不會是這樣的結果。加特回說，那就等著瞧吧。

同樣在傍晚時分，加特餵了馬，也被馬餵飽了，入睡時也得到馬的看顧。早上，加特很早就醒來，再次餵了馬，自己也吃喝了些東西。

小馬說：「國王已經藏好了，但是我知道他在哪裡。如果他到中午都還藏著，你別太擔心。他就在城堡後方湖中的一條小鱒魚肚子裡。當你前去河岸邊時，將我的一根尾巴毛丟入湖中，鱒魚就會游到岸邊。抓住那條魚並拿出你的刀子把魚切開，國王就會出現了。」

大約在日正中午時，加特前去湖邊，他發現了那隻鱒魚，並拿出他的刀子，當他正要切開魚時，國王跳出來說：「你贏了兩次，但是你明天絕對找不到我。」

第三次，國王藏在他女兒的戒指中。

同樣的，大約在日到中午時，加特進入城堡中。公主請他進去，而他也與公主交歡，同時對公主有些毛手毛腳的，他將戒指從公主身上拿開。公主顯得有些生氣，還說如果她的父親在那兒，加特絕對不敢如此膽大妄為。加特回說：「那麼，既然你這麼生氣，我就把你的戒指丟入火中。」接著，國王就跳出來，現身在眼前。

國王只好再次認輸。但是他說自己在明天及接下來的幾天

必定會找到王子，雖然他必須承認王子的確是個聰明的傢伙。

當天晚上，加特再一次照料他的小馬，自己吃喝之後就躺下睡了。早上醒來後，加特先餵了馬再自己吃些東西。

「現在，」小馬說：「是時候去躲起來了。你從我的尾巴上拔出一根毛，進入那個毛孔裡，之後再將那根毛塞回。」

加特照著做，並持續躲著直到日落。接著，他自己走出毛孔前去見國王，說太陽已經下山而國王沒有找到他。

「不過，明天就不會是如此了！」國王說。

第二天早上，小馬要王子將手放進牠的口裡，拔出牠的白齒，接著，牠要加特進入那齒洞裡，之後再把牙齒塞回。

加特再一次持續躲著直到太陽下山，一直到馬要他出來為止。因此，王子前去見國王，說第二天已經過去，但是國王仍然沒有找到他。

「不過要等到明天才會見真章，即便你進入地獄，我都會把你找出來的。我清楚你會躲在哪裡。」國王說。

第二天早上，小馬要加特從牠的左後蹄中拔出一片指甲，要加特進入指甲洞之後再塞回指甲。馬說國王馬上就會前來殺了牠，因為國王的軍師，那個瞎了眼的預言師告訴國王，王子就躲在馬的身體裡。但是馬說牠會再度復活，而加特必須要完全遵照牠所說的去做：傍晚太陽下沉後，加特要從躲藏的地方走出。他要加特伸手進入馬的右耳拿出裡面的小瓶子。只要加特在小馬的舌頭上抹一些瓶子裡的液體，馬就會復活起身，跟原先沒有兩樣。

加特依照馬所說的去做。在他藏起來之後沒多久，國王

及瞎眼的預言師就出現了。他們殺了小馬，將牠剖開，同時仔細找尋小馬身上的每一吋肌膚，但是他們沒能找到加特。國王很生氣地對瞎眼的預言師說，他支付了預言師二十二年薪水，可如今預言師甚至無法說出這男人藏身在哪裡。「因為你的建議，」國王說：「我殺了這人的馬，我以為我可以砍掉他的腦袋，但是他反而會得到我的女兒。」

（有個細節我忘了提到，預言師總是需要查閱他的魔法書。如今預言師告訴國王說這年輕人值得得到國王的女兒，因為年輕人擁有最高的法術。）

加特依照先前所聽到的囑咐，讓小馬再度復活；馬則要加特前去見國王，並告訴國王自己贏得了他的女兒，國王應該將女兒嫁給他，否則他會將國王的城堡變成塵土。

加特責備國王殺了他的馬，但是他這個王子最後還是讓馬復活了。國王極為害怕。他將自己的女兒給了這個年輕人，並要他離開。馬將兩人帶回之前的大房子，而房子裡的女人將兩人送到她的兄弟小個子那裡。小個子就在洞底下，他迎接年輕人及有著美麗歌聲的鳥。

加特朝著亞特及轟特所在的洞口大叫，要他們放下桶子，因為他已經得到這隻鳥；她是個公主，也是世界上最漂亮的女人。公主首先被拉上，兩兄弟看見她時，都想要得到公主。他們沒有將桶子再次放下讓加特上來，而是在公主面前廝殺，直到最後殺了彼此。如今身在愛爾蘭的公主，不再有法力，她對洞底的加特大喊，並說明事情的經過。

老女人前去找國王，要國王到森林裡，老女人說國王可

以在那裡找到他的兒子加特。國王去了那裡，他在洞口發現兩個死掉的兒子以及一個漂亮的女人。國王問女人是誰，也問她是誰殺了他的兩個兒子。她告訴國王自己就是有著美麗歌聲的鳥，兩個兒子為了爭奪她，相互廝殺而死；她還說明加特是如何從她父親手中贏得她，而加特現在就在洞底下。

國王放下桶子將加特拉上來，加特告訴國王事情的經過。國王帶著加特及公主回到他的城堡，並派人去埋了另外兩個兒子。王后在聽到兩個兒子的死訊之後就瘋了並溺斃而亡。

加特與公主結婚，還辦了一場盛大的婚禮。國王過世後，加特得到加冕，而他與有著美麗歌聲的鳥從此就過著幸福快樂的日子。

退隱於內在看不見的自性城堡

這個故事比俄羅斯的故事更加具有區辨性，其中有更多的細微差別。同時，故事中的雙方都藏起來，英雄不讓國王找到，國王也不讓英雄找到，每個人都有三次機會。共有的因子則是在地底下的父親及女兒有些亂倫的情況。沙皇不想交出他的女兒，而這個愛爾蘭的地下神仙國王也不想交出他的女兒，除非有人能以黑魔法贏過他，才能成為他的女婿。沙皇看起來比愛爾蘭的神仙國王更加邪惡；後者不想跟女兒分開，想要將女兒留在地底下，而黑魔法沙皇則是在砍掉人們腦袋中得到樂趣。

女兒的戒指是受歡迎的躲藏地點。有趣的是，在俄羅斯的故事

裡，英雄藏身在戒指中；而在愛爾蘭的故事，則是公主的父親藏在那兒。兩個故事裡都有一隻動物幫助決定問題。如果沒有小白馬，愛爾蘭的英雄絕對不可能成功；而在俄羅斯的故事中，如果馬刻維鳥沒有介入干預，將英雄從他認為自己該躲藏的地方帶到另一個地方，英雄就會被找到。其中的不同點在於馬刻維鳥帶著憤怒，一心只想要將那個不得體的侵入者趕出巢穴；而愛爾蘭故事中的白馬，則和其他故事一樣，確實是那種合作且幫得上忙的動物。俄羅斯故事中的英雄將自己變成各式動物的樣貌，但最後是因為打火石的形貌而得到保全；在愛爾蘭故事中，則是由國王變成自性的象徵，像是蘋果、鱒魚，以及戒指上的寶石等，英雄就只是藏在空洞的空間，也就是馬身體裡的狹小空間內。

如果我們比較分析這兩個故事，俄羅斯故事中的決定性因子，在於英雄最終在打火石形貌中得到保全。沙皇無法發現他躲在那裡，而他也在故事結尾自動現身。

打火石對原始思維而言有著魔法的特質，因為火可以從中產生，它是一個廣泛的自性象徵。西方的煉金術士說打火石是含有神靈在其中的石頭。如你所知，煉金術中的哲人石是一顆帶有靈性力量的石頭；而打火石製造出與自身全然不同的事物，亦即火之精神，因此總是帶有對立面的至高結合這樣的投射在其中。這個死的物質帶著神聖火苗的象徵。例如，在北美印第安神話故事中，打火石是各式救星的象徵，同時也代表出現在地球上的神靈。

北美易洛魁（Iroquois）印第安部落的神話中指出，當兩個有神性的救星同時出現在地球上，其中一位救星的名字就是打火石。[4] 如果你深入想像並體驗打火石對樹林中的孤單獵人以及對沒有電

力可用的人們有多重要，你就能明瞭打火石何以是生命的供應者。它很容易就會帶著人類神聖助手的投射。因此我們可以說，凡是可以居於自性，或可以失去自我人格，並退隱於人格中最深入核心的人，他就可以退隱於內在看不見的自性城堡，不受邪惡的攻擊。自性，帶有可能退隱於其中的可能性，是邪惡試圖施加力量時唯一可躲藏的地方。兩個故事看起來都像是魔法比試，比賽的重點在於誰能在對方面前隱形。當支配統治及集體理想在某一個國家或文明裡成為英雄行動時，這個故事帶來了極大的補償作用。

這強烈暗示佛教意念，佛陀也同樣不與邪惡爭鬥；祂從中退隱下來，讓自己不可見而不受傷害。有個著名的印度傳說，其中魔羅（Mara）是惡魔的統治者，它對於佛陀及佛陀的教導深感受不了，因為這些教導削弱了它對人類施展的力量。它計畫了一場邪惡力量的全面出擊，並且動員了冥界數以百萬的惡魔；所有惡魔都帶上武器，組織編隊，它們要前去摧毀佛陀。但是佛陀並沒有讓自己像基督一樣被釘上十字架，也不像太陽英雄般的迎擊。祂就只是不在那裡！你可以在佛寺中看見這個著名的雕塑：空無一物的蓮花座，以及兩萬惡魔揮舞著武器，他們看起來失望無比，因為佛陀不在家，他們也找不到佛陀！這種內傾的應對方式，即不與邪惡戰鬥，且不涉入情緒或其他效應，而只是純綷地退回自性的內在空無；在東方意識裡這已成了一種集體教導。在西方的故事中，我們主要是在童話故事中找到這種模式，為我們較主動的英雄理想提供補償趨勢。

在我看來，俄羅斯的故事比另一個較原始的愛爾蘭故事更有趣，因為故事中的國王及英雄都躲藏起來，而比較他們兩人的差別是相當有趣的。童話故事裡的國王透過技術方法得到他的知識。

黑魔法師沙皇有一本魔法書，而愛爾蘭故事中的國王就像是俄羅斯故事中的沙皇一樣，有一個瞎眼的預言師，我們會說他就像是凱爾特人的德魯伊（druid），具有祭司人格。這樣的預言師、詩人及神媒，通常都是瞎眼的，你可以想想古希臘盲眼詩人荷馬（Homer）。一個瞎眼的預言師帶著靈媒的覺知，再加上魔法書，給予國王協助。俄羅斯故事中的英雄有他自己的魔法力量，但是這並沒有帶他前進多遠；除此之外他沒有得到其他的建言。他可以將自己變成各式不同的形貌；但是在愛爾蘭的故事中，所有的反制法術都是由小白馬帶出的，加特在地底下從女性人物手中得到這匹小白馬。加特有陰性原則的幫忙以對抗陽性原則，同時他有動物的幫忙以對抗魔法知識。此處，童話故事將本能的自發性，即動物或馬的知識，放在比童話國王的靈媒魔法書知識還要高的層次上。

　　書本的知識意指某種傳統，是某種程度上已經被編成法典並且代代傳遞下來的心靈法則，以及有關事件的知識。遠在書寫出現之前，歐洲不同的文明裡就有好些傳統知識，而我們必須要假設這個瞎眼的預言師擁有過去的德魯伊凱爾特及巫醫的教導。雖然我們是在愛爾蘭的地底世界，在集體無意識處在完全前基督教的層級，其中仍顯示已經有了文化知識。即便是在最原始的部落中，在玻里尼西亞（Polynesia）或是在非洲的叢林人，都有透過口述傳達故事與事實的傳統，這是世代相傳的知識。

　　這樣的智慧讓我對最高價值、最高智慧及接近於所有心理功能的精髓留下深刻的印象。這樣的智慧越是原始，就越具有啟迪作用，也更值得我們去研究，因為這是如此接近於現代人的無意識心靈功能。但是，這依然是已經成形，且已經在特定的傳統中被傳承

下來的東西；因此，就某種程度來說已經適應於這個民族的意識生活。相較之下，馬以及牠的魔法知識，則是更立即性，而且更個人性的；它是一種自發的反應，來自於個體人格最深入的本能層次。它每一次的反應都是獨特的，因為它總是即興的，同時也從心靈的自主鮮活本質中流入新的形式。這說明了為什麼馬的建言最終被證實優於瞎眼預言師、書和傳統所傳承而來的偉大智慧。它的優越在於它無法由任何其他人想出來。一旦有了某些編入法典的傳統知識，它就可能被誤用。邪惡會佔據它，用來滿足自身的目的。但是創意本能的自發性是絕不會被預先料想到的，其他人也絕對無法預知接下來會發生什麼。它是全然的創發，完全無法被料見，因此優於其他的知識。

　　只要榮格還活著，我們這些在他周圍的人，都會說他就是那個你從來料不準他的行動的人。當他進入一個情境，或意圖對某個情境發言或干預時，你永遠不知道他會說什麼或做什麼。總是會出現絕對的驚訝，有時候，他會露齒一笑說甚至連他自己都感到驚訝！因為他不知道自己會說什麼或做什麼，他鮮少以意識化的方式計畫行動，他總是心血來潮地回應情境及問題。他讓「馬」給出智慧，因此沒有人可以事先想出能說什麼或該說什麼。我常試圖去設想，他在這樣或那樣的狀況中可能會說什麼，但是每當面對現實時，我都會從雲端墜落。榮格的反應總是不同於人們的預想，即便是那些認識他很長一段時間的人們，都無法預料。

　　馬代表的是來自本質深度或人格中心的創意自發性，因為它是半無意識的反應，所以當它成形，或當它與特定的知識及過去的傳統結合時，就成了能夠對抗邪惡攻擊的事物。在我看來，我們現

　　　　　　　　　童話中的陰影與邪惡：從榮格觀點探索童話世界

在就處在這樣的情況。人類不僅僅受到殘忍謀害的衝動所威脅，它們的確到處都在爆發，正如同總會發生在暴民失控或動物本性鬆脫之時；但是我們真正的危險，則是當這些力量與高度科學知識相結合的時刻。在原子物理學中，它們與科學知識的最高成就相結合，這樣的結合不能被實際比較，但是這些故事告訴我們，無論如何，有一件事是遠遠勝於這一切的：帶著那所向無敵的透視力及自然知識，回歸自身心靈深處的內在真實性。如此，我們也就可能克服這些凶惡的力量。

註釋

1　原書註：*Russische Volksmärchen, Die Märchen der Weltliteratur*, series published by Diederichs Verlag (Jena, 1921), no. 43, "Der Schwarz künstler Zar."

2　譯註：出自德文三幕歌劇《歌劇院舞會》（*Der Opernball*）的曲目，由奧地利作曲家理察・霍伊伯格（Richard Heuberger）所作。

3　原書註：*Irische Volksmärchen, Die Märchen der Weltliteratur*, series published by Diederichs Verlag (Jena, 1923), no. 28, "Der Vogel mit dem lieblichen Gesang."

4　原書註：*Nordamerikanische Indianermärchen, Die Märchen der Weltliteratur*, series published by Diederichs Verlag (Jena, 1924), no, 19C, "Die Zwillinge."

心靈核心

上一章提到的故事說明了魔法競爭或是魔法比試的問題，以之作為向邪惡原則爭戰的形式。其中一則來自俄羅斯，故事中的黑魔法師沙皇承諾將女兒許配給任何可以躲過他追捕的人。三個年輕人接受挑戰，其中兩個被斷頭，而第三個因為擁有較強大的法力而成功了；但即便是這第三個，假若馬刻維鳥沒有將他帶回沙皇的皇宮中，讓他在那兒變身為打火石的形貌，他也不可能躲過沙皇的追捕。在愛爾蘭的故事〈王子與有著美麗歌聲的鳥〉中，愛爾蘭英雄必須進入地底，為他的父親找到這隻鳥。這個故事裡有雙重的競爭。地底下的國王，也就是鳥的父親——那隻鳥實際上是個美麗女子——躲藏了三次：他躲在蘋果裡、在鱒魚裡，以及在女兒的戒指裡。接著英雄分別三次藏身在白馬的身體裡，這匹白馬是他先前從一個善心的地底女子那裡得到的。國王有個瞎眼的預言師作為他的軍師，而英雄則有他的白馬。

　　魔法競爭的原型幾乎可以在所有的社會及各階層文明中發現。在原始文明中，它以不同的巫醫形式出現；這些巫醫或弱小、或強大，彼此競爭以建立各自的力量場域，並且影響部落裡甚至鄰近部落的特定團體，同時試圖消滅他們的對手。相同的狀況也存在於極圈地區部落中薩滿之間的競爭；弱小或強大的薩滿相互挑戰，較量誰的法力比較厲害，並且試圖以這樣的方式阻擋對方。

　　即使在基督教的傳說中也有跡可尋。靈知派的西門・馬古（Simon Magus）宣稱他代表地球上的神，他不僅僅是基督的競爭者，同時也是聖徒彼得（Saint Peter）的競爭者；這兩人在羅馬相遇，並在此一決勝負。西門・馬古展現他的飛行能力，聖徒彼得則使用法力與之對抗，當西門・馬古走上懸崖張開翅膀時，他因此跌

　　　　童話中的陰影與邪惡：從榮格觀點探索童話世界

落喪命。

後期也有一些聖徒，與巫師或巫婆以相同的方式爭鬥，因此我們在各地都能找到這個主題。我們可以說，這是試圖以個人機智及知識智慧，而不是藉由殘暴的力量與邪惡戰鬥的原型。今日我們則稱之為心靈戰鬥。知識一旦與較高的意識狀態連結上，可能是對抗邪惡的最佳方法；如果與意識解離，就只會是魔法伎倆之間的對抗。

如果對抗者其中一方的知識屬於較廣、較深的意識，另一方則只是使用傳統知識，卻不知其真實意義，且沒有在本質上與之連結；那麼，前者很可能會勝出。在此意涵之下，任何事物都可以被用作黑魔法或白魔法。這就是為什麼我避免使用黑白魔法這兩個詞，因為每一方都會主張自己是白的，並指控對方是黑魔法師。

這讓我想起一個被分析者的兒時夢境，這個被分析者是有著破壞性母親的受害者。她的母親是個護士，就跟有些護士一樣，帶著絕對的自殺情結。她是個悲苦、盡責且受權力驅使的女性，帶著潛藏的自殺傾向。她為了結婚而結婚，完全沒有愛意，而她從早到晚告訴孩子，如果自己當年沒有結婚的話，她的生活會好多了，還說她的孩子們都不該存在。你可以想像這些孩子在成長過程中所建構的氛圍！其中一個女孩的童年夢境是這樣的：大約四歲左右，她夢到自己從床上起身，感覺她的母親在隔壁房間做著神祕的事情。那是半黑暗的狀況，而她朝母親的房間裡望去，母親就坐在聖經旁邊。此時，有個巨大的「黑」人走來[1]，母親拿起聖經，聖經封面上有金色的十字架，母親將之舉起對抗這個黑色人，後來黑色人逃開了。女孩因為驚嚇過度大哭而醒過來，她不是被黑色人驚嚇，而

是因為她看見或抓到母親使用聖經來施魔法。

這就是純粹的黑魔法。母親壓抑了邪惡的問題，這在她的案例中是以全然破壞性的強大阿尼姆斯形式呈現。母親利用聖經作為伎倆，將自己與她的破壞性阿尼姆斯分裂開來，聖經不再作為閱讀或靜心冥思的對象，而是被當作外在的魔法及伎倆來使用，好讓自己避開正面衝突。因此，整體的邪惡問題以及與阿尼姆斯的一決勝負，就被放在孩子身上。

那就是為什麼我不使用黑魔法或白魔法這樣的名詞，因為即便是聖經，也能被用作黑魔法與黑暗力量對抗。魔法是黑的或是白的，取決於你如何使用武器，以及使用武器時抱持的是什麼態度。

有個事實常讓我感到困擾：即使是在禪宗佛教中，覺悟的禪師間的對話，或禪師測試小和尚是否悟得禪法時，有時候也會出現令人不悅的權力語調或魔法競爭。我跟榮格提到這一點。他露齒一笑說，許多古早的薩滿權力競爭已經偷偷溜入禪的競爭中。這自然不是通論，但他指出部分特定形式的事物，那些潛藏在背景的危險。最後還有一點也很重要，在心理學領域，對於相同的事物我們也會持有不同的意見，許多分析師與同僚間的關係，從主觀的層次來說，就是在自我及無意識之間的關係。

通常人們會帶著內在的功利主義或權力觀點接近無意識，他們想要利用無意識，為的是讓自己變得更強而有力，變得更健康，讓自己能夠去主導周遭環境，或者為的是去學習以自己的方式得到想要的事物。又或者，他們是帶著祕密的企圖心，想要得到超自然人格而接近無意識。這特別是徒弟們會有的病；如果某人在孤獨的自我修行中累積了特定的優勢，徒弟們就會想要以相同的方式獲取。

　　　　　童話中的陰影與邪惡：從榮格觀點探索童話世界

如果他夠聰明，他心裡會這麼想：「這個嘛！我會跟從相同的方法，去做跟師父完全相同的事，如此一來，我就可以得到相同的結果。」這樣的人並沒有注意到他事實上是在自我欺騙。他並非真誠地接近無意識，而是被伎倆汙染了，或是帶著利用無意識的態度。無意識就像是一片壯麗的森林，他想要抓取森林裡的動物，或想要佔據森林裡的土地。

當意識採取這樣的態度，無意識也會變成像搗蛋鬼一般。夢境變得矛盾對立，一會兒說是，一會兒又說不，一下左一下右，個體感覺到搗蛋鬼之神墨丘利原型在控制無意識現象，以成千上萬的方式領著自我上行至花園道。這類人們，有時候在經過多年真心拼命處理無意識之後，最終會放棄，並且會說：「原來是這樣的，無意識是個無望的煉獄，也是個錯誤的導引，我們是絕對不可能找到終點的，因為夢總是反覆無常，沒個準的！」

這類人們並沒有理解到，他們是因為自我的搗蛋鬼，才帶動且激起了無意識中的搗蛋鬼特質，也就是說，是他們自己對無意識的態度激起了搗蛋鬼特質。他們想要騙取及利用無意識，他們帶著輕蔑狹小的權力態度將無意識放入自己的口袋裡，而無意識就回敬以相同的反應。甚至有些人在閱讀榮格的著作之後，嘗試以這樣的方式強求個體化。他們心想：「如果我照著榮格所做的，記錄每個夢境、做積極想像等，那麼我就能得到它。」他們在這件事上放入一個強制壓迫的自我態度，但是事實上此事從一開始就矇騙他們，讓他們陷入無止盡的麻煩中。這就是古老的魔法競爭或比試原型母題的現代變異版。

權力態度與陰性原則的鬥爭

在俄羅斯及愛爾蘭的兩個故事中，贏家都是那個能夠與黑魔法師女兒建立接觸的英雄。決定問題或決定介入選擇的，是陰性原則。在俄羅斯的故事中，英雄以獵鷹的樣貌飛進黑魔法師沙皇女兒的窗前，並與她發生一段感情，因此而成功；而愛爾蘭故事中的英雄贏得了地底母親角色及她那匹馬的協助，透過那個陰性部分的幫忙而勝過地底國王。這一點必須從補償因子的角度來了解，因為舉凡意識在魔法競爭中迷路了，這意謂著權力態度從背後將它抓住；公主代表權力的反制原則，也就是愛或愛欲，對抗主控的驅力。因此，勝出的是得到愛欲的那一方，而不是得到權力態度的那一方。

這一點在俄羅斯的故事中是清楚可見的。黑魔法師沙皇在酒宴桌席上承諾給出王國，可以看見他是如何全然地落入權力態度中。那兩個年輕男孩起身說「讓我來試試吧！」也同樣走入權力態度的圈套中，而且是自己走進去；某種程度上來說，最後他們被砍頭也算是適得其所。他們應該聳聳肩，冷眼旁觀黑魔法師沙皇的胡為亂扯。

相反的，第三個英雄知道接近陰性原則的方法，而這項原則受到黑魔法師沙皇所俘虜。英雄透過與她的接觸，以及馬刻維鳥的協助而贏得勝利；馬刻維鳥必定是雌性的，因為牠正在孵蛋。英雄連續三次得到女性的幫助：沙皇的女兒、馬刻維鳥，以及那位從火爐中拿起打火石，並且錯手丟過肩頭而讓英雄變回人形的女僕。藉由與陰性原則的三次連接，他躲開了追捕，這的確跟愛爾蘭的故事相同，愛爾蘭英雄透過與陰性原則的接觸，得以躲過麻煩事。但是黑

童話中的陰影與邪惡：從榮格觀點探索童話世界 ⊢

魔法師沙皇似乎無法跟隨潛藏的陰性心智模式。如果某人帶著權力態度，他就無法了解愛及愛欲的原則。他總是會錯誤解讀，找尋隱藏的伎倆，因而走上錯誤的道路。

愛爾蘭的故事則更有趣，故事中的敵人有隱藏的黑魔法知識，那是從石器時代就流傳下來的古老魔法傳統。魔法可能是人類最古老的精神活動之一。舉凡新的意識態度升起，舊有的知識、先前的態度，就會下沉進入魔法層次。因此，魔法是較古老形式的精神及宗教知識與活動，卻被新的靈性宗教態度所取代，因此就沉入回到較無意識的狀態中。

在愛爾蘭的故事中，馬的魔法贏過了瞎眼的預言師。這是一個凱爾特的故事，而地底的國度顯然就是著名的凱爾特冥界所在，其中住有仙子及精靈，那是亡者前去的地方，湖上的年輕女孩及其他人來自那裡，而且那兒也是中世紀騎士走失之處。在那兒，世上最偉大的魔法師梅林（Merlin）被施了法術。凱爾特神話的冥界之地有著浪漫的色彩，這是上層世界所丟失的。

國王一開始有個正面的妻子，也就是英雄的母親。但是她後來去世了，國王再婚。接續到來的是繼母及她的兩個兒子，他們試圖除掉英雄。繼母帶著有毒的權力態度，她想要除掉第一個兒子，好讓她的兩個兒子登上愛爾蘭王座。因此，有關情感、愛意，及其中的藝術、音樂和美學世界，都消失進入無意識中。英雄是唯一能將這一切再度帶上地面的人。上層世界由一個破壞性的繼母所統治，當英雄進入地底世界時，他發現了一個正面母親的角色，她給了英雄一匹白馬，這匹白馬一路幫助英雄。因此，無意識，也就是愛欲的世界，有了反制的平衡力量；無懼於向下的英雄也因此能夠從那

裡得到支持。

自我消失，本能驅力顯現

剩下的戰鬥則在無意識中發生，因為這實際上屬於白馬與地底世界魔法師國王之間的戰鬥。英雄只要做好白馬交代他做的事就好。

我先前在評論自發性的問題時，就試圖對馬進行解讀，因為馬代表全然無意識的自發生命力，是英雄能夠依靠的真誠本能反應。我們可以更進一步地說明，英雄是躲在毛髮拔出後的毛孔中、在拔出牙齒的齒洞中，以及最後在馬蹄尖被拔出的指甲開口中；他必須要塞回毛髮、牙齒及指甲，並且躲在那個實際上不存在的小空間裡。從心理學上來看，這顯示自我及自我意識的計畫和活動必須被實際消除掉，自我的整個心智活動必須要消失。透過完全脫離自我意志，馬及神聖的自發性才能出現。

馬是白色的，顯示了它是本能的驅力，帶著朝向意識的自然特性。希臘及羅馬的太陽神座車就是由白馬拉的，而夜晚或月亮的座車則是由黑馬拉的。白色的動物被獻祭給奧林匹斯的諸神們，深黑的動物則是獻祭給冥界的諸神。在愛爾蘭的故事中所表現的是，特定的本能及正面的衝動自然地被拉向意識界，因此自我可以有足夠的信任什麼都不做，就讓它自然進展。如果是透過黑馬的意象來表現，則是完全不同的問題。

在神話中，黑和白通常不是道德的指示。只是到了基督教晚期，人們對寓言做出次級且人為的解讀時才變成如此。在比較神話

學中，黑色通常代表屬於夜晚、地底世界、人間，以及屬於意識無法知悉且孕育的事物。另一方面，白則代表白日、清晰、秩序，它可以是負面，也可以是正面的，依情況而定。此處的白馬，所指的是有股自然的運送力量，傾向於將事物帶出意識，帶出的可能就是那有著美麗歌聲的鳥。在這個例子中，一切都不關意識的事，意識只要不擋路就好；意識勢必不能任憑自我計畫擋住無意識的正面歷程。

在最後一次比試中，英雄躲在馬蹄尖，在馬蹄鐵中，加上之前的毛髮及牙齒，這些都是對抗惡魔的古老自我防衛方法。在《德國迷信口袋典》（*Handwörterbuch des deutschen Aberglaubens*）中，馬蹄鐵在相對近期被人們認為是招喚幸運的象徵，承接自較古老的鐵釘象徵。鐵通常帶有魔法的能力，在驅趕惡魔及巫婆的同時，它在歐洲農業國家中也有療癒性的法力。愛爾蘭英雄進入蹄鐵裡的指甲洞，還有馬蹄鐵給予保護。地底世界的魔法師無法抓到他，因為蹄鐵幾乎是由鐵形成的圓圈。鐵本身帶有避邪的特徵，而且在這裡又是鞋子的一種，鞋子在某些特定的法術中也同樣有避邪的特色。因此，馬蹄鐵是三倍程度的幸運象徵，同時也是對抗惡魔的避邪力量象徵。當我們想起惡魔通常自己就帶有馬蹄尖時，這一點就更顯得有趣了。這也再次顯現這個奇怪的**以毒攻毒**的事實。

讓我覺得有些失望的是，白馬在故事的結束時仍然留在地底世界中。當加特從井底上來時，白馬消失了，牠回到原本的母親人物那裡，留在地底下。只有那有著美麗歌聲的鳥被帶到上層世界。這意謂著整個療癒的歷程，是在意識領域不完全清楚到底是怎麼一回事的狀況下發生的。我們可以對照某些人的狀態，他們經歷短暫的

分析，症狀治癒了，卻沒有反思過程中發生了什麼事，就只是單純地對療癒歷程感到開心。這在年輕人身上是常見的狀況，也相當合理，他們帶著小問題前來，相對容易走出問題。他們會和善地感謝你，然後離開，多年後再回來跟你說：「我想要更了解當時到底發生了什麼。」在那個時間點，人生的事務、結婚、建立職業生涯等等，將他們帶進外在世界，因此沒有時間去理解發生的歷程。

芭芭拉‧漢娜有次讓這樣的年輕人離開分析，並且進入幸福的婚姻，她們彼此互道珍重，她還送花到婚禮會場致意，也寫了一封美好的祝賀信。年輕的女子回信感謝她，信中也提到，希望這只是第一章，有一天她會再回來。在那個當下，她必須要回到生活中（她當時仍然處在生命的前半期），走入婚姻、生子，但是她清楚在分析中發生了許多事，而這些事在某處打動她。在那個時刻，她感覺自己不該深入那裡，但是會將這個保留在生命的後半期。

療癒歷程多多少少是在意識的狀況下發生，但是此處有些事情仍然在深處，未被辨識出來。在這個例子中，就是我們的白馬。有另一個波斯的故事提到更多有關馬的內容，這個故事出自《土耳其斯坦故事》（*Märchen aus Turkestan*）。

魔馬（The Magic Horse）[2]

從前有個國王，他有個美麗的女兒，當女兒到了適婚年齡，國王創作了一個非常聰明的謎題。他花了很長的一段時間餵養跳蚤，把這個跳蚤養得像是一隻駱駝一般大。接著，國王

將跳蚤宰了、剝了皮並到處展示，國王說如果有人能夠認出這張皮是出自哪個動物身上，就能夠得到他的女兒。（此處同樣是個佔有的父親，就像是黑魔法師沙皇或愛爾蘭故事裡的父親。）自然沒有人猜得出這是跳蚤皮。但是有一天，有個醜陋的乞丐前來，說他想要解答這個謎題。他們不讓乞丐進入皇宮，但是乞丐堅持自己有權利解謎題。當國王展示跳蚤皮給他看之後，乞丐說：「那顯然就是跳蚤皮！」國王對此甚是憤怒，但還是必須把女兒交給這個可怕的人。

　　事實上乞丐是個**魔頭**，是個專門吃人的破壞性惡魔，他是個食人怪。他要帶走公主，公主因此落入極大的痛苦絕望中。公主走入馬廄，在她最心愛的小馬頸邊哭泣，馬說牠會幫公主的忙，但公主必須帶牠一起走，同時還要帶著一面鏡子、一把梳子，些許鹽，以及一朵康乃馨。當他們走到魔頭的洞穴，裡面滿是人骨，因為魔頭吃了許多的人。馬說他們必須逃跑。魔頭走出洞穴，製造暴風雪，一路追著他們。公主在馬的指引下，首先向後丟下康乃馨，接著是鹽、梳子，最後則是鏡子。他們轉入荊棘地，那裡有多刺的叢林等各種阻礙，暫時拖慢了魔頭，但是最後魔頭總是能夠再度追上他們。鏡子變成一條河（那是公主最後丟出的東西）；魔頭追到河邊對公主大叫，他問公主是如何渡河的。公主說自己是在頸邊纏繞一個大石頭，然後跳入水中，魔頭迅速地依樣而做，但即使這樣也沒能幫助公主擺脫魔頭。最後，馬說除了直接與魔頭戰鬥，沒有其他方法了。所以，牠跳入水中，公主站在河岸邊看著水面浮起泡沫，轉成紅色，她心想自己心愛的幫手，也就是她的馬，已經

被殺了。但是，一會兒之後，馬就回到水面上，說公主現在已經安全了。牠殺了魔頭，但是公主必須殺了這匹馬。馬要公主在殺了牠之後，將牠的頭丟向一邊，牠的四肢丟向地平面的四個方位，牠的內臟則在另一邊，接著牠還要公主帶著孩子們坐在牠的肋骨下。

公主說：「我怎能殺了你，你救了我一命！」但是馬很堅持。當公主照著馬所說的完成後，從馬的四肢出現了黃金柱子，上面綴有翡翠的葉子，馬的內臟出現村落，那裡有田地及草地，馬的肋骨下則出現一座黃金城堡。馬頭的地方出現一條美麗的小銀河，整個地區變成如同天堂一般，在那兒公主找到了她的丈夫。

馬的獻祭

我跳過了有關她的婚姻及孩子的部分，因為這是一個非常冗長的東方故事，而我只想專注在馬的轉化。此處，與黑魔法師的戰鬥中，馬再次勝出；這一次的黑魔法師，是個能夠施行各式法術的魔頭。首先，馬也使用魔法，牠說公主必須把康乃馨、鹽、梳子及鏡子丟在身後，但是單純的魔法並沒有幫上忙。於是他們進入真實的戰鬥。因此，在這裡我們有兩種行為的結合——魔法比試及**肉搏**戰的結合。

有時候我們須要有魔法比試，而有時候我們則需要戰鬥，正如同立陶宛故事裡的樵夫，他變成獅子後吞掉了惡魔。這個故事裡同

時包含了兩個母題，先有魔法比試，後來是肢體戰鬥，為的是打敗惡魔。這是讓人滿意的安排，因為正如你所知道的，其中必須要有矛盾性，必須是兩者俱存。首先你不該戰鬥，然後你應該戰鬥；你應該使用機智，你不該使用機智；你應該要使出力量，不，你不應該使出力量。這些都是我在一開始的時候所告訴過你的，你從無意識推論出來的每個行事準則，通常都是矛盾的。

但是我們更想要進一步討論的是，馬到底代表著什麼。以榮格派的說法，馬被殺之後變成了曼陀羅。因為這是波斯的故事，我們必須要審慎處理有關印度的影響。馬的瘦小讓我們想起古代印度馬的獻祭，這是宇宙創立時的中心儀式。你可能會說，這個公主複製了古代印度馬的獻祭，而新的世界也再次得到創造。但是，這在心理學語言上的意義為何？

馬是帶有本能本性中最純粹的象徵形式之一，那是一股支持意識自我的能量，但是卻不被覺察。它造成生命之流，將我們的注意力放在事物上，並透過無意識的動機影響我們的行動。那是活著的整體感覺，那是生命之流，雖非出於我們卻讓我們得以駕馭在其上，以之進入並走過生命。大部分人不帶疑問地接受這個帶領的力量，他們被自己的衝動、欲望及動機帶領而走過生命，他們唯一能做的就是試圖不讓自己背棄意識計畫。但是，這股力量以無意識且不帶疑問的方式跟從自己的動物模式，因而形成了某種無意識的健康狀態。馬的獻祭因此意謂著全然放棄個體依附在各式生命衝動上的能量流，換句話說，就是要進入一個人為且完全內傾的狀態。在榮格的《轉化的象徵》[3]一書中，有更多關於馬的獻祭象徵的內容。我在此處簡短摘要的，在那本書中都有充分的說明，特別是與

印度當地馬的獻祭之間的連結。

公主對於馬的要求反應出極大的傷痛，她說：「你救了我一命，我怎麼能如此對待你？」這顯示這樣的獻祭是何等困難，因為這意謂著要切斷自然的一切事物；那個自發性、天真的生命驅力在根本處被摧毀了。但是透過這個舉動所得到的，是藏在後面的東西，即是自性。接下來我要談談一個被分析者的夢境，由此帶出一個現代的類比。

做夢者是個嚴重酗酒的男性，以他這一類人來說是不尋常的，因為他帶著我先前所提到的那種單純的真誠。但是他因為酗酒太嚴重，他的一個朋友建議他進入分析。來到分析室的他充滿活力，說自己覺得受夠了喝酒，也說自己想要得到治癒。

你知道通常那是何等誠實的話語！有個格言說：「幫我洗洗我的毛，但千萬別把我弄濕！」當人們這麼說，往往指的就是這種情況。但是，這男人是真心希望清潔他的毛髮，而且也不介意把自己弄濕。他的夢清楚顯示問題出在哪裡。現實生活中，他和一個真實的老巫婆一起生活，她摧毀了他的生活樂趣。就某種程度來說，喝酒是為了代替生活中因為她而被擋掉的部分。當他看到一個夢境顯示這一點，我甚至不需要對他說些什麼，他就回去清空房間，還跟這個巫婆發生了一場可怕的爭吵，最後還到其他地方租了個房子。透過這樣的方式，他以天真真誠、不帶任何爭論的態度，執行夢中指示的每一件事，因而經歷了奇蹟式的療癒。接下來有好幾個月的時間他滴酒不沾，感覺也更好了，甚至還訂了婚。從每個方面來說，他的生活一切順利，似乎也沒有其他任何需要的了。我認為他此時應該會離開分析，因為他實際不再需要了。他是個興致高昂且

帶著善良本性的外傾者，我當時想像他會離開分析並走進生活中，不再回頭去想生活中到底發生了什麼。但是，就在這個時刻，出現了下述的夢境。

他在河面的船上，當時是週日，船上有音樂響起，整體氣氛非常好，陽光燦爛。他在人群中，看著河面，享受這一切。三不五時，船會停靠進站，接著又會再度繼續前行。雖然他想要待在船上繼續航行，但是在某個停靠站時，他心想或許自己可以下船，去外頭看看推動這艘船的動力來源。因此，當船下一次停靠時，他下船並站在岸邊往回望。讓他大感驚訝的是，他看見這艘船是由水底的一條巨龍所推進的。那就是驅動的力量。那條龍是一條善心的生物，有著小小的頭；當他站在岸邊時，巨龍來到面前並擰一擰他的袖子說：「嘿！你這傢伙！」牠相當友善，而他在夢中醒來後，滿心訝異。

因為那個夢，他決定繼續留在分析中，想要發現他的奇蹟式療癒底下到底是什麼，以及生命的祕密可能會是什麼。接著，出乎我意料的，他相當深入地進入分析，並且極度進入個體化的歷程。透過這個過程，他也成就了非凡的人格。

我們在夢境那兒看見轉捩點，問題出現了：「我是否該再次航行，受無意識生命力量所攜帶，或者應該問更深刻的問題？」接著，巨龍擰一擰他的衣袖說道：「你不想看看我是誰嗎？你不想進入這個深入的接觸嗎？」這一點，在這個案例中，正是男人後來所做的。

接著我們發現，心靈的深入核心，也就是自性，就在馬的生命力量後面。自性會被屏障、被掩藏起來，或只會以無意識驅力的方

式出現。從我們的觀點來看，朝向個體化的驅力是真實的本能，也許是所有本能中最強大的一個。因此，它首先以動物的形式出現，因為那是無意識中自發性的本能力量。但是，它需要獻祭品，或需要對於這個力量的分析，從而找到更深入的形式，並進而將之經驗為一種帶著衝動的神性。

《自格林以降的德國童話》（*Deutsche märchen seit Grimm*）中的一個德國童話故事，可以更深入說明這個問題。

國王的兒子與魔鬼的女兒
（The King's Son and the Devil's Daughter）[4]

從前有個國王，他在一場大型的戰爭中被打敗，一場接一場的敗仗，讓他手下所有的軍隊都被毀了，國王也陷入深深的絕望中，並準備好要自我了斷。在這一刻，有個人上前跟他說：「我知道你的問題在哪裡！鼓起勇氣來，我會幫助你，只要你答應給我『en noa Sil』。在三個七年之後，我會前來索取。」（國王以為他要求的是新的繩索，但是在高地德語中，這也可能意指一個新的靈魂。）國王認為那是很便宜的代價，因此毫不遲疑地給了承諾。接著，這個人將四根尾巴甩得劈啪作響，魔法軍隊就出現在眼前。因為有了他的幫助，國王贏得所有戰爭，敵軍也轉向國王求和。

國王戰勝後回到家，知道兒子誕生了，於是喜上加喜。在三個七年之後，他的兒子已經二十一歲了，長得強壯而俊美，

童話中的陰影與邪惡：從榮格觀點探索童話世界 |

但是國王完全忘了他當年的承諾。接著，這個奇怪的人又再度出現在眼前。事實上他是個魔鬼，他跟國王要求新的繩索，國王到他的儲藏室給魔鬼帶來新的繩索，但是魔鬼大笑一番，說自己要的是『eine neue Seele』——一個新的靈魂——那才是他當年所指的。國王為此拔去他的頭髮、撕掉他的衣裳，幾乎就要因為悲痛而死，但是這一切都於事無濟。天真的男孩試圖安慰他的父親，他說這個魔鬼不能對他造成任何傷害。但是，魔鬼相當生氣，他說男孩會為這句話付出代價。魔鬼一把抓住男孩，帶著他飛入天空、進入地獄。

在地獄中，魔鬼帶王子去看地獄煉火，還說那就是王子隔天會被放入燒烤之處，但是在這之前他會給王子一個機會。他帶男孩去看一個巨大的水池，對王子說，如果他可以在一個晚上之內把水抽乾，讓水池變為草地，並且在那裡除草、製作乾草堆，然後在上午把草堆堆列整齊給魔鬼，那麼王子就可以得到自由。接著，魔鬼就將王子關起來。王子非常傷心，準備好與生命道別。但是此時門被打開了，走進來的是魔鬼的女兒，她為王子帶來食物。她看見這個英俊的王子，他的雙眼因為哭泣而紅腫，她說：「吃喝點東西吧，不要喪志，我保證會幫你把所有的事情都準備就緒。」

晚上當大家都睡著了，魔鬼的女兒安靜地起身走到父親床前。她將魔鬼的耳朵塞住，並拿走他的魔法鞭子。她走到外面朝各方位鞭打，所有的地獄惡魔出現並開始動手做事。第二天早上，王子往窗外看出去，他喜出望外地看見滿滿的草堆立在原本是水池的地方。魔鬼的女兒完成這些工作之後，就將棉

球從父親的耳朵中取出，並且將鞭子歸回。魔鬼醒來後，滿心邪惡的他想著要目睹王子在烈焰中受苦，卻驚訝地看見前一天交代的每件事都被完成了。此時他氣憤不已，前去找王子並給了他更多的任務。這一次，王子需要砍下大木頭，將木頭砍成木塊，備妥後在第二天一大早被運走。接著，這棵樹木的所在地要變成一株葡萄藤，藤上的葡萄都成熟而且可以採收了。同樣的，魔鬼的女兒偷取父親的魔法鞭子，為王子完成了這些任務。

第三次，魔鬼感覺事有蹊蹺，開始起疑心。但是，他說只要王子在夜晚能從沙石中建造出一整棟教堂，將圓頂及十字架完成，他就會釋放王子。魔鬼的女兒用了相同的伎倆，但是這一次魔鬼的僕人卻無法完成；他們即便使用石頭及鐵塊，都無法建造教堂，更別說是用沙了。但是，她還是讓他們嘗試，有幾次他們已完成一半，但是接著教堂就崩塌了。有一次，他們完成了任務，但是當他們將十字架放在圓頂上，整個建築物又再次倒塌。因此，當天早上任務並沒有完成。接著，魔鬼的女兒迅速將自己變成一匹白馬（同樣又是白馬），她對王子說，除了逃跑之外沒有其他方法了，還說她會帶王子回家，於是兩人飛奔而去。

魔鬼醒來之後，一切顯得異常安靜。他四處找尋魔法鞭子，卻找不到。接著，他用盡氣力大聲喊叫，直到整個地獄都震動起來，棉球瞬間從他的耳朵掉出來，他才聽到屋外的陣陣工作聲。他想起王子，並前去王子的房間，但是發現房門被打開了，王子早已離開，不見蹤跡。他在房間角落處發現他的魔

法鞭子，使勁鞭打直到王國裡所有的惡魔都跑過來，問他現在要他們做什麼。惡魔們說他們整晚辛苦工作，已疲累不堪。魔鬼問是誰下的命令，他們告訴魔鬼說是他的女兒。魔鬼大叫：「啊！現在我都搞清楚了！這一切都是我的女兒搞的鬼！」因為她對人類心存憐憫！（那是很重要的句子。在德文，他稱女兒為「die Menschengefühlige」，也就是對其他人心生憐憫之情的人。）接著，魔鬼將自己變成一朵黑雲，打定主意要將兩人拿回。沒多久，他就看見白馬和騎士，他吆喝惡魔們去抓拿那匹馬，並且將騎士帶回，不論死活都要帶回來。整片天空因為一群飛翔的惡魔而瞬間變黑，馬告訴騎士說，跟隨在他們身後的黑雲正是她父親的惡魔軍團。她把自己變成一間教堂，將王子變成牧師，她要他站在聖壇上唱頌彌撒，同時不做任何回應。軍團靠近後，驚訝地看見這間教堂；教堂的門是開啟的，但是沒有人能越過教堂門檻。王子站在聖壇上唱著：「上帝與我們同在，上帝護祐我們。」因此，他聽不見惡魔向他詢問是否看見逃跑的兩人。最後，惡魔軍團返回地獄盡頭，向魔鬼報告找不到那匹馬。

　　魔鬼氣壞了。第二天早上，他起床後再一次升空，他看見教堂，聽到詩歌頌唱。他說：「他們就在那兒，現在我要抓他們回來，這一次他們逃不掉的。」他喚來了更龐大的惡魔軍團，要他們去摧毀教堂，並帶回教堂的一塊石頭，以及牧師，無論生死都要帶回。但是，這一次魔鬼的女兒將自己變成一株赤楊木，而王子則變成一隻時時刻刻唱著歌的金鳥，對一切都無所畏懼。因此，當魔鬼的軍團抵達那兒，不見教堂，只見一

棵赤楊木上有一隻不停唱歌又完全不害怕的金鳥。惡魔軍團同樣沒有抓到兩人，只能轉身回去。

魔鬼又是氣炸了。他飛上天看見那棵赤楊木，就在七百哩遠處。他喚來了更加龐大的一支惡魔軍隊，下令要砍斷那棵樹，還要將那隻鳥帶回來給他，不論死活。但是樹和鳥此時早已變成馬和騎士，逃向更遙遠的七百哩之處。當王子回頭望見身後的軍隊，魔鬼的女兒立刻將自己變成一片稻田，同時將王子變成一隻不斷在田野上奔跑的鵪鶉，還唱著「上帝同在，上帝同在！」不去聽任何的詢問。

隔天早上，盛怒的魔鬼飛過稻田，微微聽到鵪鶉的叫聲，心想這兩人都到手了。他要僕人們前去除掉整片田野，但是接著認為這次他應該要跟著僕人們一起去，因為如果讓兩人逃得更遠，遠超過四個七百哩，他對兩人的影響力量就會消失。因此，他再次飛上天空，但是馬和騎士仍然繼續前行。當他們聽到身後的可怕風暴時，他們只剩下七哩路就能抵達地面了。王子說他可以看見身後天空中的黑點，以及駭人的電光。女孩說那是她的父親，同時表示如果王子此時不全心依照她的指示，他們就會輸了。她說她會將自己變成一個大大的牛奶池，王子則會變成一隻鴨子，還交代王子要始終游在池子的正中央，保持將頭埋入牛奶裡，絕對不能向外看；如果王子有一秒鐘的時間向外看，他就輸了，同時提醒王子絕不能游到岸邊。不久之後，魔鬼就站在池邊，但是除非他將鴨子抓入他的力量範圍內，否則他什麼也做不了；游在池子中央的鴨子遠超出他所能接觸的範圍。魔鬼不敢游入池中，因為他可能會在牛奶池裡被

淹死。他試圖誘惑小鴨子，對著牠說：「親愛的小鴨子，你為什麼總是留在池子中央？看一看我的四周，是多麼美麗啊。」

有很長的一段時間，王子都能抗拒誘惑，但是最後因為過於強烈的好奇心，王子偷偷地看了一眼，而就在那一刻，王子瞎了，牛奶也變得有些混濁。牛奶裡有一股聲音叫喚：「唉呦！唉呦！看你做了什麼！」但是魔鬼在岸邊帶著興奮及邪惡說：「哈！馬上就要到手了！」他試圖在混濁的牛奶中游泳，但是就只是一昧下沉；因此，接下來很長的一段時間，他都試著誘騙鴨子游出池中央，但是鴨子始終都不出池子。接著，氣憤不已的魔鬼失去耐性，他把自己變成一隻巨大的鵝，吞下了整個池子及鴨子，搖搖擺擺地走回家。

「現在一旦都沒事了。」牛奶池中有個聲音對鴨子說。牛奶開始沸騰，而魔鬼開始變得越來越不舒服，而且感到害怕。他蹣跚地行走，渴望著回家。他再往前走了幾步，突然間，一陣巨大的裂聲響起，整個身體就這樣裂開了。眼前出現的是國王的兒子及魔鬼的女兒，兩人都年輕貌美。

接著兩人回家，從魔鬼誘拐了王子到兩人返家時，正好整整七天。王國上下籠罩在深深喜悅及婚禮的美好中。老國王將王國交給他的兒子，他就像父親一樣有智慧，至今仍然在位，如果他在這期間沒有死掉的話。

逃跑中的曼陀羅轉化之旅

　　這個故事的開場是常見的布局，國王在困境中，可能在知情或不知情的狀況下，對魔鬼做出承諾，給出他在外征戰時出生的孩子。接著，要從魔鬼手中得到釋放，就是這個孩子的任務了，無論那是個女孩或男孩。這故事裡的國王，或者在其他故事中可能是個商人，他失去了一切，在某種麻煩情境中做出這個承諾。

　　如果我們先不從原型層次出發，而是將此與個人心理學比較，這個情況是相當容易說明的——父母把孩子賣給了他們自己未解決的問題。在我先前提到的案例中，可以看到這一點；該案例中的母親沒能與自己的破壞性壞阿尼姆斯一決勝負，反而以聖經牽制阿尼姆斯，因此她的女兒必須處理那個黑色人的問題。這個女兒落入全然的瘋狂。她生了好幾個非婚生子女，墮胎好幾次，還有一些不愉快的邪惡經驗，而她是在身心全然被破壞的情況下進入分析。這就是那個黑色人透過這個母親所做的，母親將她的女兒賣給那黑色人；也就是說，她耍了手段，藉由聖經而甩掉他。

　　在一般的集體層次，國王代表主宰的意識態度，以及主宰集體意識的基礎，也就是集體情境中某一時刻的主導上帝意象。同樣的，正如每一個童話的開頭，這個國王有了缺失，因此不能牽制破壞性及欺騙性的權力；主導的宗教及社會秩序，無論是其意念或意象，對人類行為都不再有足夠的心理強度，也不再是個具有吸引力的目標。因此，部分的心靈能量流入各式解離的通道。主導意識的解離狀況已經相當深遠了，正如我們在故事稍後所看到的，自性的象徵，即那個帶著四根鞭繩的鞭子，已在魔鬼之手；當魔鬼甩出鞭

　　　　童話中的陰影與邪惡：從榮格觀點探索童話世界

子鞭打時，可以得到任何他想要的效果。

　　帶有四根鞭繩的鞭子是原始的皇家權杖，我們可以在埃及墳墓圖像的冥界國王手中看見這意象。冥王歐西里斯就握有這樣的鞭子。權杖原是牛羊放牧人的節杖，鞭子是類似的象徵物，同時也代表皇室權力以及國王的統治能力，而四條鞭繩在這裡指的是整體性。當這個力量落入冥界統治者之手，上層的國王就輸了，同時失去了所有機會。他唯一能做的事，就是退位並支持他的兒子，或讓他自己被除去。這屬於國王的原型角色，他必須以儀式性的方式被殺害，並且在特定時刻再度復甦，這代表的是所有意識原則無可避免的老化，老去的原則必須被摧毀並更新，才不會對心靈改革及生命造成阻礙。

　　故事中的國王做出了父母常會對孩子做的事：他在無意識的情況下將兒子賣給魔鬼，以這個故事來說，因為國王誤讀了魔鬼的要求而出賣了孩子。但是，在殘酷的心理現實世界中，無意識不是個藉口。因此，魔鬼回來要他的兒子，這個兒子如今已二十一歲，是個天真單純的傢伙，完全無能力處理這個問題。救贖的行動於是就完全仰仗在魔鬼女兒身上，在故事中我們聽說她對人類有情。她有人類的情感（sie ist menschengefühlig）。

　　魔鬼的女兒對應於其他的陰性人物，有時候這樣的角色會與魔鬼一起生活。魔鬼並非處在獨自一人生活的狀態，除非你是從宗教教條的觀點來看。在民間傳說中，他總會有個一起生活的女性，通常是他的祖母。**祖母**（grandmother）這個字並非暗示他們之間的血緣關係，而是意謂著他與大母神一起生活。在童話世界中，事實上他是在婚姻關係下與她一起生活，正如同你在童話故事〈魔鬼的

三根金髮〉（The Three Golden Hairs of the Devil）中所看到的，故事中他與祖母一起就寢；夜裡，她從惡魔的頭上拔出三根金髮給躲在裙子底下的英雄。

民間傳說中與魔鬼在一起的母親或女兒角色，相較於魔鬼，通常對人類更加友善，她往往扮演中介的角色。以這個故事為例，魔鬼的女兒最後離開父親，居住在上層世界，更成了下個世代的王后。這是針對上層世界基督宗教過於父權秩序主宰的典型補償性故事。部分的陰性原則被壓抑，因而與魔鬼一起進入地底世界。它在等待機會再次升起，重新在表層世界中佔有掌控地位。在蘇美巴比倫的《基爾嘉美緒史詩》中，英雄不只是受到女性角色的支持，還有太陽神沙瑪什（Shamash），以及在冥界中得到古代洪水英雄烏特那庇什牟（Utnapischtim）的支持。女神伊絲塔（Ishtar）是他的大敵人。因此，你得以看見這些組合會隨著所屬的文化架構而改變。蘇美巴比倫的文明有著強化的陽性或由意識計畫的陽性原則。在我們的故事中，英雄所得到的支持大部分來自地府的陰性原則，我們必須將之視為晚期歐州的特定問題；在那個時期，陽性的生活形式被誇大化，同時也激起了破壞性的陽性反制位置。它鎖住了光明及黑暗的陽性力量，就如同存在於基督教的現象，最後只能透過故事中所浮現的非預期性陰性原則作為中介，才能解開枷鎖。

魔鬼的女兒不僅僅對人類有情，她代表著**最卓越**的陰性原則，也就是愛欲原則（Eros）。愛的原則解開了陽性世紀的僵固位置，同時她也為國王的兒子解決了所有的任務。進一步檢視魔鬼的女兒實際上做了什麼，這是相當有趣的。首先，魔鬼給了國王的兒子大力士的（Herculean）勞務，只有強大有力的男人才能夠處理這項任

　　童話中的陰影與邪惡：從榮格觀點探索童話世界　├─

務，或者只有帶著巨大無比法力的人才能勝任。他挑戰了國王兒子的力量，而我們要感謝上帝，王子並沒有面對這個挑戰，因為這是不會成功的。魔鬼的女兒也沒有用自己的力量，她使用的是父親的魔法鞭子。她用父親的力量完成所有的任務。透過感情，她利用魔鬼的力量，也就是有著四根鞭繩的鞭子，來對抗魔鬼自身；她連續三次獲得成功，但卻沒辦法在地獄中建造教堂。

第一及第二項任務，我們可稱之為自然世界的文明化，將湖泊變成草原，並在那裡收割牧草，然後將樹木變成葡萄籐，在那裡採收葡萄以釀成葡萄酒。這是個深刻且美妙的畫面，因為在原始社會中，通常是由英雄來執行這些文明任務。然而，這些活動在這裡卻變成邪惡，因為這些任務都是魔鬼所要求的。

這個故事讓我們不得不開始質疑自然科技帶來的剝削，同時也必須反思到底是哪些人啟發了這類剝削活動。它曾經是文明的任務，但是如今在過度作為下，已經落入自主破壞之手，那是如惡魔般的無意識活動，無止盡的外傾傾向已超出自然的限度，讓人不得安寧。在這個故事中，它已偏離過遠，以至於魔鬼想要建立一個反制的教堂。既然上帝與三位一體在地球表層建有教堂，那麼魔鬼就要在地獄裡建造教堂，一個帶有十字架的正式教堂。但是，即便是在四根鞭繩的幫助下也無法成功。此處，我們也再次以怪誕的方式聯想起某些集權主義運動，這些運動強奪了基督教教會的理想性，以及各式活動與組織，並試圖以相反的方式利用之。

希特勒實際研究過耶穌會的規則，以建立他自己的系列活動及程序。共產的型態實際上則是早年天主教會的複製品。因此這些故事情節都成了現實：魔鬼試圖在地獄建立基督教堂作為反制原則。

但是，我之所以喜愛這個故事，在於故事昭示了這些意圖並無法建立穩固的基礎。它會崩毀，因為它是沙子建造的，而沙子代表的是一大堆的小粒子。一旦人類被簡化為眾多的單獨小粒子，就無法建造出任何東西。如果你將人類個體磨成一粒沙，又想要從中建立某種能守住的東西，這前景是不帶有希望的。這個故事所帶出最讓人滿意的體認，就是這一點。

兩人必須要從魔鬼的攻擊中逃跑；這裡再次以魔法比試呈現轉化性逃離的母題，兩人在其中經歷了三次的曼陀羅轉化。第一個曼陀羅接近於集體意識，那是一棟教堂，裡面有個誦念彌撒的牧師。這意象代表著我們的文明制住魔鬼的較傳統方式。這方式只能達到一定的效用，無法走得太遠。下一個畫面則進入更深的自然中，其中不再有文明的象徵物，那是一棵赤楊木和樹上的金鳥。

赤楊木是著名的古老魔法樹，它能夠避邪，也能對付巫婆、魔法及魔鬼，鄉下人會將它的嫩枝放在田地裡及牲口棚裡以避開魔鬼。赤楊木本身就如同惡魔一般，因此這就好比是以狼對抗巨人一樣：由一棵惡魔般的樹來對抗魔鬼。它之所以如惡魔一般，是因為它通常生長在樹林中或沼澤地的黑暗處。這種樹的木材對人類是無用的，因此它被視為屬於巫婆或惡魔。赤楊木能迅速轉紅，據說這是因為魔鬼用它來打祖母，亦即它的妻子。因此，在民俗故事中它有時候是紅色的。另一方面，正如避邪象徵慣有的雙面特性，人們可以使用赤楊木的嫩枝痛擊魔鬼。魔鬼用它來打妻子，所以你就能用它來打擊魔鬼。赤楊木沒有利用價值，這一點近似於自然界的黑暗及無用之物，但也正因為如此，由於它與惡魔原則的親近性，所以能夠拯救英雄；故事中的英雄此時是樹上的金鳥，口中唱著「我

不害怕！」

　　但即使如此，這兩人仍無法躲開魔鬼的追捕。第三個象徵是稻田，田裡有走上走下的鵪鶉，同時叫著：「上帝與我們同在。」稻田同樣是自然的象徵，但是此處主要是用作豐饒的象徵。在許多國家，稻米是土地上最具生產力的作物，也是人們的主要糧食。即便是今日，鄉下人的婚禮中仍會拿稻米丟向新婚的伴侶，這項古老的民間傳統確保伴侶的豐饒，新婚的伴侶則給孩子們糖果作為回禮。

　　因此，此處的豐饒大地之母，是不屬於魔鬼也不屬於基督教上帝的事物，憑藉其陰性神聖能力，成為了拯救的因子。故事中的王子總是落入危險，他走上走下就像一隻鵪鶉，叫著：「上帝與我們同在」。德文的**鵪鶉**（Wachtel）在通用語源學中與**守夜**（wachen）這個字相連結，帶有保持清醒、看守的意思。有個廣為流傳的古老印歐迷信，說鵪鶉會持續保持清醒，牠以不安的舉止及夜晚的叫聲，宣告自己的存在，特別是在新月的夜晚。如果鵪鶉時常叫喚，就會有好的莊稼收成，反之亦然。當風神泰風（Typhon）殺了大力士赫拉克勒斯（Herakles），後者因為鵪鶉的味道而得以復活。[5] 此處，能夠擁有向內的警覺及清醒的能力，就是決定性的因子。王子需要持續專注的內在警醒，才得以逃開魔鬼的攻擊。當我們看管個人的陰影面或是個人的阿尼姆斯，如果不是持續地維持警覺，這些角色會在我們疲累的時刻，或是當我們**意識降低**的時候逮到我們，這就如同故事中的危險情境，自然成為了關鍵點。

人類心靈的神聖核心，就是解決方法

　　如果個體與邪惡之間有外顯的爭鬥，通常個體會看見自己是如何因為情緒化，以及由情緒化而生的輕微無意識，最終喪失論點。我記得自己曾經在一次會談時段中，一心想戰勝敵對觀點，準備好了所有文件，要引述某篇文章的資料證明自己的論點。但是，在最後一分鐘，我把這些資料遺忘在家中，因此最後落得必須在沒有文獻證明的狀況下論述。當個體涉入和邪惡投射有關的問題時，這就是典型的狀況。落入投射時，很容易就變得情緒化，個體的意識也**降低**，因此，在不情願的狀況下自己打敗了自己，通常也就因此輸掉了戰爭。沒能保持警覺，在個體的敗退經驗中也有一足之地。在決定性的時刻，個體愣住了，要不是忘了自己的最佳論點，就是將文件留在家裡。這往往就顯示了某些個體自身的邪惡被投射到情境中；我並非指涉整個邪惡都是個體自己的，的確有客觀的外在邪惡存在，但是個體透過將自身的邪惡投射而涉入其中，這也讓個體因此失去靈魂。在那樣的情況下，個體將部分的自己透過投射而涉入敵人，此時個體就不再是警醒的，而是半睡半醒的，因而落得自己打自己的狀況。

　　因此，鶺鴒的警覺性是重要的。但是在這個故事中，即便維持警覺也沒有幫上忙。所以第四個任務就出現了：魔鬼的女兒將自己變成一池牛奶，並且將王子變成鴨子。接著出現的是決定性的必要因子，要求王子待在中心區域，同時將他的頭持續埋在牛奶池中。

　　牛奶因為它的純白特性，成為廣受流傳的避邪方法之一。另一方面，它也易於受到巫婆及魔鬼的攻擊。如果有人想對鄉下人施巫

術，任何人都可以使用**邪惡之眼**（malocchio）對鄉下的牛下降頭，因而產生出藍色或水狀的牛奶，又或者讓乳脂無論如何使勁攪拌都無法變成奶油。相較於葡萄酒，牛奶是讓你清醒的飲料。在古代的希臘及羅馬，它時常作為給冥界諸神的獻祭品，諸神不該被激怒而應當被安撫。如果你給祂們葡萄酒，祂們會變得更有活力、更積極，但是如果你給祂們牛奶，祂們會變得柔軟與溫和。因此，必須獻牛奶給亡者及陰間的神靈，而葡萄酒則是獻給上層的神祇。這說明了牛奶的獻祭之所以被稱為無酒獻（nephalia）[6]，它是給冥界諸神及亡者帶來清醒的獻祭品。

王子不僅要維持待在牛奶池中心，也要將頭埋入池中，無論魔鬼對他說什麼，王子都不能抬頭看魔鬼。從我的觀點，這相當適切地說明當個體面對從外而來的邪惡時，這是唯一可能秉持的態度。如果個體去看魔鬼，就已發生了投射。**投射**（projection）一字源自拉丁字 *projicere*（投擲）：無意識地從自身投出某些事物到其他物體上。柏拉圖曾經說過：如果個體看了某件邪惡的事，某些邪惡就會落入個體自身的靈魂中。我們不可能在觀看邪惡的同時，自身內在沒有丁點被激起或因而對其做出回應，因為邪惡本是個原型，而每個原型對人都有感染效力。觀看即意謂著被感染。這就是為什麼王子必須待在池子正中央，同時必須把頭深深埋入牛奶池中。他必須時時游在最中心的區域，這裡處在善與惡的問題之外，也在分裂之外，因此是在對立面之外。他不能有任何一秒鐘的逾越，必須要接近於內在中心，且避免涉入。

這本身就是個東方的解決方案。佛教及許多東方哲學古老的修練就是如此進行的。這意謂著超越對立面、超越善惡二元、遠離善

惡征戰，並接近內在中心，以此走出邪惡的問題。但是故事中的戰爭仍然照打，這個戰爭不在意識態度的層面，也不是由王子所為，而是由魔鬼的女兒促成；當她的父親將她吞下時，她摧毀了自己的父親。

榮格喜歡引用一句相當知名的煉金術說法：「匆忙就是魔鬼。」最妙的是，魔鬼很容易落入匆促的態度。它天性就是匆促的，這也就是為什麼所有的匆促都是屬於魔鬼的。如果我們變得匆匆忙忙的，我們就是在魔鬼當中，如果我們在匆匆忙忙的心情中，我們說：「這件事今天就必須要有個決定！」或是：「今天傍晚我勢必要寄出信！」、「我必須搭計程車前去，好讓你簽字，因為等到明天早上就太晚了！」如果你接到類似這樣的電話，你心中清楚知道這匆促的背後是誰在作祟。榮格常會莫名奇妙地找不到書桌上的文件，他並非有意識地將文件挪開，但文件就是神奇地從他桌上消失不見了。**魔鬼就是**匆忙態度的人格化。在這裡，他變得匆促而沒辦法再多等待，他把自己變成一隻鵝；相較於前面的其他事件，這是愚蠢的舉動，而鵝在古代德國則代表自然之母，或自然復仇女神的特殊形式。

報應（nemesis）這個詞起源於 *nemo*，意指分配，即分給每個人他所應有的部分。報應是自然正義的一個原則，它讓每個人都得到他或她所應得的。我們的無意識中免不了會有這樣的原則，在其中以奇妙的方式給予人們應得的部分。這不是人類所認知的正義，而是自然中有股神祕的調節力量，它如同正義一般運作，對人們帶來充滿意義的一擊。因此，我們可以說是魔鬼把自己給解決了。它變成一隻鵝，把人們應得的正義給予人格化了。它吞下了牛奶，而

牛奶也在它體內沸騰。我們都很清楚牛奶煮沸了之後會變得多麼令人厭惡，即使你仔細的守著牛奶，事實上如果你仔細守著它反而會更糟，這就是為什麼我們常會用煮沸的牛奶來表達對憤怒情緒失去控制。法國人會說：「它就像煮沸的牛奶。」（Il monte comme une soupe au lait）。那些容易落入一時氣憤的人們會被稱為牛奶，因為他們是如此簡單容易就被煮沸了。

魔鬼的女兒是魔鬼的正面阿尼瑪的人格化表現，也就是被魔鬼分裂出來的情緒面及感覺。此處我們連結回〈巨人的心〉那個故事。魔鬼的女兒帶著心及感受，她是魔鬼的情感面。如今在匆促的健忘中，魔鬼與他的情感面結合，也就是那個被他冷淡分裂出來的情緒性，於是他也就正好落入所謂被阿尼瑪附身的狀況。他因此變得情緒化，也真的爆炸了，也因此變得虛弱，所以被打敗。當魔鬼落入阿尼瑪心情時，他就跟人們一樣玩完了。魔鬼從最內在的本性中破滅並分解，因此這對男女毫髮無傷地走出來，他們代表的是新意識原則的重生；如今，地球表層開始由新的意識原則主宰。

在陽性形式的文明中，具有破壞性的情緒相當容易與邪惡連上，這讓陰性原則變得具有破壞性。它的作用就好比是男人身上被無意識蒙蔽的情緒，在錯誤的時刻被激起。如果那個阿尼瑪或陰性原則，從地獄中被帶上意識層，它會打敗由魔鬼所代表的邪惡，意識的新原則於是棲居在超越善惡二分的整體中心。根據這個童話故事的觀點，那個最內在深處的中心，即人類心靈的神聖核心，就是那個超越善惡問題的東西，也是那個帶我們走出問題情境的絕對因子。

這是透過童話故事所提供的深刻且神祕的解決方法，但是童話

故事往往只是被視為天真的故事。它們是如此深刻豐富,以至我們無法只做膚淺的解讀。童話要求我們深層地潛入其中。

註釋

1　原書編註:在原初的德語用詞中,像是「黑婦人」或是「黑巫婆」之類的詞語並不是用來指稱非裔人士或是其他深色膚色的族群,是不同於英文所指涉的意涵。

2　原書註:*Märchen aus Turkestan, Die Märchen der Weltliteratur*, series published by Diederichs Verlag (Jena, 1925), no. 9, "Das Zauberross."

3　原書註:*The Collected Works of C. G. Jung*, trans. R. F. C. Hull (Princeton, N.J.: Princeton University Press, 1957–1979) 5, para. 658.

4　原書註:*Deutsche Märchen seit Grimm, Die Märchen der Weltliteratur*, series published by Diederichs Verlag (Jena, 1922), p. 155, "Der Königsohn und die Teufelstochter."

5　原書註:Angelo de Gubernatis, *Zoological Mythology* (New York: Arno Press, 1978), p. 277.

6　譯註:古希臘時代的宗教傳統,在獻酒儀式中不使用酒,而是以水、牛奶、蜂蜜及油膏等組合代替之。

延伸閱讀

- 《公主走進黑森林：榮格取向的童話分析》（2017），呂旭亞，心靈工坊。
- 《積極想像：與無意識對話，活得更自在》（2017），瑪塔·提巴迪（Marta Tibaldi），心靈工坊。
- 《與狼同奔的女人》【25週年紀念增訂版】（2017），克萊麗莎平蔻拉·埃思戴絲（Clarissa Pinkola Estés），心靈工坊。
- 《附身：榮格的比較心靈解剖學》（2017），奎格·史蒂芬森（Craig E. Stephenson），心靈工坊。
- 《解讀童話：從榮格觀點探索童話世界》（2016），瑪麗-路薏絲·馮·法蘭茲（Marie-Louise von Franz），心靈工坊。
- 《孩子與惡：看見孩子使壞背後的訊息》（2016），河合隼雄，心靈工坊。
- 《故事裡的不可思議：體驗兒童文學的神奇魔力》（2016），河合隼雄，心靈工坊。
- 《自殺與靈魂：超越死亡禁忌，促動心靈轉化》（2016），詹姆斯·希爾曼（James Hillman），心靈工坊。
- 《榮格心理治療》（2011），瑪麗-路薏絲·馮·法蘭茲（Marie-Louise von Franz），心靈工坊。
- 《榮格人格類型》（2012），達瑞爾·夏普（Daryl Sharp），心靈工坊。
- 《轉化之旅：自性的追尋》（2012），莫瑞·史丹（Murray Stein），心靈工坊。
- 《榮格解夢書：夢的理論與解析》（2006），詹姆斯霍爾博士（James A. Hall, M.D.），心靈工坊。

- 《童話心理學：從榮格心理學看格林童話裡的真實人性》（2017），河合隼雄，遠流。
- 《童話的魅力》（2017），布魯諾·貝特罕（Bruno Bettelheim），漫遊者文化。
- 《神話的力量》（2015），喬瑟夫·坎伯（Joseph Campbell），立緒。
- 《希臘羅馬神話：永恆的諸神、英雄、愛情與冒險故事（精裝珍藏版）》（2015），伊迪絲·漢彌敦（Edith Hamilton），漫遊者文化。
- 《丘比德與賽姬：陰性心靈的發展（修訂版）》（2014），艾瑞旭·諾伊曼（Erich Neumann），獨立作家。
- 《用故事改變世界：文化脈絡與故事原型》（2014），邱于芸，遠流。
- 《解讀童話心理學》（2014），苑媛，國家。

Mary

聖安東尼 Saint Anthony，羅馬帝國時期
　隱士

聖徒布雷頓 Saint Brandon

聖徒彼得 Saint Peter

愛欲 Eros，或愛欲原則

愛德蒙・羅斯丹 Edmond Rostand，法
　國劇作家

塞利斯貝格市 Seelisberg，位於瑞士

奧祕之體 *corpus mysticum*，拉丁文

意識削弱 abaissement du niveau metal

新思潮 Zeitgeist

瑞摩斯 Remus

該隱 Cain

路西法 Lucifer，指被逐出天堂前的撒
　旦

福金 Hugin，沃登神的烏鴉之一

〈搗蛋小精靈〉 Rumpelstiltskin

《奧雷利亞》 *Aurélia*

《奧德賽》 *the Odyssey*

《煉金術研究》 *Alchemical Studies*

十四劃

瑪雅 Maya

瑪爾斯 Mars，戰神

赫拉克勒斯 Herakles 或 Hercules，大力
　士海克力斯

赫密斯 Hermes，也就是墨丘利

對立情境 *complexio oppositorum*，拉丁文

漢斯・安徒生 Hans Anderson

碧雅翠絲 Beatrice

蓋亞・波利福卡 Georg Polivka

《蒙查羯奧義書》 *Mundaka Upanishad*

十五劃

德烏瓦・仁納 Eduard Renner

德爾斐 Delphic，古希臘城邦共同聖地

德墨忒耳 Demeter，希臘的地母神、穀
　物之神

德魯伊 druid

徵兆 *auguria*，拉丁文

歐西里斯 Osiris，冥王

墨丘利 Mercurius，搗蛋鬼之神、水銀
　之王，也是赫密斯

《德國迷信口袋典》 Handwörterbuch
　des deutschen Aberglaubens

十六劃

盧恩符文 runes

積極想像 active imagination

諾亞 Noah

〈樵夫智取惡魔並贏得公主〉 *How the
　Woodcutter Outwits the Devil and Gets the
　Princess*

十七劃

優漢那斯・波爾特 Johannes Bolte

戴奧尼索斯 Dionysus，酒神

薇薇安・麥克洛醫師 Dr. Vivienne
　Mackrell

褻瀆 Frevel，也指越界

《彌勒大梵奧義書》 *Maitrayana-
　Brahmana-Upanishad*

十八劃

薩登 Saturn，農神，即克羅納斯 Cronus

舊約聖經次經 Apocrypha

Goldener Ring über Uri 《烏里之金環》

Gorgon Medusa 戈爾貢・梅杜莎

Great Mother 大母神

Grimm brothers 格林兄弟

H

Hades 黑帝斯，冥王

Handwörterbuch des deutschen Aberglaubens
　　《德國迷信口袋典》

Hans Anderson 漢斯・安徒生

Hecate 冥月女神赫卡忒

Hedwig Boye 海得薇・菠耶

Heliand〈救世主〉，中世紀德國詩歌

Herakles 或 Hercules 赫拉克勒斯，大力
　　士海克力斯

Hercules 海克力斯

Hermes 赫密斯，也就是墨丘利

Hesperides 蘋果園

Homer 荷馬，古希臘詩人

Hosea 何西阿

How the Woodcutter Outwits the Devil
　　and Gets the Princess〈樵夫智取惡魔
　　並贏得公主〉

Hugin 福金，沃登神的烏鴉之一

Hura 忽拉，一種敏捷的松鼠

I

Il monte comme une soupe au lait 它就像
　　煮沸的牛奶，法國諺語

imitatio Christi 效法基督，拉丁文

Inferno 《地獄篇》

insula 島，拉丁文

Iroquois 易洛魁，北美原住民部落

Isaac 依撒格

Isengrimm 如鋼鐵般冷酷

Ishtar 伊絲塔

Isis 艾西斯，埃及女神

J

J. G. Frazer 弗雷澤，英國人類學家

Jakob Boehme 雅各布・波墨，德國神祕
　　主義者

Janus 傑納斯，古羅馬雙面神

Jena 耶拿，德國中部市鎮

Jeremiah 《舊約聖經・耶利米書》

Johannes Bolte 優漢那斯・波爾特

John Custance 約翰・卡斯坦斯

Joseph Rudyard Kipling 吉卜林，英國作
　　家

Journey into Russia 《進入俄羅斯之旅》

K

Kalahari Bushmen 卡拉哈里沙漠叢林人

Kali 迦莉，印度女神

Karl von Frisch 卡爾・馮・弗里希，奧
　　地利動物行為學家

Khidr 希德爾

Konrad Lorenz 康拉德・勞倫茲，動物
　　學家

Kronos 克洛諾斯

L

Labrador Peninsula 內布拉多半島，位於
　　北美

Laurens van der Post 勞倫斯・凡・德・
　　普司特，南非作家

Le Discourse de la méthode 《方法論》

Les absents ont toujours tort 缺席的那個總是錯的，法國諺語

Little Red Riding Hood 〈小紅帽〉

Lucifer 路西法，指被逐出天堂前的撒旦

lux 狼，拉丁文

lykos 狼

M

Magovei bird 馬刻維鳥

Maitrayana-Brahmana-Upanishad 《彌勒大梵奧義書》

Malchus 馬勒古

malocchio 邪惡之眼

Mara 魔羅，惡魔的統治者

Märchen aus Turkestan 《土耳其斯坦故事》

Mars 瑪爾斯，戰神

Maya 瑪雅

Menschen mit gross Schatten 《帶著巨大陰影的人們》

Mercurius 墨丘利，搗蛋鬼之神、水銀之王，也是赫密斯

Merlin 梅林，魔法師

Midrashim 《密德拉西》，猶太律法及倫理文獻

Mistap'eo 心中的偉人，納斯卡比族語

Mithraic Initiation 密特拉的啟蒙儀式

Mowgli 毛克利，小說《叢林之書》中人物

Mundaka Upanishad 《蒙查羯奧義書》

Munin 霧尼，沃登神的烏鴉之一

Mutter Erde 《大地之母》

Mysterium Coniunctionis 《神祕合體》

N

Naskapi Indian 納斯卡比族印地安人

nemesis 報應

nemo 分配，拉丁文

nephalia 無酒獻

Noah 諾亞

O

Oedipus 戀母

Osiris 歐西里斯，冥王

P

parapsychology 心靈學

participation mystique 神祕參與

Pegasus 天馬

Perceval 珀西瓦爵士，圓桌武士成員

Perseus 柏修斯

Polynesia 玻里尼西亞，太平洋中南部島群

projection 投射

projicere 投擲，拉丁文

Prometheus 普羅米修斯

Proserpina 波瑟芬妮，冥后

Psychological Types 《心理類型》

puer aeternus 永恆少年，拉丁文

R

Rabbi Johannan 約哈南，中古猶太拉比

Remus 瑞摩斯

Ripley 里普利，煉金術士

Romulus 羅慕路斯

Rumpelstiltskin〈搗蛋小精靈〉

runes 盧恩符文

S

Saint Anthony 聖安東尼，羅馬帝國時期隱士

Saint Brandon 聖徒布雷頓

Saint Peter 聖徒彼得

Saturn 薩登，農神，即克羅納斯 Cronus

Seelisberg 塞利斯貝格市，位於瑞士

Self 自性

shadow 陰影面

shadow cum grano salis 陰影面待考證

Shamash 沙瑪什，兩河流域的太陽神

Shilluks 希魯克，位於南蘇丹上白尼羅河區

Shvetashvatara Upanishad《白淨識者奧義書》

Simon Magus 西門・馬古

Sleipnir 斯萊布尼爾

Snow White and Rose Red〈白雪與紅玫〉

Spirits of the Hanged〈吊死鬼〉

sub specie aeternitatis 在永恆的相下，拉丁文

Symbols of Transformation《轉化的象徵》

T

the Assumption of the Virgin Mary 聖母升天

The Black Magician Czar〈黑魔法師沙皇〉

The Conscience〈良知〉

The Dying God《垂死之神》

The Emperor's New Clothes〈國王的新衣〉

The Giant Who Didn't Have His Heart with Him〈巨人的心〉

the Gilgamesh Epic《基爾嘉美緒史詩》

The Golden Children〈金娃娃〉

The Horse Mountain Ghost〈魔神仔〉

The King's Son and the Devil's Daughter〈國王的兒子與魔鬼的女兒〉

The Magic Horse〈魔馬〉

The Maiden Czar〈女沙皇〉

the Odyssey《奧德賽》

the Order of Saint Francis of Assis 亞西西的方濟會會規

The Outwitted Wood Spirit〈智取樹精〉

the persona 人格面具

The Philosophical Tree 哲學譜系樹

The Prince and the Bird with the Beautiful Song〈王子與有著美麗歌聲的鳥〉

The Rolling Skull〈旋轉骷髏〉

The Seven Little Goats〈七隻小羊〉

The Spear Legs〈飛矛腿〉

The Three Golden Hairs of the Devil〈魔鬼的三根金髮〉

The Two Brothers〈兩兄弟〉

The Two Travelers〈兩個旅行者〉

The Valiant Little Tailor〈勇敢的小裁縫〉

Titans 泰坦神族

Tod und Teufel 死亡與邪惡

Trunt, Trunt, and the Trolls in the
　　Mountains 〈春特、春特，以及山裡
　　的怪〉

Typhon 泰風，風神

U

Utnapischtim 烏特那庇什牟

V

Vasilisa the Beautiful 〈美麗的瓦希麗
　　莎〉

Venus ourania 天堂的維納斯

Venus pandemos 世俗的維納斯

Vun'n Mannl Sponnelang 〈一根拇指長
　　的人〉

W

wachen 守夜

Wachtel 鵪鶉

Warekki 蛙怪

Warrau 南美洲印第安瓦勞族

Wisdom, Madness and Folly 《智慧、瘋狂
　　與愚癡》

Wotan 沃登神

Y

Yggdrasil 宇宙樹

Z

Zarathustra 查拉圖斯特拉

Zeitgeist 新思潮

PsychoAlchemy 17

童話中的陰影與邪惡：
從榮格觀點探索童話世界
Shadow and Evil in Fairy Tales, Revised Edition
作者——瑪麗-路薏絲‧馮‧法蘭茲（Marie-Louise von Franz）
譯者——徐碧貞（Pi-Chen Hsu）

出版者—心靈工坊文化事業股份有限公司
發行人—王浩威　總編輯—徐嘉俊
責任編輯—林妘嘉　特約編輯—陳民傑
封面設計—羅文岑　內頁排版—龍虎電腦排版公司
通訊地址—10684台北市大安區信義路四段53巷8號2樓
郵政劃撥—19546215　戶名—心靈工坊文化事業股份有限公司
電話—02）2702-9186　傳真—02）2702-9286
Email—service@psygarden.com.tw　網址—www.psygarden.com.tw

製版‧印刷—中茂分色製版印刷事業股份有限公司
總經銷—大和書報圖書股份有限公司
電話—02）8990-2588　傳真—02）2290-1658
通訊地址—248新北市新莊區五工五路二號
初版一刷—2018年06月　初版四刷—2023年07月
ISBN—978-986-357-122-3　定價—540元

Shadow and Evil in Fairy Tales.

First published by Spring Publications, New York, 1974.

Boston: Shambhala, 1995.

© Stiftung für Jung'sche Psychologie, Küsnacht

Complex Chinese edition copyright © 2018 by PsyGarden Publishing Company

ALL RIGHT RESERVED

國家圖書館出版品預行編目資料

童話中的陰影與邪惡：從榮格觀點探索童話世界/ 瑪麗-露薏絲‧馮‧法蘭茲
(Marie-Louise von Franz)著；徐碧貞譯. -- 初版. -- 臺北市：心靈工坊文化, 2018.06
　面；　公分. -- (馮.法蘭茲談童話系列) (PsychoAlchemy；17)
譯自：Shadow and evil in fairy tales
ISBN 978-986-357-122-3(平裝)

1.童話　2.文學評論　3.精神分析

815.92　　　　　　　　　　　　　　　　　　　　107007183

廣 告 回 信
台北郵政登記證
台北廣字第1143號
免 貼 郵 票

10684台北市信義路四段53巷8號2樓
讀者服務組　收

免　貼　郵　票

（對折線）

加入心靈工坊書香家族會員
共享知識的盛宴，成長的喜悅

請寄回這張回函卡（免貼郵票），
您就成爲心靈工坊的書香家族會員，您將可以——

⊙隨時收到新書出版和活動訊息

⊙獲得各項回饋和優惠方案